DE ECHTGENOOT

DEAN KOONTZ

DE ECHTGENOOT

UITGEVERIJ LUITINGH

Eerste druk februari 2007
Tweede druk april 2007

© 2006 by Dean Koontz
Published by arrangement with Lennart Sane Agency AB
All Rights Reserved
© 2007 Nederlandse vertaling
Uitgeverij Luitingh ~ Sijthoff B.V., Amsterdam
Alle rechten voorbehouden
Oorspronkelijke titel: *The Husband*
Vertaling: Yolande Ligterink
Omslagontwerp: Karel van Laar
Omslagilustratie: © Satchan/Zefa/Corbis

ISBN 978 90 245 6010 3
NUR 332

www.boekenwereld.com

Dit boek is opgedragen aan Andy en Anne Wickstrom en aan Wesley J. Smith en Debra J. Saunders: twee echtgenoten en hun vrouwen, goede vrienden die altijd het plekje waar zij zich bevinden opvrolijken.

Courage is grace under pressure
Ernest Hemingway

That Love is all there is,
Is all we know of Love...
Emily Dickinson

DEEL EEN

WAT ZOU JIJ DOEN VOOR LIEFDE?

I

De mens begint te sterven op het moment van zijn geboorte. De meeste mensen ontkennen de geduldige hofmakerij van de dood tot ze zich aan het eind van hun leven en zwaar ziek bewust worden van het feit dat hij aan hun bed zit.

Naderhand kon Mitchell Rafferty precies zeggen in welke minuut hij tot het inzicht kwam dat zijn dood onvermijdelijk was: maandag 14 mei, 11.43 uur in de ochtend – drie weken voor zijn achtentwintigste verjaardag.

Tot op dat moment had hij zelden aan de dood gedacht. Hij was een geboren optimist die zich liet betoveren door de schoonheid van de natuur en amuseren door de mensheid. Hij had dan ook geen reden of neiging om zich af te vragen wanneer en hoe zijn sterfelijkheid bewezen zou worden.

Toen zijn telefoon ging, zat hij op zijn knieën.

Er moesten nog dertig trays rode en paarse *Impatiens* geplant worden. De bloemen roken niet, maar hij genoot van de vruchtbare geur van de aarde.

Zijn klanten, de eigenaars van dit huis, hielden van diepe kleuren: rood, paars, diepgeel, warm roze. Ze wilden geen witte of pastelkleurige bloemen.

Mitch begreep dat wel. Ze kwamen uit een arm gezin en hadden een succesvolle zaak opgebouwd door hard te werken en risico's te nemen. Voor hen was het leven intens en diepe kleuren waren een weerspiegeling van de felheid van de natuur.

Op deze schijnbaar normale, maar in wezen gedenkwaardige

morgen was de Californische zon een boterbal. De hemel had een vette glans.

Het was aangenaam warm, niet al te heet, maar de dag toverde toch een laagje zweet tevoorschijn bij Ignatius Barnes. Zijn voorhoofd glansde. Zijn kin droop.

Iggy was aan het werk in hetzelfde bloembed, drie meter van Mitch verwijderd, en hij zag eruit alsof hij gekookt werd. Van mei tot juli reageerde zijn huid op de zon, niet met de aanmaak van melanine, maar met een felle blos. Een zesde deel van het jaar, voordat hij eindelijk bruin werd, leek hij zich voortdurend te schamen.

Iggy begreep niets van symmetrie en harmonie in een tuinontwerp en van rozen snoeien had hij geen kaas gegeten. Maar hij was een harde werker en goed gezelschap, ook al vergde hij niet veel van je intellectuele vermogens.

'Heb je gehoord wat er met Ralph Gandhi is gebeurd?' vroeg Iggy.

'Wie is Ralph Gandhi?'

'De broer van Mickey.'

'Mickey Gandhi? Die ken ik ook niet.'

'Natuurlijk wel,' zei Iggy. 'Mickey, die komt soms bij de Rolling Thunder.'

De Rolling Thunder was een surfbar.

'Daar ben ik in geen jaren geweest,' zei Mitch.

'In geen jaren? Meen je dat nou?'

'Helemaal.'

'Ik dacht dat je af en toe nog wel eens langskwam.'

'Dus ik word echt gemist, hè?'

'Ik moet toegeven dat niemand de behoefte heeft gehad een kruk naar je te noemen. Maar heb je soms een betere plek gevonden dan de Rolling Thunder?'

'Weet je nog dat je drie jaar geleden op mijn bruiloft was?' vroeg Mitch.

'Natuurlijk. Jullie hadden fantastische vistaco's, maar de band was waardeloos.'

'Ze waren helemaal niet waardeloos.'

'Man, ze hadden tamboerijnen.'

'We konden er niet te veel aan uitgeven. En ze hadden tenminste geen accordeon.'

'Omdat een accordeon te moeilijk voor ze was.'

Mitch schepte een kuil in de losse aarde. 'Ze hadden ook geen vingerbelletjes.'

Iggy veegde met een onderarm langs zijn voorhoofd en klaagde: 'Ik moet Eskimogenen hebben. Ik zweet al bij tien graden.'

Mitch zei: 'Ik ga niet meer naar bars. Ik ben getrouwd.'

'Ja, maar je kunt toch getrouwd zijn én bij de Rolling Thunder komen?'

'Ik ben liever thuis dan ergens anders.'

'O baas, dat is triest,' zei Iggy.

'Dat is niet triest. Dat is uitstekend.'

'Al zit een leeuw drie jaar in een dierentuin, of zes jaar, dan vergeet hij nog niet hoe het was om vrij te zijn.'

Mitch plantte een paarse *Impatiens* en zei: 'Hoe weet jij dat nou? Heb je dat ooit aan een leeuw gevraagd?'

'Ik hoef het niet aan een leeuw te vragen. Ik ben een leeuw.'

'Jij bent een hopeloze surffanaat.'

'En daar ben ik trots op. Ik ben blij dat je Holly hebt. Ze is een fantastische meid. Maar ik heb mijn vrijheid.'

'Fijn voor je, Iggy. En wat doe je ermee?'

'Wat doe ik waarmee?'

'Met je vrijheid. Wat doe je met je vrijheid?'

'Wat ik maar wil.'

'Wat bijvoorbeeld?'

'Wat dan ook. Hoor eens, als ik voor mijn diner een pizza met worst wil, hoef ik niemand te vragen wat zij wil.'

'Heftig.'

'Als ik naar de Rolling Thunder wil om een paar biertjes te drinken, is er niemand die daarover zeurt.'

'Holly zeurt niet.'

'Ik kan me elke avond vol laten lopen met bier als ik wil, en niemand zal bellen om te vragen hoe laat ik thuis kom.'

Mitch begon 'Born Free' te fluiten.

'Als een leuke meid met me wil flirten,' zei Iggy, 'ben ik vrij om zo ver te gaan als ik wil.'

'En ze flirten de hele tijd met je, nietwaar? Die sexy meiden?'

'De vrouwen zijn tegenwoordig hartstikke vrij, baas. Als ze iets zien wat ze willen, nemen ze het gewoon.'

Mitch zei: 'Iggy, de laatste keer dat jij seks had, dacht John Kerry nog dat hij president zou worden.'

'Zo lang is dat niet geleden.'

'En wat is er nou met Ralph gebeurd?'

'Welke Ralph?'

'De broer van Mickey Gandhi.'

'O ja. Een leguaan heeft zijn neus afgebeten.'

'Akelig.'

'Er waren waanzinnige brekers van drie meter, dus gingen Ralph en een paar andere jongens nachtsurfen bij de Wedge.'

De Wedge was een beroemde surfplek aan het eind van het schiereiland Balboa, in Newport Beach.

Iggy ging verder: 'Ze hadden koelboxen vol broodjes en bier meegenomen en een van hen had Ming meegebracht.'

'Ming?'

'Dat is de leguaan.'

'Dus het was een huisdier?'

'Ming was tot dan toe altijd lief geweest.'

'Ik dacht eigenlijk dat leguanen nogal humeurig waren.'

'Nee, ze zijn heel aanhankelijk. Maar het ging zo: een of andere sukkel, niet eens een surfer, maar zo iemand die eromheen hangt, had Ming een kwart dosis *meth* gegeven in een stuk salami.'

'Een reptiel aan de speed,' zei Mitch. 'Dat is geen goed idee.'

'Meth Ming was een heel ander dier dan de gewone Ming,' bevestigde Iggy.

Mitch legde zijn schopje neer, ging op zijn hurken zitten en zei: 'Dus nu heeft Ralph Gandhi geen neus meer?'

'Ming heeft die neus niet opgegeten. Hij beet hem alleen maar af en spuwde hem weer uit.'

'Misschien hield hij niet van Indiaas eten.'

'Ze hadden een grote koelbox vol ijswater en bier. Daar hebben ze de neus in gedaan en toen zijn ze naar het ziekenhuis gegaan.'

'Hebben ze Ralph ook meegenomen?'

'Ze moesten Ralph wel meenemen. Het was zijn neus.'

'Nou ja,' zei Mitch, 'we hebben het hier wel over surfers, hoor.'

'Ze zeiden dat hij een beetje blauw was toen ze hem uit het ijswater visten, maar een plastisch chirurg heeft hem er weer aan gezet en nu is hij niet meer blauw.'

'Hoe is het met Ming afgelopen?'

'Die stortte in. Hij was een dag lang helemaal van de wereld. Nu is hij weer de oude.'

'Mooi zo. Het zal wel moeilijk zijn om een afkickkliniek voor leguanen te vinden.'

Mitch kwam overeind en pakte drie dozijn lege plastic plantenpotjes bij elkaar. Hij nam ze mee naar zijn pick-up met verlengde laadvloer.

De pick-up stond langs de stoep in de schaduw van een vijgenboom. Hoewel de wijk pas vijf jaar eerder was aangelegd, had de grote boom het trottoir al omhooggeduwd. Uiteindelijk zouden de sterke wortels de drainages van de grasvelden blokkeren en de riolering kapotmaken.

De beslissing van de projectontwikkelaar om honderd dollar te besparen en geen maatregelen te nemen tegen de wortelgroei, zou de loodgieters, hoveniers en betonfabrieken tienduizenden opleveren aan herstelwerkzaamheden.

Als Mitch een vijgenboom plantte, zorgde hij er altijd voor dat de wortels niet konden doorgroeien. Hij hoefde zich niet te verzekeren van toekomstig werk. Dat deed de groene, groeiende natuur wel voor hem.

De straat lag er stil bij, zonder enig verkeer. Er stond geen zuchtje wind.

Een blok verderop, aan de overkant van de straat, kwam een man aanlopen met zijn hond. De hond, een retriever, was vooral bezig met het snuffelen naar boodschappen die soortgenoten hadden achtergelaten.

De stilte was zo diep dat Mitch bijna geloofde dat hij het hijgen van de hond in de verte kon horen.

Goudkleurig: de zon en de hond, de hemel en de belofte van de dag, de prachtige huizen achter de brede grasvelden.

Mitch Rafferty kon zich geen huis in deze buurt veroorloven. Hij was er tevreden mee dat hij hier kon werken.

Je kon van kunst houden, maar toch niet in een museum willen wonen.

Hij zag een beschadigde sprinklerkop waar het gras aan de stoep grensde. Hij haalde zijn gereedschap uit de pick-up en knielde op het gras. Even iets anders dan *Impatiens*.

Zijn mobiele telefoon ging. Hij haakte hem van zijn riem en klapte hem open. De tijd stond aangegeven – 11:43 – maar er stond geen nummer op het schermpje. Hij nam toch maar op.

'Big Green,' zei hij. Het was de naam die hij zijn tweemanszaakje negen jaar geleden had gegeven, hoewel hij niet meer wist waarom.

'Mitch, ik hou van je,' zei Holly.

'Hé, schat.'

'Wat er ook gebeurt, ik hou van je.'

Ze slaakte een kreet van pijn. Gekletter en een klap wezen op een worsteling.

Mitch kwam gealarmeerd overeind. 'Holly?'

Een man zei iets, een man die nu de telefoon in handen had. Mitch hoorde niet wat hij zei, omdat hij zich concentreerde op de achtergrondgeluiden.

Holly piepte. Hij had haar nog nooit zo'n geluid horen maken, met zoveel angst erin.

'*Klootzak*,' zei ze, maar ze werd tot zwijgen gebracht door een felle klap, alsof ze geslagen werd.

De vreemde aan de telefoon zei: 'Hoor je me, Rafferty?'

'Holly? Waar is Holly?'

Nu praatte de man niet door de telefoon tegen Mitch. 'Doe niet zo stom. Blijf liggen.'

Een andere man zei iets onduidelijks op de achtergrond.

Die met de telefoon zei: 'Als ze opstaat, geef je haar een stomp. Wil je soms wat tanden kwijt, schatje?'

Er waren twee mannen bij haar. Een van hen had haar geslagen. Ge*slá*gen.

Mitch kon de situatie niet bevatten. De werkelijkheid leek plotseling net zo ongrijpbaar als een achteraf vertelde nachtmerrie.

Een leguaan die meth had geslikt was werkelijker dan dit.

Bij het huis plantte Iggy *Impatiens*. Zwetend, rood van de zon, zo solide als altijd.

'Dat is beter, liefje. Zo ben je braaf.'

Mitch kreeg geen lucht. Er drukte een enorm gewicht op zijn longen. Hij probeerde iets te zeggen, maar kon niets uitbrengen, kon geen woorden vinden. Hier in de felle zon voelde hij zich alsof hij opgesloten zat, levend begraven.

'We hebben je vrouw,' zei de man aan de telefoon.

Mitch hoorde zichzelf vragen: 'Waarom?'

'Waarom denk je, sukkel?'

Mitch wist niet waarom. Hij wilde het niet weten. Hij wilde niet doorredeneren tot hij een antwoord had, want elk mogelijk antwoord zou afschuwelijk zijn.

'Ik plant bloemen.'

'Wat mankeert jou, Rafferty?'

'Dat doe ik voor de kost. Ik plant bloemen. Ik repareer sprinklers.'

'Ben je gestoord of zoiets?'

'Ik ben maar een tuinman.'

'En wij hebben je vrouw. Voor twee miljoen aan contanten kun je haar terugkrijgen.'

Mitch wist dat het geen grap was. Als het een grap was, zou Holly eraan moeten meedoen, maar haar gevoel voor humor was niet zo wreed.

'Je maakt een fout.'

'Hoor je wat ik zeg? Twee miljoen.'

'Man, je luistert niet. Ik ben hovenier.'

'Dat weten we.'

'Ik heb misschien elfduizend dollar op de bank.'

'Dat weten we.'

Mitch zat zo vol angst en verwarring dat er geen plaats meer was voor woede. Omdat hij zich gedwongen voelde uitleg te geven, misschien meer voor zichzelf dan voor de beller, zei hij: 'Ik heb maar een klein bedrijfje van twee man.'

'Je hebt tot woensdag middernacht. Zestig uur. We nemen contact op over de details.'

Het zweet brak Mitch uit. 'Dit is idioot. Waar moet ik twee miljoen vandaan halen?'

'Je vindt wel een manier.'

De stem van de vreemde was hard en onverzoenlijk. In een film zou de Dood zo kunnen klinken.

'Het kan gewoon niet,' zei Mitch.

'Wil je haar weer horen gillen?'

'Nee. Niet doen.'

'Hou je van haar?'

'Ja.'

'Echt?'

'Ze is alles voor me.'

Wat vreemd dat hij zweette terwijl hij het zo koud had.

'Als ze alles voor je is,' zei de vreemde, 'dan vind je wel een manier.'

'Er is geen manier.'

'Als je naar de politie gaat, snijden we een voor een haar vingers af en schroeien de wonden meteen dicht. We snijden haar tong weg. En haar ogen. Daarna laten we haar achter, dan kan ze net zo snel of langzaam doodgaan als ze maar wil.'

De vreemde sprak zonder enige dreiging, op zakelijke toon, alsof dit geen dreigement was, maar hij alleen de details van deze zakelijke transactie wilde uitleggen.

Mitchell Rafferty had geen ervaring met zulke mannen. Hij had net zo goed met een bezoeker uit de ruimte kunnen praten.

Hij kon niets zeggen, omdat hij plotseling bang was dat hij zonder het te weten, alleen door de verkeerde woorden te gebruiken, ervoor zou zorgen dat Holly eerder doodging.

De ontvoerder zei: 'We zullen even laten zien dat we het menen...'

Na een korte stilte zei Mitch: 'Wat?'

'Zie je die vent aan de overkant?'

Mitch draaide zich om en zag een enkele wandelaar, de man met de langzame hond. Ze waren een half blok gevorderd.

De zomerdag had een porseleinen glans. Toen werd de stilte verbroken door geweervuur en viel de wandelaar op de grond, door het hoofd geschoten.

'Woensdag middernacht,' zei de man aan de telefoon. 'We menen het.'

2

De hond bleef staan alsof hij wilde aangeven dat hij wild had geroken: een voorpoot van de grond, zijn staart uitgestrekt maar roerloos, neus omhoog om een geur te zoeken.

In werkelijkheid had de golden retriever de schutter niet opgemerkt. Hij was midden in een pas blijven staan omdat hij was geschrokken van het omvallen van zijn baas, verstijfd van verwarring.

Aan de overkant bleef ook Mitch als aan de grond genageld staan. De ontvoerder beëindigde het gesprek, maar Mitch hield nog steeds de mobiele telefoon tegen zijn oor.

Bijgeloof hield hem voor dat het geweld ongedaan en de tijd teruggedraaid zouden kunnen worden, dat de kogel zou worden teruggeroepen naar de loop zolang de straat stil bleef en noch hij, noch de hond zich bewoog.

Zijn verstand bedwong deze gedachte aan magie. Hij stak de straat over, eerst aarzelend, toen op een holletje.

Als de gevallen man gewond was, kon hij misschien nog iets voor hem doen.

Toen Mitch naderde, begroette de hond hem met een enkele zwaai van zijn staart.

Een blik op het slachtoffer verjoeg elke hoop dat eerste hulp hem in leven zou kunnen houden tot de ambulance arriveerde. Een aanzienlijk deel van zijn schedel was weg.

Omdat hij niet vertrouwd was met echt geweld, alleen met de bewerkte, geanalyseerde, verontschuldigde en ontkrachte vorm die het tv-nieuws iedereen voorschotelde en met het gespeelde geweld in films, werd Mitch verlamd door de afschuwelijke werkelijkheid. De ontzetting verlamde hem nog meer dan de angst.

Maar behalve door angst werd hij aan de grond genageld door een plotseling bewustzijn van dimensies die hij niet eerder had vermoed. Hij was net een rat in een afgesloten doolhof, die voor het eerst opkeek uit de bekende gangetjes en een wereld zag achter het glazen deksel, vormen en gestalten, geheimzinnige bewegingen.

De golden retriever ging trillend op de stoep bij zijn baas liggen en jankte.

Mitch voelde dat hij nog ander gezelschap had dan de hond. Hij voelde zich bekeken, meer dan bekeken, bestudeerd. In de gaten gehouden. Achtervolgd.

Zijn hart was net een op hol geslagen kudde, hoeven op steen.

Hij keek om zich heen, maar zag geen schutter. Het geweer kon van elk huis, elk dak of elk raam zijn afgeschoten, of van achter een geparkeerde auto.

In ieder geval was de aanwezigheid die hij voelde niet die van de schutter. Hij had niet het gevoel dat hij van een afstandje werd bekeken, maar van dichtbij. Het voelde alsof er iemand over hem heen gebogen stond.

Er was nog amper een halve minuut voorbijgegaan sinds de man met de hond was vermoord.

De knal van het geweer had niemand uit de mooie huizen doen komen. In deze buurt zou een geweerschot worden aangezien voor een dichtslaande deur, zelfs als het door de wijk weerklonk.

Aan de overkant, bij het huis van zijn klant, was Iggy Barnes overeind gekomen uit zijn knielende positie. Hij leek niet geschrokken, alleen in de war, alsof hij ook een deur had gehoord en niet begreep wat die gevallen man en de jankende hond betekenden.

Woensdag middernacht. Zestig uur. Tijd die in vuur en vlam stond, brandende minuten. Mitch kon het zich niet veroorloven om de uren als as tussen zijn vingers te zien wegstromen in de tijd dat hij betrokken zou raken bij een politieonderzoek.

Op de stoep veranderde een rij mieren van koers en kroop naar het feestmaal in de kapotte schedel.

Aan een grotendeels heldere hemel dreef een zeldzame wolk voor de zon langs. De dag verbleekte. Schaduwen vervaagden.

Met een rilling wendde Mitch zich af van het lijk, stapte van de stoep en bleef staan.

Hij en Iggy konden niet gewoon de ongeplante *Impatiens* in de pick-up laden en wegrijden. Misschien zou dat niet lukken voordat er iemand langskwam en de dode man zag. Hun onverschilligheid ten opzichte van het slachtoffer en hun vlucht zouden zelfs door de meest argeloze voorbijganger verdacht worden gevonden, en zeker door de politie.

Mitch had de dichtgeklapte mobiele telefoon nog in zijn hand. Hij keek er met angst naar.

Als je naar de politie gaat, snijden we een voor een haar vingers af...

De ontvoerders zouden verwachten dat hij de autoriteiten belde of wachtte tot iemand anders dat deed. Maar hij mocht niets zeggen over Holly en de ontvoering, of over het feit dat de man met de hond was vermoord om Mitch een voorbeeld te stellen.

Misschien hadden zijn onbekende tegenstanders hem zelfs wel in deze ongemakkelijke positie gebracht om te kijken of hij zijn mond kon houden op een moment dat hij een ernstige schok had gehad en grote kans liep zijn zelfbeheersing te verliezen.

Hij klapte zijn telefoon open. Het schermpje lichtte op met een beeld van kleurige vissen in donker water.

Nadat hij een 9 en een 1 had ingetoetst, aarzelde Mitch even, maar toen drukte hij de laatste toets in.

Iggy liet zijn schopje vallen en kwam naar de straat.

Pas toen de telefoon twee keer was overgegaan en er werd opgenomen, besefte Mitch dat zijn ademhaling vanaf het moment dat hij het verbrijzelde hoofd van de dode man had gezien wanhopig, rauw en onregelmatig was geweest. Even wilden de woorden niet komen en toen schoten ze uit zijn mond, een ruwe stem die hij amper herkende.

'Er is een man neergeschoten. Ik ben dood. Ik bedoel, hij is dood. Hij is neergeschoten en hij is dood.'

3

De politie had de straat aan beide kanten afgezet. Patrouillewagens, busjes van de technische recherche en een stationcar van het
lijkenhuis stonden schots en scheef op straat, met de brutaliteit van
mensen voor wie parkeerregels niet gelden.

Onder de felle blik van de zon schitterden de ruiten en glansde
het chroom. Er was geen wolkje te zien en het licht was meedogenloos.

De agenten droegen zonnebrillen. Achter de donkere glazen keken ze misschien argwanend naar Mitchell Rafferty, maar het kon
ook zijn dat hij hen onverschillig liet.

Mitch zat voor het huis van zijn klant op het gras, met zijn rug
tegen de stam van een Phoenixpalm.

Van tijd tot tijd hoorde hij ratten boven in de boom rond-
scharrelen. Ze maakten graag hoge nesten in een dadelpalm, tussen de kroon en de stam.

De geveerde schaduwen van de bladeren gaven hem niet het gevoel dat hij minder zichtbaar was. Hij voelde zich alsof hij op een
toneel zat.

In twee uur was hij tweemaal ondervraagd. Eerst door twee rechercheurs in burger, de tweede keer door slechts een van hen.

Hij dacht dat hij het er goed had afgebracht. Maar ze hadden
nog niet gezegd dat hij kon gaan.

Tot dusver was Iggy slechts één keer ondervraagd. Zijn vrouw
liep geen gevaar, hij had niets te verbergen. Bovendien had Iggy
nog minder talent om iemand te misleiden dan een gemiddel-

de zesjarige, wat ervaren ondervragers al snel duidelijk zou zijn.

Misschien was het een slecht teken dat de politie meer in Mitch geïnteresseerd was. Maar het kon ook niets te betekenen hebben.

Iggy was meer dan een uur geleden doorgegaan met het bloembed. Hij had nu bijna alle *Impatiens* geplant.

Mitch was liever ook weer aan het werk gegaan. Het feit dat hij niets te doen had, zorgde ervoor dat hij zich scherp bewust was van het verstrijken van de tijd. Er waren al twee van de zestig uren voorbij.

De rechercheurs hadden erop gestaan dat Iggy en Mitch uit elkaar bleven, omdat ze onbedoeld en in alle onschuld hun herinneringen aan elkaar zouden kunnen aanpassen als ze over de misdaad praatten, zodat er belangrijke details in het getuigenis van de een of de ander verloren zouden kunnen gaan.

Dat kon waar zijn of gelul. De reden om ze apart te houden kon ook minder onschuldig zijn, bedoeld om Mitch te isoleren en ervoor te zorgen dat hij geen strategie kon bedenken.

Onder de palmboom had hij drie telefoontjes gepleegd, het eerste naar huis. Hij had het antwoordapparaat gekregen.

Na het gebruikelijke piepje zei hij: 'Holly, ben je daar?'

Haar ontvoerders zouden niet het risico nemen haar in haar eigen huis vast te houden.

Toch zei Mitch: 'Neem alsjeblieft op als je er bent.'

Hij ontkende de hele situatie, omdat die nergens op sloeg. Ontvoerders hebben het niet voorzien op de vrouwen van mannen die zich zorgen moeten maken over de prijs van benzine en levensmiddelen.

Man, je luistert niet. Ik ben hovenier.

Dat weten we.

Ik heb misschien elfduizend dollar op de bank staan.

Dat weten we.

Ze moesten gek zijn. Krankzinnig. Hun plan was gebaseerd op een of andere idiote fantasie, die geen weldenkend persoon kon begrijpen.

Of misschien hadden ze een plan dat ze nog niet aan hem hadden voorgelegd. Misschien wilden ze dat hij een bank voor hen beroofde.

Hij herinnerde zich een verhaal in het nieuws van een paar jaar terug over een onschuldige man die een bank had beroofd met allemaal explosieven om zijn hals. De misdadigers die hem die halsband hadden omgedaan, hadden geprobeerd hem te gebruiken als een op afstand bestuurde robot. Toen de politie de arme kerel in een hoek had gedreven, hadden ze de boel op afstand laten ontploffen, zodat hij onthoofd werd en nooit meer tegen hen kon getuigen.

Er was één probleem. Geen enkele bank had twee miljoen dollar in contanten bij de hand, niet in de laden van de kassa's en waarschijnlijk niet eens in de kluis.

Nadat hij vergeefs naar huis had gebeld, had hij Holly's mobiele telefoon geprobeerd, maar op dat nummer had hij haar ook niet kunnen bereiken.

Toen had hij de makelaardij gebeld waar ze als secretaresse werkte terwijl ze voor makelaar studeerde.

Een andere secretaresse, Nancy Farasand, had gezegd: 'Ze heeft zich ziek gemeld, Mitch. Wist je dat niet?'

'Ze voelde zich inderdaad niet zo lekker toen ik vanmorgen van huis ging,' loog hij, 'maar ze dacht dat het wel weg zou trekken.'

'Nou, het is niet weggetrokken. Ze zei dat het een soort zomergriep was. Ze was zo teleurgesteld.'

'Dan kan ik haar beter thuis bellen,' zei hij, maar dat had hij natuurlijk al geprobeerd.

Het was meer dan anderhalf uur geleden dat hij Nancy had gesproken, tussen de gesprekken met de rechercheurs in.

Bij een horloge zorgt het verstrijken van de minuten ervoor dat de veer afwindt, maar Mitch raakte er juist steeds meer gespannen door. Hij had het gevoel alsof iets in zijn hoofd zou knappen.

Af en toe kwam er een dikke hommel om hem heen zoemen, misschien aangetrokken door zijn gele t-shirt.

Aan de overkant, aan het eind van het blok, stonden twee vrouwen en een man op een grasveld naar de politie te kijken: buren die zich hadden verzameld om het drama mee te maken. Ze stonden er al sinds de sirenes ze naar buiten hadden geroepen.

Niet lang geleden was een van hen een huis ingegaan en was teruggekeerd met een blad met glazen, waarin zo te zien ijsthee zat. De glazen schitterden in het zonlicht.

Eerder waren de rechercheurs de straat door gelopen om dat trio te verhoren. Ze waren maar één keer ondervraagd.

Nu stonden ze met zijn drieën thee te drinken en te praten, alsof het hen helemaal niet kon schelen dat een sluipschutter iemand had neergeschoten die door hun wijk liep. Ze leken van het intermezzo te genieten, alsof het een welkome onderbreking was van hun gebruikelijke routine, ook al had dat een leven gekost.

In de ogen van Mitch leken de buren meer naar hem te staren dan naar de politie of de technische recherche. Hij vroeg zich af of de rechercheurs iets over hem hadden gevraagd, en zo ja, wat.

Geen van de drie maakte gebruik van de diensten van Big Green. Maar ze zouden hem af en toe in de wijk hebben gezien, want hij verzorgde vier tuinen in deze straat.

Hij mocht die theedrinkers niet. Hij had ze nooit ontmoet en kende hun namen niet, maar hij bekeek ze met een bijna bittere afkeer.

Mitch ergerde zich niet aan hen omdat ze zo pervers waren om zich blijkbaar wel te vermaken, en ook niet om wat ze over hem gezegd zouden kunnen hebben tegen de politie. De reden dat hij ze niet mocht en zelfs een haat tegenover hen kon opwekken was dat hun leven nog op orde was, dat ze niet bedreigd werden met geweld tegen iemand van wie ze hielden.

Hoewel deze vijandigheid irrationeel was, had ze wel een zekere waarde. Ze leidde hem af van zijn angst om Holly, net als zijn voortdurende, angstige analyse van wat de rechercheurs deden.

Als hij zich helemaal had durven overgeven aan de zorgen om zijn vrouw, zou hij instorten. Dat was geen overdrijving. Hij stond er verbaasd over hoe breekbaar hij zich voelde. Dat was hem nooit eerder gebeurd.

Elke keer dat hij haar gezicht voor zich zag, moest hij het wegduwen, omdat zijn ogen warm werden en zijn zicht vertroebelde. Zijn hart ging onheilspellend zwaar kloppen.

Als hij instortte, zou dat zelfs nadat hij een man neergeschoten had zien worden zo buiten proportie zijn dat er een verklaring voor nodig zou zijn. Hij durfde de waarheid niet te onthullen en hij kon er ook niet op vertrouwen dat hij een verklaring zou kunnen verzinnen die de politie zou overtuigen.

Een van de rechercheurs, Mortonson, droeg lakschoenen, een zwarte broek en een lichtblauw shirt. Hij was lang, oogde solide en een en al zakelijkheid.

De andere, inspecteur Taggart, droeg witte sportschoenen, een bandplooibroek en een hawaïhemd in rood en geelbruin. Hij was minder intimiderend dan Mortonson en had een minder formele stijl.

Maar Mitch maakte zich meer zorgen om Taggart dan om de imposantere Mortonson. Het heel precies geknipte haar van de inspecteur, zijn spiegelgladde gezicht, zijn volmaakt onderhouden tanden en zijn smetteloze witte sportschoenen wezen erop dat hij nonchalante kleding koos en een gemoedelijk gezicht trok om de verdachten die de pech hadden onder zijn aandacht te komen te misleiden en op hun gemak te stellen.

De rechercheurs hadden Mitch eerst samen verhoord. Later was Taggart alleen teruggekomen, zogenaamd om Mitch iets te laten 'uitleggen' wat hij eerder had gezegd. Maar in werkelijkheid had de inspecteur elke vraag die hij en Mortonson eerder hadden gesteld herhaald, waarschijnlijk omdat hij verwachtte dat Mitch zichzelf zou tegenspreken.

Zo op het oog was Mitch een getuige. Maar voor een politieman was elke getuige ook een verdachte zolang de moordenaar niet bekend was.

Hij had geen enkele reden om een vreemde man die zijn hond uitliet te vermoorden. Zelfs als ze gek genoeg waren om te denken dat hij dat had kunnen doen, zouden ze ervan uit moeten gaan dat Iggy zijn medeplichtige was, en Iggy interesseerde hen duidelijk niet.

Het was waarschijnlijker dat ze wel wisten dat hij geen aandeel had in de schietpartij, maar dat hun instinct hen vertelde dat hij iets verzweeg.

Daar kwam Taggart weer. Zijn sportschoenen waren zo wit dat ze wel leken te stralen.

Toen de inspecteur naderbij kwam, ging Mitch staan, op zijn hoede en ziek van angst. Maar hij probeerde slechts vermoeid en ongeduldig over te komen.

4

Inspecteur Taggart had een bruinverbrand gezicht, dat paste bij zijn hawaïhemd. In contrast met dat bruin waren zijn tanden zo wit als een poollandschap.

'Het spijt me van al dit ongemak, meneer Rafferty. Ik heb nog een paar vragen en dan kunt u gaan.'

Mitch had kunnen reageren met een schouderophalen of een knikje. Maar hij dacht dat het vreemd zou zijn als hij bleef zwijgen, dat een man die niets te verbergen had iets zou zeggen.

Na een ongelukkige aarzeling, die lang genoeg was om op berekening te wijzen, zei hij: 'U hoort mij niet klagen, inspecteur. Voor hetzelfde geld was ik degene geweest die was neergeschoten. Ik ben blij dat ik nog leef.'

De inspecteur trok een gemoedelijk gezicht, maar hij had ogen als van een roofvogel, zo scherp als die van een havik en zo brutaal als die van een adelaar. 'Waarom zegt u dat?'

'Nou, als er zomaar iemand wordt neergeschoten...'

'We weten niet of dat wel het geval is,' zei Taggart. 'Eigenlijk wijst alles op kille berekening. Eén schot, volmaakt geplaatst.'

'Kan een gek met een geweer geen ervaren schutter zijn?'

'Absoluut. Maar gekken willen meestal zoveel mogelijk mensen raken. Een psychopaat met een geweer had u ook neergeschoten. Die vent wist precies wie hij wilde raken.'

Het sloeg nergens op, maar Mitch voelde zich een beetje schuldig ten opzichte van de dode man. Deze moord was gepleegd om ervoor te zorgen dat hij de ontvoerders serieus nam en niet naar de politie ging.

Misschien had de inspecteur iets opgevangen van zijn onverdiende, maar hardnekkige schuldgevoelens.

Met een blik op het lijk aan de overkant, waar de technische recherche nog steeds mee bezig was, vroeg Mitch: 'Wie is het slachtoffer?'

'Dat weten we nog niet. Hij had geen papieren bij zich. Geen portefeuille. Vindt u dat niet vreemd?'

'Als je je hond gaat uitlaten, heb je geen portefeuille nodig.'

'De meeste mannen maken er een gewoonte van,' zei Taggart. 'Die hebben hun portefeuille nog op zak als ze hun auto wassen op de oprit.'

'Hoe wilt u hem dan identificeren?'

'Er zit geen penning aan de halsband van de hond. Maar die retriever zou bijna aan shows kunnen meedoen, dus misschien heeft hij een onderhuidse microchip. Dat controleren we zodra we een scanner hier krijgen.'

De hond, die naar deze kant van de straat was gehaald en aan een brievenbus was vastgebonden, rustte uit in de schaduw en ontving lijdzaam de attenties van een gestage stoet bewonderaars.

Taggart glimlachte. 'Golden retrievers zijn fantastische honden. Ik heb er als kind een gehad. Ik was dol op die hond.'

Hij richtte zijn aandacht weer op Mitch. Zijn glimlach bleef op zijn plaats, maar de uitdrukking ervan veranderde een beetje. 'Die vragen waar ik het over had. Bent u in het leger geweest, meneer Rafferty?'

'In het leger? Nee. Ik heb op een grasmaaier gezeten voor een ander bedrijf, daarna heb ik wat hovenierslessen genomen en toen ik een jaar van de middelbare school was, heb ik mijn eigen bedrijfje opgezet.'

'Ik dacht dat u misschien in het leger had gezeten omdat u het hoofd koel hield toen er geschoten werd.'

'Zo koel was mijn hoofd anders niet,' verzekerde Mitch hem.

Taggarts directe blik was bedoeld om hem te intimideren.

Mitch voelde zich gedwongen om de blik van de inspecteur te mijden, bang dat zijn eigen ogen als heldere lenzen waren, waarachter zijn gedachten onthuld werden als microben onder een microscoop, maar hij besloot Taggarts blik te weerstaan.

'U hoort een geweerschot,' zei Taggart, 'u ziet een man neergeschoten worden en toch rent u naar de overkant, precies in de vuurlijn.'

'Ik wist niet dat hij dood was. Misschien had ik iets voor hem kunnen doen.'

'Dat is heel prijzenswaardig. De meeste mensen zouden dekking zoeken.'

'Hé, ik ben heus geen held, hoor. Mijn instincten hebben alleen mijn gezonde verstand verdrongen.'

'Misschien bent u daarom juist wel een held, iemand die instinctief het juiste doet.'

Mitch waagde het erop zijn blik af te wenden en hoopte dat het in deze context zou worden opgevat als bescheidenheid. 'Ik ben stom geweest, inspecteur, niet dapper. Ik dacht er helemaal niet bij na dat ik gevaar zou kunnen lopen.'

'Wat, dacht u dat hij per ongeluk was neergeschoten?'

'Nee. Misschien. Ik weet het niet. Ik dacht helemaal niets. Ik dacht niet, ik reageerde alleen maar.'

'Maar u had echt niet het gevoel dat u gevaar liep?'

'Nee.'

'Ook niet toen u zijn hoofdwond zag?'

'Een beetje, misschien. Ik voelde me vooral misselijk.'

De vragen kwamen te snel. Mitch was uit zijn evenwicht gebracht. Hij zou per ongeluk kunnen verraden dat hij wist waarom de man met de hond was vermoord.

De hommel kwam terug met druk zoemende vleugels. Hij had geen belangstelling voor Taggart, maar bleef bij Mitch' gezicht hangen alsof hij zijn getuigenis kracht wilde bijzetten.

'U zag de hoofdwond,' ging Taggart verder, 'maar u zocht nog steeds geen dekking.'

'Nee.'

'Waarom niet?'

'Ik denk dat ik ervan uitging dat iemand die me neer wilde schieten het dan allang gedaan zou hebben.'

'Dus u had nog steeds niet het gevoel dat u gevaar liep.'

'Nee.'

Taggart klapte zijn kleine aantekenboekje met spiraalrug open en zei: 'U zei tegen de meldkamer dat u dood was.'

Verrast keek Mitch de inspecteur weer aan. 'Dat ík dood was?'

Taggart citeerde uit zijn aantekenboek. 'Er is een man doodgeschoten. Ik ben dood. Ik bedoel, hij is dood. Hij is neergeschoten en hij is dood.'

'Heb ik dat gezegd?'

'Ik heb de opname gehoord. U was buiten adem. U klonk enorm bang.'

Mitch was vergeten dat alle gesprekken met het alarmnummer werden opgenomen. 'Dan denk ik dat ik banger was dan ik me herinner.'

'U erkende duidelijk wel dat u gevaar liep, maar toch zocht u geen dekking.'

Of Taggart nu iets van Mitch' gedachten kon lezen of niet, het boek van zijn eigen geest bleef dicht en zijn blauwe ogen stonden warm, maar raadselachtig.

'Ik ben dood,' citeerde de inspecteur weer.

'Een verspreking. In de verwarring, de paniek.'

Taggart keek weer naar de hond en weer glimlachte hij. Zijn stem was zachter dan daarvoor toen hij zei: 'Is er nog iets wat ik u zou moeten vragen? Iets wat u zou willen zeggen?'

In zijn herinnering hoorde Mitch Holly's kreet van pijn.

Ontvoerders dreigden altijd hun gijzelaars te doden als de politie erbij werd gehaald. Om te winnen hoef je het spel niet volgens hun regels te spelen.

De politie zou contact opnemen met de federale politie. De FBI had enorm veel ervaring met ontvoeringen.

Omdat Mitch onmogelijk aan twee miljoen dollar kon komen, zou de politie aanvankelijk aan zijn verhaal twijfelen. Maar als de ontvoerder weer belde, zouden ze overtuigd worden.

En als het tweede telefoontje niet kwam? Als de ontvoerder te weten kwam dat Mitch naar de politie was gegaan, zijn dreigement uitvoerde, Holly verminkte en vermoordde en nooit meer belde?

Dan zouden ze kunnen denken dat Mitch de ontvoering verzonnen had om het feit te verbergen dat Holly al dood was en dat hij haar zelf had vermoord. De echtgenoot is altijd de eerste verdachte.

Als hij haar kwijtraakte, maakte al het andere niet meer uit. Nooit meer. Niets kon de leegte vullen die zij in zijn leven zou achterlaten.

Maar om ervan verdacht te worden dat hij haar iets had aangedaan, dat zou zijn alsof er hete scherven achterbleven in de wond, die altijd zouden blijven branden en snijden.

Taggart sloeg het aantekenboekje dicht, deed het weer in zijn achterzak, verplaatste zijn aandacht van de hond naar Mitch en vroeg nogmaals: 'Is er nog iets, meneer Rafferty?'

De hommel was ergens tijdens het verhoor weggevlogen. Mitch besefte nu pas dat het gezoem was opgehouden.

Als hij de ontvoering van Holly geheimhield, stond hij alleen tegenover haar ontvoerders.

In zijn eentje was hij niets waard. Hij was opgegroeid met drie zussen en een broer, allemaal geboren binnen een tijdsbestek van zeven jaar. Ze waren elkaars vertrouwelingen, biechtvaders, adviseurs en verdedigers geweest.

Een jaar na de middelbare school was hij uit het ouderlijk huis vertrokken en samen met een vriend in een appartement gaan wonen. Later had hij zijn eigen plekje gekregen, waar hij zich eenzaam had gevoeld. Hij had zestig uur per week en meer gewerkt, alleen om te voorkomen dat hij alleen thuis was.

Hij had zich pas weer compleet, tevreden en verbonden gevoeld toen Holly in zijn wereld was gekomen. 'Ik' was altijd een koud woord geweest; 'wij' klonk warmer. 'Ons' klonk hem beter in de oren dan 'mij'.

De ogen van inspecteur Taggart leken minder streng dan ze tot dan toe waren geweest.

Mitch zei: 'Nou...'

De inspecteur likte langs zijn lippen.

Het was warm en de lucht was droog. Mitch had zelf ook droge lippen.

Toch deed die snelle verschijning van Taggarts roze tong aan een reptiel denken en het suggereerde dat hij zich inwendig verheugde op de smaak van een prooi die hij bijna te pakken had.

De idiote gedachte dat een inspecteur samen kon werken met Holly's ontvoerders kon alleen zijn ingegeven door paranoia. Dit moment, waarop de getuige en de politieman onder vier ogen met elkaar praatten, kon in feite de ultieme test zijn om te kijken of Mitch bereid was de instructies van de ontvoerders op te volgen.

Alle alarmbellen, zowel rationeel als irrationeel, gingen rinkelen in zijn hoofd. Deze ophoping van ongeremde angst en duistere argwaan was niet bevorderlijk om helder te kunnen nadenken.

Hij was er half van overtuigd dat Taggart zou grijnzen als hij hem de waarheid zou vertellen en dat hij zou zeggen: *nu zullen we haar moeten doden, meneer Rafferty. We kunnen u niet meer vertrouwen. Maar we zullen u laten kiezen wat we het eerst zullen afsnijden, haar vingers of haar oren.*

Net als eerder, toen hij naast de dode man had gestaan, voelde Mitch zich bekeken, niet alleen door Taggart en de theedrinkende buren, maar door een ongeziene aanwezigheid. Bekeken, geanalyseerd.

'Nee, inspecteur,' zei hij. 'Er is verder niets.'

De inspecteur haalde een zonnebril uit het zakje van zijn hemd en zette hem op.

In de spiegelende glazen herkende Mitch de dubbele weerspiegeling van zijn gezicht bijna niet. Het was zo verwrongen dat hij er oud uitzag.

'Ik heb u mijn kaartje gegeven,' merkte Taggart op.

'Ja, meneer. Ik heb het hier.'

'Bel me als u zich iets herinnert dat belangrijk lijkt.'

De gladde, karakterloze glans van de zonnebril was als de blik van een reusachtig insect: gevoelloos, gretig, vraatzuchtig.

Taggart zei: 'U lijkt nerveus, meneer Rafferty.'

Mitch hief zijn handen om te laten zien hoe ze trilden en zei: 'Niet nerveus, inspecteur. Geschokt. Enorm geschokt.'

Taggart likte nogmaals langs zijn lippen.

Mitch zei: 'Ik heb nog nooit een man vermoord zien worden.'

'Daar raak je ook niet aan gewend,' zei de inspecteur.

Mitch liet zijn handen zakken en zei: 'Dat zal wel niet.'

'Het is nog erger als het een vrouw is.'

Mitch wist niet wat hij van die uitspraak moest denken. Misschien was het een eenvoudig feit in de ervaring van een rechercheur van de afdeling Moordzaken, maar misschien was het ook een dreigement.

'Een vrouw of een kind,' zei Taggart.

'Ik zou niet graag uw werk willen doen.'

'Nee. Dat zou u inderdaad niet willen.' De inspecteur wendde zich af en zei: 'Ik zie u nog wel, meneer Rafferty.'

'Hoezo dat?'

Taggart keek achterom en zei: 'U en ik, wij zullen allebei op een dag getuigen zijn in de rechtszaal.'

'Het lijkt mij een moeilijke zaak om op te lossen.'

'"Het bloed roept tot mij van de aardbodem", meneer Rafferty,' zei de inspecteur, die blijkbaar iemand citeerde. '"Het bloed roept tot mij van de aardbodem."'

Mitch zag Taggart weglopen.

Toen keek hij naar het gras onder zijn voeten.

De zon was opgeschoven en had de schaduw van de palmbladeren achter hem gelegd. Hij stond in het zonlicht, maar werd er niet door verwarmd.

5

Het klokje op het dashboard was digitaal, net als Mitch' polshorloge, maar toch hoorde hij de tijd tikken als het ratelen van de wijzer tegen de pennetjes van een draaiend rad van fortuin.

Hij had vanaf de plaats delict meteen naar huis willen racen. De logica gebood dat Holly vanuit het huis moest zijn ontvoerd. Ze zouden haar niet hebben gegrepen terwijl ze op weg was naar haar werk, op een openbare weg.

Misschien hadden ze per ongeluk iets laten liggen waaruit hij hun identiteit kon herleiden. Waarschijnlijker was dat ze een boodschap voor hem hadden achtergelaten, verdere instructies.

Zoals gewoonlijk had Mitch Iggy opgehaald uit zijn flat in Santa Ana. Nu moest hij hem eerst terugbrengen.

Toen ze vanuit de beroemde en welvarende kustwijken in Orange County, waar ze werkten, naar de noordelijker gelegen, eenvoudiger buurten waar ze zelf woonden reden, verliet Mitch de drukke snelweg en reed binnendoor, maar ook daar was veel verkeer.

Iggy wilde praten over de moord en over de politie. Mitch moest doen alsof hij net zo naïef opgewonden was over de vreemde ervaring als Iggy, terwijl hij eigenlijk werd opgeslokt door de gedachte aan Holly en zijn bezorgdheid over wat er nu zou gebeuren.

Gelukkig begon Iggy's woordenstroom al snel te kronkelen en te draaien en in de war te raken als de bol wol waarmee een poes speelt.

Het kostte Mitch minder moeite geïnteresseerd te lijken in zijn onsamenhangende betoog dan toen hij het nog over de dode wandelaar had gehad.

'Mijn neef Louis had een vriend die Booger heette,' zei Iggy. 'En daarmee is hetzelfde gebeurd, hij is neergeschoten terwijl hij met de hond aan het wandelen was, alleen was het geen geweer en ook geen hond.'

'Booger?' zei Mitch verwonderd.

'Booker,' corrigeerde Iggy. 'B-o-o-k-e-r. Hij had een kat die hij Haarbal noemde. Hij was aan het wandelen met Haarbal en toen is hij neergeschoten.'

'Liet hij zijn kat uit?'

'Het was eigenlijk zo: Haarbal zat knus in een reismand en Booker was met hem op weg naar de dierenarts.'

Mitch keek steeds in zijn achteruitkijkspiegel en zijn zijspiegels. Een zwarte Cadillac suv had achter hen eveneens de snelweg verlaten. Hij bleef blok na blok achter hen rijden.

'Dus Booker was niet echt aan het wandelen met die kat,' zei Mitch.

'Hij liep daar met de kat en zo'n snotjoch van twaalf, echt tuig van de richel, schoot op Booker met een verfpistool.'

'Dus hij was niet dood.'

'Dat niet, nee, en het was een kat in plaats van een hond, maar Booker was helemaal blauw.'

'Blauw?'

'Blauw haar, blauw gezicht. Hij was nijdig, joh.'

De Cadillac bleef steeds twee of drie auto's achter hen. Misschien hoopte de chauffeur dat Mitch hem niet zou zien.

'Dus Booker was helemaal blauw. En dat joch?' vroeg Mitch.

'Booker wilde die snotjongen zijn handen breken, maar dat joch schoot hem in het kruis en zette het op een lopen. Hé, Mitch, wist jij dat er een stad in Pennsylvania is die Blue Balls heet?'

'Nee.'

'Het is in die streek waar de Amish wonen. Daar ligt ook een andere stad in de buurt en die heet Intercourse.'

'Nou, zeg.'

'Misschien zijn die Amish toch niet zo steil als je had gedacht.'

Mitch gaf gas om een kruising over te steken voordat het verkeerslicht op rood sprong. Achter hem wisselde de zwarte SUV van rijbaan, maakte snelheid en haalde nog net het gele licht.

'Heb jij ooit zo'n *shoofly pie* gegeten zoals de Amish maken?' vroeg Iggy.

'Nee, nooit.'

'Dat is zo zoet, erger nog dan zes Gidget-films. Alsof je stroop eet. Verraderlijk, jongen.'

De Cadillac liet zich terugvallen en ging weer op dezelfde baan rijden als Mitch. Er zaten weer drie auto's tussen hen.

Iggy zei: 'Earl Potter is een been kwijtgeraakt omdat hij zo'n shoofly pie had gegeten.'

'Earl Potter?'

'De vader van Tim Potter. Hij had diabetes, maar hij wist het niet en hij vrat elke dag wel een emmer snoep. Heb je ooit een Quakertown pie gehad?'

'Hoe zat dat nou met Earls been?' vroeg Mitch.

'Dat was gewoon idioot, man. Op een dag had hij geen gevoel meer in zijn voet en kon hij niet meer gewoon lopen. Bleek dat hij bijna geen bloedsomloop meer had daar, vanwege die diabetes. Ze hebben zijn linkerbeen boven de knie moeten afzagen.'

'Terwijl hij shoofly pie at.'

'Nee. Hij had door dat hij niet meer mocht snoepen.'

'Goed van hem.'

'Dus de dag voor de ingreep nam hij zijn laatste toetje en hij koos een hele shoofly pie met wel een emmer slagroom. Heb je die film ooit gezien over de Amish, met Harrison Ford en dat meisje met die grote tieten?'

Via Haarbal, Blue Balls, Intercourse, shoofly pie en Harrison Ford waren ze bij Iggy's flatgebouw gearriveerd.

Mitch parkeerde en de zwarte SUV reed langs zonder vaart te minderen. De zijramen waren van getint glas, dus kon hij de chauffeur en de passagiers niet zien.

Iggy deed zijn portier open, maar voordat hij uit de pick-up stapte, zei hij: 'Alles goed, baas?'

'Ja, hoor.'

'Je ziet er beroerd uit.'

'Ik heb een man doodgeschoten zien worden,' merkte Mitch op.

'Ja. Was dat niet heftig? Ik denk dat ik weet wie vanavond het hoogste woord heeft in de Rolling Thunder. Misschien moet je ook even langskomen.'

'Hou maar geen kruk voor me vrij.'

De Cadillac verdween in westelijke richting. De middagzon hulde het verdachte voertuig in een felle gloed. Hij glinsterde en leek te verdwijnen in de muil van de zon.

Iggy stapte uit, keek achterom naar Mitch en trok een droevig gezicht. 'Geketend door het huwelijk.'

'Zo vrij als een vogel, juist.'

'Wauw, dat is pas gelul.'

'Ga je bezatten.'

'Ik ben inderdaad van plan het een en ander tot me te nemen,' verzekerde Iggy hem. 'Dokter Ig schrijft jou minstens een sixpack *cerveza* voor. Zeg tegen mevrouw Mitch dat ik haar een wereldmeid vind.'

Iggy sloeg het portier dicht en liep weg, groot en trouw en lief en volkomen onwetend.

Mitch' handen trilden plotseling toen hij de pick-up weer de straat op stuurde.

Toen hij naar het noorden reed, kon hij niet wachten tot hij Iggy kwijt was en naar huis kon gaan. Nu draaide zijn maag om bij de gedachte wat hem daar zou wachten.

Hij was vooral bang bloed aan te treffen.

6

Mitch reed met de ramen open, want hij wilde de geluiden van de straat horen, tekens van leven.

De Cadillac liet zich niet meer zien. Geen ander voertuig nam de achtervolging over. Hij had het zich duidelijk verbeeld.

Het gevoel dat hij in de gaten werd gehouden, verdween. Van tijd tot tijd werden zijn ogen naar de achteruitkijkspiegel getrokken, maar niet langer met de verwachting iets verdachts te zien.

Hij voelde zich alleen, erger dan alleen. Geïsoleerd. Hij zou bijna willen dat de zwarte suv weer opdook.

Hun huis stond in een oudere wijk van Orange, een van de oudste steden in de streek. Toen hij hun straat indraaide, had er hier en daar een gordijn open kunnen gaan om hem welkom te heten in het jaar 1945, als je even niet lette op het bouwjaar van de auto's en pick-ups.

De bungalow van lichtgele planken, met witte accenten en een dak van cederhoutplaten, stond achter een hek met rozen ertussendoor. Er waren een paar huizen in het blok die groter en mooier waren, maar geen ervan had zo'n mooie tuin.

Hij parkeerde op de oprit naast het huis, onder een enorme oude peperboom, en stapte de doodstille middag in.

De stoepen en tuinen waren verlaten. In deze buurt werkten de ouders vaak allebei; iedereen was naar zijn werk. Het was 15.04 uur en er waren dus ook nog geen sleutelkinderen thuis van school.

Geen dienstmeisjes, geen glazenwassers, geen hoveniersbedrijven die druk waren met bladblazers. Hier veegden de bewoners hun eigen vloeren schoon en maaiden ze hun eigen grasvelden.

De peperboom vlocht het zonlicht door zijn waterval van bladeren en wierp elliptische schijfjes licht op de overschaduwde stoep.

Mitch deed een zijhekje open en stak het grasveld over naar de voordeur.

De veranda was diep en koel. Naast kleine rieten tafeltjes met glazen bladen stonden witte rieten stoelen met groene kussens.

Op zondagmiddagen zaten hij en Holly hier vaak te praten, de krant te lezen en naar de kolibries te kijken, die van de ene rode trompetbloem naar de andere vlogen langs de staande balken van de veranda.

Soms vouwden ze een kaarttafeltje open tussen de rieten stoelen. Ze versloeg hem altijd met scrabble. Hij was weer beter met de quizspelletjes.

Ze gaven niet veel geld uit aan vertier. Geen skivakanties, geen weekendjes in Baja. Ze gingen zelden naar de film. Samen op de veranda zitten was net zo plezierig als samen in Parijs rondlopen.

Ze spaarden voor dingen die echt belangrijk waren. Om haar in staat te stellen de overstap te maken van secretaresse naar makelaar. Om te zorgen dat hij wat kon adverteren, een tweede pickup kon kopen, de zaak kon uitbreiden.

En kinderen. Er zouden kinderen komen. Twee of drie. Op sommige feestdagen, als ze in een sentimentele bui waren, leek zelfs vier niet te veel.

Ze hoefden niet de hele wereld en hoefden die ook niet zonodig te veranderen. Ze wilden een klein hoekje van de wereld voor zichzelf en de kans om dat te vullen met een gezin en gelach.

Hij probeerde de voordeur. Die was niet op slot. Hij duwde hem open en bleef aarzelend op de drempel staan.

Hij keek achterom naar de straat en verwachtte half en half de zwarte suv te zien. Hij was er niet.

Toen hij naar binnen was gestapt, bleef hij even staan om zijn ogen te laten wennen. De woonkamer werd alleen verlicht door het zonlicht dat door de boom de ruimte in viel.

Alles leek in orde. Hij kon geen sporen van een worsteling ontdekken.

Mitch deed de deur achter zich dicht. Hij moest er even tegenaan leunen.

Als Holly thuis was geweest, zou hij muziek hebben gehoord. Ze hield van bigbands. Miller, Goodman, Ellington, Shaw. Ze zei dat de muziek van de jaren veertig van de vorige eeuw bij dit huis paste. Ze paste ook bij haar. Klassiek.

In de woonkamer kwam je via een boog in de kleine eetkamer. Ook in deze tweede kamer stond alles op zijn plaats.

Op de tafel lag een grote, dode mot. Het was een nachtuiltje, grijs met zwarte details langs de golvende rand van zijn vleugels.

De mot moest de vorige avond zijn binnengekomen. Ze hadden een tijdje op de veranda gezeten met de deur open.

Misschien leefde het diertje nog en sliep het. Als hij het voorzichtig oppakte en mee naar buiten nam, zou het misschien naar een hoek van de veranda vliegen en daar wachten tot de maan opging.

Hij aarzelde om de mot aan te raken, uit angst dat er geen leven meer in zat. Misschien viel hij bij zijn aanraking wel uiteen tot een soort vettig stof, wat soms gebeurde met motten.

Mitch liet het nachtuiltje liggen omdat hij wilde geloven dat het nog leefde.

De deur tussen de eetkamer en de keuken stond op een kier. Daarachter gloeide licht.

In de lucht hing nog de geur van verbrande toast. Die werd sterker toen hij de deur naar de keuken openduwde.

Hier trof hij sporen aan van een worsteling. Een van de stoelen was omgevallen. Op de grond lag gebroken serviesgoed.

In de broodrooster stonden twee sneetjes zwart brood. Iemand had de stekker eruit getrokken. De boter was op het aanrecht blijven staan en zacht geworden naarmate de dag warmer werd.

De indringers moesten aan de voorkant het huis binnen zijn gekomen en haar hebben verrast terwijl ze brood roosterde.

De kastjes waren glanzend wit gelakt. Op een deurtje en twee laden zaten bloedspetters.

Mitch deed even zijn ogen dicht. Hij dacht aan de mot die opfladderde en opvloog van de tafel. In zijn borstkas fladderde ook iets, en hij wilde geloven dat het hoop was.

Op de witte koelkast schreeuwde de bloederige handafdruk van een vrouw zo luid als welke stem ook dat hier iets gebeurd was. Een andere volledige handafdruk en een vage gedeeltelijke afdruk ontsierden twee bovenkastjes.

Ook op de terracotta vloertegels zaten bloedspetters. Zo veel bloed. Het leek wel een oceaan.

Wat hij zag joeg Mitch zo veel angst aan dat hij het liefst zijn ogen weer dicht had willen doen. Maar hij had het idiote idee dat hij voor altijd blind zou worden als hij tot tweemaal toe zijn ogen sloot voor de grimmige realiteit.

De telefoon ging.

7

Hij hoefde niet in het bloed te stappen om bij de telefoon te komen. Hij pakte op toen hij voor de derde keer rinkelde en hoorde zijn gespannen stem 'ja?' zeggen.

'Ik ben het, schat. Ze luisteren mee.'

'Holly. Wat hebben ze met je gedaan?'

'Met mij is alles goed,' zei ze, en ze klonk sterk, maar ze klonk niet goed.

'Ik sta in de keuken,' zei hij.

'Ik weet het.'

'Al dat bloed...'

'Ik weet het. Denk daar nu niet meer aan. Mitch, ze hebben gezegd dat we een minuut hebben om te praten, maar één minuut.'

Hij begreep wat ze wilde zeggen: *een minuut en daarna misschien nooit meer.*

Zijn benen konden hem niet meer dragen. Hij draaide een stoel weg van het ontbijttafeltje, liet zich erop zakken en zei: 'Het spijt me zo erg.'

'Het is niet jouw schuld. Maak jezelf geen verwijten.'

'Wie zijn die lui, zijn ze gek of zo?'

'Het zijn ellendige schoften, maar ze zijn niet gek. Ze komen... professioneel over. Ik weet niet. Maar ik wil dat je me iets belooft...'

'Ik trek dit niet.'

'Luister, schat. Ik wil je belofte hebben. Als er iets met mij gebeurt...'

'Er gebeurt niets met jou.'

'Als er iets met mij gebeurt,' hield ze aan, 'beloof me dan dat je erdoorheen komt.'

'Daar wil ik niet over nadenken.'

'Je komt eroverheen, verdomme. Je komt eroverheen en leeft verder.'

'Jij bent mijn leven.'

'Je komt eroverheen, grasmaaier, anders word ik echt nijdig.'

'Ik doe wat ze willen. Ik krijg je wel terug.'

'Als je hier niet doorheen komt, kom ik bij je spoken, Rafferty. Net als in die film, *Poltergeist*, maar dan nog tien keer erger.'

'God, ik hou van je,' zei hij.

'Dat weet ik. Ik hou ook van jou. Ik wil je vasthouden.'

'Ik hou zoveel van je.'

Ze gaf geen antwoord.

'Holly?'

De stilte gaf hem weer kracht en hij stond met een schok op van zijn stoel.

'Holly? Hoor je me?'

'Ik hoor je, grasmaaier,' zei de ontvoerder die hij eerder ook aan de telefoon had gehad.

'Vuile schoft.'

'Ik begrijp dat je kwaad bent...'

'Smerig stuk vreten.'

'... maar ik heb er niet veel geduld mee.'

'Als je haar iets doet...'

'Ik heb haar al iets gedaan. En als jij niet doet wat we zeggen, slacht ik die teef als een varken.'

Plotseling besefte Mitch hoe hulpeloos hij was, en zijn woede werd verdrongen door nederigheid.

'Alsjeblieft. Doe haar geen pijn. Niet weer.'

'Rustig aan, Rafferty. Hou je koest terwijl ik een paar dingen uitleg.'

'Oké. Goed. Je moet het me uitleggen. Ik weet het niet meer.'

Weer knikten zijn knieën. Maar in plaats van op de stoel te gaan zitten, duwde hij een gebroken bord opzij met zijn voet en knielde hij op de vloer. Om de een of andere reden voelde hij zich beter als hij op zijn knieën zat dan op de stoel.

'Over het bloed,' zei de ontvoerder. 'Ik heb haar geslagen toen ze probeerde tegen te stribbelen, maar ik heb haar niet gesneden.'

'Al dat bloed...'

'Dat leg ik juist uit. We hebben een tourniquet om haar arm gebonden zodat er een ader omhoogkwam, en toen hebben we er een naald in gestoken en vier buisjes afgetapt, net zoals je dokter doet als je gekeurd wordt.'

Mitch leunde met zijn voorhoofd tegen de ovendeur. Hij sloot zijn ogen en probeerde zich te concentreren.

'We hebben bloed op haar handen gesmeerd en die afdrukken gemaakt. En we hebben nog wat op het aanrecht en de kastjes gespetterd en op de vloer laten lopen. We hebben het toneel klaargemaakt, Rafferty. Nu ziet het eruit alsof ze daar vermoord is.'

Mitch wist absoluut niet waar de man heen wilde. Hij kon het allemaal niet bijbenen. 'Een toneel? Waarvoor?'

'Als jij in paniek raakt en naar de politie gaat, geloven ze dat verhaal over een ontvoering nooit. Ze zullen die keuken zien en denken dat jij haar van kant hebt gemaakt.'

'Ik heb niets tegen ze gezegd.'

'Dat weet ik.'

'Wat je met die man met die hond hebt gedaan... Ik wist dat je niets te verliezen had. Ik wist dat ik geen geintjes moest proberen uit te halen.'

'Dit is niet meer dan een extra garantie,' zei de ontvoerder. 'Wij houden van zekerheid. Er ontbreekt een vleesmes uit het rek in je keuken.'

Mitch deed niet de moeite de bewering te controleren.

'We hebben het in een van jouw t-shirts en een spijkerbroek gewikkeld. De kleren zitten vol met Holly's bloed.'

Ze waren inderdaad professionals, net zoals Holly al had gezegd.

'Dat pakje is verstopt op jouw perceel,' ging de ontvoerder verder. 'Jij zou het niet gemakkelijk kunnen vinden, maar de politiehonden wel.'

'Ik snap waar je heen wilt.'

'Dat wist ik wel. Je bent niet stom. Daarom hebben we ook voor zoveel garanties gezorgd.'

'Wat nu? Leg deze hele zaak eens uit.'

'Nog niet. Op dit moment ben je erg emotioneel, Mitch. Dat is niet goed. Als je je emoties niet onder controle hebt, maak je fouten.'

'Ik heb mezelf in de hand,' verzekerde Mitch hem, hoewel zijn hart nog steeds bonsde en het bloed suisde in zijn oren.

'Je hebt geen ruimte voor fouten, Mitch. Niet één. Dus wil ik dat je kalmeert, zoals ik al zei. Als je weer helder kunt denken, praten we verder over de situatie. Ik bel je om zes uur.'

Mitch bleef op zijn knieën zitten, maar hij deed zijn ogen open en keek op zijn horloge. 'Dat is pas over meer dan tweeënhalf uur.'

'Je hebt je werkkleren nog aan. Je bent smerig. Neem een lekkere warme douche. Daarna voel je je vast beter.'

'Dat kun je niet menen.'

'In ieder geval moet je er presentabeler uitzien. Ga douchen, trek iets anders aan en ga weg. Ga ergens heen, waar dan ook. Maar zorg ervoor dat je mobiele telefoon helemaal is opgeladen.'

'Ik wacht liever hier.'

'Dat heeft geen zin, Mitch. Het huis zit vol met herinneringen aan Holly, waar je maar kijkt. Zo raak je nog meer over je toeren. Ik wil dat je minder emotioneel wordt.'

'Oké. Goed dan.'

'Nog één ding. Ik wil dat je hier naar luistert...'

Mitch dacht dat ze weer een gil van pijn aan Holly zouden ontlokken om te benadrukken hoe weinig hij kon doen om haar te beschermen. Hij zei: 'Niet doen.'

In plaats van Holly hoorde hij twee stemmen op een bandje, duidelijk tegen een vaag gesis op de achtergrond. De eerste stem was die van hemzelf:

'Ik heb nog nooit een man vermoord zien worden.'

'Daar raak je ook niet aan gewend.'

'Dat zal wel niet.'

'Het is nog erger als het een vrouw is... een vrouw of een kind.'

De tweede stem was die van inspecteur Taggart.

De ontvoerder zei: 'Als je iets tegen hem had gezegd, Mitch, was Holly nu dood.'

In het donkere rookglas van de ovendeur zag hij de weerspiegeling van een gezicht dat hem vanuit de hel leek aan te kijken.

'Taggart hoort bij jullie.'

'Misschien wel, misschien niet. Je moet er gewoon van uitgaan dat iedereen bij ons hoort, Mitch. Dat is veiliger voor jou en veel veiliger voor Holly. Iedereen hoort bij ons.'

Ze hadden een doos om hem heen gezet. En nu deden ze het deksel erop.

'Mitch, ik wil je niet met sombere gedachten laten zitten. Ik wil je over één ding geruststellen. Ik wil dat je weet dat we niet aan haar zullen zitten.'

'Jullie hebben haar geslagen.'

'En ik zal haar weer slaan als ze niet doet wat haar gezegd wordt. Maar we zullen haar verder niet aanraken. We zijn geen verkrachters, Mitch.'

'Waarom zou ik je geloven?'

'Ik ben natuurlijk met je bezig, Mitch. Ik manipuleer je en schaaf je bij. En er is uiteraard een heleboel dat ik je niet ga vertellen...'

'Jullie zijn moordenaars, maar geen verkrachters?'

'Het punt is dat alles wat ik je wel verteld heb, waar was. Denk maar eens na over onze relatie, dan zul je zien dat ik de waarheid heb gesproken en dat ik me aan mijn woord heb gehouden.'

Mitch was in staat hem te vermoorden. Hij had nooit het verlangen gevoeld om ernstig geweld te gebruiken tegen een ander mens, maar deze man wilde hij kapotmaken.

Hij had de telefoon zo krampachtig vast dat zijn hand pijn deed. Hij kon zijn greep niet ontspannen.

'Ik heb een heleboel ervaring met het gebruiken van mensen, Mitch. Jij bent voor mij een instrument, een waardevol stukje gereedschap, een gevoelige machine.'

'Machine.'

'Blijf even luisteren, goed? Het heeft geen zin om een kostbare en gevoelige machine te misbruiken. Ik zou geen Ferrari kopen en vervolgens nooit de olie vervangen of hem door laten smeren.'

'Ik ben tenminste een Ferrari.'

'Als ik jou gebruik, zul je niet zo op de proef worden gesteld dat het je krachten te boven gaat. Ik verwacht goede prestaties van een Ferrari, maar ik verwacht niet dat ik ermee door een stenen muur kan rijden.'

'Ik heb het gevoel dat ik daar al doorheen gereden ben.'

'Je bent taaier dan je denkt. Maar om de beste prestatie van jou te krijgen, moet je weten dat we Holly met respect zullen behandelen. Als je alles doet wat wij willen, krijg je haar levend terug... en onbezoedeld.'

Holly was een sterke vrouw. Ze zou zich niet gemakkelijk kapot laten maken door lichamelijk geweld. Maar verkrachting was meer dan lichamelijk geweld. Verkrachting verscheurde de geest, het hart en de ziel.

De man die haar gevangen hield, had er misschien op gezinspeeld met de oprechte bedoeling om Mitch tot op zekere hoogte gerust te stellen. Maar de schoft had het ook als waarschuwing bedoeld.

Mitch zei: 'Ik vind dat je nog steeds de vraag niet hebt beantwoord. Waarom zou ik jou geloven?'

'Omdat je wel moet.'

Dat was een onuitwisbare waarheid.

'Je moet wel, Mitch. Want anders kun je er net zo goed nu meteen van uitgaan dat ze dood is.'

De ontvoerder verbrak de verbinding.

Het enorme gevoel van machteloosheid hield Mitch nog even op zijn knieën.

Uiteindelijk verzocht een vrouwenstem op een bandje met de vaag belerende toon van een geïrriteerde crècheleidster, hem de telefoon neer te leggen. In plaats daarvan legde hij het toestel op de grond en een voortdurend gepiep drong erop aan de raad van de vrouw op te volgen.

Hij bleef op zijn knieën zitten, legde zijn voorhoofd nog eens tegen de ovendeur en deed zijn ogen dicht.

In zijn hoofd was het een chaos. Hij werd gekweld door beelden van Holly en tornado's aan herinneringen, die uit elkaar spatten en ronddraaiden. Het waren goede en lieve herinneringen, maar ze kwelden hem omdat ze misschien alles zouden zijn wat hij nog van haar zou hebben. Angst en woede. Spijt en verdriet. Hij had nooit iemand verloren. Zijn leven had hem daar niet op voorbereid.

Hij probeerde helder te denken, want hij voelde dat er iets was dat hij hier en nu voor Holly kon doen als hij zijn angst maar bedwong, rustig werd en nadacht. Hij hoefde niet te wachten op de bevelen van haar ontvoerders. Hij kon nu iets belangrijks voor haar doen. Hij kon voor haar in actie komen. Hij kon iets voor Holly doen.

Zijn knieën begonnen pijn te doen op de harde terracotta tegels. Het lichamelijke ongemak maakte langzaam zijn hoofd weer helder. De gedachten vormden niet langer een woest kolkende stroom, maar dreven als gevallen bladeren op een kalme rivier.

Hij kon iets zinvols doen voor Holly, en het besef wat dat was lag juist onder het oppervlak en dreef net onder zijn zoekende gedachten. De harde vloer was onverbiddelijk en hij begon het gevoel te krijgen alsof hij op gebroken glas knielde. Hij kon iets voor Holly doen. Het antwoord ontging hem. Iets. Zijn knieën deden pijn. Hij probeerde de pijn te negeren, maar toen kwam hij overeind. Het antwoord dat hij zocht week achteruit. Hij zette de telefoon weer op de lader. Hij zou moeten wachten op het volgende telefoontje. Nog nooit had hij zich zo nutteloos gevoeld.

8

Hoewel hij nog uren op zich zou laten wachten, trok de naderende nacht alle schaduwen naar het oosten, weg van de zon in het westen. De schaduwen van de koninginnepalm reikten verlangend over de diepe tuin.

Voor Mitch was de achterveranda waarop hij stond de plek waar alle spanning was samengebald, waar ze vroeger zo'n vredig eiland was geweest.

Aan het eind van de tuin, achter een schutting van planken, lag een steegje. Aan de andere kant van het steegje bevonden zich andere tuinen en andere huizen. Misschien hield een wachtpost hem nu wel van achter een van die ramen op de eerste verdieping in de gaten met een krachtige verrekijker.

Hij had Holly door de telefoon verteld dat hij zich in de keuken bevond en zij had gezegd dat ze dat wist. Ze kon het alleen hebben geweten als haar ontvoerders het hadden geweten.

De zwarte Cadillac bleek niet in dienst te staan van een duistere macht en de dreiging had alleen in zijn verbeelding bestaan. Geen ander voertuig was hem gevolgd.

Ze hadden niets anders verwacht dan dat hij naar huis zou gaan, dus in plaats van hem te volgen hadden ze zijn huis in de gaten gehouden. En dat deden ze nog steeds.

Een van de huizen aan de andere kant van het steegje zou een goed uitkijkpunt vormen als de kijker uitgerust was met geavanceerde optische instrumenten, die alles heel dichtbij konden halen.

Maar zijn argwaan richtte zich op de losstaande garage achter in zijn tuin. Je kon in het gebouwtje komen vanuit de steeg of vanaf de straat, via de oprit naast het huis.

De garage, die plaats bood aan de pick-up van Mitch en de Honda van Holly, had ramen op de begane grond en op de opslagzolder. Sommige daarvan waren donker, andere waren verguld door het gereflecteerde zonlicht.

Achter geen enkel raam was een spookachtig gezicht of een verraderlijke beweging te zien. Als iemand hem vanuit de garage in de gaten hield, zou hij heel voorzichtig zijn. Hij zou zich alleen laten zien als hij dat wilde, om Mitch te intimideren.

De schuine zonnestralen sloegen heldere kleuren van de rozen, de ranonkels, de purperklokjes en de *Impatiens*, alsof het zonlicht in glas in lood werd gereflecteerd.

Het vleesmes, gewikkeld in bebloede kleren, was waarschijnlijk in een bloembed begraven.

Als hij dat bundeltje vond en het opgroef en het bloed in de keuken wegschrobde zou hij weer enige controle over de gang van zaken hebben. Dan zou hij flexibeler kunnen reageren op de beproevingen die in de komende uren op hem af zouden komen.

Maar als hij in de gaten werd gehouden, zouden de ontvoerders niet blij zijn met zijn acties. Ze hadden de moord op zijn vrouw in scène gezet omdat ze hem in hun macht wilden hebben, en ze zouden niet graag willen dat die macht gebroken werd.

Om hem te straffen, zouden ze Holly pijn doen.

De man aan de telefoon had beloofd dat ze Holly niet zouden aanraken, waarmee hij bedoelde dat ze niet verkracht zou worden. Maar hij had er geen moeite mee haar te slaan.

Als hij er reden voor had, zou hij haar weer slaan. Met gebalde vuist. Hij zou haar martelen. Daarover had hij geen beloften gedaan.

Om de moord in scène te zetten hadden ze pijnloos bloed afgenomen, met een injectienaald. Maar ze hadden niet gezworen haar nooit met een mes te bewerken.

Ze zouden haar kunnen verwonden om te illustreren hoe hulpeloos hij was. En met elke verwonding die ze opliep zouden ze een pees van haar wil om hen te weerstaan doorsnijden.

Ze zouden haar niet durven vermoorden. Om Mitch in de hand te houden, zouden ze haar af en toe met hem moeten laten praten.

Maar ze zouden haar kunnen verminken en haar vervolgens de verminkingen voor hem kunnen laten beschrijven via de telefoon.

Mitch was verrast over het feit dat hij dergelijke afschuwelijke ontwikkelingen kon voorzien. Tot een paar uur geleden had hij geen persoonlijke ervaring gehad met pure slechtheid.

Het feit dat hij zich zulke dingen zo levendig kon voorstellen, wees erop dat hij onbewust of misschien op een niveau dat nog onder het onderbewustzijn lag had geweten dat het kwaad aanwezig was op de wereld, verschrikkingen die niet grijzer ingekleurd konden worden door psychologische of sociale analyse. De ontvoering van Holly had dat opzettelijk onderdrukte besef uit een gezegende duisternis aan het licht gebracht.

De schaduwen van de koninginnepalmen, die zich uitstrekten naar de achterschutting, leken uiterst strak gespannen en de zonverlichte bloemen waren broos als glas. Het wekte bij Mitch alleen maar meer spanning op.

De verlengde schaduwen en de bloemen zouden niet breken. Datgene wat zo gespannen was, zou binnen in Mitch breken. En hoewel de angst in zijn maag brandde en zijn tanden op elkaar klemde, voelde hij dat dit breekpunt geen slechte zaak zou zijn.

De donkere en zonverlichte ramen van de garage bespotten hem. De stoelen op de veranda en op de patio, die waren neergezet in de verwachting van luie zomeravonden, bespotten hem.

De weelderige en goed ingerichte tuin, waaraan hij zoveel uren had besteed, bespotte hem ook. Alle schoonheid van zijn werk leek nu oppervlakkig en die oppervlakkigheid maakte alles lelijk.

Hij ging het huis weer in en deed de achterdeur dicht. Hij nam niet de moeite hem op slot te doen.

Het ergste dat zijn huis had kunnen binnenkomen, was al gekomen en gegaan. De inbreuk die er nu nog op zou worden gepleegd, zou slechts bijdragen aan de eerste afschuwelijke gebeurtenissen.

Hij ging de keuken door en kwam in een gangetje waarop twee kamers uitkwamen, waarvan de eerste een zitkamer was. Er stonden een bank, twee stoelen en een breedbeeldtelevisie.

Ze keken er tegenwoordig zelden naar. De ether werd gedomineerd door zogenoemde reality-tv, juridische dramaseries en politieseries, maar die waren allemaal even vervelend omdat ze helemaal niet leken op de realiteit zoals hij tot dusver had gekend, en nu nog beter kende.

Aan het eind van het gangetje was de grote slaapkamer. Hij haalde schoon ondergoed en sokken uit een bureaula.

Hoe onmogelijk alle alledaagse dingen ook leken in deze omstandigheden, hij kon niets beters doen dan wat hem gezegd was.

Het was die dag warm geweest, maar halverwege mei zouden de avonden waarschijnlijk koel zijn. Hij haalde een schone spijkerbroek en een flanellen overhemd van de hangertjes in de kast en legde ze op het bed.

Daarna bleef hij staan voor het kaptafeltje van Holly, waar ze elke dag op een zachte kruk zat om haar haar te borstelen, zich op te maken en lipstick op te doen.

Hij had onbewust haar handspiegel opgepakt. Hij keek erin alsof hij hoopte dat hij de toekomst zou kunnen zien en haar mooie, glimlachende gezicht. Zijn eigen hoofd was het aankijken niet waard.

Hij schoor zich, ging onder de douche en kleedde zich op de beproeving die voor hem lag.

Hij had geen idee wat ze van hem verwachtten of hoe hij met enige mogelijkheid twee miljoen dollar bij elkaar zou kunnen krijgen om zijn vrouw los te kopen, maar hij deed geen poging over de mogelijkheden na te denken. Een man op een hoge richel doet er goed aan niet al te veel in de afgrond te kijken.

Toen hij op de rand van het bed zat en net de veters van zijn schoenen had gestrikt, ging de deurbel.

De ontvoerder had gezegd dat hij om zes uur zou bellen, niet dat hij zou langskomen. Bovendien was het volgens het klokje naast het bed nog maar 16:15.

Gewoon niet opendoen was geen optie. Hij moest reageren, hoe Holly's ontvoerders ook contact opnamen.

Als de bezoeker niets te maken had met de ontvoering, moest Mitch ook opendoen om de indruk te wekken dat alles normaal was.

De pick-up op de oprit bewees dat hij thuis was. Als het een buurman was en hij niet opendeed, zou die buurman waarschijnlijk achterom lopen en aan de keukendeur kloppen.

De zes ruitjes in die deur zouden goed zicht bieden op de keukenvloer vol gebroken vaatwerk en de bloederige handafdrukken op de kastjes en de koelkast.

Hij had de luxaflex dicht moeten doen.

Hij liep de slaapkamer uit en de gang en de woonkamer door voordat de bezoeker de kans had nog eens aan te bellen.

In de voordeur zaten geen ruitjes. Hij deed hem open en zag inspecteur Taggart op de veranda staan.

9

De blik door de spiegelende glazen, die zo op insectenogen leken, doorboorde Mitch en deed zijn stem stokken in zijn keel.

'Ik hou van die oude wijken,' zei Taggart met een blik op de voorveranda. 'Zo zag zuidelijk Californië eruit in zijn bloeitijd, voordat ze alle sinaasappelbomen omhakten en van de boomgaarden een woestenij van allemaal dezelfde, gestuukte huizen maakten.'

Mitch vond zijn stem weer en die klonk bijna als die van hemzelf, alleen wat dunner: 'Woont u hier in de buurt, inspecteur?'

'Nee, ik woon in een van die woestenijen. Dat is handiger. Maar ik was toevallig in de buurt.'

Taggart was geen man die ergens toevallig was. Al ging hij slaapwandelen, dan nog zou hij een doel, en een bestemming hebben.

'Er heeft zich iets voorgedaan, meneer Rafferty. En omdat ik toch in de buurt was, leek het net zo gemakkelijk om even langs te komen als om te bellen. Hebt u een paar minuten?'

Als Taggart niet een van de ontvoerders was en als zijn gesprek met Mitch zonder zijn medeweten was opgenomen, was het gevaarlijk om hem binnen te laten. In dit kleine huis lagen de woonkamer, een toonbeeld van rust, en de keuken vol belastende bewijzen maar een paar stappen uit elkaar.

'Natuurlijk,' zei Mitch. 'Maar mijn vrouw is thuisgekomen met migraine en is even naar bed gegaan.'

Als de inspecteur een van hen was en wist dat Holly ergens anders werd vastgehouden, liet hij daar niets van merken.

'Waarom gaan we hier niet op de veranda zitten,' zei Mitch.

'U hebt er iets moois van gemaakt.'

Mitch trok de deur achter zich dicht en ze gingen in de witte rieten stoelen zitten.

Taggart had een witte envelop bij zich. Hij legde hem ongeopend op zijn schoot.

'Toen ik klein was, hadden we net zo'n veranda,' zei hij. 'We keken altijd naar het voorbijgaande verkeer, niets anders.'

Hij zette zijn zonnebril af en schoof hem in het zakje van zijn overhemd. Zijn blik boorde zich door Mitch heen.

'Gebruikt mevrouw Rafferty ergotamine?'

'Wat?'

'Ergotamine. Voor de migraine.'

Mitch had geen idee of ergotamine echt een medicijn was of een woord dat de inspecteur ter plekke had verzonnen. 'Nee. Ze redt zich met aspirientjes.'

'Hoe vaak heeft ze een aanval?'

'Twee of drie keer per jaar,' loog Mitch. Holly had nog nooit migraine gehad. Ze had zelden hoofdpijn.

Een grijs met zwarte mot zat op de staander van de veranda, rechts van de trap, een nachtuiltje dat sliep in de schaduw tot de zon onderging.

'Ik heb zelf vooral last van oculaire migraine,' zei Taggart. 'Alleen maar, eigenlijk. Ik krijg last van geflikker in mijn ogen en een tijdelijke blinde vlek en dat duurt dan een minuut of twintig, maar ik heb nooit pijn.'

'Als je dan toch migraine krijgt, lijkt dat de soort die je moet hebben.'

'Een dokter zou waarschijnlijk pas ergotamine voorschrijven als ze iedere maand migraine had.'

'Het is maar twee keer per jaar. Of misschien drie,' zei Mitch.

Hij wilde dat hij een ander leugentje had verzonnen. Het was pech dat Taggart persoonlijke ervaring had met migraine.

Mitch werd zenuwachtig van al dat gepraat over koetjes en kalfjes. Hij klonk in zijn eigen oren op zijn hoede en gespannen.

Uiteraard was Taggart er al lang aan gewend dat mensen op hun hoede en gespannen waren in zijn gezelschap, ook onschuldige mensen, zelfs zijn moeder.

Mitch had de directe blik van de inspecteur gemeden. Met enige moeite maakte hij weer oogcontact.

'We hebben inderdaad een AVID bij de hond aangetroffen,' zei Taggart.

'Een wat?'

'Een Amerikaanse identificatiechip. Waar ik het eerder al over had.'

'O, ja.'

Voordat Mitch besefte dat zijn schuldgevoelens hem weer dwarszaten, was zijn blik al weer weg gedwaald van Taggart om een voorbijrijdende auto op straat na te kijken.

'Die injecteren ze in de spier tussen de schouders van de hond,' zei Taggart. 'Hij is heel klein. Het dier voelt er niets van. We hebben de retriever gescand en haar AVID-nummer opgenomen. Ze bleek afkomstig uit een huis dat een blok verder oostelijk en twee blokken verder noordelijk van de plek van de schietpartij stond. De eigenaar heet Okadan.'

'Bobby Okadan? Ik doe zijn tuin.'

'Ja, dat weet ik.'

'De man die vermoord is, dat was meneer Okadan niet.'

'Nee.'

'Wie was het dan? Een familielid, een vriend?'

Taggart omzeilde de vraag en zei: 'Het verbaast me dat u de hond niet herkende.'

'Alle golden retrievers lijken op elkaar.'

'Niet echt. Ze zijn heel duidelijk van elkaar te onderscheiden.'

'Mishiki,' herinnerde Mitch zich.

'Zo heet de hond, ja,' beaamde Taggart.

'Ik doe die tuin op dinsdag en de huishoudster zorgt er altijd voor dat Mishiki binnenblijft terwijl we bezig zijn, zodat ze ons niet in de weg loopt. Ik zie die hond eigenlijk alleen door de deur naar de patio.'

'Blijkbaar is Mishiki vanmorgen rond halftwaalf uit de achtertuin van de Okadans gestolen. De riem en de halsband die ze om had waren niet van de Okadans.'

'U bedoelt... dat die hond is gestolen door de man die werd neergeschoten?'

'Daar lijkt het wel op.'

Deze onthulling maakte een eind aan Mitch' probleem met het oogcontact. Nu kon hij zijn blik niet meer van de inspecteur afhouden.

Taggart was hier niet alleen gekomen om een verwarrend nieuwtje met hem te delen. Blijkbaar wekte deze ontwikkeling bij de inspecteur vragen op over iets wat Mitch eerder had gezegd – of juist niet had gezegd.

In het huis klonk het gedempte gerinkel van de telefoon.

De ontvoerders zouden pas om zes uur bellen. Maar als ze eerder belden en hem niet konden bereiken, werden ze misschien boos.

Toen Mitch wilde opstaan, zei Taggart: 'Ik heb liever dat u niet opneemt. Het is waarschijnlijk meneer Barnes.'

'Iggy?'

'Ik heb hem een halfuur geleden gesproken. Ik heb hem toen gevraagd niet hierheen te bellen tot ik de kans had gehad u te spreken. Waarschijnlijk worstelt hij sinds die tijd al met zijn geweten en dat heeft eindelijk gewonnen. Of verloren, dat hangt ervan af van welke kant je het bekijkt.'

Mitch bleef zitten en zei: 'Waar gaat dit over?'

Taggart negeerde de vraag en ging verder waar hij gebleven was. 'Hoe vaak denkt u dat er honden worden gestolen, meneer Rafferty?'

'Ik heb er nooit aan gedacht dat ze gestolen zouden kunnen worden.'

'Het gebeurt. Niet zo vaak als auto's.' Zijn glimlach was niet aanstekelijk. 'Je kunt een hond niet uit elkaar halen, zoals een Porsche. Maar ze worden toch wel eens gestolen.'

'Als u het zegt.'

'Zuivere rashonden kunnen duizenden dollars waard zijn. Maar meestal is de dief niet van plan het dier te verkopen. Hij wil gewoon een mooie hond voor zichzelf zonder ervoor te hoeven betalen.'

Hoewel Taggart even zweeg, zei Mitch niets. Hij wilde een beetje opschieten met dit gesprek. Hij wilde weten waar het heen ging. Al dat gepraat over honden, daar zat iets achter.

'Bepaalde rassen worden vaker gestolen dan andere omdat ze bekendstaan als vriendelijk, zodat ze de dief waarschijnlijk niets zullen doen. Golden retrievers behoren tot de liefste en minst agressieve van alle populaire rassen.'

De inspecteur boog zijn hoofd, sloeg zijn blik neer en bleef even peinzend zitten, alsof hij moest nadenken over wat hij vervolgens wilde zeggen.

Mitch geloofde geen moment dat Taggart naar woorden hoefde te zoeken. De gedachten van die man waren net zo precies geordend als de kleren in de kast van een obsessief-compulsieve persoon.

'De meeste honden worden gestolen uit geparkeerde auto's,' ging Taggart verder. 'Mensen laten de hond alleen en de portieren van het slot. Als ze terugkomen, is Fikkie weg en heeft iemand hem een nieuwe naam gegeven.'

Mitch besefte dat hij de armleuningen van de rieten stoel vastgreep alsof hij op de elektrische stoel zat en wachtte tot de beul de schakelaar overhaalde, en hij deed een poging zich te ontspannen.

'Of de eigenaar zet de hond vast aan een parkeermeter voor een winkel. De dief maakt hem los en wandelt weg met zijn nieuwe huisdier.'

Weer een stilte. Mitch onderging het gelaten.

Nog steeds met gebogen hoofd zei inspecteur Taggart: 'Het komt zelden voor dat een hond op een heldere voorjaarsmorgen uit de achtertuin van zijn baas wordt gestolen. En alles wat niet vaak voorkomt, alles wat ongebruikelijk is, maakt me nieuwsgierig. En iets wat regelrecht raar is, blijft me echt dwarszitten.'

Mitch bracht een hand naar zijn nek en masseerde de spieren omdat het iets was dat een ontspannen man, een ontspannen en onbezorgde man, zou doen.

'Het is vreemd dat een dief te voet een dure wijk ingaat en wegloopt met een gestolen huisdier. Het is vreemd dat hij geen papieren bij zich heeft. En het is nog veel vreemder dat hij drie blokken verderop wordt doodgeschoten. En het is ook raar, meneer Rafferty, dat u, de belangrijkste getuige, hem kende.'

'Maar ik kende hem niet.'

'Vroeger,' hield Taggart vol, 'kende u hem heel goed.'

10

Een wit plafond, een witte reling, witte vloerplanken, witte rieten stoelen en dan die opvallende, grijs met zwarte mot: alles aan de veranda was vertrouwd, open en luchtig, maar voor Mitch was het er nu donker en onbekend.

Nog steeds met neergeslagen blik zei Taggart: 'Een van de jongens die ter plekke was, bekeek het slachtoffer eens wat beter en herkende hem.'

'Jongens?'

'Een van de geüniformeerde agenten. Hij zei dat hij de man een jaar of twee geleden had gearresteerd wegens drugsbezit nadat hij hem had aangehouden voor een verkeersovertreding. De man heeft nooit gezeten, maar zijn vingerafdrukken stonden in ons systeem, dus hadden we hem al snel te pakken. Meneer Barnes zegt dat u en hij met het slachtoffer op de middelbare school hebben gezeten.'

Mitch wilde dat de politieman hem zou aankijken. Taggart was een intuïtieve en opmerkzame man en zou zeker oprechte verbazing herkennen als hij die zag.

'Zijn naam was Jason Osteen.'

'Ik heb niet alleen met hem op school gezeten,' zei Mitch. 'Jason en ik hebben een jaar samen een appartement gehad.'

Eindelijk keek Taggart hem weer aan toen hij zei: 'Dat weet ik.'

'Dat heeft Iggy zeker verteld.'

'Ja.'

Mitch, die graag openhartig wilde lijken, zei: 'Na de middelbare school heb ik nog een jaar bij mijn ouders gewoond en wat cursussen gevolgd...'

'Een hoveniersopleiding.'

'Dat klopt. Toen kreeg ik een baan bij een hoveniersbedrijf en ging ik het huis uit. Ik wilde mijn eigen flatje. Maar ik kon het nog niet helemaal betalen, dus hebben Jason en ik een jaar lang samen iets gehuurd.'

De inspecteur boog zijn hoofd en keek weer peinzend naar beneden, alsof het onderdeel was van zijn strategie om oogcontact te maken als hij Mitch daarmee een onbehaaglijk gevoel kon geven en juist niet als Mitch het wel wilde.

'Dat was Jason niet, die daar dood op de stoep lag,' zei Mitch.

Taggart maakte de witte envelop open die op zijn schoot lag en zei: 'Behalve de identificatie door een agent en het overeenkomen van de vingerafdrukken, heeft meneer Barnes hem hierop met zekerheid herkend.'

Hij haalde een kleurenfoto van twintig bij vijfentwintig centimeter voor de dag, die hij aan Mitch gaf.

Een politiefotograaf had het lijk zo neergelegd dat hij meer dan driekwart van het gezicht op de foto had gekregen. Het hoofd was net genoeg naar links gedraaid om de ergste verwonding te verbergen.

De trekken waren een beetje vervormd door de inslag van de kogel in de slaap, de baan door het hoofd en de uittrede boven de andere slaap. Hij had iets weg van een cycloop, met zijn linkeroog dicht, maar het rechter stond wijd open, wat het gezicht een verbaasd starende uitdrukking gaf.

'Het zou Jason kunnen zijn,' zei Mitch.

'Hij is het.'

'Ik heb vanmorgen maar één kant van zijn gezicht gezien. Van rechts, de ergste kant met de wond waar de kogel eruit is gegaan.'

'En u hebt waarschijnlijk niet zo goed gekeken.'

'Nee, inderdaad. Toen ik eenmaal had gezien dat hij dood moest zijn, wilde ik niet meer van dichtbij kijken.'

'En er zat bloed op het gezicht,' zei Taggart. 'We hebben het weggeveegd voordat deze foto is genomen.'

'Het bloed, de hersenen, daarom heb ik niet zo goed gekeken.'

Mitch kon zijn ogen niet van de foto afwenden. Hij had het gevoel dat hij een voorspelling inhield. Op een dag zou er een soortgelijke foto zijn van zijn gezicht. Ze zouden hem aan zijn ouders laten zien: *is dit uw zoon, meneer en mevrouw Rafferty?*

'Het is inderdaad Jason. Ik heb hem in geen acht of negen jaar gezien.'

'U hebt met hem samengewoond toen u... hoe oud was? Achttien?'

'Achttien, negentien. Niet langer dan een jaar.'

'Ongeveer tien jaar geleden.'

'Niet helemaal.'

Jason was altijd een relaxte jongen geweest, zo koeltjes dat het wel leek of hij zijn hersenen met surfwax had behandeld, maar tegelijkertijd had hij schijnbaar alle geheimen van het universum gekend. Andere surfers noemden hem Breezer en ze bewonderden hem of waren zelfs jaloers op hem. Niets had Jason kunnen raken of verrassen.

Nu leek hij echter wel verrast. Met zijn ene oog en zijn mond wijd open. Hij leek geschokt.

'Jullie hebben samen op school gezeten en jullie hebben samengewoond. Waarom hebben jullie geen contact meer gehouden?'

Terwijl Mitch geboeid naar de foto had zitten kijken, had Taggart hem nauwkeurig in de gaten gehouden. De blik van de inspecteur nagelde hem vast als een spijkerpistool.

'We hadden... verschillende opvattingen over sommige dingen,' zei Mitch.

'Het was geen huwelijk. Jullie deelden alleen een appartement. Jullie hoefden niet dezelfde dingen te willen.'

'We wilden soms wel dezelfde dingen, maar onze ideeën over hoe we die moesten bereiken verschilden nogal.'

'Jason wilde alles op de gemakkelijke manier krijgen,' raadde Taggart.

'Ik dacht dat hij afstevende op grote problemen en daar wilde ik niets mee te maken hebben.'

'Jij bent een brave jongen, die zich netjes aan de regels houdt,' zei Taggart.

'Ik ben niet beter dan andere mensen en slechter dan sommigen, maar ik steel niet.'

'We zijn nog niet veel over hem te weten gekomen, maar we hebben wel achterhaald dat hij een huis huurde in Huntington Harbor voor zevenduizend per maand.'

'Per maand?'

'Mooi huis aan het water. En tot dusver ziet het ernaar uit dat hij geen baan had.'

'Jason vond dat werken iets was voor inlanders, smogmonsters.' Mitch zag dat er een verklaring nodig was. 'Surferstaal voor mensen die niet voor het strand leven.'

'Is er een tijd geweest dat jij voor het strand leefde, Mitch?'

'Tegen het eind van de middelbare school en daarna nog een tijdje. Maar het was niet genoeg.'

'Wat ontbrak eraan?'

'De bevrediging van werk. Stabiliteit. Een gezin.'

'Dat heb je nu allemaal. Het leven is volmaakt, nietwaar?'

'Het is goed. Heel goed. Zo goed dat ik er soms zenuwachtig van word.'

'Maar niet volmaakt? Wat ontbreekt eraan, Mitch?'

Mitch wist het niet. Hij had daar wel eens over nagedacht, maar hij had geen antwoord. Dus zei hij: 'Niets. We zouden graag kinderen hebben. Misschien is dat alles.'

'Ik heb twee dochters,' zei de inspecteur. 'Een van negen en een van twaalf. Kinderen veranderen je hele leven.'

'Ik kijk ernaar uit.'

Mitch besefte dat hij minder dan daarvoor op zijn hoede was tegenover Taggart. Hij herinnerde zichzelf eraan dat hij geen partij was voor de man.

'Behalve de arrestatie wegens drugsbezit heeft Jason al die jaren geen problemen gehad.'

'Hij heeft altijd al veel geluk gehad.'

Taggart wees op de foto en zei: 'Niet altijd.'

Mitch wilde er niet meer naar kijken. Hij gaf de foto weer aan de inspecteur.

'Je handen trillen,' zei Taggart.

'Dat verbaast me niets. Jason was vroeger een goede vriend van mij. We hebben veel gelachen samen. Daar moet ik nu weer aan denken.'

'Dus je hebt hem in geen tien jaar gezien of gesproken.'

'Bijna tien jaar.'

Taggart deed de foto weer in de envelop en zei: 'Maar je herkent hem nu wel.'

'Nu het bloed weg is en ik meer van het gezicht zie.'

'Maar toen je hem met de hond zag lopen, voordat hij werd vermoord, dacht je toen niet: hé, ken ik die vent niet?'

'Hij liep aan de overkant. Ik heb maar heel even naar hem gekeken en toen kwam het schot.'

'En jij was afgeleid, omdat je stond te telefoneren. Meneer Barnes zegt dat je aan de telefoon was toen het schot werd afgevuurd.'

'Dat klopt. Ik lette niet zo op die man met de hond. Ik wierp alleen een korte blik op hem.'

'Meneer Barnes is volgens mij echt iemand die niet kan liegen. Ik denk dat zijn neus zou oplichten als hij het deed.'

Mitch was er niet zeker van of Taggart soms wilde zeggen dat hijzelf in tegenstelling tot Iggy onbetrouwbaar en onpeilbaar was. Hij glimlachte en zei: 'Iggy is een goeie vent.'

Taggart keek neer op de envelop terwijl hij hem dichtdeed met een klemmetje en zei: 'Wie had je aan de telefoon?'

'Holly. Mijn vrouw.'

'Belde ze om te laten weten dat ze migraine had?'

'Ja. Om te zeggen dat ze vroeg naar huis ging vanwege die migraine.'

Taggart keek naar het huis achter hen en zei: 'Ik hoop dat ze zich al beter voelt.'

'Soms duurt het de hele dag.'

'Dus de man die is neergeschoten, blijkt jouw oude huisgenoot te zijn. Snap je waarom dat op mij vreemd overkomt?'

'Het is ook vreemd,' beaamde Mitch. 'Ik vind het een beetje eng.'

'Je had hem in geen negen jaar gezien. En ook niet gesproken over de telefoon of zoiets.'

'Hij had nieuwe vrienden gemaakt, heel andere lui. Ik mocht ze niet zo en ik kwam hem ook niet meer op de oude plekken tegen.'

'Soms is toeval niet anders dan dat.' Taggart stond op en liep naar de trap.

Mitch veegde opgelucht zijn handen af aan zijn spijkerbroek en kwam ook omhoog uit zijn stoel.

Naast de trap bleef Taggart even met gebogen hoofd staan en hij zei: 'Jasons huis is nog niet grondig doorzocht. We zijn nog maar net begonnen. Maar we hebben toch al iets raars gevonden.'

Het namiddaglicht van de zakkende zon drong door een gat tussen de takken van de peperboom. De gevlekte, oranje gloed viel op Mitch, zodat hij zijn ogen dicht moest knijpen.

Achter dat plotselinge licht, in de schaduw, zei Taggart: 'In de keuken was een laatje waarin hij allerlei rommel bewaarde, muntgeld, reçuutjes, verschillende pennen, reservesleutels... Maar er lag maar één visitekaartje in. Dat van jou.'

'Van mij?'

'Big Green,' citeerde Taggart. 'Tuinontwerpen, aanleg en onderhoud. Mitchell Rafferty.'

Hiervoor was de inspecteur naar het noorden gekomen. Hij was naar Iggy gegaan, die naïeve Iggy, en had van hem gehoord dat er een band was tussen Mitch en Jason.

'Jij hebt hem dat kaartje niet gegeven?' vroeg Taggart.

'Nee, niet dat ik me kan herinneren. Wat voor kleur was het?'

'Wit.'

'Ik gebruik pas de laatste vier jaar witte kaartjes. Daarvoor waren ze lichtgroen.'

'En je hebt hem in geen negen jaar gezien.'

'Zo ongeveer.'

'Dus het lijkt erop dat Jason op de hoogte bleef van jouw doen en laten, hoewel jij hem uit het oog verloren bent. Enig idee waarom?'

'Nee. Geen enkel.'

Na een korte stilte zei Taggart: 'Je zit in de problemen.'

'Er zijn wel duizend manieren waarop hij mijn kaartje in handen kan hebben gekregen, inspecteur. Het betekent niet dat hij me in de gaten hield.'

Nog steeds met neergeslagen blik wees de rechercheur naar de reling van de veranda. 'Ik had het hierover.'

Op de witte reling krioelden een paar gevleugelde insecten bij elkaar in de warme stilte, alsof ze een afspraak hadden.

'Termieten,' zei Taggart.

'Misschien zijn het gewoon gevleugelde mieren.'

'Is dit niet de tijd van het jaar dat de termieten uitzwermen? Je kunt de boel beter laten inspecteren. Een huis kan er prima, solide en veilig uitzien terwijl het onder je voeten wordt uitgehold.'

Eindelijk keek de inspecteur Mitch aan.

'Het zijn gevleugelde mieren,' zei Mitch.

'Is er nog iets anders dat je me wilt vertellen, Mitch?'

'Ik zou niet weten wat.'

'Neem even de tijd. Om er zeker van te zijn.'

Als Taggart onder een hoedje speelde met de ontvoerders had hij dit anders aangepakt. Dan had hij niet zo aangedrongen en was hij niet zo grondig te werk gegaan. Hij zou het gevoel hebben gegeven dat dit een spelletje voor hem was.

Als jij je hart bij hem had uitgestort, Mitch, was Holly nu dood.

Hun eerdere gesprek kon van een afstandje zijn opgenomen. Je had tegenwoordig geavanceerde richtmicrofoons waarmee ze van tientallen meters heel helder stemmen konden oppikken. Dat had hij in een film gezien. Weinig van wat je zag in films had ook maar iets met de werkelijkheid te maken, maar hij dacht dat dat voor richtmicrofoons wel zou gelden. Het kon zijn dat Taggart zich er net zo min van bewust was geweest dat hun gesprek werd opgenomen als Mitch.

Maar wat één keer gedaan kon worden, kon ook een tweede keer lukken. Aan de overkant stond een busje dat Mitch nooit eerder had gezien. Misschien zat er wel iemand in die hem in de gaten hield.

Taggart keek de straat door, duidelijk omdat hij wilde weten wat Mitch' belangstelling had gewekt.

De huizen waren ook verdacht. Mitch kende niet alle mensen in de buurt. Een van de huizen stond leeg en was te koop.

'Ik ben niet je vijand, Mitch.'

'Dat heb ik ook nooit gedacht,' loog hij.

'Dat denkt iedereen.'

'Ik denk liever dat ik geen vijanden heb.'

'Iedereen heeft vijanden. Zelfs een heilige.'

'Waarom zou een heilige vijanden hebben?'

'Slechte mensen haten goede mensen omdat ze goed zijn.'

'Het woord slecht klinkt zo...'

'Ouderwets,' opperde Taggart.

'In uw werk zal alles er wel zwart-wit uitzien.'

'Onder alle tinten grijs ís alles zwart-wit, Mitch.'

'Ik heb nooit geleerd om zo te denken.'

'O, ik heb ook wel eens moeite de waarheid te blijven zien, ook al krijg ik er elke dag bewijzen van. Grijstinten, minder contrast, minder zekerheid; dat is zoveel gemakkelijker.'

Taggart haalde zijn zonnebril uit zijn borstzakje en zette hem op. Uit hetzelfde zakje trok hij een kaartje.

'U hebt me al een kaartje gegeven,' zei Mitch. 'Het zit in mijn portefeuille.'

'Daarop staat alleen het nummer van het bureau. Achter op dit kaartje staat het nummer van mijn mobiele telefoon. Ik geef het zelden aan iemand. Je kunt me dag en nacht bereiken.'

Mitch nam het kaartje aan en zei: 'Ik heb u alles verteld wat ik weet, inspecteur. Dat Jason hierbij betrokken is, is voor mij een even groot raadsel als voor u.'

Taggart keek hem aan van achter de twee spiegels die zijn gezicht weerspiegelden in grijstinten.

Mitch keek naar het telefoonnummer en deed toen het kaartje in de zak van zijn shirt.

De politieman sloeg blijkbaar weer aan het citeren toen hij zei: 'Het geheugen is als een net. Het zit vol vis wanneer men het uit de beek haalt, maar er is kilometers water door gestroomd zonder een spoor achter te laten.'

Taggart liep het trapje af en over het pad naar de straat.

Mitch wist dat alles wat hij tegen Taggart had gezegd in het net van de inspecteur zat, elk woord en elke stembuiging, elke nadruk en elke aarzeling, elke gezichtsuitdrukking en alle lichaamstaal, niet alleen wat de woorden betekenden, maar ook wat ze impliceerden. In die lading vis, die de politieman zou lezen als een oude zigeunerin theebladeren leest, zou hij een aanwijzing of een

voorteken vinden dat hem zou doen terugkeren met waarschu-
wingen en nieuwe vragen.

Taggart liep het hekje door en deed het achter zich dicht.

De zon scheen niet langer door het gat tussen de takken van de
peperboom en Mitch kwam in de schaduw te staan, maar hij kreeg
het niet kouder omdat het licht hem niet verwarmd had.

11

In de woonkamer was de grote tv een blind oog. Zelfs als Mitch de afstandsbediening gebruikte om het scherm te vullen met felgekleurde, krankzinnige beelden, kon het oog hem niet zien; toch voelde hij zich alsof hij met kille geamuseerdheid werd bekeken.

Het antwoordapparaat stond op een bureau in de hoek. Het enige bericht was van Iggy:

'Sorry, maat. Ik had moeten bellen zodra hij hier wegging. Maar Taggart... Dat is net een rij van drie torenhoge brekers aan de horizon. Hij maakt je zo bang dat je van je board wilt stappen en op het strand wilt gaan zitten wachten tot die monsters zijn omgeslagen.'

Mitch ging achter het bureau zitten en deed de la open waarin Holly hun chequeboek en bankafrekeningen bewaarde.

In zijn gesprek met de ontvoerder had hij hun tegoed iets te hoog ingeschat. Het bedroeg 10.346,54 dollar.

Het meest recente maandoverzicht van hun spaarrekening gaf melding van nog eens 27.311,40 dollar.

Er waren ook nog onbetaalde rekeningen. Die lagen in een ander laatje van hetzelfde bureau. Hij bekeek ze niet. Hij telde alleen hun bezittingen.

De maandelijkse aflossing op hun hypotheek werd automatisch afgeschreven van hun salarisrekening. Volgens de bank bedroeg de hypotheek nog 286.770 dollar.

Holly had de waarde van hun huis onlangs geschat op 425.000 dollar. Dat was een idioot bedrag voor een kleine bungalow in een oude wijk, maar het klopte wel. De wijk mocht dan oud zijn, het was wel een goede en de waarde was voornamelijk gelegen in het grote perceel.

Hun tegoeden en de overwaarde van hun huis kwamen samen op ongeveer 175.000 dollar. Dat was nog lang geen twee miljoen, en de ontvoerder had niet geklonken als iemand die bereid was te onderhandelen.

De overwaarde van het huis kon trouwens niet verzilverd worden tenzij ze een nieuwe lening afsloten of het huis verkochten. Omdat het op hun beider naam stond, moest Holly in beide gevallen ook tekenen.

Ze hadden het huis helemaal niet gehad als Holly geen geld had geërfd van haar grootmoeder Dorothy, die haar had opgevoed. De hypotheek was kleiner geweest toen Dorothy overleed, maar ze hadden een grotere lening moeten nemen om de belasting op het erfdeel te betalen en het huis te kunnen behouden.

Dus was het bedrag dat hij aan losgeld kon betalen ongeveer zevenendertigduizend dollar.

Tot op dat moment had Mitch zichzelf geen mislukkeling gevonden. Hij had zichzelf gezien als een jongeman die op een verantwoorde manier een leven opbouwde.

Hij was zevenentwintig. Niemand kon op zijn zevenentwintigste al een mislukkeling zijn.

Toch stond hij tegenover een onbetwistbaar feit: hoewel Holly het onbetaalbare middelpunt was van zijn leven, kon hij maar zevenendertigduizend dollar op tafel leggen als hij gedwongen werd een prijs voor haar te betalen.

Hij werd overvallen door een bitterheid die nergens anders op gericht was dan op zichzelf. En dat was niet goed. Bitterheid kon omslaan in zelfmedelijden en als hij zich overgaf aan zelfmedelijden, werd hij zeker een mislukkeling. En dan zou Holly sterven.

Zelfs als er geen hypotheek op het huis had gezeten, ze een half miljoen aan spaargeld hadden en onvoorstelbaar succesvol waren voor mensen van hun leeftijd had hij niet het geld gehad om haar vrij te kopen.

Dat feit bracht hem tot het besef dat Holly niet met geld gered kon worden. Hij zou haar moeten redden, als dat mogelijk was, met zijn doorzettingsvermogen, zijn verstand, zijn moed, zijn liefde.

Toen hij het bankafschrift weer in de la legde, zag hij een envelop met zijn naam erop in het handschrift van Holly. Er zat een verjaardagskaart in die ze al weken tevoren had gekocht.

Op de voorkant stond een foto van een stokoude man vol rimpels. Het bijschrift luidde: *Schat, als je oud bent, kan ik nog steeds niet zonder je.*

Mitch sloeg de kaart open en las: *Tegen die tijd geniet ik alleen nog van tuinieren, en jij zult prima compost zijn.*

Hij lachte. Hij kon zich voorstellen hoe Holly had gelachen in de winkel toen ze de kaart had opengemaakt en die zin had gelezen.

Maar toen ging zijn lach over in iets anders. In de laatste vijf afschuwelijke uren had hij meer dan eens tranen in zijn ogen gevoeld, maar hij had ze verdrongen. De kaart was de laatste druppel.

Onder de gedrukte tekst had ze geschreven: *hartelijk gefeliciteerd! Liefs, Holly.* Haar handschrift was sierlijk en netjes, maar niet zwierig.

Hij zag haar hand voor zich die de pen vasthield. Haar handen zagen er tenger uit, maar waren verrassend sterk.

Na een tijdje wist hij zich te vermannen door te denken aan de kracht van haar tengere handen.

Hij ging naar de keuken en vond Holly's autosleutels op het bord bij de achterdeur. Ze reed een vier jaar oude Honda.

Nadat hij zijn mobiele telefoon van de lader naast de oven had gehaald, ging hij naar buiten en zette zijn pick-up in de garage achter op het terrein.

De witte Honda stond op de andere plek te glanzen, want Holly had hem op zondagmiddag nog gewassen. Hij zette de pick-up ernaast.

Hij stapte uit, deed het portier dicht en bleef tussen de twee auto's rond staan kijken. Als hier iemand was geweest, zou hij de pick-up hebben horen en zien aankomen, zodat hij kans genoeg had gehad om weg te gaan.

Het rook in de garage vaag naar motorolie en vet en sterker naar het afgemaaide gras dat in juten zakken in de laadbak van de pick-up lag.

Hij keek naar het lage plafond, dat tevens de vloer was van de zolder boven twee derde deel van de garage. De ramen van de zolder zagen uit op het huis en boden een uitstekende plek om het in de gaten te houden.

Iemand had geweten dat Mitch thuis was gekomen, had precies geweten wanneer hij de keuken was binnengegaan. Een paar tellen nadat hij het kapotte serviesgoed en het bloed had aangetroffen, was de telefoon gegaan en had hij Holly aan de lijn gehad.

Hoewel iemand hem misschien vanuit de garage in de gaten had gehouden en die iemand er misschien nog steeds was, was Holly vast en zeker niet bij hem. Hij zou misschien weten waar ze werd vastgehouden, maar het kon ook zijn dat hij het niet wist.

Als die persoon, wiens bestaan theoretisch bleef, wist waar Holly was, zou het toch nog roekeloos van Mitch zijn om achter hem aan te gaan. Deze mensen hadden duidelijk veel ervaring met geweld en ze waren meedogenloos. Een hovenier was geen partij voor hen.

Boven hem kraakte een plank. In een gebouw van deze leeftijd kon het geluid heel goed veroorzaakt worden doordat de oude balken reageerden op de zwaartekracht.

Mitch liep naar het linkerportier van de Honda en deed het open. Hij aarzelde, maar toen stapte hij in en liet het portier openstaan.

Als afleidingsmanoeuvre startte hij de motor. De garagedeur stond open, zodat hij niet bang hoefde te zijn voor koolmonoxidevergiftiging.

Hij stapte uit en sloeg het portier dicht. Iemand die luisterde, zou aannemen dat hij het van binnenuit had dichtgetrokken.

De luisteraar zou misschien verbaasd zijn omdat hij de garage niet uit reed. Hij zou kunnen denken dat Mitch aan het telefoneren was.

Aan een zijmuur hingen de vele stukken tuingereedschap die hij gebruikte in zijn eigen tuin. De verschillende snoeischaren leken allemaal te onhandig.

Hij koos snel een tuinschepje, gemaakt van een enkel stuk staal. De handgreep was van rubber.

Het blad was breed en gebogen en niet zo scherp als het lemmet van een mes. Maar het was scherp genoeg.

Enig nadenken overtuigde hem ervan dat hij misschien in staat was een man neer te steken, maar dat hij een wapen moest kiezen dat eerder zou verwonden dan doden.

Aan de muur tegenover hem hingen andere rekken met ander gereedschap. Hij koos een moersleutel die ook als breekijzer dienst kon doen.

12

Mitch was zich ervan bewust dat er een soort gekte, ontstaan uit wanhoop over hem was gekomen. Hij kon er niet meer tegen om niets te doen.

Met de lange moersleutel in zijn rechterhand sloop hij naar de achterkant van de garage, waar de steile, open trap in de noordelijke hoek naar de zolder leidde.

Als hij zich bleef bepalen tot reactie in plaats van actie, als hij geduldig bleef wachten op het telefoontje van zes uur – wat nog een uur en zeven minuten duurde – zou hij zich gedragen als de machine die de ontvoerders van hem wilden maken. Maar zelfs Ferrari's belandden soms op de schroothoop.

Waarom Jason Osteen de hond had gestolen en waarom juist hij was doodgeschoten om Mitch een voorbeeld te stellen, waren mysteries die hij niet zo snel kon oplossen.

Maar zijn intuïtie vertelde hem dat de ontvoerders hadden geweten dat Jason met hem in verband zou worden gebracht en dat dit verband de politie argwanend zou maken. Ze weefden een web van indirect bewijs, dat Mitch voor de rechter zou brengen en elke jury de doodstraf zou doen uitspreken als zij Holly zouden vermoorden.

Misschien deden ze dit alleen om het hem onmogelijk te maken zich tot de autoriteiten te wenden. Als hij geïsoleerd werd, konden ze hem veel gemakkelijker in de hand houden.

Maar misschien waren ze wel helemaal niet van plan zijn vrouw los te laten als ze eenmaal hun twee miljoen in handen hadden, wat ze hem ook wilden laten doen om het geld te bemachtigen. Als ze hem konden gebruiken om een bank of een ander instituut te beroven, als ze Holly vermoordden zodra ze het geld hadden en als ze slim genoeg waren om geen sporen achter te laten, zou Mitch – misschien samen met een andere zondebok die hij nog niet had ontmoet – overal voor opdraaien.

Als hij eenmaal rouwend en veracht in de gevangenis zat, zou hij nooit weten wie zijn vijanden waren geweest. Hij zou zich altijd blijven afvragen waarom ze hem hadden gekozen in plaats van een andere hovenier of monteur of metselaar.

Hoewel de wanhoop die hem de trap naar de zolder op dreef elke angst had weggenomen, had ze hem niet beroofd van zijn gezonde verstand. Hij rende niet naar boven, maar sloop behoedzaam de trap op en hield de stalen staaf vast bij het breekijzer, zodat de moersleutel als knuppel kon dienen.

De houten treden moesten kraken of zelfs kreunen onder zijn tred, maar het ronken van de automotor, dat weerkaatste tegen de muren, maskeerde die geluiden.

De zolder had aan drie kanten muren en was open aan de achterkant. Aan de bovenkant van de trap begon een reling die zich uitstrekte over de breedte van de garage.

De zolder werd verlicht door de ramen in die muren. Hoge stapels kartonnen dozen staken boven de reling uit en er stonden nog andere dingen waarvoor in de bungalow geen plaats was.

De opgeslagen spullen waren in rijen neergezet, die soms niet hoger waren dan een meter twintig, maar op andere plekken een hoogte bereikten van meer dan twee meter. De gangpaden tussen de rijen waren donker en kwamen aan het eind uit op een ander pad.

Boven aan de trap stond Mitch recht voor het eerste gangpad. Een paar ramen in de noordelijke muur lieten genoeg licht binnen om hem ervan te verzekeren dat niemand zich schuilhield in de smalle openingen tussen de dozen.

Het tweede gangpad bleek donkerder dan het eerste, hoewel de gang aan het eind werd verlicht door de ongeziene ramen in de westelijke muur, die uitkeken op het huis. In dat licht zou iedereen die in de tussenliggende ruimte stond scherp afgetekend staan.

Omdat de dozen niet allemaal even groot waren en niet altijd netjes waren opgestapeld, en omdat er hier en daar lege plaatsen in de rijen waren, bood ieder gangpad plekken waar een man zich kon verstoppen.

Mitch was stilletjes de trap opgelopen. De Honda stond waarschijnlijk nog niet lang genoeg te ronken om echt argwaan te wekken. Dus zou een wachtpost op de zolder op zijn hoede zijn en goed luisteren, maar zou hij waarschijnlijk nog niet hebben beseft dat hij zich meteen uit de voeten moest maken.

Het derde gangpad was lichter, omdat er precies aan het eind een raam was. Hij controleerde het vierde gangpad en toen het vijfde en laatste, dat langs de zuidelijke muur liep en verlicht werd door twee stoffige ramen. Hij zag niemand.

De gang langs de westelijke muur, waarop alle gangpaden die van oost naar west liepen uitkwamen, was het enige deel van de zolder dat hij nog niet helemaal had overzien. Elke rij dozen onttrok een stuk van die gang aan het gezicht.

Hij hief de moersleutel wat hoger en sloop door het meest zuidelijke gangpad naar de voorkant van de zolder. De hele lengte van dit laatste gangpad was net zo verlaten als de stukken die hij vanaf de andere kant van het gebouw had gezien.

Maar op de vloer, tegen het eind van een rij dozen, stond apparatuur die daar niet thuishoorde.

Meer dan de helft van de spullen op zolder was van Dorothy geweest, Holly's grootmoeder. Ze had beeldjes en andere decoraties verzameld voor elke grote feestdag.

Met Kerstmis had ze vijftig of zestig aardewerken sneeuwmannen van verschillende afmetingen en in verschillende soorten uitgepakt. Ze had meer dan honderd aardewerken kerstmannen. Ze had aardewerken rendieren, kerstbomen, slingers, bellen en sleeën, groepjes kerstliedjes zingende figuurtjes en miniatuur huisjes die samen een dorpje vormden.

De bungalow was niet groot genoeg voor Dorothy's volledige verzameling voor elke feestdag. Ze had iedere keer zo veel uitgepakt en tentoongesteld als ze kwijt kon.

Holly had niets van het keramiek willen verkopen. Ze hield de traditie in stand. Op een dag, zei ze, zouden ze een groter huis hebben en zou elke verzameling in zijn volle glorie kunnen pronken.

In honderden kartonnen dozen sluimerden verliefde paartjes voor Valentijnsdag, paashaasjes en paaslammetjes en religieuze figuren, patriotten voor de vierde juli, spoken en zware katten voor Halloween, pelgrims voor Thanksgiving en de legioenen beeldjes voor Kerstmis.

De apparatuur op de grond in het laatste gangpad was niet van aardewerk, niet bedoeld ter versiering en ook niet feestelijk. Er waren een ontvanger en een bandrecorder bij, maar de andere drie apparaten kon hij niet thuisbrengen.

Ze waren aangesloten op een verdeeldoos waarvan de stekker in een wandcontact zat. De lampjes en verlichte schermpjes maakten duidelijk dat de apparatuur was ingeschakeld.

Ze hadden het huis in de gaten gehouden. De kamers en telefoons werden waarschijnlijk afgeluisterd.

Omdat hij niemand op de zolder zag en erop vertrouwde dat hij zachtjes genoeg had gedaan, nam Mitch aan dat de apparatuur op dat moment niet bemand werd en dat ze automatisch moest werken. Misschien konden ze alles wel van een afstandje beluisteren.

Op het moment dat hij dat dacht, veranderde het patroon van de lampjes en begon ten minste een van de schermpjes af te tellen.

Hij hoorde een gesis dat zich onderscheidde van het ronken van de Honda in de garage en toen de stem van inspecteur Taggart.

'Ik hou van die oude wijken. Zo zag zuidelijk Californië eruit in zijn bloeitijd...'

Niet alleen de kamers, maar ook de voorveranda werd afgeluisterd.

De wetenschap dat iemand hem te slim af was geweest, kwam slechts een seconde voordat hij de loop van het pistool in zijn nek voelde.

13

Hoewel er een schok door hem heen ging, probeerde Mitch zich niet om te draaien of met de moersleutel te zwaaien. Hij zou het niet snel genoeg kunnen doen om in zijn opzet te slagen.

In de laatste vijf uur was hij zich scherp bewust geworden van zijn beperkingen en dat was een hele prestatie als je eraan dacht dat hij was opgevoed met de overtuiging dat hij met zijn leven kon doen wat hij wilde.

Hij mocht dan de architect zijn van zijn leven, hij kon niet langer geloven dat hij meester was over zijn eigen lot.

'… *voordat ze alle sinaasappelbomen omhakten en van de boomgaarden een woestenij van allemaal dezelfde gestuukte huizen maakten.*'

Achter hem zei de man met het pistool: 'Laat die sleutel vallen. Buk niet om hem neer te leggen. Laat hem gewoon vallen.'

De stem was niet die van de man aan de telefoon. Deze klonk jonger dan de andere, niet zo kil, maar hij sprak de woorden verontrustend eentonig uit, zodat ze allemaal vlakker werden en allemaal hetzelfde gewicht kregen.

Mitch liet de sleutel vallen.

'… *handiger. Maar ik was toevallig in de buurt.*'

De man met het pistool zette de recorder uit, klaarblijkelijk met een afstandsbediening.

Hij zei tegen Mitch: 'Je wilt zeker graag dat ze in stukken wordt gesneden en wordt achtergelaten om te sterven, zoals hij beloofd heeft.'

'Nee.'

'Misschien hebben we een fout gemaakt toen we jou kozen. Misschien wil je haar wel graag kwijt.'

'Zeg dat niet.'

Elk woord was even zakelijk, ze hadden allemaal dezelfde emotionele lading, geen enkele dus. 'Een grote levensverzekering. Een andere vrouw. Er zijn redenen genoeg.'

'Zoiets is er helemaal niet.'

'Misschien zou je ons beter van dienst zijn als we ter compensatie beloven haar voor je te vermoorden.'

'Nee. Ik hou van haar. Echt.'

'Als je nog zo'n stunt uithaalt, is ze dood.'

'Dat begrijp ik.'

'We gaan terug zoals je gekomen bent.'

Mitch draaide zich om en de andere man ook, zodat hij achter Mitch bleef.

Hij begon terug te lopen door het laatste gangpad, langs het eerste van de zuidelijke ramen, en hoorde de moersleutel over de planken schrapen toen de man hem van de vloer raapte.

Hij had zich snel kunnen omdraaien en kunnen schoppen in de hoop de man te raken terwijl hij omhoogkwam. Maar hij was bang dat zijn tegenstander op de actie voorbereid zou zijn.

Tot dusver had hij deze mannen beschouwd als professionele misdadigers. Dat waren ze waarschijnlijk ook, maar er zat ook nog iets anders aan vast. Hij wist niet wat ze nog meer konden zijn, maar het was iets ergers.

Misdadigers, ontvoerders, moordenaars. Hij kon zich niet voorstellen wat erger kon zijn dan wat hij al van hen wist.

De man met het pistool liep achter hem aan en zei: 'Stap in de Honda. Ga een eindje rijden.'

'Goed.'

'Wacht op het telefoontje van zes uur.'

'Oké. Dat doe ik.'

Toen ze het eind van het gangpad naderden, aan de achterkant van de zolder, waar ze links af moesten slaan en de garage moesten oversteken naar de trap in de noordoostelijke hoek, kwam iets als geluk tussenbeide in de vorm van een koord, een knoop in het koord, een lus in de knoop.

Op het moment dat het gebeurde, wist Mitch niet wat de oorzaak was, alleen het gevolg. Er viel een toren kartonnen dozen om. Een aantal ervan tuimelde het gangpad in en een of twee vielen tegen de man met het pistool aan.

Volgens de letters op de dozen zaten er beeldjes voor Halloween in. Omdat er meer bubbeltjesplastic en tissuepapier in zat dan beeldjes waren de dozen niet zwaar, maar de lawine gooide de man met het pistool bijna omver, zodat hij struikelde.

Mitch ontweek een doos en hief zijn arm om een andere af te weren.

De vallende stapel destabiliseerde de volgende.

Mitch stak bijna zijn hand uit om de man met het pistool vast te grijpen. Maar toen besefte hij dat elke poging om hem te helpen kon worden aangezien voor een aanval. Om te vermijden dat hij verkeerd begrepen – en neergeschoten – zou worden, ging hij aan de kant.

Het oude, droge hout van de reling was volkomen veilig als je erop leunde, maar bleek te zwak voor de struikelende man. Het hout spleet, de spijkers kwamen krijsend uit het hout en twee stukken reling lieten los op het punt waarop ze aan elkaar waren vastgemaakt.

De man met het pistool vloekte toen de dozen op hem vielen. Hij slaakte een verschrikte kreet toen de reling onder hem wegviel.

Hij viel op de vloer van de garage. Het was geen grote afstand, ongeveer tweeënhalve meter, maar hij landde met een akelige dreun en het gekletter van stukken hout, en het pistool ging af.

14

Er waren maar een paar seconden verstreken tussen het omvallen van de eerste doos en de afsluitende knal van het pistoolschot. Mitch bleef langer in verbijsterd ongeloof staan dan de gebeurtenis zelf had geduurd.

De stilte rukte hem uit zijn verstarring. De stilte beneden.

Hij haastte zich naar de trap en de planken onder zijn voeten maakten een enorme herrie, alsof ze hun best deden de akelige stilte te doorbreken.

Terwijl Mitch beneden de garage overstak, langs de voorkant van de pick-up en de ronkende Honda, vocht de opgetogen vreugde in hem met wanhoop. Hij wist niet wat hij zou aantreffen en dus ook niet wat hij moest voelen.

De man lag op zijn buik, met zijn hoofd en schouders onder een omgevallen kruiwagen. Hij moest tegen de kruiwagen aan zijn gekomen, zodat die boven op hem was gevallen.

Een val van tweeënhalve meter was op zichzelf te weinig om hem zo stil te laten liggen.

Hijgend, maar niet door lichamelijke inspanning, zette Mitch de kruiwagen recht en duwde hem opzij. Bij elke ademhaling rook hij de geuren van motorolie en vers gemaaid gras, en toen hij naast de man op zijn hurken ging zitten, ontdekte hij ook de scherpe geur van kruit en toen de zoete geur van bloed.

Hij draaide het lichaam om en zag voor het eerst duidelijk het gezicht. De vreemde was halverwege de twintig, maar hij had het heldere gezicht van een puber, jadegroene ogen en dikke wimpers.

Hij zag er niet uit als een man die zo zakelijk kon praten over het verminken en vermoorden van een vrouw.

Hij was met zijn keel op de afgeronde, metalen rand van de kruiwagen terechtgekomen. Door de klap was zijn strottenhoofd blijkbaar verbrijzeld en zijn luchtpijp ingedrukt.

Zijn rechteronderarm was gebroken en zijn rechterhand, die onder hem lag, had in een reflex het pistool afgeschoten. De wijsvinger zat nog in de trekkerbeugel.

De kogel was net onder het borstbeen ingeslagen en was omhoog en naar links gegaan. De minimale bloeding wees op een wond in het hart; hij was op slag dood geweest.

Als de kogel hem niet meteen had gedood, zou de ingedrukte luchtpijp ook snel het einde hebben gebracht.

Dit was te veel geluk om louter geluk te zijn.

Wat het ook was, geluk of iets beters, geluk of iets ergers, Mitch wist aanvankelijk niet of het een goede of slechte ontwikkeling was.

Het aantal vijanden was met één afgenomen. Er fladderde een onzekere pret in hem rond, gehavend door de scherpe rand van de wraak. Die had hem misschien een verscheurde en armzalige lach kunnen ontrukken als hij zich er niet tevens van bewust was geweest dat dit sterfgeval de situatie nog veel ingewikkelder maakte.

Als deze man zich niet meldde bij zijn kompanen, zouden ze hem bellen. Als hij de telefoon niet opnam, kwamen ze hem misschien zoeken. Als ze hem dood aantroffen, zouden ze aannemen dat Mitch hem had vermoord en niet lang daarna zouden Holly's vingers een voor een worden afgesneden en zou elk stompje zonder verdoving worden dichtgebrand.

Mitch haastte zich naar de Honda en zette de motor af. Met de afstandsbediening deed hij de garagedeur dicht.

Toen het donker werd, deed hij het licht aan.

Misschien had niemand het schot gehoord. En als iemand het had gehoord, was hij er zeker van dat niemand had doorgehad wat voor geluid het was.

Op dit uur waren de buren nog niet terug van hun werk. Misschien waren er wat kinderen thuis uit school, maar die zouden naar cd's luisteren of diep verzonken zijn in de wereld van de X-box, en het gedempte schot zou opgaan in de muziek of het spel.

Mitch keerde terug naar het lijk en keek erop neer.

Hij kon even niets doen. Hij wist wat er gedaan moest worden, maar kon niet in beweging komen.

Hij had bijna achtentwintig jaar geleefd zonder ooit iemand te hebben zien sterven. Nu had hij op één dag twee mannen neergeschoten zien worden.

Hij werd geplaagd door gedachten aan zijn eigen dood en toen hij probeerde die te verdringen, wilden ze hem niet met rust laten. Het ruisen in zijn oren was slechts het geluid van zijn eigen stromende bloed, aangedreven door zijn wild bonzende hart.

Hoewel hij ervoor terugschrok het lijk te fouilleren, was hij wel genoodzaakt er op zijn knieën naast te gaan zitten.

Hij haalde het pistool uit een hand die te warm leek om van een dode te zijn. Hij legde het in de kruiwagen.

Als de rechterpijp van de broek van de dode man bij zijn val niet omhoog was gekropen, had Mitch het tweede wapen niet gezien. De man droeg een kleine revolver in een enkelholster.

Nadat hij de revolver bij het pistool had gelegd, bekeek Mitch de holster. Hij maakte het klittenband los en legde de holster bij de wapens.

Hij doorzocht de zakken van het sportjasje en haalde de zakken van de broek binnenstebuiten.

Hij vond een set sleutels — een voor een auto en drie andere — die hij bekeek, maar vervolgens weer in de zak deed waarin hij ze had gevonden. Na een korte aarzeling haalde hij ze er echter weer uit en legde ze in de kruiwagen.

Behalve een portefeuille en een mobiele telefoon vond hij verder niets dat van belang kon zijn. In de eerste zouden papieren zitten en in het geheugen van de laatste zouden de nummers van degenen met wie de dode samenwerkte kunnen staan.

Als de telefoon overging, zou Mitch hem niet durven opnemen. Zelfs als hij heel korte antwoorden gaf en de man aan de andere kant zijn stem even aanzag voor die van de dode, zou hij zich ongetwijfeld door het een of ander verraden.

Hij zette de telefoon uit. Ze zouden het vreemd vinden als ze de voicemail kregen, maar dat zou ze niet overhaast in actie doen komen.

Mitch verdrong zijn nieuwsgierigheid en legde de portefeuille en de telefoon in de kruiwagen. Hij had dringender zaken te doen.

15

Mitch haalde een stuk canvas van de pick-up, dat hij gebruikte om het snoeisel van rozen in te vervoeren. De dorens kwamen er niet gemakkelijk doorheen, zoals bij jute wel zou gebeuren.

Mitch kon het lijk niet laten liggen. Stel dat een van de andere ontvoerders de dode man kwam zoeken?

Zijn maag draaide zich om als hij eraan dacht rond te rijden met een lijk in de kofferbak van zijn auto. Hij moest iets tegen maagzuur gaan kopen.

Het stuk canvas was door het gebruik zacht geworden en vertoonde net zoveel barsten als het glazuur van een antieke vaas. Hoewel het niet waterproof was, was het redelijk waterbestendig.

Omdat het hart van de crimineel meteen was opgehouden met kloppen, was er weinig bloed uit de wond gelopen. Mitch maakte zich geen zorgen over bloedvlekken.

Hij wist niet hoe lang hij het lijk in de kofferbak zou moeten laten liggen. Een paar uur, een dag, twee dagen? Vroeg of laat zouden er andere vloeistoffen dan bloed gaan doorlekken.

Hij legde het stuk canvas op de vloer en rolde het lijk erop. Er ging een golf van walging door hem heen door de manier waarop de armen van de dode man slap neervielen en zijn hoofd heen en weer rolde.

Maar hij dacht aan het gevaar dat Holly liep. Hij kon het zich niet veroorloven zelfs voor het ellendigste karwei terug te schrikken, dus sloot hij zijn ogen en haalde hij een paar keer diep adem om zijn afkeer in bedwang te krijgen.

Het heen en weer rollende hoofd wees erop dat de crimineel zijn nek had gebroken. In dat geval was hij op drie manieren gestorven: aan een gebroken nek, aan een ingedrukte luchtpijp en aan een kogel in zijn hart.

Dit kon niet gewoon geluk zijn. Zo'n gruwelijke opeenstapeling kon geen meevallertje zijn. Het was weerzinwekkend om het als zodanig te zien.

Buitengewoon, ja. Een buitengewoon toeval. En vreemd. Maar geen geluk.

Hij kon nog niet eens zeggen of het ongeluk wel in zijn voordeel was. Het zou even goed zijn ondergang kunnen worden.

Nadat hij het lijk in het stuk canvas had gerold, nam hij niet de moeite om een stuk touw door de ringetjes te halen en het pak dicht te binden. Zijn angst had de vorm aangenomen van een tikkende klok, een leegstromende zandloper, en hij was bang dat er iets zou gebeuren waardoor hij niet alles zou kunnen opruimen.

Hij sleepte het lijk naar de Honda. Toen hij de kofferbak opendeed, ging er een rilling van angst door hem heen bij de absurde gedachte dat er een andere dode man in zou blijken te liggen, maar uiteraard was de kofferbak leeg.

Hij had nooit een koortsachtige verbeelding gehad en had tot dan toe nooit last gehad van morbide fantasieën. Hij vroeg zich af of zijn angst voor een tweede lijk soms geen verbeelding was, maar een soort voorgevoel dat hij in de nabije toekomst met meer dode mannen te maken zou krijgen.

Het bleek nog heel lastig om het lijk in de kofferbak te krijgen. De crimineel woog minder dan Mitch, maar hij was natuurlijk wel een dood gewicht.

Als Mitch niet zo sterk was geweest en geen werk had gedaan dat hem in een goede lichamelijke conditie hield, zou het hem niet zijn gelukt. Tegen de tijd dat hij de kofferbak dichtsloeg en op slot deed, stond het zweet op zijn lichaam.

Na een zorgvuldige inspectie bleek er geen bloed op de kruiwagen te zitten. En ook niet op de vloer.

Hij verzamelde de gebroken balken en het gevallen stuk van de reling, nam ze mee naar buiten en verborg ze in een stapel brandhout, waarmee ze de voorgaande winter de open haard in de woonkamer hadden gestookt.

Toen hij weer binnen was, klom hij de trap op naar de zolder en keerde terug naar de noodlottige plek in het meest zuidelijke gangpad. De oorzaak van het ongeluk werd al snel duidelijk.

Veel van de opgestapelde dozen waren met plakband dichtgeplakt, maar er waren er ook een paar met een stuk touw eromheen. De moersleutel hing nog in een lus.

De gangster had de moersleutel in zijn hand gehad en moest hem iets van zijn lichaam af hebben gehouden en hem zo door de neerhangende lus hebben gestoken. Zo was hij overvallen door Halloween.

Mitch stapelde de meeste gevallen dozen weer op zoals ze hadden gestaan. Maar hij maakte wel een nieuwe rij lage stapels voor de breuk in de reling om de schade te verbergen.

Als de vrienden van de gangster hem kwamen zoeken, zouden de versplinterde balken en het ontbrekende stuk reling suggereren dat er een worsteling had plaatsgevonden.

De kapotte reling was nog steeds zichtbaar vanuit de zuidoostelijke hoek van de garage. Maar de trap was in de noordoostelijke hoek en het was heel goed mogelijk dat de vrienden van de gangster helemaal niet op een plek kwamen vanwaar ze de schade konden zien.

Hoewel Mitch graag iets van zijn woede had afgereageerd door de elektronische afluisterapparatuur in het gangpad langs de westelijke muur kapot te trappen, liet hij ze ongemoeid

Toen hij de lange moersleutel oppakte, voelde hij zwaarder aan dan hij zich herinnerde.

Hij voelde hoe bedrieglijk de stilte was. Voelde zich bekeken. Voelde zich bespot.

Vlak bij hem droomden spinnen in hun webben geduldig van rijpe, stuiptrekkende hapjes, een paar dikke lentevliegen die naar de zijden draden zoemden.

Maar er was nog iets anders, iets wat erger was dan spinnen of vliegen. Mitch draaide zich om, maar leek alleen te zijn.

Een belangrijk feit hield zich voor hem verborgen, niet in de schaduwen, niet achter de feestartikelen in de dozen, maar in het volle zicht. Hij zag, maar was blind. Hij hoorde, maar was doof.

Dit vreemde gevoel werd steeds heviger, zwol aan tot het hem verstikte, tot het zulke dimensies had aangenomen dat zijn longen niet meer konden uitzetten. Daarna nam het snel af en was het weg.

Hij nam de moersleutel mee naar beneden en hing hem op het rek waar hij hoorde.

Hij haalde de telefoon, de portefeuille, de sleutels, de twee vuurwapens en de enkelholster uit de kruiwagen en legde alles op de passagiersstoel van de Honda.

Hij reed de garage uit, parkeerde naast het huis en ging snel naar binnen om een jasje te pakken. Hij droeg een flanellen overhemd en hoewel de nacht niet koud genoeg zou zijn voor een jasje, had hij het toch nodig.

Toen hij het huis uit kwam, verwachtte hij half dat Taggart naast de Honda op hem zou staan wachten. Maar de inspecteur was nergens te zien.

Eenmaal weer in de auto legde hij het lichtgewicht sportjasje op de passagiersstoel, over de dingen die hij het lijk had afgenomen.

Het klokje in het dashboard was het eens met zijn horloge: 17:11.

Hij reed de straat op en sloeg rechts af met een morsdode man in de kofferbak van zijn auto en allerlei ergere verschrikkingen in zijn hoofd.

16

Mitch parkeerde de auto twee blokken van zijn huis langs de stoep. Hij liet de motor draaien en hield de raampjes dicht en de portieren op slot.

Hij kon zich niet herinneren dat hij ooit de portieren had afgesloten terwijl hij in de auto zat.

Hij keek in de achteruitkijkspiegel, omdat hij er opeens zeker van was dat hij de kofferbak niet goed dicht had gedaan en dat de klep openstond, zodat het ingepakte lijk voor iedereen te zien was. Maar de kofferbak was veilig dicht.

In de portefeuille van de dode man zaten creditcards en een Californisch rijbewijs op naam van John Knox. Voor de foto lachte de jeugdige crimineel net zo innemend als een tieneridool uit een jongensband.

Knox had vijfhonderdvijfentachtig dollar bij zich gehad, waaronder vijf biljetten van honderd dollar. Mitch telde het geld zonder het uit de portefeuille te halen.

Niets in de portefeuille verraadde iets over het beroep van de man, zijn persoonlijke interesses of zijn partners. Geen visitekaartje, geen bibliotheekkaart, geen kaartje van een ziektekostenverzekering. Geen foto's van geliefden. Geen herinneringsbriefjes of sofi-nummer, geen reçu's.

Volgens zijn rijbewijs woonde Knox in Laguna Beach. Misschien zou een kijkje in zijn woning iets nuttigs opleveren.

Mitch had tijd nodig om te overdenken hoeveel risico hij zou lopen als hij naar het huis van Knox ging. Bovendien moest hij nog iemand anders opzoeken voor het beloofde telefoontje van zes uur.

Hij legde de portefeuille, de mobiele telefoon van de dode en de sleutelbos in het handschoenenkastje. De revolver en de enkelholster duwde hij onder zijn stoel.

Het pistool bleef op de stoel naast hem liggen, onder zijn sportjasje.

Via een wirwar van straten door rustige woonwijken, waar hij de snelheidslimiet en zelfs een paar stopborden negeerde, arriveerde Mitch om 17.35 uur bij het huis van zijn ouders in Oost-Orange. Hij parkeerde op de oprit en sloot de Honda af.

Het aantrekkelijke huis stond op de tweede heuvelrij en de derde rij rees erbovenuit. Op de tweebaansweg, die afliep naar vlakkere grond, was geen verdacht voertuig te zien.

Er was een zacht briesje komen opzetten vanuit het oosten. De hoge eucalyptusbomen fluisterden tegen elkaar met ontelbare zilvergroene tongen.

Hij keek op naar het enkele raam van de leerkamer. Toen hij acht was, hád hij daar eens twintig dagen achtereen doorgebracht, met een luik aan de binnenkant van het raam.

Het uitschakelen van zintuiglijke waarneming concentreerde de gedachten en verhelderde de geest. Dat was de theorie achter die donkere, stille, lege leerkamer.

Daniel, de vader van Mitch, deed de deur open. Op zijn eenenzestigste was hij nog steeds een opvallend knappe man, die nog al zijn haar had, ook al was het wit geworden.

Misschien leken zijn tanden te klein omdat zijn trekken zo aangenaam geprononceerd waren, volmaakte trekken als hij acteur had willen zijn. Het waren stuk voor stuk zijn eigen tanden. Hij was altijd heel nauwgezet geweest als het om mondverzorging ging. De met laser wit gemaakte tanden schitterden Mitch tegemoet.

Met een verrast knipperen van zijn ogen, dat een beetje al te theatraal aandeed, zei hij: 'Mitch. Katherine heeft me helemaal niet verteld dat je gebeld hebt.'

Katherine was Mitch' moeder.

'Dat heb ik ook niet gedaan,' gaf Mitch toe. 'Ik hoopte dat ik zomaar even langs kon komen.'

'Je loopt zo inderdaad het risico dat ik vastzit aan een of andere suffe verplichting, maar je hebt geluk. Ik ben vanavond vrij.'

'Mooi.'

'Maar ik had er wel op gerekend nog een paar uur te kunnen lezen.'

'Ik kan niet lang blijven,' stelde Mitch hem gerust.

De kinderen van Daniel en Katherine Rafferty, die inmiddels allemaal volwassen waren, was bijgebracht dat ze respect moesten hebben voor de privacy van hun ouders en hun bezoekjes dus moesten aankondigen in plaats van zomaar voor de deur te staan.

Zijn vader deed een stap achteruit en zei: 'Kom dan maar binnen.'

In de hal met de witmarmeren vloer zag Mitch links en rechts een oneindige hoeveelheid Mitchen, spiegelbeelden in twee grote, tegenover elkaar hangende spiegels in roestvrijstalen lijsten.

Hij vroeg: 'Is Kathy er niet?'

'Die heeft een meidenavond,' zei zijn vader. 'Zij en Donna Watson en dat mens van Robinson zijn naar een show of zoiets.'

'Ik had gehoopt haar nog even te zien.'

'Ze komen pas laat thuis,' zei zijn vader, terwijl hij de deur dichtdeed. 'Ze zijn altijd laat. Ze kletsen de hele avond met elkaar en als ze de oprit oprijden, zitten ze nog steeds te kletsen. Ken jij dat mens van Robinson?'

'Nee. Nooit van gehoord.'

'Irritant mens,' zei zijn vader. 'Ik snap niet waarom Katherine haar aardig vindt. Ze is wiskundige.'

'Ik wist niet dat jij je ergerde aan wiskundigen.'

'Aan deze wel.'

De ouders van Mitch waren allebei doctor in de gedragspsychologie en professor aan de UCI. Hun vriendenkring was grotendeels afkomstig uit wat academici tegenwoordig de menswetenschappen noemden. In die kringen vond een wiskundige niet altijd even makkelijk aansluiting.

'Ik heb net whisky met soda ingeschonken,' zei zijn vader. 'Wil jij ook iets?'

'Nee, dank u.'

'Zei je nou "u" tegen mij?'

'Neem me niet kwalijk, Daniel.'

'Een biologische relatie...'

'... kan op zich geen reden zijn voor sociale status,' maakte Mitch de zin af.

De vijf Rafferty-kinderen hadden op hun dertiende te verstaan gekregen dat ze hun ouders niet meer ma en pa mochten noemen, maar dat ze hun voornamen moesten gebruiken. Mitch' moeder, Katherine, wilde graag Kathy genoemd worden, maar zijn vader wilde geen Danny in plaats van Daniel horen.

Als jongeman had doctor Daniel Rafferty een vastomlijnd idee gehad over de juiste manier om een kind op te voeden. Kathy had er geen sterke eigen mening over, maar had Daniels onconventionele theorieën heel boeiend gevonden en had graag willen zien of ze zouden werken.

Mitch en Daniel bleven even in de hal staan, omdat Daniel niet goed leek te weten hoe hij verder moest gaan, maar toen zei hij: 'Moet je eens kijken wat ik pas gekocht heb.'

Ze liepen door een grote woonkamer, die was ingericht met tafels van roestvrij staal en glas, grijze leren banken en zwarte stoelen. De schilderijen waren abstract in zwart en wit, sommige met een enkele streep of blok kleur: hier een rechthoek blauw, daar een vierkant groen, verderop twee chevrons in mosterdgeel.

De schoenen van Daniel Rafferty tikten hard op de mahoniehouten vloer. Mitch volgde ze stil als een geest.

In de studeerkamer wees Daniel naar een voorwerp op het bureau en hij zei: 'Dit is het mooiste stuk van mijn verzameling.'

17

De inrichting van de studeerkamer paste bij die van de woonkamer met zijn verlichte planken, waarop een verzameling gepolijste, stenen bollen stond.

Op het bureau stond eenzaam de nieuwste bol op een sierlijke, bronzen standaard. Het ding was groter dan een honkbal. Rode aderen met gele vlekken kronkelden door het warm koperbruine oppervlak.

Voor een leek was het misschien net een stuk exotisch graniet, geschuurd en gepolijst om de schoonheid naar voren te brengen. Maar in werkelijkheid was het dinosauruspoep, versteend door de tijd en de druk.

'De mineraalanalyse bevestigt dat het afkomstig is van een vleeseter,' zei Mitch' vader.

'Een Tyrannosaurus?'

'De omvang duidt op iets kleiners dan een T. Rex.'

'Een Gorgosaurus dan?'

'Als het was gevonden in Canada en gedateerd kon worden op het late Krijt, zou het van een Gorgosaurus kunnen zijn. Maar het is gevonden in Colorado.'

'Jura?' vroeg Mitch.

'Ja. Dus is het waarschijnlijk een uitwerpsel van een Ceratosaurus.'

Terwijl zijn vader een glas whisky-soda van het bureau pakte, liep Mitch naar de planken.

Hij zei: 'Ik heb Connie een paar dagen geleden gebeld.'

Connie was zijn oudste zus van eenendertig. Ze woonde in Chicago.

'Loopt ze zich nog steeds af te sloven in die bakkerij?' vroeg zijn vader.

'Ja, maar hij is nu van haar.'

'Meen je dat nou? Ja, natuurlijk. Net iets voor haar. Nooit achteruitgaan als ze een voet in het drijfzand zet, gewoon uit alle macht vooruit proberen te komen.'

'Ze zegt dat ze het enorm naar haar zin heeft.'

'Dat zou ze altijd zeggen.'

Connie was doctor in de politieke wetenschappen voordat ze zich in het onzekere ondernemersbestaan had gestort. Sommigen verwonderden zich over deze ommezwaai, maar Mitch begreep het wel.

De verzameling gepolijste dinosauruspoep was gegroeid sinds hij hem het laatst had gezien. 'Hoeveel heb je er nu, Daniel?'

'Drieënzeventig. En ik heb nog vier prachtige exemplaren op het oog.'

Sommige bollen hadden een diameter van niet meer dan vijf centimeter. De grootste waren zo groot als bowlingballen.

De kleuren neigden uiteraard vooral naar bruin, goud en koper, maar onder de lampen schitterde elke tint hem tegemoet, zelfs blauw. De meeste bollen hadden een patroon met stippen; echte aderen waren zeldzaam.

'Ik heb op dezelfde avond met Megan gebeld,' zei Mitch.

Megan van negenentwintig had het hoogste IQ in een familie vol hoogbegaafden. Elk kind van het gezin was drie keer getest, in de week van hun negende, dertiende en zeventiende verjaardag.

Na haar tweede jaar was Megan gestopt met haar studie. Ze woonde in Atlanta en had een goed lopende hondentrimsalon, terwijl ze ook bij de klanten aan huis werkte.

'Ze belde met Pasen om te vragen hoeveel eieren we beschilderd hadden,' zei Mitch' vader. 'Ik denk dat ze dat grappig vond. Katherine en ik waren alleen maar opgelucht dat ze niet belde om te zeggen dat ze zwanger was.'

Megan was getrouwd met Carmine Maffuci, een metselaar met handen als kolenschoppen. Daniel en Kathy vonden dat ze in intellectueel opzicht beneden haar stand was getrouwd. Ze verwachtten dat ze haar vergissing zou inzien en van hem zou scheiden, als er tenminste niet eerst kinderen kwamen om de situatie ingewikkeld te maken.

Mitch mocht Carmine graag. De man had een plezierig karakter, een aanstekelijke lach en een tatoeage van Tweety op zijn rechterbiceps.

'Dit ziet eruit als porfier,' zei hij, wijzend naar een poepbol met een paarsrode ondergrond en vlekjes erin die leken op veldspaat.

Hij had ook zijn jongste zus Portia gesproken, maar daar zei hij niets over omdat hij geen ruzie wilde.

Daniel, die zijn whisky-soda bijvulde aan de bar in de hoek, zei: 'We hebben twee dagen geleden gegeten bij Anson.'

Anson, Mitch' enige broer en met zijn drieëndertig de oudste van de kinderen, was het meest plichtsgetrouw ten opzichte van Daniel en Kathy.

Maar het was niet meer dan eerlijk tegenover Mitch en zijn zusters om duidelijk te maken dat Anson altijd het lievelingetje was geweest van zijn ouders en dat hij nooit door hen was afgewezen. Het was gemakkelijker om een plichtsgetrouw kind te zijn als je enthousiasme niet geanalyseerd werd op tekenen van psychologische mankementen en als je uitnodigingen niet werden begroet met argwanend samengeknepen ogen of ongeduld.

En het was niet meer dan eerlijk tegenover Anson om te zeggen dat hij die status had verdiend door te voldoen aan de verwachtingen van zijn ouders. Hij had bewezen dat Daniels opvoedmethoden vrucht konden afwerpen, wat geen van de anderen gelukt was.

Op de middelbare school was hij de beste van zijn klas geweest en bovendien een uitstekende quarterback, maar hij had een sportbeurs geweigerd. In plaats daarvan had hij alleen die beurzen aangenomen die hij aangeboden had gekregen vanwege zijn schoolprestaties.

Als de academische wereld een kippenren was, dan was Anson een vos. Hij nam de wetenschap niet slechts in zich op, maar verslond die met de eetlust van een onverzadigbare vleeseter. Binnen twee jaar had hij zijn baccalaureaat, nog een jaar later was hij doctorandus en op zijn drieëntwintigste was hij doctor.

Zijn broer en zussen koesterden geen enkele wrok tegen Anson en waren ook helemaal niet van hem vervreemd. Integendeel, als Mitch en zijn zusters een anonieme stemming hadden gehouden over hun favoriete familielid, zouden alle vier de stemmen naar hun oudere broer zijn gegaan.

Zijn goedhartigheid en natuurlijke innemendheid hadden Anson in staat gesteld zijn ouders tevreden te stellen zonder net als zij te worden. Een prestatie die was te vergelijken met die van wetenschappers uit de negentiende eeuw, als die met niets anders dan stoomkracht en primitieve galvanische batterijen een astronaut naar de maan zouden hebben gestuurd.

'Anson heeft net een groot contract afgesloten met China,' zei Daniel.

Op de bronzen standaards onder de bollen stond gegraveerd van welke dinosaurus de uitwerpselen afkomstig waren: Brontosaurus, Diplodocus, Brachiosaurus, Iguanodon, Moschops, Stegosaurus, Triceratops en andere.

'Hij gaat samenwerken met de minister van Handel,' zei Daniel.

Mitch wist niet of versteende uitwerpselen zo precies geanalyseerd konden worden dat de soort dinosaurus of het geslacht van het dier konden worden vastgesteld. Misschien was zijn vader tot deze onderschriften gekomen aan de hand van theorieën die niet of bijna niet ondersteund werden door harde wetenschappelijke bewijzen.

Op bepaalde gebieden van intellectueel onderzoek, waarin absolute antwoorden niet verdedigd konden worden, nam Daniel die toch voor waarheid aan.

'En ook direct met de minister van Onderwijs,' zei Daniel.

Het succes van Anson werd al jaren gebruikt om Mitch aan te zetten tot een ambitieuzer carrière dan zijn huidige werk, maar de steken onder water kwamen nooit verder dan de oppervlakte. Hij bewonderde Anson, maar zou niet met hem willen ruilen.

Terwijl Daniel prikjes bleef uitdelen door middel van andere prestaties van Anson keek Mitch op zijn horloge. Hij was ervan overtuigd dat hij al snel zou moeten vertrekken om het telefoontje van de ontvoerders in zijn eentje af te handelen. Maar het was pas 17.42 uur.

Hij had het gevoel dat hij zich al minstens twintig minuten in het huis bevond, maar het waren er in werkelijkheid maar zeven.

'Heb je een afspraak?' vroeg Daniel.

Mitch bespeurde een hoopvolle klank in de stem van zijn vader, maar hij trok zich er niets van aan. Hij was lang geleden al tot het besef gekomen dat een zo bittere en krachtige emotie als wrok niet paste in hun relatie.

Daniel had dertien lijvige boeken geschreven en beschouwde zichzelf als een reus onder de psychologen, een man met ijzeren principes en stalen overtuigingen, een rots in de rivier van het Amerikaanse intellectualisme, waar minder grote geesten tegen kapotsloegen.

Mitch wist heel zeker dat zijn ouweheer geen rots was. Daniel deed in feite niet meer dan meedrijven in de stroom van de wetenschap.

Als Mitch wrok had gekoesterd jegens zo'n onbeduidende man, was hij gekker geworden dan kapitein Achab uit het verhaal van Moby Dick bij zijn eeuwige jacht op de witte walvis.

Anson had Mitch en zijn zussen hun gehele jeugd gewaarschuwd tegen woede en aangedrongen op geduld. Hij had hun de waarde van humor geleerd als verdediging tegen de onbewuste wreedheid van hun vader. En nu wekte Daniel bij Mitch niets anders meer op dan onverschilligheid en ongeduld.

Op de dag dat Mitch uit huis was gegaan om samen met Jason Osteen een appartement te betrekken, had Anson hem gezegd dat hij uiteindelijk medelijden zou krijgen met hun ouweheer als hij de woede achter zich kon laten. Tot dusver was hij niet verder gevorderd dan wrokkige tolerantie.

'Ja,' zei hij. 'Ik heb een afspraak. Ik moet gaan.'

Daniel keek zijn zoon aan met de scherpe belangstelling die Mitch twintig jaar eerder geïntimideerd zou hebben en zei: 'Waar kwam je eigenlijk voor?'

Wat Holly's ontvoerders ook voor Mitch in petto hadden, de kans dat hij het overleefde was misschien niet groot. De gedachte was bij hem opgekomen dat dit de laatste kans zou kunnen zijn om zijn ouders op te zoeken.

Omdat hij niet kon vertellen in welke moeilijkheden hij zich bevond, zei hij: 'Ik kwam eigenlijk voor Kathy. Misschien kom ik morgen wel even terug.'

'Waarvoor moest je haar hebben?'

Een kind kan liefde voelen voor een moeder die niet in staat is op haar beurt van hem te houden. Na een tijdje komt hij dan tot het besef dat zijn genegenheid niet op vruchtbare grond terechtkomt, maar op steen, waarop niets kan groeien. Dat kind kan zijn verdere leven vervuld worden van een diepe woede of van zelfmedelijden.

Als de moeder geen monster is, maar emotioneel op een afstand blijft en in zichzelf opgaat, en als ze geen actieve kweller is, maar een passieve toeschouwer in het huis, heeft het kind nog een derde optie. Het kan ervoor kiezen haar genade te schenken zonder haar te vergeven en medelijden voor haar hebben in het besef dat ze door haar onvolkomen emotionele ontwikkeling nooit ten volle kan genieten van het leven.

Ondanks al haar academische prestaties had Kathy geen idee van de behoeften van kinderen en de band van het moederschap. Ze geloofde in het principe van oorzaak en gevolg bij de interactie tussen mensen en in de noodzaak om gewenst gedrag te belonen, maar de beloning was altijd van materiële aard.

Ze geloofde in de maakbaarheid van de mens. Ze vond dat kinderen moesten worden opgevoed volgens een systeem waarvan niet afgeweken mocht worden en waarmee men kon zorgen dat het beschaafde mensen werden.

Ze had zich niet gespecialiseerd in dat gebied van de psychologie. Daarom was ze misschien helemaal geen moeder geworden als ze geen man had ontmoet met vaste theorieën over de ontwikkeling van een kind en die met zijn systeem die theorieën in de praktijk wilde brengen.

Omdat Mitch zonder zijn moeder niet geleefd zou hebben en omdat ze weliswaar onwetend was, maar niet kwaadaardig, koesterde hij ten opzichte van haar een tederheid die geen liefde was en zelfs geen genegenheid. Het was eerder een trieste aanvaarding van haar aangeboren onvermogen tot een gevoelsleven. Deze tederheid was bijna gerijpt tot het medelijden dat hij zijn vader niet kon schenken.

'Het is niet belangrijk,' zei Mitch. 'Het kan wel wachten.'

'Ik kan haar een boodschap doorgeven,' zei Daniel, die achter Mitch aan de woonkamer door liep.

'Nee, dat hoeft niet. Ik was in de buurt, dus kwam ik even langs om gedag te zeggen.'

Omdat een dergelijke inbreuk op de familie-etiquette nooit eerder was voorgekomen, kon hij Daniel niet overtuigen. 'Er zit je iets dwars.'

Mitch had bijna gezegd: *misschien krijg je het er wel uit met een weekje in de leerkamer om mijn zintuiglijke waarnemingen uit te schakelen.*

In plaats daarvan glimlachte hij en hij zei: 'Met mij is alles prima in orde. Echt.'

Hoewel hij weinig inzicht had in menselijke gevoelens, had Daniel een scherpe neus voor bedreigingen van financiële aard. 'Als het om geldproblemen gaat, weet je ons standpunt.'

'Ik ben niet gekomen om geld van je te lenen,' stelde Mitch hem gerust.

'Bij elke diersoort is het de eerste plicht van de ouders om hun nakomelingen te leren op eigen benen te staan. De prooi moet leren vluchten en het roofdier moet leren jagen.'

Mitch deed de deur open en zei: 'Ik ben een roofdier en kan voor mezelf zorgen, Daniel.'

'Mooi. Ik ben blij het te horen.'

Hij wierp Mitch een glimlach toe waarin al zijn onnatuurlijk witte tanden scherper leken te zijn als de laatste keer dat hij ze had laten zien.

Mitch kon dit keer niet teruglachen, zelfs niet om de argwaan van zijn vader te weerleggen.

'Parasitisme,' zei Daniel, 'is niet natuurlijk voor de homo sapiens en ook niet voor andere zoogdieren.'

Niet echt een gangbare uitspraak voor een vader.

Mitch stapte naar buiten en zei: 'Doe Kathy maar de groeten.'

'Ze zal wel laat zijn. Ze zijn altijd laat als dat mens van Robinson zich bij de meute aansluit.'

'Wiskundigen,' zei Mitch minachtend.

'Vooral deze.'

Mitch trok de deur dicht. Op een paar passen van het huis bleef hij staan, draaide zich om en bekeek het misschien wel voor de laatste keer.

Hij had hier niet alleen gewoond, maar had ook tot zijn achttiende thuis les gehad. Hij had meer uren in dit huis doorgebracht dan erbuiten.

Zoals altijd ging zijn blik naar dat raam op de eerste verdieping, dat van binnenuit was dichtgemaakt. De leerkamer.

Waar gebruikten ze die hoge kamer voor nu er geen kinderen meer in huis waren?

Omdat het pad met een bochtje wegliep van het huis in plaats van recht naar de straat te voeren, keek Mitch niet naar de deur toen zijn blik omlaag ging, maar naar het zijraam. Door het glas zag hij zijn vader.

Daniel stond voor een van de grote spiegels met stalen lijsten in de hal en inspecteerde zo te zien zijn uiterlijk. Hij streek met een hand zijn witte haar glad. Toen veegde hij langs zijn mondhoeken.

Hoewel hij zich een gluurder voelde, kon Mitch zijn blik niet afwenden.

Als kind was hij ervan overtuigd geweest dat zijn ouders geheimen hadden die hem zouden bevrijden als hij erachter kon komen. Maar Daniel en Kathy waren een voorzichtig stel, zo discreet als zilvervisjes.

Daniel kneep met duim en wijsvinger in zijn linkerwang en toen in zijn rechter, alsof hij er wat kleur in wilde brengen.

Mitch vermoedde dat zijn vader zijn bezoek al bijna weer vergeten was nu het gevaar geweken was dat hem om een lening zou worden gevraagd.

In de hal draaide Daniel zich met zijn zijkant naar de spiegel, alsof hij er trots op was hoe diep zijn borstkas was en hoe smal zijn middel.

Hij kon zich gemakkelijk voorstellen dat zijn vader niet een oneindige reeks spiegelbeelden opleverde tussen de twee tegenover elkaar hangende spiegels, zoals Mitch had gedaan. Zijn enkele spiegelbeeld was waarschijnlijk zo leeg en doorzichtig, dat het alleen voor hemzelf zichtbaar was.

18

Om 17:50 uur, niet meer dan een kwartier nadat hij bij het huis van Daniel en Kathy was gearriveerd, reed Mitch weer weg. Hij ging de hoek om en was al snel anderhalf blok verderop.

Het zou misschien nog twee uur licht zijn. Hij kon gemakkelijk zien of iemand hem volgde.

Hij zette de Honda op een leeg parkeerterrein bij een kerk.

Een strenge stenen gevel, facetogen van veelkleurig glas, somber wegens het gebrek aan licht in het gebouw, en een torentje dat door de hemel sneed en een harde schaduw over het asfalt wierp.

De angst van zijn vader was ongegrond geweest. Mitch was niet van plan geweest hem om geld te vragen.

Zijn ouders hadden in financieel opzicht goed geboerd. Ze konden ongetwijfeld honderdduizend dollar bijdragen zonder het ook maar te voelen. Maar zelfs als ze hem twee keer zoveel zouden geven zou hij met zijn eigen magere bezittingen niet veel meer dan een tiende van het losgeld in handen hebben.

Toch zou hij zijn ouders er nooit om hebben gevraagd; hij wist dat ze zouden hebben geweigerd, zich verschuilend achter hun theorieën over ouderschap.

Bovendien had hij het vermoeden gekregen dat de ontvoerders meer wilden dan geld. Hij had geen idee wat, maar het was volslagen onzinnig om de vrouw te ontvoeren van een hovenier die een inkomen had van vijf cijfers, tenzij ze iets anders wilden dat alleen hij hun kon verschaffen.

Hij was er bijna zeker van geweest dat ze hem een overval wilden laten uitvoeren door hem te gebruiken als een soort op afstand bediende robot. Hij kon dat scenario nog niet uitsluiten, maar het overtuigde hem niet meer.

Van onder zijn stoel haalde hij de revolver met zijn stompe neus en de enkelholster.

Hij bestudeerde het wapen voorzichtig. Voor zover hij kon zien, had het geen veiligheidspal.

Toen hij de cilinder eruit haalde, ontdekte hij dat er vijf kogels in zaten. Dat verraste hem, want hij had er zes verwacht.

Het enige dat hij van wapens wist, had hij geleerd uit boeken en films.

Ondanks al Daniels geprat over het feit dat zijn kinderen op eigen benen moesten kunnen staan, had hij Mitch niet voorbereid op figuren als John Knox.

De prooi moet leren vluchten, het roofdier moet leren jagen.

Zijn ouders hadden hem opgevoed als prooi. Maar nu Holly in handen was van moordenaars, kon Mitch niet vluchten. Hij ging liever dood dan zich te verstoppen en haar aan hun genade over te leveren.

Door het klittenband op de holster kon hij hem zo ver boven zijn enkel vastmaken dat hij niet te zien was als zijn broek iets omhoogging omdat hij ging zitten. Hij was geen liefhebber van broeken met nauwe pijpen en het compacte handwapen paste goed onder het exemplaar dat hij aanhad.

Hij trok het sportjasje aan. Voordat hij uitstapte, zou hij het pistool onder zijn riem steken, op zijn rug, waar het jasje eroverheen zou vallen.

Hij bekeek het wapen. Weer kon hij geen veiligheidspal vinden.

Na enig gepruts wist hij het magazijn eruit te krijgen. Het bevatte acht kogels. Toen hij het weer terug schoof, zag hij een negende kogel in de kamer glanzen.

Toen hij het magazijn weer op zijn plek had geschoven en zich ervan verzekerd had dat het goed op zijn plaats vastklikte, legde hij het pistool weer op de stoel naast hem.

Zijn mobiele telefoon ging. Het autoklokje gaf 17.59 uur aan.

De ontvoerder zei: 'Heb je genoten van je bezoekje aan ma en pa?'

Hij was niet gevolgd naar zijn ouderlijk huis en ook niet toen hij ervandaan kwam, en toch wisten ze waar hij geweest was.

Hij zei meteen: 'Ik heb niets tegen ze gezegd.'

'Wat zocht je er dan, melk en koekjes?'

'Als je soms denkt dat ik het geld van hen zou kunnen krijgen, heb je het mis. Zo rijk zijn ze niet.'

'Dat weten we, Mitch. Dat weten we.'

'Laat me met Holly praten.'

'Dit keer niet.'

'Laat me met haar praten,' hield hij vol.

'Rustig aan. Ze maakt het prima. Ik geef haar de volgende keer wel even. Is dat de kerk waar jij met je ouders naartoe ging?'

Zijn auto was de enige op de parkeerplaats en er passeerde op dat moment ook niemand. Aan de overkant stonden alle wagens op opritten en niet een langs de stoep.

'Ging jij daar vroeger naar de kerk?' vroeg de ontvoerder nog eens.

'Nee.'

Hoewel hij in de auto zat met de portieren op slot, voelde hij zich zo kwetsbaar als een muis op een open veld met vibrerende haviksvleugels boven zich.

'Ben jij misdienaar geweest, Mitch?'

'Nee.'

'Echt niet?'

'Jij schijnt alles te weten. Je weet dat het waar is.'

'Voor een man die nooit misdienaar is geweest, Mitch, lijk je zo op een misdienaar.'

Hij gaf niet meteen antwoord omdat hij dacht dat dat niet nodig was, maar toen de ontvoerder zwijgend afwachtte, zei Mitch uiteindelijk: 'Ik weet niet wat je daarmee bedoelt.'

'Nou, ik bedoel niet dat je een vrome jongen bent, dat is wel zeker. En ik bedoel ook niet dat je altijd de waarheid spreekt. Je hebt tegenover inspecteur Taggart bewezen dat je een sluwe leugenaar bent.'

In hun eerdere twee gesprekken was de man aan de telefoon kil en zakelijk geweest. Dit getreiter leek niet te passen bij zijn eerdere optreden.

Maar hij had gezegd dat hij Mitch gebruikte. Hij had zonder

omwegen gezegd dat Mitch een instrument was dat gemanipuleerd en bijgeschaafd moest worden.

Deze pesterij moest een doel hebben, hoewel Mitch niet wist wat dat doel was. De ontvoerder wilde om een of andere subtiele reden zijn denken bepalen en er iets mee uithalen om een bepaald resultaat te verkrijgen.

'Mitch, ik wil je niet beledigen, want eigenlijk is het wel lief, maar je bent zo naïef als een misdienaar.'

'Als jij het zegt.'

'Dat doe ik. Ik zeg het.'

Dit zou een poging kunnen zijn om hem kwaad te krijgen, want als je kwaad was kon je niet meer helder denken. Of anders wilden ze hem misschien zo laten twijfelen aan zijn eigen kunnen dat hij geïntimideerd en gehoorzaam zou blijven.

Hij had zelf al vastgesteld dat hij volkomen hulpeloos was. Ze konden dat niet scherper duidelijk maken dan het nu al was.

'Je ogen zijn wijd open, Mitch, maar je ziet niets.'

Deze uitspraak bracht hem meer van zijn stuk dan al het andere dat de ontvoerder had gezegd. Nog geen uur geleden was diezelfde gedachte in ongeveer dezelfde bewoordingen bij hem opgekomen op de zolder van zijn garage.

Nadat hij John Knox in de kofferbak van de auto had gewerkt, was hij teruggegaan naar de zolder om te achterhalen hoe het ongeluk precies was gebeurd. Het mysterie was opgelost toen hij de moersleutel in de lus had zien bungelen.

Maar op dat moment had hij het gevoel gekregen dat hij werd bedrogen, bekeken, bespot. Hij was overvallen door een gevoel dat er op die zolder een grotere waarheid ontdekt kon worden, die in het volle zicht lag en hem toch ontging.

Hij was van zijn stuk gebracht door de gedachte dat hij zag en toch blind was, dat hij hoorde en toch doof was.

Nu had die man spottend over de telefoon gezegd: *je ogen zijn wijd open, Mitch, maar je ziet niets.*

'Griezelig' leek een niet te sterke aanduiding voor dit feit. Hij had het gevoel dat de ontvoerders hem niet alleen op elk moment en elke plek konden zien en naar hem konden luisteren, maar dat ze ook nog zijn gedachten konden lezen.

Hij pakte het pistool op de passagiersstoel. Er was geen onmiddellijke bedreiging in zicht, maar hij voelde zich veiliger met het wapen in zijn hand.

'Ben je er nog, Mitch?'

'Ik luister.'

'Ik bel je om halfacht weer...'

'Moet ik nog langer wachten? Waarom?' Het ongeduld knaagde aan hem en hij kon het niet bedwingen, hoewel hij wist dat het risico bestond dat het hem in een toestand van schuimbekkende roekeloosheid zou kunnen brengen. 'Laten we voortmaken.'

'Rustig aan, Mitch. Ik wilde je net vertellen wat je nu moet doen toen je me in de rede viel.'

'Verdomme, zeg het dan.'

'Een goede misdienaar kent het ritueel, de litanie. Een goede misdienaar reageert, maar onderbreekt niet. Als je me nog eens onderbreekt, laat ik je wachten tot halfnegen.'

Mitch beteugelde zijn ongeduld. Hij haalde diep adem, blies de lucht langzaam uit en zei: 'Ik begrijp het.'

'Mooi zo. Als ik heb opgehangen, rijd je naar Newport Beach, naar het huis van je broer.'

Verrast zei hij: 'Naar Anson?'

'Je wacht samen met hem op het telefoontje van halfacht.'

'Waarom moet mijn broer hierbij betrokken worden?'

'Je kunt het niet alleen af,' zei de ontvoerder.

'Maar wat moet ik dan doen? Dat heb je me niet verteld.'

'Dat komt nog wel. Al gauw.'

'Als er twee mannen voor nodig zijn, hoeft hij die tweede niet te zijn. Ik wil niet dat Anson hierbij betrokken wordt.'

'Denk er eens over na, Mitch. Wie beter dan je broer? Hij houdt van je, waar of niet? Hij wil vast niet dat jouw vrouw in stukken wordt gehakt als een varken in de slachterij.'

Hun hele benarde jeugd was Anson voor Mitch als een anker geweest. Het was altijd Anson geweest die voor Mitch de koers had vastgehouden, ook als hij dreigde de kapseizen.

Hij had aan zijn broer zijn gemoedsrust te danken en ook het geluk dat hij had gevonden toen hij eindelijk los was van zijn ouders, de lichtheid van geest die het mogelijk had gemaakt dat hij Holly voor zich had kunnen winnen.

'Jullie hebben me erin geluisd,' zei Mitch. 'Jullie hebben het zo georganiseerd dat het eruitziet alsof ik mijn vrouw heb vermoord als wat jullie van me willen misgaat.'

'De lus is nog strakker dan je beseft, Mitch.'

Ze vroegen zich misschien af waar John Knox was gebleven, maar ze wisten niet dat hij dood in de kofferbak van de Honda lag. Een dode samenzweerder was tenminste enig bewijs van het verhaal dat Mitch de politie zou vertellen.

Of niet? Hij had er niet echt over nagedacht hoe de politie de dood van Knox zou kunnen interpreteren. Misschien was het eerder belastend voor hem dan dat het hem vrijsprak.

'Mijn punt is dat jullie Anson hetzelfde zullen aandoen,' zei Mitch. 'Jullie zullen allerlei indirecte bewijzen tegen hem rondstrooien om hem te laten doen wat jullie willen. Zo werken jullie.'

'Dat maakt helemaal niets uit als jullie tweeën doen wat wij willen en jij haar terugkrijgt.'

'Maar het is niet eerlijk,' protesteerde Mitch, en hij besefte dat hij inderdaad zo onschuldig en goedgelovig klonk als een misdienaar.

De ontvoerder lachte. 'En je vindt dat we jou wel eerlijk hebben behandeld? Is dat het?'

De hand om het pistool was kil en vochtig geworden.

'Heb je soms liever dat we je broer sparen en je Iggy Barnes als partner geven?'

'Ja,' zei Mitch, en hij schaamde zich meteen omdat hij een onschuldige vriend zo snel wilde opofferen om een geliefde te redden.

'En zou dat wel eerlijk zijn tegenover meneer Barnes?'

Mitch' vader vond dat schaamte geen sociaal nut had, dat het een kenmerk was van een bijgelovige geest, en dat een redelijk denkend mens die een rationeel leven leidde er vrij van moest zijn. Hij geloofde ook dat het vermogen tot schaamte kon worden weggenomen door opvoeding.

In het geval van Mitch had hij echter volkomen gefaald, in ieder geval in dit opzicht. Hoewel de schurk aan de telefoon de enige getuige was van zijn bereidheid om een broer te redden ten koste van een vriend, voelde Mitch zijn gezicht warm worden van schaamte.

'Meneer Barnes,' zei de ontvoerder, 'is niet het grootste licht op de wereld. Alleen al daarom zou je vriend geen aanvaardbare plaatsvervanger zijn voor je broer. Ga naar Anson en wacht op ons telefoontje.'

Mitch legde zich neer bij deze ontwikkeling, maar was ziek van wanhoop omdat zijn broer in gevaar werd gebracht toen hij zei: 'Wat moet ik tegen hem zeggen?'

'Helemaal niets. Ik eis dat je hem niets vertelt. Ik heb ervaring met het bespelen van mensen, jij niet. Als ik bel, laat ik Holly gillen en daarna leg ik uit hoe de zaken staan.'

Mitch zei paniekerig: 'Het is niet nodig om haar te laten gillen. Je hebt beloofd haar geen pijn te doen.'

'Ik heb beloofd dat we haar niet zouden verkrachten, Mitch. Niets wat jij tegen je broer kunt zeggen zal zo overtuigend zijn als haar gegil. Ik weet beter dan jij hoe ik dit moet doen.'

Zijn koude, zweterige hand om het pistool werd een probleem. Toen zijn hand begon te trillen, legde hij het wapen weer op de stoel naast hem.

'En als Anson niet thuis is?'

'Hij is thuis. Schiet op, Mitch. Het is spitsuur. Je wilt niet te laat in Newport Beach zijn.'

De ontvoerder beëindigde het gesprek.

Toen Mitch de verbinding verbrak, voelde dat aan als een grimmige voorspelling.

Hij sloot zijn ogen en probeerde zijn zenuwen in bedwang te krijgen, maar deed ze weer open omdat hij zich kwetsbaar voelde met zijn ogen dicht.

Toen hij de motor startte, vloog er een zwerm kraaien op van de straat, en vervolgens van de schaduw van de toren naar de toren zelf.

19

Newport Beach, dat beroemd was om zijn jachthaven, zijn land-
huizen en zijn wonderland van dure winkels, was niet voorbehouden aan de fabelachtig rijken. Anson woonde in de wijk Corona
del Mar, in een huis met nog een ander appartement erachter.

Het huis, dat werd overschaduwd door een enorme magnolia,
was niet bijzonder indrukwekkend met zijn zoetelijk romantische
New England-architectuur en zijn pad van oude bakstenen, maar
het was wel charmant.

De bel liet een paar maten van Beethovens 'Ode an die Freude'
horen.

Anson kwam al naar de deur voordat Mitch voor de tweede keer
kon aanbellen.

Hoewel hij zo fit was als een sportman, had Anson een heel andere bouw dan Mitch: breedgeschouderd, met een diepe borstkas
en een stierennek. Het feit dat hij op de middelbare school in het
American footballteam een van de beste quarterbacks was geweest,
getuigde van zijn snelheid en lenigheid, want hij zag er meer uit
als een linebacker.

Zijn knappe, brede, open gezicht leek altijd te wachten op een
reden om te lachen. Zodra hij Mitch zag, vertrok het tot een grijns.

'*Fratello mio!*' riep Anson, die zijn broer omhelsde en hem het
huis binnentrok. '*Entrino! Entrino!*'

Het rook er sterk naar knoflook, uien en bacon.

'Ben je Italiaans aan het koken?' vroeg Mitch.

'*Bravissimo, fratello piccolo!* Een briljante deductie, louter op ba-

sis van de geur en mijn slechte Italiaans. Ik zal je jas even weg-
hangen.'

Mitch had het pistool niet in de auto willen laten liggen. Het
zat op zijn rug onder zijn riem.

'Nee,' zei hij. 'Ik houd hem wel aan.'

'Kom mee naar de keuken. Ik was al helemaal down bij het vooruitzicht om alleen te moeten eten.'

'Jij kunt helemaal niet down zijn,' zei Mitch.

'Niemand is er immuun voor, broertje.'

Het huis was mannelijk, maar stijlvol ingericht, met de nadruk
op nautische decoratieve elementen. De schilderijen toonden trotse schepen die gebeukt werden door stormen of voort zeilden onder een heldere hemel.

Anson was er al vanaf zijn jeugd van overtuigd geweest dat volmaakte vrijheid niet op het land gevonden kon worden, maar alleen op zee, onder zeil.

Hij was altijd dol geweest op piratenvertellingen en verhalen over
zeeslagen en avonturen op zee. Hij had er een heleboel hardop voorgelezen aan Mitch, die urenlang geboeid had zitten luisteren.

Daniel en Kathy werden al zeeziek in een roeiboot op een meer.
Hun aversie tegen de zee had de eerste aanzet gegeven voor Ansons belangstelling voor het zeeleven.

In de knusse, geurige keuken wees hij naar een pan op het vuur.
'*Zuppa massaia*.'

'Wat voor soep is *massaia*?'

'Klassieke huisvrouwensoep. En omdat ik geen vrouw heb, moet
ik mijn vrouwelijke kant aanspreken als ik het wil maken.'

Soms kon Mitch bijna niet geloven dat zulke starre ouders als
die van hen een zoon konden hebben geproduceerd die zo levens-
lustig was als Anson.

De keukenklok stond op 19:24. Hij had in een file gestaan, veroorzaakt door een verkeersongeluk.

Op de tafel stond een fles Chianti Classico en een halfvol glas.
Anson trok een kastje open en griste nog een glas van een plank.

Mitch had bijna nee gezegd tegen de wijn. Maar één glas zou
hem niet traag van begrip maken en misschien bracht het weer wat
rek in zijn gespannen zenuwen.

Terwijl Anson de Chianti inschonk, bootste hij niet onverdienstelijk de stem van hun vader na. 'Ja, ik vind het leuk je te zien, Mitch, hoewel ik je naam niet op het schema van bezoekende nakomelingen heb zien staan en ik net van plan was vanavond cavia's te gaan martelen in een onder stroom gezet doolhof.'

Mitch nam het glas wijn aan en zei: 'Ik kom er net vandaan.'

'Dat verklaart waarom je zo stil bent en zo grauw ziet.' Anson hief zijn glas in een toast. '*La dolce vita.*'

'Op je nieuwe contract met China,' zei Mitch.

'Ben ik weer als speld gebruikt?'

'Altijd. Maar hij kan niet meer hard genoeg duwen om door mijn huid te komen. Het klinkt als een enorme kans.'

'Die deal met China? Hij moet alles wat ik hem heb verteld een beetje hebben aangedikt. Ze zijn niet van plan de communistische partij op te heffen en mij de keizerskroon aan te bieden.'

Ansons werk als adviseur was zo geheimzinnig dat Mitch er nooit goed hoogte van had kunnen krijgen. Hij was doctor in de linguïstiek, de wetenschap van de taal, maar had ook veel verstand van computertalen en digitalisering, wat dat ook mocht zijn.

'Elke keer als ik daarvandaan kom,' zei Mitch, 'voel ik de behoefte om in de aarde te graven, om met mijn handen te werken, om iets te doen.'

'Je wilt vluchten naar iets dat echt is.'

'Precies. Dit is lekkere wijn.'

'Na de soep eten we *lombo di maiale con castagne.*'

'Ik kan niet verteren wat ik niet kan uitspreken.'

'Gebraden lendestuk met kastanjes,' zei Anson.

'Klinkt goed, maar ik hoef geen eten.'

'Er is genoeg. Het is een recept voor zes personen. Ik weet niet hoe ik de hoeveelheid moet verkleinen, dus maak ik het altijd voor zes.'

Mitch wierp een blik op de ramen. Mooi, de jaloezieën waren dicht.

Van het aanrecht bij de keukentelefoon pakte hij een pen en een notitieblokje. 'Heb je de laatste tijd nog gezeild?'

Anson droomde ervan om op een dag zijn eigen zeiljacht te hebben. Het moest groot genoeg zijn om hem niet tot claustrofobie te drijven op een lange tocht langs de kust of zelfs een reis naar Hawaï, maar klein genoeg om met een serie zeilmotoren en één maatje te kunnen bemannen.

Hij gebruikte het woord 'maatje' zowel voor een zeilvriend als voor iemand die zijn bed deelde. Ondanks het feit dat hij een beer van een man was en soms een scherp gevoel voor humor had, koesterde Anson niet alleen romantische gevoelens voor de zee, maar ook voor de andere sekse.

De aantrekkingskracht die hij uitoefende op vrouwen kon niet gewoon magnetisch worden genoemd. Hij trok vrouwen aan zoals de zwaartekracht van de maan de getijden aantrekt.

Toch was hij geen Don Juan. Het grootste deel van zijn aanbidders poeierde hij met grote charme af. En elke vrouw van wie hij dacht dat ze de ideale partner zou zijn, leek zijn hart te breken, hoewel hij het niet zo melodramatisch gezegd zou hebben.

De kleine boot die hij op dat moment aan een boei in de haven had liggen, een achttienvoets American Sail, was bij lange na geen jacht. Maar als je keek hoeveel geluk hij had in de liefde, had hij misschien eerder de boot van zijn dromen dan dat hij iemand vond met wie hij erin kon zeilen.

Als antwoord op Mitch' vraag zei hij: 'Ik heb geen tijd gehad om meer te doen dan als een eend in de haven heen en weer te dobberen.'

Mitch ging aan de keukentafel zitten en terwijl hij met blokletters op het notitieblokje schreef, zei hij: 'Ik zou ook een hobby moeten hebben. Jij hebt het zeilen en de ouweheer heeft zijn dinosauruspoep.'

Hij scheurde het bovenste blaadje van het notitieblok en duwde het over de tafel, zodat Anson, die nog stond, het kon lezen: JE HUIS WORDT WAARSCHIJNLIJK AFGELUISTERD.

In de verbaasde blik van zijn broer lag de verwondering die Mitch herkende uit de tijd dat hij hardop de verhalen over piraten en heldhaftige zeeslagen had voorgelezen die hem als jongen zo geboeid hadden. Hij reageerde alsof er een vreemd avontuur was begonnen en hij leek het gevaar dat ermee samenging niet echt te zien.

Om Ansons verbijsterde zwijgen te verhullen, zei Mitch: 'Hij heeft net een nieuw exemplaar gekocht. Hij zegt dat het een uit-werpsel is van een Ceratosaurus. Uit Colorado, de Jura.'

Hij liet nog een blad papier zien waarop hij had geschreven: HET IS ZE ERNST. IK HEB GEZIEN HOE ZE IEMAND HEBBEN VERMOORD.

Terwijl Anson het las, haalde Mitch zijn mobiele telefoon uit een binnenzak en legde hem op tafel. 'Het past helemaal bij onze familiegeschiedenis om een verzameling gepolijste poep te erven.'

Terwijl Anson een stoel naar achteren trok en aan tafel ging zit-ten, maakte zijn jongensachtige verwachting plaats voor bezorgd-heid. Hij deed mee met het zogenaamd gewone gesprek: 'Hoeveel heeft hij er inmiddels?'

'Hij heeft het wel gezegd, maar ik weet het niet meer. Je zou kunnen zeggen dat de studeerkamer een riool aan het worden is.'

'Sommige van die bollen zijn heel mooi.'

'Ja,' beaamde Mitch terwijl hij schreef: ZE BELLEN OM 19.30 UUR.

Anson vormde met zijn mond de verbaasde vragen *Wie? Wat?*
Mitch schudde zijn hoofd. Hij wees naar de wandklok: 19:27.

Ze voerden een ongemakkelijk en stompzinnig gesprek tot de telefoon precies op het halve uur ging. Het gerinkel kwam niet van Mitch' mobiel, maar van de keukentelefoon.

Anson keek hem vragend aan.

Voor het geval dit een toevallig telefoontje was, wat niet on-waarschijnlijk leek, en dat het verwachte contact via de mobiele telefoon zou plaatshebben, beduidde Mitch zijn broer dat hij moest opnemen.

Anson had hem bij het derde rinkeltje en zijn gezicht verhel-derde toen hij de stem hoorde van degene die belde. 'Holly!'

Mitch sloot zijn ogen, boog zijn hoofd, sloeg zijn handen voor zijn gezicht en merkte aan Ansons reactie dat Holly gilde.

20

Mitch had verwacht dat hij bij het gesprek zou worden betrokken, maar de ontvoerder sprak alleen met Anson, en langer dan drie minuten.

De inhoud van het eerste deel van het gesprek was duidelijk en kon worden afgeleid uit het aandeel van zijn broer. De laatste paar minuten bleken niet zo gemakkelijk te volgen, gedeeltelijk omdat Ansons antwoorden korter werden naarmate zijn stem grimmiger ging klinken.

Toen Anson had opgehangen, vroeg Mitch: 'Wat willen ze dat we doen?'

In plaats van antwoord te geven, kwam Anson weer naar de tafel en pakte hij de fles Chianti. Hij schonk zijn glas nog eens vol.

Mitch zag tot zijn verbazing dat zijn eigen glas leeg was. Hij kon zich maar een of twee slokjes herinneren. Hij weigerde een tweede glas.

Anson schonk het hem toch in en zei: 'Als je hart net zo snel slaat als dat van mij, verbrand je twee glazen van dit spul terwijl je het doorslikt.'

Mitch' handen trilden, maar niet door de Chianti. Misschien werden ze juist wel vaster van de wijn.

'En, Mickey?' zei Anson.

Mickey was het koosnaampje dat Anson zijn jongere broer had gegeven tijdens een bijzonder moeilijke periode in hun jeugd.

Toen Mitch opkeek van zijn trillende handen, zei Anson: 'Er

gebeurt niets met haar. Ik beloof het je, Mickey. Ik zweer je dat er niets met Holly gebeurt. Niets.'

In de vormende jaren van Mitch' leven was zijn broer een betrouwbare piloot geweest die hem door alle stormen loodste, of een sterke verdediger als steun in de rug als dat nodig was. Maar nu leek hij meer te beloven dan hij kon waarmaken, want deze keer maakten Holly's ontvoerders de dienst uit.

'Wat willen ze dat we doen?' vroeg hij weer. 'Is het mogelijk, is het iets wat gedaan kan worden, of is het net zo krankzinnig als toen ik hem voor het eerst twee miljoen hoorde eisen?'

Anson gaf geen antwoord en ging zitten. Hij bood een imposante aanblik toen hij vooroverleunde en zijn stevige armen op tafel legde, waarbij het wijnglas bijna schuilging in zijn grote handen.

Hij was nog steeds een beer van een man, maar zag er niet meer uit als een knuffelbeer. De vrouwen die anders tot hem werden aangetrokken als het tij tot de maan zouden met een grote boog om hem heen lopen als ze hem zo zagen.

De strakke kaak, de gespreide neusgaten en een duidelijke verandering in de kleur van zijn ogen, van zacht zeewatergroen tot de hardheid van een smaragd, gaven Mitch nieuwe moed. Hij kende deze trekken. Dit was Anson als hij opstond tegen onrecht, en dat riep bij hem altijd een koppige, doeltreffende weerstand op.

Hoewel hij blij was met de steun van zijn broer, voelde Mitch zich ook schuldig. 'Het spijt me. Man, ik had nooit verwacht dat jij erbij gesleept zou worden. Dat was een volslagen verrassing. Het spijt me.'

'Dat is niet jouw schuld. Totaal niet.'

'Als ik iets anders had gedaan...'

'Als jij iets anders had gedaan, was Holly nu misschien wel dood. Dus heb je het tot dusver goed gedaan.'

Mitch knikte. Hij wilde graag geloven wat zijn broer zei. Maar toch voelde hij zich volslagen nutteloos. 'Wat willen ze dat we doen?' vroeg hij weer.

'Ten eerste, Mitch, moet je me alles vertellen wat er gebeurd is. Wat die schoft me over de telefoon heeft verteld, is nog geen fractie van wat er is voorgevallen. Ik moet alles horen, vanaf het begin tot jij bij me aanbelde.'

Mitch keek de keuken door en vroeg zich af waar een micro-foontje verstopt zou kunnen zitten.

'Misschien luisteren ze nu naar ons, en misschien ook niet,' zei Anson. 'Het maakt niet uit, Mickey. Ze weten alles al wat jij me gaat vertellen, omdat zij het je hebben aangedaan.'

Mitch knikte. Hij nam een slok Chianti om moed te vatten. Toen gaf hij Anson een verslag van deze helse dag.

Voor het geval ze werden afgeluisterd, hield hij alleen het ver-haal van zijn treffen met John Knox in de garage achter.

Anson luisterde aandachtig en viel hem maar een paar keer in de rede om ergens opheldering over te vragen. Toen Mitch was uitgesproken, bleef zijn broer met zijn ogen dicht zitten nadenken over wat hem was verteld.

Megan had van alle Rafferty-kinderen het hoogste IQ, maar Anson had nooit ver bij haar achtergelopen. Holly bevond zich nog in dezelfde precaire situatie als een halfuur geleden, maar Mitch vond geruststelling in het feit dat zijn broer zich aan hun kant had geschaard.

Hij had bij de tests bijna net zo hoog gescoord als Anson. De reden waarom hij zich ietwat gerustgesteld voelde, was niet zozeer dat iemand met een hogere intelligentie over het probleem na-dacht, maar dat hij er niet langer alleen voor stond.

Hij was in zijn eentje nooit veel waard geweest.

Anson stond op en zei: 'Blijf zitten, Mickey. Ik ben zo terug.' Hij liep de keuken uit.

Mitch staarde naar de telefoon. Hij vroeg zich af of hij een af-luisterapparaatje zou herkennen als hij de telefoon uit elkaar haal-de.

Hij keek op de klok: 19:48. Hij had zestig uur gekregen om het geld bij elkaar te krijgen en er waren er nog maar tweeënvijftig over.

Dat leek niet te kloppen. Hij voelde zich uitgewrongen en plat-gedrukt na alles wat er gebeurd was voordat hij hier was aange-komen. Hij had het gevoel dat de zestig uur allang voorbij wa-ren.

Omdat hij niets voelde van de wijn die hij tot dusver had ge-had, dronk hij zijn glas leeg.

Anson kwam terug met een sportjasje aan. 'We moeten weg. Ik vertel je alles in de auto wel. Het lijkt mij beter dat jij rijdt.'

'Geef me een paar tellen om deze wijn op te drinken,' zei Mitch, hoewel zijn glas leeg was.

Hij schreef nog een laatste zin op het notitieblok: ZE KUNNEN MIJN AUTO TRACEREN.

Hoewel niemand hem was gevolgd naar het huis van zijn ouders, hadden de ontvoerders geweten dat hij daar was geweest. En later, toen hij op de parkeerplaats van de kerk had gestaan om op het telefoontje van zes uur te wachten, hadden ze precies geweten waar hij zich bevond.

Is dat de kerk waar je met je ouders naartoe ging?

Als ze een zendertje aan zijn pick-up hadden bevestigd en aan de Honda, hadden ze hem van een afstandje kunnen volgen, buiten het zicht, en via elektronische weg kunnen weten waar hij zich bevond.

Hoewel Mitch niet precies wist hoe die apparaatjes werkten, begreep hij wel dat het feit dat ze gebruikt werden betekende dat Holly's ontvoerders nog professioneler te werk gingen dan hij aanvankelijk had gedacht. De middelen waarover ze beschikten, dat wil zeggen, hun kennis en hun ervaring, maakten duidelijk dat een poging om hen te dwarsbomen waarschijnlijk niet zou slagen.

Aan de andere kant deed de vakkundigheid van de ontvoerders vermoeden dat ze goed nagedacht hadden over wat ze Mitch en Anson wilden laten ondernemen en dat de broers daarin ook zouden slagen, of het nu een beroving was of een andere misdaad. Met een beetje geluk kregen ze het losgeld wel bij elkaar.

Anson draaide het gas onder de pan soep uit en haalde in reactie op de waarschuwing in het laatste briefje de sleutels van zijn suv tevoorschijn. 'We nemen mijn Expedition. Jij rijdt.'

Mitch ving de sleutels op die hem werden toegegooid, pakte snel de briefjes bij elkaar die hij had geschreven en gooide ze in de afvalbak.

Hij en zijn broer vertrokken door de keukendeur. Anson deed geen enkele lamp uit en sloot de deur ook niet af, misschien omdat hij erkende dat hij in deze storm de mensen die hij buiten wilde houden niet kon beletten binnen te komen.

Het huis en het appartement werden van elkaar gescheiden door een met bakstenen geplaveide binnenplaats, die werd verzacht door varens en dwerg-*Nandina*. Het kleinere appartement achter het huis bevond zich boven een paar garages.

In Ansons dubbele garage stonden de Expedition en een Buick Super Woody Wagon uit 1947, die hij zelf had gerestaureerd.

Mitch stapte achter het stuur van de suv. 'Stel dat ze op jouw auto's ook zendertjes hebben gezet?'

Anson trok het portier aan zijn kant dicht en zei: 'Dat maakt niet uit. Ik ga precies doen wat ze willen. Als ze ons kunnen volgen, worden ze gerustgesteld.'

Mitch reed achteruit de garage uit en het steegje in en zei: 'En wat willen ze nou eigenlijk, wat moeten we doen? Zeg het maar.'

'Ze willen dat we twee miljoen dollar overmaken naar een geheime bankrekening op de Caymaneilanden.'

'Ja, nou, dat is niet zo erg als dat we het ze in penny's moeten geven, tweehonderd miljoen verdomde penny's, maar van wie moeten wij het geld stelen?'

Het felle licht van een rode zonsondergang stroomde het steegje in.

Anson drukte op de afstandsbediening om de garagedeur dicht te doen. Hij zei: 'We hoeven niemand te beroven. Het is mijn geld, Mickey. Ze willen mijn geld, en hiervoor kunnen ze het krijgen.'

21

De brandende hemel liet de steeg stralen en de Expedition werd vervuld met de gloed van een oven.

In de felrode weerspiegeling van de smeulende zon lichtte Ansons gezicht fel op, maar zijn stem klonk zacht en teder: 'Alles wat ik heb, is van jou, Mickey.'

Mitch bleef even verbijsterd zwijgen, alsof hij zich ineens in een bos bevond, waar zo-even nog een stad had gestaan, en toen zei hij: 'Heb jij twee miljoen dollar? Waar heb jij twee miljoen dollar vandaan?'

'Ik ben goed in wat ik doe, en ik heb hard gewerkt.'

'Ik ben ervan overtuigd dat je goed bent in wat je doet, je bent goed in alles wat je aanpakt, maar je leeft niet alsof je rijk bent.'

'Dat wil ik ook niet. Pracht en praal interesseren me niet.'

'Ik weet dat sommige mensen met geld eenvoudig leven, maar…'

'Ik ben geïnteresseerd in ideeën,' zei Anson, 'en op een dag wil ik echt vrij zijn, maar ik hoef niet mijn foto in de glamourbladen te zien.'

Mitch was nog steeds verdwaald in het bos van deze nieuwe realiteit. 'Wil je zeggen dat jij echt twee miljoen op de bank hebt?'

'Ik zal wat aandelen te gelde moeten maken. Dat kan per telefoon of via de computer als de beurs morgen open is. Binnen drie uur.'

Mitch' hoop zwol ineens op door dit verbazingwekkende, dit verbijsterende nieuws.

Mitch zei: 'Hoe… hoeveel heb je dan? Ik bedoel, alles bij elkaar.'

'Ik zal bijna alles kwijt zijn,' zei Anson, 'maar ik heb het huis nog.'

'Alles kwijt. Dat kan ik niet toestaan.'

'Als ik het één keer verdiend heb, kan ik het nog eens verdienen.'

'Niet zo veel. Niet gemakkelijk.'

'Wat ik met mijn geld doe, is mijn zaak, Mickey. En ik wil ermee zorgen dat Holly veilig thuiskomt.'

Er liep een rode kat door het felrode licht in de steeg en door de zachte, wollige schaduwen, die zich snel verhardden voor de nacht.

Mitch werd meegesleurd door tegenstrijdige gevoelens en vertrouwde zijn stem niet, dus keek hij naar de kat en haalde langzaam en diep adem.

Anson zei: 'Omdat ik niet getrouwd ben en geen kinderen heb, zijn die schoften achter Holly en jou aan gegaan om mij te pakken.'

De onthulling dat Anson rijk was had Mitch zo verrast dat hij niet meteen de voor de hand liggende verklaring had gezien voor wat tot dusver een onverklaarbare ontvoering was geweest.

'Als er iemand anders was geweest die dichter bij me stond,' ging Anson verder, 'als ik in dat opzicht kwetsbaarder was geweest, zou mijn vrouw of mijn kind zijn ontvoerd en zou Holly gespaard zijn gebleven.'

De rode kat kwam langzaam sluipend tot stilstand voor de Expedition en keek op naar Mitch. In een straatlandschap vol weerspiegeld licht hadden alleen de kattenogen hun oorspronkelijke kleur, radiumgroen.

'Ze hadden net zo goed een van onze zussen kunnen pakken, ja toch? Megan, Connie, Portia? Dit is precies hetzelfde.'

'Maar jij leidt zo'n gewoon leven, hoe kunnen ze het geweten hebben?' vroeg Mitch zich af.

'Iemand die bij een bank werkt, of bij een aandelenmakelaar, een kromme spijker die er niet had moeten zijn.'

'Heb je enig idee wie het is?'

'Ik heb nog geen tijd gehad daarover na te denken, Mickey. Vraag het me morgen nog maar eens.'

De rode kat kwam weer in beweging, liep vlak langs de suv en verdween uit het zicht.

Meteen vloog er een vogel op, misschien een duif, die nog laat bij wat verspreide kruimeltjes was blijven zitten, en zijn vleugels klapperden tegen het portier toen hij naar een veilige haven vluchtte.

Mitch werd verrast door het geluid en door het droombeeld dat de kat na zijn verdwijning een vogel was geworden.

Hij keek weer naar zijn broer en zei: 'Ik zag geen kans om naar de politie te gaan. Maar nu is alles anders. Jij hebt die optie wel.'

Anson schudde zijn hoofd. 'Ze hebben voor je ogen iemand neergeschoten om hun punt duidelijk te maken.'

'Ja.'

'En jij hebt begrepen wat dat punt was.'

'Ja.'

'Nou, ik ook. Als ze niet krijgen wat ze willen, moorden ze zonder enige wroeging en schuiven ze jou of ons allebei de schuld in de schoenen. We zorgen eerst dat we Holly terugkrijgen en dan gaan we naar de politie.'

'Twee miljoen dollar.'

'Het is maar geld,' zei Anson.

Mitch dacht aan wat zijn broer had gezegd over zijn foto in de glamourbladen en zijn belangstelling voor ideeën en dat hij 'op een dag echt vrij' wilde zijn.

Nu herhaalde hij die woorden en zei: 'Ik weet wat je daarmee bedoelt. Het zeiljacht. Een leven op zee.'

'Het maakt niet uit, Mickey.'

'Het maakt wel uit. Met zoveel geld ben je er dicht bij om die boot te kunnen kopen en een leven te leiden zonder verplichtingen.'

Nu was het Ansons beurt om naar de kat te kijken, of een andere afleiding in het rode licht en de scherpe schaduwen.

Mitch zei: 'Ik weet dat jij iemand bent die alles plant. Dat ben je altijd geweest. Wanneer was je van plan met pensioen te gaan, om je eigen leven te gaan leiden?'

'Het is maar een kinderdroom, Mickey. Een verhaal over piraten en zeeslagen.'

'Wanneer?' drong Mitch aan.

'Over twee jaar. Als ik vijfendertig zou zijn. Nou ja, dan wordt het een paar jaar later. Ik zou het eerder terug kunnen verdienen dan ik denk. Mijn bedrijf groeit snel.'

'Het contract met China.'

'Dat en andere contracten. Ik ben goed in wat ik doe.'

'Ik sla het niet af,' zei Mitch. 'Ik zou willen sterven voor Holly, dus ben ik maar al te bereid om jou voor haar failliet te laten gaan. Maar ik wil niet dat je doet alsof het geen offer is. Het is een enorm offer.'

Anson legde zijn hand in Mitch' nek, trok hem naar zich toe en drukte zachtjes zijn voorhoofd tegen het zijne, zodat ze niet naar elkaar keken maar naar de versnellingspook tussen hen in. 'Zal ik je eens wat zeggen, broertje?'

'Zeg het maar.'

'Ik zou dit normaal nooit verteld hebben. Maar om te voorkomen dat je je laat opvreten door schuldgevoelens, want zo ben je nu eenmaal, moet je weten dat je niet de enige bent die hulp nodig heeft gehad.'

'Hoe bedoel je?'

'Hoe denk je dat Connie haar bakkerij heeft kunnen kopen?'

'Door jou?'

'Ik heb haar een lening verstrekt op zo'n manier dat een deel ervan elk jaar de vorm aanneemt van een belastingvrije gift. Ik wil niet dat ze het terugbetaalt. Het is leuk om te doen. En Megans trimsalon.'

Mitch zei: 'Het restaurant dat Portia en Frank gaan openen.'

'Dat ook.'

Nog steeds met hun gebogen hoofden tegen elkaar zei Mitch: 'Hoe zijn zij erachter gekomen dat je zoveel geld had?'

'Dat hebben ze niet gedaan. Ik zag wat ze nodig hadden. Ik heb geprobeerd te bedenken wat jij nodig had, maar jij leek altijd zo… zo verdomde onafhankelijk.'

'Dit is wel even iets anders dan een lening om een bakkerij te kopen of een restaurantje te openen.'

'Je meent het, Sherlock.'

Mitch lachte beverig.

'Toen we opgroeiden in Daniels rattendoolhof,' zei Anson, 'hadden we alleen elkaar. Dat was het enige wat belangrijk was. Zo is het nog steeds, *fratello piccolo*. Zo zal het altijd zijn.'

'Ik zal dit nooit vergeten,' zei Mitch.

'Dat is je geraden. Je staat voor altijd bij me in het krijt.'

Mitch lachte weer, iets minder beverig. 'Levenslang gratis tuinonderhoud.'

'Hé, broertje.'

'Ja?'

'Ga je nou zitten snotteren boven de versnellingspook?'

'Nee,' beloofde Mitch.

'Mooi. Ik hou van een schone auto. Ben je klaar om te gaan rijden?'

'Ja.'

'Weet je het zeker?'

'Ja.'

'Dan gaan we.'

22

Slechts een streepje rood, als een bloedend sneetje, was nog zichtbaar aan de verre horizon; verder was de hemel donker en was de zee donker, en de maan was nog niet opgekomen om de verlaten stranden te verzilveren.

Anson zei dat hij moest nadenken en dat hij helder en goed kon denken in een rijdende auto, omdat die leek op een boot onder zeil. Hij stelde voor dat Mitch naar het zuiden reed.

Op dat uur was er niet veel verkeer op de Pacific Coast Highway, en Mitch reed op zijn gemak over de rechterbaan.

'Ze bellen morgen om twaalf uur naar het huis,' zei Anson, 'om te horen of ik al opschiet met de financiën.'

'Die overboeking naar de Caymaneilanden staat me niet aan.'

'Mij ook niet. Dan hebben ze het geld én Holly.'

'We kunnen gelijk oversteken,' zei Mitch. 'Zij nemen Holly mee en wij een paar koffers met contanten.'

'Dat is ook niks. Dan kunnen zij het geld pakken en ons allemaal neerschieten.'

'Niet als we de voorwaarde stellen dat we gewapend mogen zijn.'

Anson twijfelde. 'Zouden ze daarvan onder de indruk zijn? Zouden ze echt geloven dat wij weten hoe we met wapens moeten omgaan?'

'Waarschijnlijk niet. Dus nemen we wapens waarvoor we geen fantastische schutters hoeven te zijn. Hagelgeweren, bijvoorbeeld.'

'Waar halen we die vandaan?' vroeg Anson.

'We kopen ze bij een wapenwinkel of de Wal-Mart of zo.'

'Dan krijg je ze toch niet meteen mee?'

'Volgens mij wel. Alleen handwapens niet.'

'We zouden ermee moeten oefenen.'

'Niet veel,' zei Mitch. 'Alleen om er een beetje mee vertrouwd te raken.'

'Misschien kunnen we naar de Ortega Highway gaan. Als we de geweren eenmaal hebben, bedoel ik. Daar is nog wel een stukje woestijn dat ze niet vol huizen hebben gezet. We zouden een stille plek kunnen opzoeken en wat kunnen schieten.'

Mitch reed zwijgend door en Anson zei ook niets meer. De heuvels in het oosten waren bezaaid met de lichten van dure huizen en in het westen lag de zwarte zee met een zwarte hemel erboven, zonder zichtbare horizon, zodat de zee en de hemel in elkaar over liepen en één groot, zwart gat vormden.

Toen zei Mitch: 'Het voelt zo onecht. Die geweren.'

'Het lijkt wel een film,' beaamde Anson.

'Ik ben hovenier. Jij bent taalkundige.'

'Ik zie trouwens toch niet gebeuren dat de ontvoerders ons voorwaarden laten stellen,' zei Anson. 'Degene die de macht heeft, bepaalt de regels.'

Ze reden zorgelijk verder naar het zuiden. De snelweg maakte een sierlijke bocht, ging omhoog en toen weer omlaag naar het centrum van Laguna Beach.

Het was half mei en het toeristenseizoen was al begonnen. Er liepen mensen over de stoepen, op weg naar of van het diner, die de etalages bekeken van de gesloten winkels en galerieën.

Toen zijn broer voorstelde iets te gaan eten, zei Mitch dat hij geen honger had. 'Je moet eten,' drong Anson aan.

Mitch zei weerspannig: 'Waar moeten we over praten onder het eten? Sport? We willen niet dat mensen horen dat we hierover praten.'

'Dan eten we in de auto.'

Mitch parkeerde voor een Chinees restaurant. De draak op het raam leek te schudden met zijn manen van schubbige zweepdraden.

Anson bleef in de suv zitten terwijl Mitch naar binnen ging. Het meisje bij de afhaalbalie beloofde dat ze zijn bestelling in tien minuten klaar had.

De geanimeerde gesprekken van de eters aan de tafeltjes werkten hem op de zenuwen. Hij ergerde zich aan hun zorgeloze lachen.

De geuren van kokosrijst, zoete chilirijst, gefrituurde maïsballen, koriander, knoflook en geroosterde cashewnoten riepen een hongergevoel bij hem op. Maar de geuren werden al snel benauwend en vet; zijn mond werd droog en zuur.

Holly was nog steeds in handen van haar ontvoerders.

Ze hadden haar geslagen.

Ze hadden haar laten gillen, voor hem en voor Anson.

Het leek verraad aan Holly om Chinees te bestellen, om te eten, om iets te doen wat bij het gewone leven hoorde. Het leek alsof hij daarmee haar wanhopige toestand bagatelliseerde.

Als ze de dreigementen had gehoord die ze tegenover Mitch hadden uitgesproken, dat haar vingers zouden worden afgehakt en haar tong zou worden uitgesneden, moest haar angst ondraaglijk en verwoestend zijn.

Toen hij zich voorstelde hoe onvoorstelbaar bang ze zou zijn en hoe ze vastgebonden in het donker zou liggen, begon de vernedering van zijn hulpeloosheid eindelijk plaats te maken voor een enorme woede, voor razernij. Zijn gezicht werd warm, zijn ogen prikten en zijn keel zat zo dicht van kwaadheid dat hij niet kon slikken.

Irrationeel genoeg was hij zo intens jaloers op de vrolijke eters dat hij ze wel van hun stoelen kon slaan en op hun gezicht in kon beuken.

Hij nam aanstoot aan het ordelijke interieur. Zijn eigen leven was een chaos en hij brandde van verlangen om zijn ellende te vergeten in een uitbarsting van geweld.

Een geheime, smeulende splinter in zijn karakter, die al lang had liggen broeien, was nu echt ontstoken geraakt en vervulde hem met het verlangen om de kleurige papieren lampionnen van het plafond te rukken, de schermen van rijstpapier in stukken te scheuren en de rood geëmailleerde, houten Chinese karakters van de muur te trekken en als werpsterren door de zaak te gooien, zodat ze alles in hun baan doorsneden en de ramen lieten versplinteren.

Het meisje voelde de dreigende storm in hem aan toen ze twee witte zakken met zijn bestelling op de balie zette. Haar ogen werden groot en ze verstarde.

Pas een week geleden had een dolgedraaide klant in een pizzeria een caissière en twee obers doodgeschoten voordat een andere klant, een agent die op dat moment geen dienst had, hem met twee kogels had neergehaald. Dit meisje zag waarschijnlijk de tv-verslagen van die slachting voor zich.

Het besef dat hij haar angst aanjoeg was een reddingslijn die Mitch terugbracht van razernij naar woede en vandaar naar een passief gevoel van ellende, die zijn bloeddruk liet dalen en zijn bonzende hart liet kalmeren.

Toen hij het restaurant uit kwam en de milde lenteavond in stapte, zag hij dat zijn broer in de Expedition aan het bellen was.

Toen Mitch achter het stuur ging zitten, beëindigde Anson het gesprek en Mitch vroeg: 'Waren zij dat?'

'Nee. Dat was iemand met wie we volgens mij eens moeten gaan praten.'

Mitch gaf Anson de grootste zak met eten en zei: 'Wie dan?'

'We zwemmen in diep water met haaien. We zijn geen partij voor hen. We hebben de raad nodig van iemand die weet hoe we moeten voorkomen dat we opgevreten worden.'

Hoewel hij zijn broer eerder de keus had gegeven om naar de politie te gaan, zei Mitch: 'Ze vermoorden haar als we het aan iemand vertellen.'

'Ze hebben gezegd: geen politie. We gaan niet naar de politie.'

'Ik zie het toch niet zitten.'

'Mickey, ik weet dat er risico's aan verbonden zijn. We bespelen een struikeldraad met een strijkstok. Maar als we niet proberen muziek te maken, is het sowieso afgelopen met ons.'

Mitch was het zat om zich machteloos te voelen en hij was ervan overtuigd dat gedweeë gehoorzaamheid aan de ontvoerders zou worden betaald met minachting en wreedheid, dus zei hij: 'Goed dan. Maar als ze ons nu zitten af te luisteren?'

'Dat doen ze niet. Zouden ze niet meer dan een microfoon geplaatst moeten hebben om een auto af te luisteren? Zou er geen zendertje en ook nog een batterij bij moeten zitten?'

'Denk je? Ik weet het niet. Hoe kan ik dat weten?'

'Volgens mij wel. Te veel apparaten, te onhandig, te moeilijk om te verbergen of snel te installeren.'

Met de eetstokjes die hij had besteld, at Anson Szechuan-rundvlees uit het ene bakje en rijst met paddestoelen uit het andere.

'En richtmicrofoons?'

'Ik heb dezelfde films gezien als jij,' zei Anson. 'Richtmicrofoons werken het best als het windstil is. Kijk die bomen eens. Het waait vanavond.'

Mitch at moo goo gai pan met een plastic vorkje. Hij verzette zich tegen de heerlijke smaak van het voedsel, alsof hij Holly trouwer was als hij met lange tanden een smakeloos maal naar binnen werkte.

'Trouwens,' zei Anson, 'richtmicrofoons werken niet tussen het ene bewegende voertuig en het andere.'

'Laten we er dan pas verder over praten als we weer rijden.'

'Mickey, er is maar een heel vage grens tussen verstandige voorzichtigheid en achtervolgingswaanzin.'

'Ik ben die grens uren geleden al overgestoken,' zei Mitch. 'En ik kan niet terug.'

23

De moo goo gai pan had een vieze nasmaak die Mitch onder het rijden tevergeefs probeerde weg te spoelen met Pepsi light.

Hij ging over de Coast Highway naar het zuiden. Gebouwen en bomen onttrokken de zee aan het oog, op een paar glimpen van een helse duisternis na.

Anson, die een grote kartonnen beker citroenthee had, zei: 'Hij heet Campbell en hij was vroeger bij de FBI.'

Mitch zei geschrokken: 'Dat is precies iemand tot wie we ons niet kunnen wenden.'

'De nadruk ligt op vroeger, Mickey. Hij was vroeger bij de FBI. Hij is neergeschoten toen hij achtentwintig was en was er erg aan toe. Andere mannen zouden verder van hun arbeidsongeschiktheidsuitkering hebben geleefd, maar hij heeft zijn eigen zakenrijkje opgebouwd.'

'Stel dat ze een zendertje op de Expedition hebben geplaatst en weten dat we gaan praten met een ex-agent van de FBI?'

'Ze weten niet wat hij vroeger deed. Als ze al iets over hem weten, is het misschien dat ik een paar jaar geleden belangrijke zaken met hem heb gedaan. Dan ziet het er gewoon uit alsof ik het losgeld bij elkaar aan het halen ben.'

De banden zoefden over het asfalt, maar Mitch had het gevoel dat de snelweg onder hem een meer was en hij een muskiet, en dat er elk moment een vis omhoog kon komen om hem op te eten.

'Ik weet wat voor aarde een bougainville nodig heeft en hoeveel zonlicht een loropetalum moet hebben,' zei hij. 'Maar dit zijn voor mij dingen van een andere planeet.'

'Voor mij ook, Mickey. En daarom moeten we hulp hebben. Niemand heeft meer kennis van de echte wereld en van de straat dan Julian Campbell.'

Mitch had inmiddels het gevoel gekregen dat elke beslissing een schakelaar was op een ontsteker en dat een verkeerde keus zijn vrouw zou opblazen.

Als dit zo doorging, kon hij straks helemaal niets meer. En niets-doen zou Holly niet redden. Geen besluit nemen werd haar dood.

'Goed,' gaf hij toe. 'Waar woont die Campbell?'

'Rij naar de doorgaande snelweg. We moeten naar het zuiden, naar Rancho Santa Fe.'

Rancho Santa Fe lag oostnoordoostelijk van San Diego en was een plaatsje vol viersterrenhotels, golfbanen en landgoederen van vele miljoenen dollars.

'Trap hem op zijn staart,' zei Anson. 'Dan zijn we er in ander-half uur.'

Ze hadden nooit moeite gehad met stilte als ze samen waren, waarschijnlijk omdat ze allebei als kind veel tijd in afzondering hadden doorgebracht in de leerkamer. Die kamer was beter ge-luiddicht gemaakt dan de studio van een radiostation. Er drong geen enkel geluid door uit de buitenwereld.

Tijdens de rit was er wel verschil tussen Mitch' zwijgen en dat van zijn broer. Dat van hem was het zwijgen van iemand die rade-loos rondtast in het duister.

Het zwijgen van Anson was dat van iemand die koortsach-tig, maar ordelijk nadenkt. Zijn gedachten raceten als de snelste computer langs ketens van deductieve en inductieve redenerin-gen, maar dan zonder het gezoem van elektronische berekenin-gen.

Ze reden al twintig minuten op de I-5 toen Anson zei: 'Heb jij soms niet het gevoel dat we onze hele jeugd gegijzeld zijn geweest?'

'Als jij er niet was geweest,' zei Mitch, 'zou ik ze haten.'

'Ik haat ze soms ook,' zei Anson. 'Intens, maar kortstondig. Ze zijn te zielig om lang te haten. Net zoiets als Sinterklaas haten om-dat hij niet bestaat. Pure tijdverspilling.'

'Weet je nog toen ik betrapt werd met een exemplaar van *Charlotte's Web*?'

'Je was bijna negen. Je hebt twintig dagen in de leerkamer gezeten.' Anson citeerde Daniel: '"Fantasie is de weg naar bijgeloof."'

'Pratende dieren, een nederig varken, een slimme spin...'

'"Een slechte invloed,"' citeerde Anson. '"De eerste stap naar een leven van redeloosheid en irrationele overtuigingen."'

Hun vader zag geen mysterie in de natuur, alleen een groene machine.

Mitch zei: 'Het zou beter zijn geweest als ze ons hadden geslagen.'

'Veel beter. Blauwe plekken, gebroken botten, dat zijn het soort dingen dat de aandacht trekt van de kinderbescherming.'

Na een volgende stilte zei Mitch: 'Connie zit in Chicago, Megan in Atlanta, Portia in Birmingham. Waarom zijn jij en ik nog hier?'

'Misschien staat het klimaat ons aan,' zei Anson. 'Misschien denken wij niet dat afstand genezend werkt. Misschien vinden we dat hier nog onafgedane zaken voor ons liggen.'

De laatste verklaring raakte een snaar in Mitch. Hij had er vaak over nagedacht wat hij tegen zijn ouders zou zeggen als hij de gelegenheid kreeg om kritiek te uiten op de verschillen tussen hun bedoelingen en hun methoden, of op de wreedheid van hun pogingen de verbeeldingskracht van hun kinderen de kop in te drukken.

Toen hij de doorgaande snelweg verliet en over de staatssnelweg naar het binnenland reed, wervelden de woestijnmotten wit als sneeuwvlokken in het licht van de koplampen voordat ze te pletter sloegen tegen de voorruit.

Julian Campbell woonde achter stenen muren en een intimiderend ijzeren hek in een massieve kalkstenen poort, rijkversierd met wijnranken die doorliepen over het bovenstuk en in het midden daarvan een enorme krans vormden.

'Die poort moet net zoveel hebben gekost als mijn huis,' zei Mitch.

'Twee keer zoveel,' verzekerde Anson hem.

24

Links van de hoofdpoort was een wachthuisje aan de muur van gestapelde stenen gebouwd. Toen de Expedition tot stilstand kwam, ging de deur open en kwam er een lange jongeman in een zwart pak tevoorschijn.

Zijn heldere, donkere ogen doorgrondden Mitch net zo snel als de scanner van een caissière de streepjescode op een product leest. 'Goedenavond, meneer.' Hij keek meteen verder naar Anson. 'Fijn u te zien, meneer Rafferty.'

Mitch hoorde geen enkel geluid toen het rijkversierde ijzeren hek naar binnen zwaaide. Daarachter lag een tweebaans oprit, geplaveid met kwartsiet keitjes en geflankeerd door majestueuze Phoenixpalmen, die stuk voor stuk van onderen verlicht werden en waarvan de grote kruinen een bladerdak vormden boven het wegdek.

Hij reed naar het huis met het gevoel dat alles vergeten en vergeven was en het paradijs weer terug was.

De oprit was bijna een halve kilometer lang. Grote, magisch verlichte grasvelden en tuinen strekten zich aan beide zijden uit tot in de geheimzinnige duisternis.

Anson zei: 'Zesenhalve zorgvuldig onderhouden hectare.'

'Hij moet alleen al voor de tuin wel twaalf mensen in dienst hebben.'

'Ongetwijfeld.'

De architect had net zoveel sierlijkheid als grandeur gelegd in de rode dakpannen, de kalkstenen muren, de uit vele ruitjes bestaande ramen, die straalden van het gouden licht, en de zuilen, balustraden en terrassen. Het huis in Italiaanse stijl was zo groot dat het intimiderend zou moeten zijn, maar zag er in plaats daarvan uitnodigend uit.

De oprit liep om een spiegelende vijver met een fontein in het midden, vanwaar kriskras door elkaar lopende stralen als banen zilveren munten sprankelden in de nachtlucht. Mitch zette de auto ernaast.

'Heeft die vent een vergunning om geld te drukken?'

'Hij zit in het amusement. Films, casino's, noem maar op.'

De pracht en praal riepen ontzag op bij Mitch, maar versterkten ook zijn hoop dat Julian Campbell hen zou kunnen helpen. Als Campbell zo'n rijkdom had vergaard nadat hij een ernstige verwonding had opgelopen en als arbeidsongeschikte was weggegaan bij de FBI, als hij zo'n slechte start had gehad en vervolgens was gekomen waar hij nu was, moest hij net zo sluw zijn als Anson had beloofd.

Een man met zilvergrijs haar en het uiterlijk van een butler stond hen op het terras op te wachten. Hij zei dat hij Winslow heette en nam hen mee naar binnen.

Ze volgden Winslow door een enorme, witmarmeren ontvangsthal met een bewerkt plafond met details in bladgoud. Nadat ze door een woonkamer van minstens achttien bij vijfentwintig meter waren gelopen, kwamen ze eindelijk in een bibliotheek met mahoniehouten wandbetimmering.

In antwoord op een vraag van Mitch onthulde Winslow dat er meer dan zestigduizend boeken stonden. 'Meneer Campbell komt zo bij u,' zei hij, en toen vertrok hij.

De bibliotheek, die meer vierkante meters groot was dan de bungalow van Mitch, had een stuk of zes zithoeken met banken en stoelen.

Ze kozen voor een paar armstoelen, tegenover elkaar met een salontafel in het midden, en Anson zuchtte: 'Dit is het goede leven.'

'Als hij ook maar half zo indrukwekkend is als het huis…'

'Julian is de beste, Mickey. Hij is de man die je moet hebben.'

'Hij moet een hoge pet van je ophebben om je zo snel te ontvangen, en na tien uur in de avond.'

Anson glimlachte spijtig. 'Wat zouden Daniel en Kathy ervan zeggen als ik je compliment met een paar woorden van bescheidenheid zou afdoen?'

'"Bescheidenheid is verwant aan bedeesdheid,"' citeerde Mitch. '"Bedeesdheid is verwant aan verlegenheid. Verlegenheid is een synoniem voor onderworpenheid. Onderworpenheid is kenmerkend voor de zachtmoedigen. En de zachtmoedigen beërven de aarde niet, zij dienen de mensen met zelfvertrouwen, die zich kunnen laten gelden."'

'Ik hou van je, broertje. Je bent fantastisch.'

'Ik weet zeker dat jij het ook woord voor woord kunt citeren.'

'Dat bedoel ik niet. Je bent opgevoed in een Skinner-box, in dat rattendoolhof, en toch ben je misschien wel de meest bescheiden man die ik ken.'

'Ik heb ook mijn zwakke plekken,' verzekerde Mitch hem. 'Een heleboel zelfs.'

'Zie je wel? Als ik je bescheiden noem, ga je meteen jezelf bekritiseren.'

Mitch glimlachte. 'Ik denk dat ik niet veel geleerd heb in de leerkamer.'

'Voor mij was de leerkamer nog niet het ergste,' zei Anson. 'Wat ik nooit uit mijn hoofd zal kunnen zetten, is het schaamtespelletje.'

De herinnering bracht een blos op Mitch' wangen. '"Schaamte heeft geen sociaal nut. Het is het kenmerk van een bijgelovige geest."'

'Wanneer hebben ze jou voor het eerst het schaamtespel laten spelen, Mickey?'

'Ik geloof dat ik een jaar of vijf was.'

'Hoe vaak heb je het moeten spelen?'

'Misschien een keer of zes in totaal.'

'Ze hebben het mij elf keer laten doen, voor zover ik me kan herinneren. De laatste keer was ik dertien.'

Mitch trok een gezicht. 'Man, dat kan ik me nog herinneren. Je kreeg een volle week.'

'Je moest dag en nacht naakt rondlopen terwijl alle anderen in het huis gewoon waren aangekleed. Je moest in het bijzijn van iedereen de meest gênante en intieme vragen beantwoorden over je gedachten en gewoonten en verlangens. Elke keer als je naar het toilet ging, werd je in de gaten gehouden door minstens twee andere gezinsleden, waarvan er minstens één een meisje moest zijn, je kreeg geen moment voor jezelf... Heeft dat jou bevrijd van schaamte, Mickey?'

'Kijk mijn gezicht maar eens,' zei Mitch.

'Ik zou een kaars kunnen aansteken aan die brandende wangen.' Anson lachte zachtjes, een warme, diepe lach. 'Verdomd als hij nog iets krijgt voor vaderdag.'

'Zelfs geen geurtje?' vroeg Mitch.

Het was een grapje uit hun kindertijd.

'Nog geen pot om in te piesen,' zei Anson.

'Wat dacht je van de pies zonder de pot?'

'Hoe zou ik dat moeten inpakken?'

'Met liefde,' zei Mitch, en ze grijnsden tegen elkaar.

'Ik ben trots op je, Mickey. Jij hebt ze verslagen. Het werkte niet bij jou, niet zoals bij mij.'

'Hoe werkte het dan bij jou?'

'Ze hebben me gebroken, Mitch. Ik ben niet meer in staat schaamte of schuld te voelen.' Met die woorden haalde Anson een pistool onder zijn sportjasje vandaan.

25

Mitch bedwong zijn glimlach in afwachting van de clou, alsof het pistool geen wapen zou blijken te zijn, maar een sigarettenaansteker of een speeltje waar zeepbellen uit kwamen.

Als de zilte zee kon bevriezen en tegelijkertijd zijn kleur kon behouden, zou ze dezelfde tint hebben als de ogen van Anson. Ze waren net zo helder als altijd, net zo direct als altijd, maar ze werden bijgekleurd door iets wat Mitch nooit eerder had gezien, dat hij niet kon of wilde benoemen.

'Twee miljoen. Om je de waarheid te zeggen,' zei Anson bijna verdrietig, zonder dat er enige wrok uit sprak, 'zou ik nog geen twee miljoen betalen om jou los te kopen, dus was Holly al dood op het moment dat ze werd ontvoerd.'

Mitch' gezicht werd zo hard als marmer en zijn keel leek vol steengruis te zitten, zodat hij geen woord kon uitbrengen.

'Sommige mensen die ik geadviseerd heb, lopen wel eens tegen een gelegenheid aan die voor hen niets voorstelt, maar die voor mij een grote kans is. Niet mijn gewone werk, maar dingen die wat crimineler zijn.'

Mitch moest moeite doen zijn aandacht erbij te houden, om te horen wat er werd gezegd, want zijn hoofd weergalmde nu alle levenslange overtuigingen in elkaar stortten als een door termieten opgevreten houten constructie.

'De mensen die Holly hebben ontvoerd, komen uit het team dat ik voor een van die karweitjes heb samengesteld. Ze hebben er flink aan verdiend, maar ze zijn erachter gekomen dat mijn aandeel groter was dan ik hen had verteld, en nu worden ze inhalig.'

Dus Holly was niet alleen ontvoerd omdat Anson genoeg geld had om losgeld voor haar te betalen, maar ook omdat – vooral omdat – Anson haar ontvoerders had bedrogen.

'Ze durven niet rechtstreeks achter mij aan te gaan. Ik ben waardevol voor mensen die iedereen zouden afknallen die mij iets zou doen.'

Mitch nam aan dat hij op het punt stond een van die mensen te ontmoeten, maar welk gevaar die man ook voor hem mocht vormen, het kon niet op tegen dit vernietigende verraad.

'Ze zeiden over de telefoon dat ze Holly zullen vermoorden als ik niet betaal en jou op een dag op straat dood zullen schieten, net zoals ze met Jason Osteen hebben gedaan,' zei Anson. 'De stommelingen. Ze denken dat ze me kennen, maar ze weten niet hoe ik echt ben. Dat weet niemand.'

Mitch rilde, want hij was vanbinnen plotseling bevroren en zijn gedachten waren een ijzige en meedogenloze hagelbui.

'Jason was trouwens een van hen. Die lieve, hersenloze Breezer. Hij dacht dat zijn maten de hond zouden doodschieten om jou iets duidelijk te maken. Maar door in plaats daarvan hem neer te knallen, maakten ze hun punt nog veel duidelijker en bleef er bovendien meer voor hen over.'

Anson kende Jason uiteraard net zo lang als Mitch. Maar Anson had blijkbaar contact met Jason gehouden nadat Mitch zijn vroegere huisgenoot uit het oog was verloren.

'Wilde je nog iets tegen me zeggen, Mitch?'

Een andere man in zijn positie zou misschien zijn gekomen met duizend woedende vragen en bittere beschuldigingen, maar Mitch zat verstijfd na deze emotionele en intellectuele aardverschuiving, waarbij het eerdere tropische landschap van zijn leven in een oogwenk arctisch was geworden. Het landschap van deze nieuwe realiteit was hem onbekend en de man die zo op zijn broer leek, was niet de broer die hij had gekend, maar een vreemde. Ze waren onbekenden voor elkaar op een verlaten vlakte, zonder gemeenschappelijke taal.

Anson leek Mitch' zwijgen op te vatten als een uitdaging of zelfs een belediging. Hij boog zich voorover in zijn stoel, op zoek naar een reactie, hoewel hij nog steeds sprak op de broederlijke toon die hij altijd gebruikt had, alsof zijn tong gewend was aan de zachte klanken van het bedrog en niet voor deze gelegenheid scherp kon worden.

'Ik wil niet dat je het gevoel krijgt dat je minder voor me betekent dan Megan, Connie en Portia, dus moet ik iets rechtzetten. Ik heb ze geen geld gegeven om een eigen zaak te beginnen. Dat was gelul, broertje. Ik bespeelde je.'

Omdat hij duidelijk een antwoord verwachtte, gaf Mitch hem dat niet.

Een man met koorts kan koude rillingen hebben, en Ansons blik bleef ijzig, hoewel de intensiteit ervan een koortsachtig werkend verstand onthulde. 'Ik zou niet blut zijn als ik twee miljoen moest betalen, broertje. In werkelijkheid heb ik er eerder acht.'

Achter de lompe charme van een beer bleek een totaal andere persoon schuil te gaan, en Mitch voelde, zonder volledig te begrijpen wat het betekende, dat hij en zijn broer weliswaar met zijn tweeën waren, maar dat er eigenlijk nog meer waren.

'Ik heb het jacht in maart al gekocht,' zei Anson. 'In september doe ik mijn zaken vanaf zee, met een satellietverbinding. Vrijheid. Ik heb het verdiend, en niemand zal me daar ook maar twee cent van aftroggelen.'

De bibliotheekdeur ging dicht. Er was iemand binnengekomen die privacy wilde voor wat er nu ging gebeuren.

Anson stond op met zijn pistool in de aanslag en probeerde nog eens een reactie aan Mitch te ontlokken. 'Je kunt enige troost putten uit het feit dat Holly nu niet hoeft te wachten tot woensdag middernacht voordat het voorbij is voor haar.'

Er arriveerde een lange man met een zelfvertrouwen en gratie die deed vermoeden dat er ergens in zijn bloedlijn iets van een panter zat. Zijn staalgrijze ogen fonkelden van nieuwsgierigheid en zijn neus stak omhoog alsof hij een vage geur probeerde op te vangen.

Anson zei tegen Mitch: 'Als ik om twaalf uur niet thuis ben voor hun telefoontje en als ze jou niet kunnen bereiken op je mobiele telefoon, weten ze dat ik me niet laat manipuleren. Dan maken ze haar van kant, dumpen haar ergens en zetten het op een lopen.'

De zelfbewuste man droeg instappers met kwastjes eraan, een zwartzijden broek en een grijszijden shirt in de kleur van zijn ogen. Om zijn linkerpols glansde een gouden Rolex en zijn gemanicuurde vingernagels waren glanzend gewreven.

'Ze zullen haar niet martelen,' ging Anson verder. 'Dat was pure bluf. Ze zullen haar waarschijnlijk niet eens neuken voordat ze haar vermoorden, hoewel ik dat in hun plaats wel zou doen.'

Er kwamen twee forse mannen achter Mitch' stoel vandaan, die naast hem bleven staan. Beiden hadden een pistool met een geluiddemper erop en ze hadden ogen die je normaal alleen achter tralies zag.

'Hij heeft een wapen op zijn rug,' zei Anson tegen hen. Tegen Mitch zei hij: 'Ik voelde het toen ik je omhelsde, broertje.'

Mitch vroeg zich achteraf af waarom hij niets over het pistool had gezegd toen ze eenmaal in de Expedition zaten en waarschijnlijk niet afgeluisterd werden. Misschien had er ergens in de diepste catacomben van zijn geest een wantrouwen tegen zijn broer begraven gelegen dat hij niet had willen erkennen.

Een van de gangsters had een slechte huid. De acne had gaten in zijn gezicht achtergelaten als bladluizen in een blad. Hij zei tegen Mitch dat hij moest opstaan, en Mitch kwam omhoog.

De andere gangster tilde de achterkant van zijn sportjasje op en nam hem het pistool af.

Toen hem gezegd werd weer te gaan zitten, gehoorzaamde Mitch.

Eindelijk zei hij iets tegen Anson, maar niet meer dan: 'Ik heb medelijden met je.' Dat was waar, hoewel het een ellendig soort medelijden was, met enig meegevoel maar geen enkele tederheid, want elke genade was eruit weg gebloed en daarna was het volgelopen met afkeer.

Hoewel zijn medelijden niet erg volledig was, wilde Anson er niets van weten. Hij had gezegd dat hij trots was op Mickey omdat die zich niet naar het model van zijn ouders had laten vormen, maar dat hijzelf gebroken was. Dat waren leugens geweest, de smeerolie van een manipulator.

Het enige waar hij trots op was, was zijn eigen sluwheid en meedogenloosheid. Ansons ogen versmalden laatdunkend bij Mitch' uiting van medelijden en zijn duidelijke minachting bracht een hardere gewelddadigheid tevoorschijn in zijn gezicht.

De man in de zijden kleding hief een hand, zodat de Rolex glinsterde. Blijkbaar voelde hij dat Anson zo beledigd was dat hij wel eens iets onverstandigs zou kunnen doen en wilde hij voorkomen dat de ander schoot. 'Niet hier.'

Na enige aarzeling deed Anson het pistool weer in de schouderholster onder zijn jasje.

Bij Mitch kwamen zomaar de acht woorden bovendrijven die inspecteur Taggart acht uur eerder tegen hem had gesproken, en hoewel hij niet wist waar ze vandaan kwamen en ook niet vond dat ze erg toepasselijk waren op dit moment, voelde hij zich toch gedwongen ze uit te spreken. '"Het bloed roept tot mij van de aardbodem."'

Even bleven Anson en zijn makkers zo roerloos als figuren op een schilderij staan. De bibliotheek was stil, de lucht roerloos en de nacht verschool zich achter de openslaande deuren, en toen liep Anson de kamer uit. De twee zware jongens gingen een paar stappen achteruit, maar bleven waakzaam en de man in de zijden kleren ging op de armleuning zitten van de stoel waarin Anson had gezeten.

'Mitch,' zei hij, 'je bent een behoorlijke teleurstelling voor je broer.'

26

Julian Campbell vertoonde de bronzen gloed die alleen bereikt kon worden met een eigen zonnehemel. Zijn goedgevormde lichaam sprak van een eigen sportruimte en een persoonlijke trainer en zijn gladde gezicht wees, bij een man van in de vijftig, op de veelvuldige aandacht van een plastisch chirurg.

Er was niets te merken van de verwonding die een eind had gemaakt aan zijn carrière bij de FBI of van enige handicap. Zijn triomf over zijn letsel was duidelijk net zo groot als zijn economische succes.

'Mitch, ik ben nieuwsgierig.'

'Waarover?'

In plaats van antwoord te geven, zei Campbell: 'Ik ben een praktische man. Op het zakelijke vlak doe ik wat ik moet doen zonder er een maagzweer van te krijgen.'

Mitch nam aan dat deze uitspraak betekende dat Campbell zich niet liet plagen door schuldgevoelens.

'Ik ken een heleboel mensen die doen wat ze moeten doen. Praktische mensen.'

Over dertien en een half uur zouden de ontvoerders Ansons huis bellen. Als Mitch er niet was om op te nemen, zouden ze Holly vermoorden.

'Maar dit is de eerste keer dat ik een man zijn eigen broer af zie vallen, alleen om te bewijzen dat niemand zo hard is als hij.'

'Om geld,' corrigeerde Mitch.

Campbell schudde zijn hoofd. 'Nee. Anson had me kunnen vragen die sukkels een lesje te leren. Ze zijn niet zo hard als ze denken.'

Onder de donkerste laag van de aflopende dag lag iets wat nog zwarter was.

'We hadden ze binnen twaalf uur zo ver kunnen hebben dat ze ons smeekten óns te mogen betalen om je vrouw ongedeerd terug te nemen.'

Mitch wachtte af. Hij kon op dit moment niets anders doen dan afwachten.

'Die kerels hebben moeders. We branden het huis van een van die moeders af en slaan een andere oude dame misschien het gezicht in, zodat ze een jaar bij de plastisch chirurg loopt.'

Campbell zei het zo zakelijk alsof hij de voorwaarden van een onroerendgoed-transactie besprak.

'Een ervan heeft een dochter bij een ex-vrouw. Dat kind betekent iets voor hem. We houden het kind onderweg van school naar huis tegen, kleden haar uit en steken haar kleren in brand. Dan vertellen we haar vader dat we de volgende keer de kleren verbranden met Suzie er nog in.'

Eerder op de dag was Mitch in zijn naïviteit bereid geweest Iggy hierbij te betrekken om Anson te sparen.

Nu vroeg hij zich af of hij erin had kunnen toestemmen dat andere onschuldige mensen in elkaar geslagen, verbrand en aangerand werden om Holly te redden. Misschien moest hij dankbaar zijn dat hij de keuze niet had.

'Als we in twaalf uur twaalf van hun geliefden hadden gepakt, zouden die sukkels je vrouw naar huis hebben gestuurd met hun verontschuldigingen en een cadeaubon van Nordstrom voor een nieuwe garderobe.'

De twee gangsters hielden Mitch voortdurend in het oog.

'Maar Anson wil een voorbeeld stellen, zodat niemand hem ooit nog onderschat. Indirect is het ook voor mij bedoeld. En ik moet zeggen… Ik ben onder de indruk.'

Mitch kon niet laten merken hoe bang hij werkelijk was. Ze zouden aannemen dat extreme angst hem roekeloos zou maken en dan zouden ze hem nog scherper in het oog houden dan ze nu al deden.

Hij moest angstig lijken, maar eerder nog wanhopig. Een man die in de greep is van de wanhoop, die elke hoop heeft opgegeven, is geen man die nog de wil heeft om te vechten.

'Ik ben nieuwsgierig,' herhaalde Campbell, die eindelijk terug-kwam op het punt waar hij was begonnen. 'Wat heb jij gedaan dat je broer in staat is je dit aan te doen?'

'Ik hield van hem,' zei Mitch.

Campbell keek naar Mitch zoals een wadende reiger kijkt naar een zwemmende vis en toen glimlachte hij. 'Ja, dat zou voldoen-de kunnen zijn. Stel dat hij op een dag zou merken dat het we-derkerig was?'

'Hij heeft altijd ver willen komen en daar snel willen zijn.'

'Gevoelens zijn een nutteloze last,' zei Campbell.

Met een stem die zwaar was van wanhoop zei Mitch: 'O, ze zijn een ketting met een anker.'

Campbell pakte het pistool dat Mitch was afgenomen van de salontafel, waar een van de gangsters het had neergelegd. 'Heb je hier ooit mee geschoten?'

Mitch had bijna gezegd van niet, maar besefte toen dat er een kogel ontbrak in het magazijn, de kogel waarmee Knox zichzelf per ongeluk had doodgeschoten. 'Jawel, één keer. Om te kijken hoe het voelde.'

Geamuseerd zei Campbell: 'En, voelde het eng?'

'Eng genoeg.'

'Je broer zegt dat jij geen man van wapens bent.'

'Hij kent mij beter dan ik hem.'

'Waar heb je dit dan vandaan?'

'Mijn vrouw vond dat we er een in huis moesten hebben.'

'En of ze gelijk had.'

'Het heeft sinds de dag dat we het kochten in het laatje van het nachtkastje gelegen,' loog Mitch.

Campbell kwam overeind. Met zijn rechterarm helemaal uitge-strekt richtte hij het pistool op Mitch' gezicht. 'Sta op.'

27

Toen Mitch in het blinde oog van het pistool keek, stond hij op uit zijn stoel.

De twee naamloze gangsters namen nieuwe posities in, alsof ze van plan waren Mitch van drie kanten neer te schieten.

'Doe je jas uit en leg hem op tafel,' zei Campbell.

Mitch deed wat hem gezegd werd en volgde daarna nieuwe instructies op om de zakken van zijn spijkerbroek binnenstebuiten te keren. Hij legde zijn sleutels, zijn portefeuille en een paar proppen Kleenex op de salontafel.

Hij dacht terug aan de tijd dat hij als jongen in het donker en de stilte had gezeten. In plaats van zich dagenlang te concentreren op de eenvoudige les die zijn gevangenschap hem moest leren, had hij denkbeeldige gesprekken gevoerd met een spin die Charlotte heette, een varken dat Wilbur heette en een rat die Templeton heette. Verder was hij niet gekomen in zijn verzet – toen niet en nooit niet.

Hij dacht niet dat deze mannen hem in het huis zouden neerschieten. Zelfs als ze werden weggeschrobd en niet meer zichtbaar waren voor het blote oog, liet bloed proteïnen achter die konden worden ontdekt met speciale chemicaliën en soorten licht.

Een van de gangsters pakte Mitch' jas, doorzocht de zakken en vond alleen de mobiele telefoon.

Mitch zei tegen zijn waakzame gastheer: 'Hoe ben je van de FBI hierin terechtgekomen?'

Campbells verwarring duurde slechts kort. 'Is dat wat Anson je heeft verteld om je hierheen te krijgen? Julian Campbell, een held van de FBI?'

Hoewel de gangsters zo humorloos hadden geleken als mestkevers, lachte die met de gladde huid en glimlachte de ander.

'Je hebt je geld zeker ook niet verdiend in het amusement,' zei Mitch.

'Amusement? Dat zou kunnen kloppen,' zei Campbell, 'als je een wat rekbare opvatting hebt van *amusement*.'

De door acne getekende gangster had een opgevouwen plastic vuilniszak uit zijn zak gehaald. Hij schudde hem open.

Campbell zei: 'Mitch, als Anson je soms verteld heeft dat deze twee heren aankomende priesters zijn, moet ik je waarschuwen dat dit niet zo is.'

De mestkevers vonden ook dat leuk.

De gangster met de plastic zak stopte daar het sportjasje, de mobiele telefoon en de andere dingen die ze Mitch hadden afgenomen in. Voordat hij de portefeuille weggooide, haalde hij het geld eruit en gaf het aan Campbell.

Mitch bleef rustig staan wachten.

De drie mannen waren nu meer ontspannen dan in het begin. Ze kenden hem inmiddels.

Hij was Ansons broer, maar alleen via de bloedband. Hij was een prooidier, geen jager. Hij zou gehoorzamen. Ze wisten dat hij zich niet echt zou verdedigen. Hij zou zich in zichzelf terugtrekken. Op het laatst zou hij smeken.

Ze kenden hem, kenden zijn soort, en toen de gangster de spullen in de vuilniszak had gedaan, haalde hij een paar handboeien tevoorschijn.

Voordat hij Mitch kon vragen zijn handen uit te steken, deed die het al uit zichzelf.

De man met de handboeien aarzelde, Campbell haalde zijn schouders op en de man klikte de handboeien dicht rond Mitch' polsen.

'Je lijkt heel moe,' zei Campbell.

'Gek hoe moe ik ben,' beaamde Mitch.

Campbell legde het pistool neer dat ze Mitch hadden afgenomen en zei: 'Zo gaat dat soms.'

Mitch deed geen moeite de handboeien te testen. Ze zaten strak en de ketting tussen zijn polsen was heel kort.

Toen Campbell de veertig dollar en nog wat telde die ze uit Mitch' portefeuille hadden gehaald, klonk zijn stem bijna teder: 'Je zou zelfs onderweg in slaap kunnen vallen.'

'Waar gaan we heen?'

'Ik heb een kerel gekend die op een nacht in slaap viel tijdens net zo'n ritje als jij gaat maken. Het was bijna jammer om hem wakker te maken toen we er waren.'

'Ga jij ook mee?' vroeg Mitch.

'O, dat heb ik in geen jaren gedaan. Ik blijf hier bij mijn boeken. Je hebt mij niet nodig. Het komt wel in orde. Het komt altijd wel in orde.'

Mitch keek naar de rijen boeken. 'Heb je er wat van gelezen?'

'De geschiedenisboeken. Ik ben dol op geschiedenis en op het feit dat bijna niemand er ooit iets van leert.'

'Heb jij er iets van geleerd?'

'Ik bén geschiedenis. Ik ben dat wat niemand wil leren.'

Campbell stopte zo handig als een goochelaar het geld van Mitch in zijn eigen portefeuille, met beheerste bewegingen die toch theatraal waren.

'Deze heren zullen je meenemen naar het autopaviljoen. Niet door het huis, maar door de tuin.'

Mitch nam aan dat het huispersoneel, de dienstmeisjes en de butler, zich niet bewust waren van de harde kant van Campbells zaken of anders deden alsof.

'Vaarwel, Mitch. Alles komt in orde. Het duurt niet lang meer. Misschien slaap je onderweg nog wel even.'

De gangsters hielden Mitch elk bij een arm en liepen met hem door de bibliotheek naar de openslaande deuren. De man met het gezicht vol gaten, aan zijn rechterkant, duwde de loop van een pistool in zijn zij, niet hard, alleen als herinnering.

Net voordat hij over de drempel stapte, keek Mitch achterom en zag hoe Campbell de titels op een plank met boeken bestudeerde. Hij stond daar met de nonchalante gratie van een luierende balletdanser.

Hij leek een boek te kiezen om mee naar bed te nemen. Of misschien niet naar bed. Een spin slaapt niet, en de geschiedenis evenmin.

Over het terras naar de trap, afdalen naar het volgende terras; de gangsters leidden Mitch vakkundig.

De maan was verdronken in het zwembad, zo bleek en golvend als een geestverschijning.

Langs tuinpaden waar verborgen padden kwaakten, over een breed grasveld en door een bosje lange, zilveren stammen die glansden als de schubben van een school vissen kwamen ze via een omweg bij een groot, maar elegant gebouw met een romantisch verlichte loggia eromheen.

De waakzaamheid van de gangsters verslapte geen moment tijdens de wandeling.

De jasmijn slingerde zijn nachtbloemen langs de zuilen van de loggia en versierde de dakbalken.

Mitch haalde langzaam en diep adem. De zware geur was zo zoet dat ze bijna bedwelmend was.

Een langzame, zwarte boktor stak de vloer van de loggia over. De gangsters leidden Mitch met een boog om het insect heen.

In het paviljoen stonden prachtig gerestaureerde auto's uit de jaren dertig en veertig van de vorige eeuw: Buicks, Lincolns, Packards, Cadillacs. Pontiacs, Fords, Chevrolets, Kaisers, Studebakers en zelfs een Tucker Torpedo. Ze waren als juwelen tentoongesteld onder precies gerichte spotjes.

Hier werden niet de auto's bewaard voor alledaags gebruik. Het was duidelijk dat ze het risico hadden gelopen leden van het huishoudelijk personeel tegen te komen als ze hem naar de gewone garage hadden gebracht.

De man met de gaten in zijn gezicht viste een stel sleutels uit zijn zak en maakte de kofferbak van een nachtblauwe Chrysler Windsor uit het eind van de jaren veertig open. 'Instappen.'

Ze zouden hem niet hier neerschieten, om dezelfde reden als ze dat niet in de bibliotheek hadden gedaan. Bovendien zouden ze niet het risico willen lopen de auto te beschadigen.

De kofferbak was groter dan die van moderne auto's. Mitch ging op zijn zij liggen, in de foetushouding.

'Je kunt hem van binnenuit niet opendoen,' zei de man met de littekens. 'Ze waren in die tijd nog niet erg bezig met veiligheid voor de kinderen.'

Zijn partner zei: 'We rijden over achterafweggetjes waar niemand je zal horen. Dus je hebt er niets aan om een hoop herrie te maken.'

Mitch zei niets.

De man met de littekens zei: 'Je maakt ons alleen maar nijdig. En dan maken wij het aan het eind moeilijker voor je dan nodig is.'

'Dat wil ik niet.'

'Nee. Dat wil je niet.'

Mitch zei: 'Ik wou dat we dit niet hoefden te doen.'

'Nou,' zei die met de gladde huid, 'het is niet anders.'

Van achteren verlicht door de spotjes hingen hun gezichten boven Mitch als twee overschaduwde manen, het een met een uitdrukking van diepe onverschilligheid, het ander strak en getekend door minachting.

Ze sloegen de kofferbak dicht en de duisternis was volledig.

28

Holly ligt in het donker en bidt dat Mitch mag blijven leven.

Ze is minder bang voor zichzelf dan voor hem. Haar ontvoerders dragen in haar aanwezigheid steeds bivakmutsen en ze neemt aan dat ze niet de moeite zouden doen hun gezichten te verbergen als ze van plan waren haar te vermoorden.

Ze dragen ze niet omdat het mode is. Niemand ziet er goed uit met een bivakmuts op.

Misschien zou je er een willen dragen als je afschuwelijk mismaakt was, zoals het Spook van de Opera. Maar het lag niet erg voor de hand dat alle vier de mannen afschuwelijk mismaakt zouden zijn.

Er kon natuurlijk iets misgaan met hun plannen, zelfs als ze hoopten dat ze haar niets zouden hoeven aandoen. In een moment van crisis zou ze per ongeluk neergeschoten kunnen worden. Of de bedoelingen van de ontvoerders konden door allerlei gebeurtenissen veranderen.

Holly is altijd een optimist geweest en gelooft al sinds haar jeugd dat ieder leven betekenis heeft en dat dat van haar niet voorbij zal gaan voordat zij dat doel gevonden heeft. Dus denkt ze niet lang na over wat er verkeerd zou kunnen gaan, maar stelt ze zich voor dat ze ongedeerd wordt vrijgelaten.

Ze gelooft dat je de toekomst kunt helpen vormgeven door hem te visualiseren. Niet dat ze een beroemd actrice zou kunnen worden door gewoon voor zich te zien hoe ze een Academy Award krijgt. Carrières worden opgebouwd met hard werken, niet met verlangen.

En ze wil helemaal geen beroemde actrice worden. Dan zou ze veel tijd moeten doorbrengen met beroemde acteurs en de meeste acteurs van tegenwoordig geven haar de rillingen.

Als ze weer vrij is, gaat ze marsepein en ijs met nootjes en chocola en chips eten tot het gênant wordt of ze er ziek van wordt. Ze heeft sinds haar kindertijd niet meer hoeven overgeven, maar zelfs overgeven is een bevestiging dat je leeft.

Als ze weer vrij is, gaat ze het vieren bij Baby Style, die winkel in het winkelcentrum, en dan koopt ze daar de enorme knuffelbeer die ze in de etalage heeft gezien toen ze er laatst langskwam. Hij was zacht en wit en zo lief.

Ze hield als tienermeisje al van teddyberen. En nu moet ze er toch een hebben.

Als ze weer vrij is, gaat ze vrijen met Mitch. Hij zal het gevoel hebben dat hij onder een trein is gekomen als zij met hem klaar is.

Nou, dat is niet bepaald een romantisch beeld. Niet iets waarmee Nicholas Sparks miljoenen romans verkoopt.

Ze bedreef de liefde met hem met elke vezel van haar bestaan, lichaam en ziel, en toen hun passie was uitgewoed, voelde hij zich alsof hij voor een aanstormende locomotief was gesprongen.

Het zou tijdverspilling zijn om zich voor te stellen dat ze bestsellers schrijft. Gelukkig wil ze alleen maar makelaar worden.

Dus bidt ze dat haar prachtige echtgenoot deze verschrikking zal overleven. Hij is echt mooi, maar het mooiste aan hem is zijn zachtmoedige hart.

Holly houdt van hem om zijn warme hart, om zijn liefheid, maar ze is bang dat zekere aspecten van die zachtmoedigheid, zoals zijn neiging tot passieve aanvaarding, hem de dood in zullen drijven.

Hij bezit ook een diepe en stille kracht, een ruggengraat van staal, die op subtiele manieren tot uiting komt. Zonder die kracht zou hij gebroken zijn door zijn angstaanjagende ouders. Zonder die kracht had Holly hem niet achtervolgd tot voor het altaar.

Dus bidt ze dat hij sterk mag blijven, dat hij mag blijven leven.

Terwijl ze bidt en nadenkt over mode voor ontvoerders en vraatzucht en overgeven en grote, zachte teddyberen wrikt ze gestaag aan de spijker in de vloerplank. Ze heeft altijd goed verschillende dingen tegelijk kunnen doen.

De houten vloer is ruw. Ze vermoedt dat de planken zo dik zijn dat er grotere spijkers voor nodig waren dan gewoonlijk.

De spijker die haar interesseert, heeft een grote, platte kop. De omvang van de kop doet vermoeden dat de spijker lang genoeg is om mee te kunnen steken.

In geval van nood kan hij als wapen dienstdoen.

De kop van de spijker ligt niet vlak tegen het hout. Hij steekt er ruim een centimeter bovenuit. Zo heeft zij wat ruimte om de spijker heen en weer te bewegen.

Hoewel de spijker niet loszit, is Holly altijd behoorlijk vasthoudend geweest. Ze zal aan de spijker blijven wrikken en ze zal voor zich zien hoe hij loskomt, en uiteindelijk zal ze hem uit de plank trekken.

Ze wilde dat ze acryl vingernagels had. Die zien er mooi uit en als ze makelaar is, zal ze ze zeker moeten hebben. Goede acrylnagels zouden haar een betere grip geven op de spijker.

Aan de andere kant zouden ze misschien sneller breken en splijten dan haar echte vingernagels. Misschien zouden ze wel een verschrikkelijk nadeel blijken.

In het ideale geval had ze acrylnagels aan haar linkerhand en gewone aan haar rechterhand moeten hebben toen ze ontvoerd werd. En twee stalen tanden met een spleet ertussen voor in haar mond.

Haar rechterbeen is met een enkelboei en een stuk ketting aan een ring in de vloer vastgemaakt. Zo heeft ze beide handen vrij om aan de spijker te trekken, die nog maar niet los wil komen.

De ontvoerders hebben haar van enig comfort voorzien. Ze hebben haar een luchtbed gegeven om op te liggen, zes flesjes water en een ondersteek. Eerder hebben ze haar een halve pizza met kaas en pepperoni gegeven.

Dit wil niet zeggen dat het aardige mensen zijn. Het zijn geen aardige mensen.

Toen ze Mitch wilden laten horen dat ze gilde, hebben ze haar geslagen. Toen ze moest gillen voor Anson, hebben ze plotseling hard aan haar haar getrokken, zo hard dat ze dacht dat haar hoofdhuid eraf kwam.

Maar hoewel dit geen mensen zijn die je ooit in de kerk zou tegenkomen, zijn ze niet wreed voor de lol. Ze zijn slecht, maar ze hebben een zakelijk doel, om het zo maar te noemen, en dat houden ze voor ogen.

Een van hen is slecht en ook nog gek.

Hij is degene over wie ze zich zorgen maakt.

Ze hebben haar niet op de hoogte gesteld van hun plannen, maar Holly heeft vaag begrepen dat ze haar gevangen houden zodat ze Mitch kunnen gebruiken om Anson te manipuleren.

Ze weet niet waarom ze denken dat Anson aan een fortuin kan komen om haar voor Mitch los te kopen of hoe hij dat moet doen, maar het verbaast haar niet dat hij het middelpunt vormt van deze wervelwind. Ze heeft al heel lang het gevoel dat Anson niet precies is wat hij voorgeeft te zijn.

Ze heeft hem een paar keer naar haar zien kijken op een manier die niet paste bij de liefhebbende broer van haar echtgenoot. Als hij beseft dat hij betrapt is, verdwijnen de roofzuchtige lust in zijn ogen en de hongerige trek op zijn gezicht zo snel onder zijn gebruikelijke charme dat je gemakkelijk kunt geloven dat je je die glimp van woeste belangstelling hebt verbeeld.

Als hij lacht, klinkt het haar soms gemaakt in de oren. Maar zij lijkt daarin de enige te zijn. Iedereen vindt Ansons lach aanstekelijk.

Ze heeft nooit iets gezegd over haar twijfels met betrekking tot Anson. Tot Mitch haar ontmoette, had hij alleen zijn zussen – die naar verre uithoeken zijn gevlucht – zijn broer en zijn passie om in vruchtbare aarde te werken en groene dingen te laten groeien. Ze heeft altijd gehoopt zijn leven te verrijken, niet om er iets uit weg te halen.

Ze kan haar leven in Mitch' sterke handen leggen en meteen in een droomloze slaap vallen. In zeker opzicht is dat waar het om draait in een huwelijk, een goed huwelijk; een volkomen vertrouwen met heel je hart, je geest en je leven.

Maar nu haar lot ook in Ansons handen ligt, slaapt ze misschien helemaal niet en als ze slaapt, zal ze nachtmerries hebben.

Ze trekt en duwt aan de spijker tot haar vingers pijn doen. Dan neemt ze twee andere vingers.

Terwijl de donkere, stille minuten voorbijgaan, probeert ze er niet over te piekeren hoe een dag die met zoveel vreugde begon kon uitlopen op deze wanhopige omstandigheden. Nadat Mitch naar zijn werk was gegaan en voordat de gemaskerde mannen haar keuken waren binnengestormd, had ze de test gebruikt die ze de vorige dag had gekocht maar die ze uit nervositeit pas vanmorgen had geraadpleegd. Ze is al negen dagen over tijd en volgens de zwangerschapstest krijgt ze een baby.

Mitch en zij hopen hier al een jaar op. En nu is het eindelijk zover, juist op deze dag.

De ontvoerders zijn zich er niet van bewust dat er twee levens op het spel staan, en Mitch weet niet dat niet alleen zijn vrouw, maar ook zijn kind afhankelijk is van zijn sluwheid en zijn moed, maar Holly weet het wel. En die wetenschap is iets om tegelijkertijd blij en wanhopig van te worden.

Ze stelt zich een kind van drie voor, soms een meisje en soms een jongen, dat lachend in hun achtertuin speelt. Ze probeert het zich levendiger voor te stellen dan ze ooit eerder heeft gedaan, in de hoop dat ze het zo kan laten uitkomen.

Ze vertelt zichzelf dat ze sterk zal zijn, dat ze niet zal huilen. Ze snikt niet en verstoort ook op andere wijze niet de stilte, maar soms komen de tranen toch.

Om die warme vloed te stelpen werkt ze nog harder aan de spijker, die verdomd koppige spijker, in de verblindende duisternis.

Na een lange periode van stilte hoort ze een doffe bons met een holle, metalige naklank.

Alert en vermoeid wacht ze af, maar de bons wordt niet herhaald. Er volgt geen enkel ander geluid.

Het geluid klinkt ergerlijk vertrouwd. Een heel gewoon geluid, en toch zegt haar instinct dat haar lot afhangt van die bons.

Ze kan het geluid in haar herinnering herhalen, maar aanvankelijk kan ze het niet thuisbrengen.

Na een tijdje begint Holly het vermoeden te krijgen dat ze het geluid in haar verbeelding heeft gehoord in plaats van in het echt. Of beter gezegd, dat het in haar hoofd heeft geklonken, niet buiten de muren van deze kamer. Het is een eigenaardig idee, maar het blijft hangen.

Dan weet ze het opeens, het is een geluid dat ze honderden keren gehoord heeft, en hoewel het geen onheilspellende associaties voor haar heeft, loopt er toch een rilling over haar rug. Die bons is het geluid van een dichtslaande kofferbak.

Het geluid van een dichtslaande kofferbak, of ze het zich nu verbeeld heeft of het echt heeft gehoord, zou geen stille vrieskou in de holten van haar beenderen horen te veroorzaken. Ze zit helemaal rechtop, de spijker is even vergeten, en ze ademt eerst helemaal niet en dan oppervlakkig en stil.

DEEL TWEE

ZOU JIJ STERVEN VOOR DE LIEFDE? ZOU JE DODEN?

29

Als je aan het eind van de jaren veertig een auto bezat als een Chrysler Windsor, wist je dat er een grote motor in zat omdat die veel geluid maakte. Hij had de klop van een stierenhart en je hoorde het lage, felle snuiven en het zware stampen van hoeven.

De oorlog was voorbij, je had het overleefd, grote delen van Europa lagen in puin, maar het vaderland was ongedeerd gebleven en je wilde voelen dat je leefde. Je wilde geen geluiddicht motorcompartiment. Je wilde geen maatregelen tegen het lawaai. Je wilde kracht, je wilde een uitgebalanceerd gewicht en je wilde snelheid.

De donkere kofferbak van de auto trilde door de klop van de motor en het gerommel van de aandrijfas door de carrosserie. Het gebrom en gebonk van de weg zwol aan en nam af evenredig met het tempo van de draaiende wielen.

Mitch rook heel vaag uitlaatgassen, misschien door een lek in de knaldemper, maar hij liep geen gevaar bedwelmd te raken door de koolmonoxide. De rubbergeur van de mat waarop hij lag en de zure lucht van zijn eigen angstzweet waren sterker.

Hoewel het net zo donker was als in de gevreesde kamer in het huis van zijn ouders, was er in deze mobiele leerkamer geen sprake van het uitschakelen van de zintuigen. Toch werd een van de belangrijkste lessen van zijn leven er kilometer na kilometer bij hem in gehamerd.

Zijn vader zegt dat er geen tao bestaat, geen natuurlijke wet die wij vanaf de geboorte begrijpen. Zijn materialistische standpunt luidt dat we ons niet volgens enig stelsel van wetten moeten gedragen, maar alleen ons eigen belang in het oog moeten houden.

Rationalisme is altijd in het eigen belang van de mens, zegt Daniel. Daarom is elke daad die rationeel is, goed en juist en bewonderenswaardig.

Het kwaad bestaat niet volgens Daniels filosofie. Diefstal, verkrachting, moord op onschuldige mensen – deze en andere misdaden zijn slechts irrationeel, omdat degene die ze pleegt daardoor het risico loopt zijn vrijheid te verliezen.

Daniel erkent wel dat de mate van irrationaliteit afhankelijk is van de kans dat de crimineel zijn straf zal ontlopen. Daarom kunnen dergelijke irrationele daden goed en bewonderenswaardig zijn als ze succes hebben en alleen positieve gevolgen hebben voor de dader, hoe slecht ze ook zijn voor de gemeenschap.

Dieven, verkrachters, moordenaars en dat soort mensen zouden geholpen kunnen worden met therapie en rehabilitatie, maar misschien ook niet. Hoe dan ook, zegt Daniel, ze zijn niet slecht; ze zijn herstellende – of onverbeterlijke – irrationalisten, niet meer en niet minder.

Mitch dacht dat al die leringen geen vat op hem hadden gehad, dat het vuur van een opvoeding à la Daniel Rafferty hem niet geschroeid had. Maar waar vuur is, is rook; hij is zo lang doortrokken geweest van het fanatisme van zijn vader dat iets ervan is blijven hangen.

Hij kon zien, maar hij was blind geweest. Hij kon horen, maar hij was doof geweest.

Op deze dag, op deze avond was Mitch oog in oog komen te staan met het kwaad. Het was net zo echt als steen.

Een irrationele man moest dan behandeld worden met medeleven en therapie, een slechte man was men niet meer of minder schuldig dan tegenstand en wraak, de woede van een gewettigde rechtvaardigheid.

Toen de man in de bibliotheek van Julian Campbell de handboeien tevoorschijn had gehaald, had Mitch meteen zijn handen uitgestoken. Hij had niet gewacht tot hem dat gezegd werd.

Als hij niet zo vermoeid en meegaand had geleken, als hij niet de indruk had gewekt dat hij zich had verzoend met zijn lot, hadden ze misschien zijn handen op zijn rug vastgemaakt. Dan zou het moeilijker geweest zijn om de revolver in zijn enkelholster te pakken en onmogelijk om het met enige accuratesse te gebruiken.

Campbell had zelfs iets gezegd over Mitch' vermoeidheid, waarmee hij vooral de vermoeidheid in zijn hoofd en zijn hart had bedoeld.

Ze dachten dat ze wisten wat voor man hij was en misschien was dat ook wel zo. Maar ze wisten niet wat voor man hij kon worden nu het leven van zijn vrouw in de waagschaal lag.

Ze hadden zich zo geamuseerd over zijn gebrek aan vertrouwdheid met het pistool dat ze hem hadden afgenomen, dat ze geen moment hadden stilgestaan bij de mogelijkheid dat hij een tweede wapen zou kunnen hebben. Niet alleen goede mannen worden door hun verwachtingen op het verkeerde been gezet.

Mitch trok de pijp van zijn spijkerbroek omhoog en haalde de revolver van zijn been. Hij maakte de holster los en legde hem weg.

Hij had het wapen eerder op de avond bekeken en geen veiligheidsgrendel gevonden. In films hadden alleen sommige pistolen een veiligheidspal, revolvers nooit.

Als hij de komende twee dagen in leven wist te blijven en Holly levend terug wist te halen, zou hij zorgen dat hij nooit meer in een positie kwam waarin zijn overleven of dat van zijn gezin afhankelijk was van het waarheidsgetrouw zijn van Hollywood.

Toen hij de cilinder had opengemaakt, had hij vijf kogels in vijf kamers gezien, terwijl hij er zes had verwacht.

Hij zou met vijf kogels twee keer raak moeten schieten. Goed raak, niet slechts schampschoten.

Misschien zou een van de mannen de kofferbak openmaken. Het zou beter zijn als ze er allebei waren, zodat hij bij allebei het voordeel had van de verrassing.

Beiden zouden hun wapen in de aanslag hebben – of slechts één. Als het er een was, moest Mitch snel genoeg zijn om allereerst op de gewapende tegenstander te schieten.

Een vreedzaam man die gewelddaden plant, wordt geplaagd door gedachten die hem niet echt helpen: *die vent met het gehavende gezicht moet als tiener veel vernederingen hebben ondergaan ter-*

wijl de uitbarstingen van acne een maanlandschap van zijn huid
maakten.

Medelijden met de duivel was op zijn best een soort masochisme en op zijn slechtst een wens om dood te gaan.

Een tijdje probeerde Mitch wiegend op het ritme van de weg, het rubber en de interne verbranding alle manieren te bedenken waarop het geweld zijn loop zou kunnen hebben als de kofferbak eenmaal openging. Daarna probeerde hij er juist niet meer aan te denken.

Volgens zijn lichtgevende horloge hadden ze meer dan een halfuur gereden toen ze afremden en een onverharde weg namen. Er ratelden steentjes door het onderstel, die hard tegen de vloerplaat tikten.

Hij rook stof en likte de alkalische smaak van zijn lippen, maar de lucht werd geen moment vies genoeg om erin te stikken.

Na twaalf minuten van rustig rijden over de onverharde weg, kwam de auto langzaam tot stilstand. De motor bleef nog een halve minuut draaien voordat de chauffeur hem uitzette.

Na vijfenveertig minuten van gedreun en geroffel was de stilte als een plotselinge doofheid.

Er ging een portier open en toen nog een.

Ze kwamen eraan.

Met zijn gezicht naar de achterkant van de auto zette Mitch zijn voeten schrap in tegenover elkaar liggende hoeken van de kleine ruimte. Hij kon niet rechtop gaan zitten voordat de klep omhoogging, maar hij wachtte met zijn rug al een eindje van de vloer, alsof hij midden in een serie buikspieroefeningen zat in de sportzaal.

Door de handboeien moest hij de revolver met twee handen vasthouden, wat waarschijnlijk maar beter was ook.

Hij hoorde geen voetstappen, alleen het bonzen van zijn hart, maar toen werd de sleutel in het slot van de kofferbak gestoken.

Door zijn hoofd knipperde het beeld van Jason Osteen toen hij door het hoofd werd geschoten. Het knipperde en knipperde en werd herhaald als een stukje film; Jason die door de kogel werd getroffen, de uit elkaar spattende schedel, door de kogel getroffen, uit elkaar spattende schedel...

Toen de klep omhoogging, besefte Mitch dat er geen lampje in de kofferbak zat en hij begon overeind te komen en duwde de revolver naar voren.

De volle maan wierp zijn melkwitte licht op de ruggen van de twee mannen.

Mitch' ogen waren gewend aan absolute duisternis en die van hen niet. Hij zat in het donker en zij stonden in het maanlicht. Ze dachten dat hij een gedweeë en gebroken en hulpeloze man was, en dat was hij niet.

Hij vuurde niet bewust het eerste schot af, maar voelde het wapen schokken en zag de flits en hoorde de klap, en toen was hij zich ervan bewust dat hij voor de tweede keer de trekker overhaalde.

Twee lukraak afgeschoten kogels rukten een silhouet uit de maanverlichte nacht.

Het tweede silhouet deinsde weg van de auto. Mitch ging helemaal overeind zitten en vuurde nog één, twee, drie kogels af.

De hamer klikte en er was alleen de stilte van de maan, en de hamer klikte weer en Mitch bedacht: *maar vijf kogels, maar vijf!*

Hij moest uit die kofferbak zien te komen. Zonder munitie was hij hier net een vis in een vat. Weg. Uit de kofferbak.

30

Mitch kwam te snel omhoog en stootte zijn hoofd tegen de klep van de kofferbak. Hij viel bijna terug, maar wist zich toch naar voren te duwen. Hij klom uit de kofferbak.

Zijn linkervoet kwam neer op vaste grond, maar hij zette de rechter op de tweemaal geraakte man. Hij wankelde en stapte nog eens op het lichaam, en het bewoog onder hem, zodat hij viel.

Hij rolde weg van de man, naar de rand van de weg. Daar werd hij tegengehouden door een heg van de wilde *mesquite*, die hij herkende aan de olieachtige geur.

Hij had de revolver verloren. Het maakte niet uit. Geen kogels.

Om hem heen lag een droog, door de maan verzilverd landschap: de smalle, onverharde weg, woestijnstruiken, kale grond en rotsblokken.

De slanke Chrysler Windsor met zijn vele chroomversieringen, die glansden in het licht van de maan, leek vreemd futuristisch in dit primitieve land, als een schip dat bedoeld was om naar de sterren te zeilen. De chauffeur had tegelijk met de motor ook de koplampen uitgezet.

De man op wie Mitch tweemaal was gaan staan toen hij uit de kofferbak kwam, had geen enkel geluid gemaakt. Hij was niet omhooggekomen en had niet naar Mitch gegrepen. Waarschijnlijk was hij dood.

Misschien was de tweede man ook wel dood. Mitch was hem uit het oog verloren toen hij uit de kofferbak klom.

Als een van de laatste drie kogels zijn doel had geraakt, zou de tweede man een maal moeten zijn voor de gieren en op de weg achter de auto moeten liggen.

Er zat veel siliciumdioxide in het zand van de weg. Van siliciumdioxide wordt glas gemaakt en van glas worden spiegels gemaakt. Het smalle spoor weerspiegelde veel meer licht dan enig ander oppervlak in de nacht.

Mitch lag op zijn buik, maar als hij voorzichtig zijn hoofd optilde, kon hij een heel stuk van het bleke lint zien dat tussen de verwrongen en ruwe struiken door slingerde, in de richting waar ze vandaan waren gekomen. Er lag geen tweede lichaam op de weg.

Als de man niet op zijn minst geraakt was, zou hij zeker tot de aanval zijn overgegaan en hebben geschoten terwijl Mitch uit de Chrysler klom.

Misschien was hij de bosjes in gestrompeld of gekropen, of had hij zich verscholen achter een steenformatie. Hij kon overal zitten om zijn wonden te inspecteren en te bekijken wat zijn mogelijkheden waren.

De man zou boos zijn, maar niet bang. Hij leefde voor dergelijke acties. Hij was een sociopaat. Niet gemakkelijk bang te krijgen.

Mitch was ontegenzeggelijk bang voor de man die zich verborgen hield in de nacht. Hij was ook bang voor de man die achter de Chrysler op de weg lag.

De man bij de auto was misschien dood, maar zelfs als hij kraaienvoer was, was Mitch nog bang voor hem. Hij bleef het liefst uit de buurt.

Maar hij moest doen wat hij niet wilde doen, want of die schoft nou een lijk was of bewusteloos, hij had wel een wapen. En Mitch had een wapen nodig. En snel ook.

Hij had ontdekt dat hij in staat was tot geweld, in ieder geval uit zelfverdediging, maar hij was niet voorbereid geweest op de snelheid waarmee de situatie zich ontwikkelde na het eerste schot, op het tempo waarin hij beslissingen moest nemen, op de plotselinge nieuwe uitdagingen die zich voordeden.

Aan de andere kant van de weg bood de armetierige vegetatie wat beschutting, net als de lage hopen verweerde rots.

Als het lichte briesje dat bij de kust had gewaaid zo ver het binnenland in was gekomen, had de woestijn het tot op het laatste zuchtje opgeslokt. Een enkele beweging van de struiken zou niet wijzen op de hand van de natuur, maar op die van zijn vijand.

Voor zover hij in het donker kon zien, was alles stil.

Hij was zich er scherp van bewust dat zijn eigen beweging een goed doelwit van hem maakte, maar Mitch kroop toch op zijn buik naar de man achter de auto, gehinderd door de handboeien.

In de open en starende ogen van de dode had de lijkbezorgermaan munten gelegd.

Naast het lichaam lag een bekende stalen vorm, die schitterde in het licht. Mitch greep hem dankbaar en wilde al wegkruipen toen hij besefte dat hij de nutteloze revolver had gevonden.

Huiverend door het zachte gerinkel van de korte ketting tussen zijn handboeien fouilleerde hij het lijk en kwam met zijn vingers in iets nats terecht. Rillend van afschuw veegde hij zijn hand af aan de kleren van de dode.

Net toen hij op het punt stond de conclusie te trekken dat de man zonder wapen uit de Chrysler was gekomen, ontdekte hij de greep van het pistool, die onder het lijk uit stak. Hij trok het wapen tevoorschijn.

Er knalde een schot. De dode man schokte toen hij de kogel opving die voor Mitch bedoeld was.

Mitch wierp zich in de richting van de Chrysler en hoorde een tweede schot, het zachte gefluit van de passerende dood en de kogel die afketste op de auto. Hij hoorde ook dichterbij een gefluister, hoewel hij zich misschien twee missers had ingebeeld met één kogel en in feite niets anders gehoord had dan het insectengejank van de afketsende kogel.

Met de auto tussen zichzelf en de schutter voelde hij zich wat veiliger, maar meteen daarop helemaal niet meer.

De man kon aan de voorkant of aan de achterkant om de Chrysler heen komen. Hij had het voordeel dat hij zijn route kon bepalen en de eerste aanzet tot actie kon geven.

Intussen was Mitch gedwongen beide kanten scherp in het oog te houden. Een onmogelijke taak.

De ander was misschien al in beweging gekomen.

Mitch kwam omhoog en verwijderde zich van de auto. Hij rende gebukt de weg over en door de natuurlijke mesquiteheg, die verraderlijk kraakte en tegelijkertijd siste alsof hij hem tot stilte maande.

Het land liep naar beneden af en dat was gunstig. Als het omhoog had gelopen, zou zijn brede rug een gemakkelijk zichtbaar doelwit zijn geweest zodra de andere man om de Chrysler heen kwam.

Hij had het geluk in stevige, maar zanderige grond terecht te komen in plaats van steen of losse keitjes, dus maakte hij geen geluid onder het rennen. De maan verlichtte zijn route en hij rende tussen struiken door in plaats van erdoorheen, zich bewust van het feit dat het met geboeide handen moeilijker was om in evenwicht te blijven.

Onder aan de negen meter lange helling ging hij rechtsaf. Te oordelen naar de positie van de maan dacht hij dat hij bijna recht naar het westen ging.

Ergens zong een soort krekel. Iets vreemders klikte en snerpte.

Een kolonie van pollen pampagras trok zijn aandacht door de tientallen hoge, geveerde pluimen die erboven uitstaken. Ze gloeiden wit in het maanlicht en deden hem denken aan de staarten van trotse paarden.

Uit de ronde pollen staken heel smalle, scherpe en puntige, opgekrulde grasprieten, een meter tot anderhalve meter lang. Bij Mitch kwamen ze tot zijn middel. Als ze droog waren, zouden deze sprieten krassen, prikken als naalden en zelfs snijden.

Elk polletje respecteerde het territorium van het volgende. Hij kon ertussendoor lopen.

Midden in de kolonie voelde hij zich veilig omgeven door de witte, geveerde pluimen, die boven zijn hoofd uitstaken. Hij bleef staan en tuurde tussen de pluimen door in de richting waaruit hij was gekomen.

In het spookachtige licht was geen achtervolger te zien.

Mitch nam een andere positie in, duwde zachtjes een of twee pluimen opzij en keek naar de rand van de weg, boven aan de helling. Daar zag hij ook niemand.

Hij was niet van plan zich lang tussen het pampagras te verstoppen. Hij had zijn kwetsbare positie bij de auto in de steek gelaten, maar had slechts een paar minuten gewonnen om na te denken.

Hij was niet bang dat de overgebleven man weg zou rijden in de Chrysler. Julian Campbell was geen baas om aan te melden dat je gefaald had zonder bang te hoeven zijn voor je baan of je kop.

Bovendien was dit voor de man die daar op jacht was een sport en was Mitch het gevaarlijkste wild dat je kon schieten. De jager werd gedreven door gevoelens van wraak en trots en door de voorliefde voor geweld die ervoor had gezorgd dat hij dit soort werk deed.

Ook al was hij in staat geweest zich tot de dageraad te verstoppen of weg te glippen, dan had Mitch het nog niet gedaan. Hij liep niet over van stoer enthousiasme voor een confrontatie met deze tweede beroepsmoordenaar, maar hij begreep heel goed wat de gevolgen zouden zijn als hij die vermeed.

Als de overgebleven misdadiger bleef leven en aan Campbell vertelde wat er was gebeurd, zou Anson binnen de kortste keren weten dat zijn *fratello piccolo*, zijn kleine broertje, vrij rondliep. Mitch zou minder bewegingsvrijheid hebben en het voordeel van de verrassing kwijt zijn.

Waarschijnlijk verwachtte Campbell niet eerder dan morgenochtend een verslag van zijn twee beulen. Misschien ging hij zelfs pas de volgende middag op zoek naar de twee.

Campbell zou de Chrysler Windsor wel eens eerder kunnen missen dan de mannen. Dat hing ervan af aan welke auto hij het meest gehecht was.

Mitch moest Anson bij verrassing kunnen overvallen en hij moest om twaalf uur in het huis van zijn broer zijn voor het telefoontje van de ontvoerders. Holly liep meer gevaar dan ooit.

Hij kon zich niet verstoppen en zijn vijand zou dat ook niet doen. Voor roofdier en prooi, wie wat ook mocht zijn, was dit een gevecht tot aan de dood.

31

Omringd door edele witte pluimen, die deden denken aan een beschermende cirkel gehelmde ridders, dacht Mitch aan de harde knallen van de twee kogels die bijna door hem heen waren gegaan toen hij het pistool bij de dode gangster had weggehaald.

Als het wapen van zijn tegenstander was uitgerust met een geluiddemper, zoals in de bibliotheek, zouden de knallen niet zo hard hebben geklonken. Misschien had hij ze dan niet eens gehoord.

Op deze verlaten plek maakte de crimineel zich geen zorgen over ongewenste aandacht, maar hij had de geluiddemper niet alleen verwijderd om een lekker luide knal te horen. Hij moest er nog een andere reden voor hebben gehad.

Geluiddempers waren waarschijnlijk in strijd met de wet. Ze vergemakkelijkten een stille moord. Ze waren bedoeld om van dichtbij te schieten, zoals in een huis waar de huishoudelijke staf niet voor honderd procent corrupt was.

De logica leidde Mitch al snel tot de conclusie dat een geluiddemper alleen van dichtbij nuttig was, *omdat de accuratesse van het wapen erdoor beïnvloed werd.*

Als je je gevangene onder schot hield in een bibliotheek of hem dwong voor je te knielen op een eenzame woestijnweg zou een pistool met geluiddemper misschien goede diensten kunnen doen. Maar op een afstand van vijf of wel tien meter had het misschien zo'n nadelig effect op de accuratesse dat je meer kans had je doelwit te raken door er met je pistool naar te gooien dan door ermee te schieten.

Kleine steentjes ratelden als vallende dobbelstenen.

Het geluid leek uit het westen te komen. Hij draaide zich naar die kant. Heel voorzichtig duwde hij de graspluimen uit elkaar.

Vijftien meter verderop hurkte de gangster ineen als een gebochelde dwerg. Hij wachtte af of het geluid dat hij gemaakt had een reactie zou uitlokken.

Zelfs nu hij stilzat kon de man niet voor een stuk rots of een woestijnstruik worden aangezien, want hij had de aandacht op zich gevestigd door een lang, dor stuk alkalische grond over te steken. Dat stuk grond leek niet slechts licht te weerkaatsen, maar te gloeien.

Als Mitch niet hier was blijven staan en verder naar het westen was gelopen, was hij de moordenaar op open terrein tegen het lijf gelopen en hadden ze misschien recht tegenover elkaar gestaan, als twee cowboyhelden in een western.

Hij dacht erover af te wachten en zijn achtervolger dichterbij te laten komen voordat hij schoot.

Toen vertelde zijn instinct hem dat de kolonie pampagras en dergelijke punten in het landschap precies de plaatsen waren die de moordenaar het meest zouden interesseren. Hij verwachtte dat Mitch zich zou verstoppen, en zou het pampagras met argwaan bekijken.

Mitch aarzelde, want hij leek nog steeds in het voordeel. Hij kon vanuit de beschutting schieten terwijl de dwerg zich op open terrein bevond. Hij had nog geen enkele kogel afgevuurd met dit pistool, terwijl zijn tegenstander er al twee kwijt was.

Een reservemagazijn. Gezien het feit dat dit dagelijkse kost was voor de gangster, had hij waarschijnlijk een reservemagazijn bij zich, misschien wel twee.

Hij zou het pampagras voorzichtig naderen en geen gemakkelijk doelwit van zichzelf maken.

Als Mitch schoot en miste vanwege de afstand, de hoek, het slechte licht en gebrek aan ervaring, zou de crimineel terugschieten. En goed ook.

Het gras onttrok hem aan het gezicht, maar het bood geen bescherming. Hij zou een spervuur van acht kogels, op zijn minst gevolgd door nog eens tien, niet overleven.

De dwergachtige figuur deed twee voorzichtige passen naar voren, nog steeds ineengedoken. Toen bleef hij weer even staan.

Op dat moment kreeg Mitch inspiratie en kwam er een stoutmoedig idee in hem op dat hij heel even verwierp omdat het roekeloos leek, maar meteen daarna begon hij het te zien als zijn beste kans.

Hij liet de pluimen langzaam terugveren in hun natuurlijke positie. Toen glipte hij weg van het gras, in tegenovergestelde richting van waar de gangster naderde, in de hoop het gras zo lang mogelijk tussen hen in te houden.

Begeleid door een koor van krekels en het sinistere geklik en gejank van de onbekende insectenmuzikant haastte Mitch zich naar het oosten, terug langs de route die hij eerder had genomen. Hij passeerde het punt waar hij de heuvel was afgedaald, maar op het open stuk zou hij een gemakkelijk doelwit zijn als hij de top niet bereikte voordat zijn tegenstander om het gras heen kwam.

Ongeveer twintig meter verderop kwam hij bij een brede, ondiepe geul in de verder ononderbroken helling. In deze greppel groeide dicht, welig struikgewas, dat over de randen viel.

Omdat hij zijn geboeide handen nodig had bij de klim, duwde Mitch het pistool onder zijn riem. Tot dan toe had het maanlicht hem de weg gewezen, maar nu waren de maanschaduwen zwart en bedrieglijk. Hij bleef zich steeds bewust van het feit dat stilte net zo belangrijk was als snelheid en sloop door de struiken naar boven.

Daarbij kwam er een muskusachtige geur naar boven die een plantaardige oorsprong had kunnen hebben, maar die deed vermoeden dat hij zich op het gebied van een of ander dier had begeven. De bosjes hielden hem vast, prikten en krasten.

Hij dacht aan slangen en weigerde er toen verder aan te denken.

Toen hij boven was gekomen zonder dat er op hem was geschoten, kroop hij uit de geul op de kant van de weg en naar het midden van het onverharde spoor voordat hij ging staan.

Als hij probeerde de plek waar hij dacht dat de moordenaar naartoe kon zijn gegaan van achteren te naderen, zou hij merken dat die gangster intussen zelf ook had nagedacht en zijn koers had verlegd in de hoop zijn prooi te verrassen terwijl zijn prooi hem wilde verrassen. Ze zouden een heleboel kostbare tijd kunnen verspillen met pogingen elkaar in de woestijn te besluipen. Daarbij zouden ze af en toe sporen van elkaar vinden, tot een van hen een fout maakte.

Als dat het spel was, zou het Mitch zijn die de fatale fout maakte, want hij was de minder ervaren speler. Tot nu toe had hij bewezen dat hij het moest hebben van het feit dat de vijand hem onderschatte.

Omdat Mitch hen verrast had met de revolver zou de gangster verwachten dat hij net zo'n woest instinct voor zelfbehoud had als elk dier dat in de hoek is gedreven. Hij had tenslotte bewezen dat hij niet verlamd werd door angst, zelfmedelijden en afkeer van zichzelf.

Maar de gangster zou misschien niet verwachten dat een in de hoek gedreven dier na zijn uitbraak vrijwillig terug zou keren naar de hoek waaruit hij net is ontsnapt.

De oude Chrysler stond nog geen twintig meter van hem vandaan, de kofferbak nog steeds halfopen.

Mitch haastte zich naar de auto en bleef staan naast het lijk. De door acne getekende gangster lag slap op de grond, zijn ogen vervuld van het sterrenwonder aan de hemel.

Die ogen waren twee geïmplodeerde sterren, zwarte gaten die zo veel zwaartekracht uitoefenen dat Mitch dacht dat ze hem de afgrond in zouden trekken als hij er te lang in keek.

Om eerlijk te zijn, voelde hij zich niet schuldig. In weerwil van zijn vader besefte hij dat hij geloofde dat het leven zin had en dat er natuurwetten bestonden. Doden uit zelfverdediging echter was volgens geen enkele tao een zonde.

Maar het was ook geen reden tot vreugde. Hij had het gevoel dat hij was beroofd van iets kostbaars. Noem het onschuld, maar dat was slechts een deel van wat hij was kwijtgeraakt; met de onschuld was het vermogen verdwenen voor een bepaalde soort tederheid, een tot dan toe levenslange verwachting van een komende, zoete, onuitsprekelijke vreugde.

Mitch keek achterom en keek of hij misschien voetafdrukken had achtergelaten. In de zonneschijn had de harde aarde hem misschien verraden, maar nu zag hij niets.

Onder de betoverende blik van de maan leek de woestijn te slapen en de omgeving had de zilveren en zwarte tinten van de meeste dromen. Elke schaduw was zo hard als ijzer en elk voorwerp zo vluchtig als rook.

Toen hij in de kofferbak keek, waar de maan geen blik in wilde werpen, leek het donkere gat de open mond van een of ander meedogenloos wezen. Hij zag de vloer van de ruimte niet, alsof het een magisch compartiment was dat ruimte bood aan een oneindige hoeveelheid bagage.

Hij haalde het pistool onder zijn riem vandaan.

Hij tilde de klep hoger op, klom in de kofferbak en trok de klep weer een eindje dicht.

Na enig experimenteren kwam hij erachter dat de geluiddemper met een schroefdraad aan de loop van het pistool zat. Hij draaide hem los en legde hem opzij.

Als de gangster Mitch niet in het pampagras of in de struiken vond, of achter een verweerd rotsblok, zou hij terugkomen om de Chrysler in het oog te houden. Hij zou verwachten dat zijn prooi terug zou keren naar de auto, in de hoop dat de sleutels nog in de ontsteking zaten.

Deze professionele moordenaar zou niet kunnen begrijpen dat een goede echtgenoot nooit weg zou rijden van zijn geloften, van zijn vrouw, van zijn beste hoop op liefde in een wereld die daar weinig van te bieden had.

Als de gangster een uitkijkpost achter de auto koos, zou hij misschien in het maanlicht de weg oversteken. Hij zou voorzichtig en snel zijn, maar toch een duidelijk doelwit vormen.

De mogelijkheid bestond dat hij de voorkant van het voertuig in de gaten zou houden. Maar als de tijd verstreek zonder dat er iets gebeurde, zou hij misschien nog eens in de directe omgeving gaan kijken en bij zijn terugkeer in Mitch' vizier komen.

Er waren maar zeven of acht minuten voorbijgegaan sinds het tweetal de kofferbak had opengemaakt en was begroet met kogels. De overlevende man zou geduldig zijn. Maar als zijn zoektochten en zijn wachten niets opleverden, zou hij er toch over gaan denken weg te gaan, hoe bang hij ook mocht zijn voor zijn baas.

Op dat moment en niet eerder zou hij terugkomen naar de auto om iets te doen aan het lijk. Hij zou het in de kofferbak willen leggen.

Mitch lag inmiddels half in het donker, zijn hoofd net genoeg omhoog om over de rand van de kofferbak te kunnen kijken.

Hij had een man vermoord.

Hij was van plan er nog een te vermoorden.

Het pistool voelde zwaar in zijn hand. Hij volgde met trillende vingers de contouren, op zoek naar een veiligheidspal, maar vond er geen.

Terwijl hij lag te staren naar de eenzame, door de maan geglazuurde weg met de opdringende, spookachtige woestijn ernaast, begreep hij dat wat hij was kwijtgeraakt, zijn onschuld en die in wezen kinderlijke verwachting van een komende, onuitsprekelijke vreugde, geleidelijk vervangen werden door iets anders, dat niet slecht was. Het gat in hem werd gevuld, maar hij kon nog niet precies zeggen waarmee.

Vanuit de kofferbak had hij maar een beperkt zicht op de wereld, maar in dat strookje zag hij deze nacht meer dan hij eerder had kunnen zien.

De zilveren weg verdween in de verte, maar leek ook naderbij te komen en bood hem een keuze uit tegenovergestelde horizons.

In sommige steenformaties zaten stukjes mica die glinsterden in het maanlicht en waar de rotsen afstaken tegen de hemel, leek het alsof de sterren zich over de aarde hadden uitgestrooid.

Uit het noorden, op zijn zeilen van veren op weg naar het zuiden, zweefde een enorme ransuil, net zo bleek als hij groot was, laag en stil over de weg en roeide zichzelf toen hoger de nacht in, nog hoger tot hij verdween in het duister.

Mitch voelde dat hetgeen hij leek te krijgen voor wat hij was verloren, dat wat zo snel het gat in hem opvulde, een vermogen was tot ontzag, een dieper gevoel voor het mysterie van alle dingen.

Maar hij deinsde terug van de rand van het ontzag, terug naar doodsangst en grimmige vastberadenheid, toen de moordenaar terugkwam met plannen die hij niet had voorzien.

32

De gangster was zo steels teruggekeerd dat Mitch zich onbewust was van zijn aanwezigheid tot hij een van de autoportieren open hoorde klikken en met een heel zacht gepiep hoorde openzwaaien.

De man was genaderd vanaf de voorkant van de Chrysler. Hij had het risico genomen zich bloot te geven door de kortstondige gloed van de binnenlamp van de auto, was ingestapt en had het portier zo zachtjes mogelijk dichtgetrokken.

Als hij achter het stuur was gaan zitten, moest hij van plan zijn te vertrekken.

Nee. Hij zou niet wegrijden met de klep van de kofferbak nog open. En hij zou zeker het lijk niet achterlaten.

Mitch wachtte in stilte.

De moordenaar was ook stil.

Langzaam werd de stilte een soort druk, die Mitch kon voelen op zijn huid, op zijn trommelvliezen en op zijn starende ogen, alsof de auto wegzonk in diep water en het steeds toenemende gewicht van de oceaan erop drukte.

De moordenaar moest in het donker naar de nacht zitten kijken, afwachtend of het korte moment van licht de aandacht had getrokken en hij gezien was. Wat zou hij doen als zijn terugkeer geen reactie uitlokte?

De woestijn bleef ademloos.

In deze omstandigheden was de auto zo gevoelig voor beweging als een boot op het water. Als Mitch zich verroerde, zou de moordenaar zich bewust worden van zijn aanwezigheid.

Er ging een minuut voorbij. En nog een.

Mitch zag voor zich hoe de gangster met het gladde gezicht in het donker in de auto zat; hij was minstens dertig jaar oud, misschien vijfendertig, maar had toch zo'n opmerkelijk zacht en glad gezicht dat het leek alsof het leven hem niet geraakt had en dat ook nooit zou gebeuren.

Hij probeerde zich voor te stellen wat de man met het gladde gezicht deed en van plan was. Het brein achter dat masker bleef onbereikbaar voor Mitch' verbeelding. Hij had zich met meer succes kunnen afvragen wat een woestijnhagedis over God of regen of doornappel dacht.

Na een lange stilte verschoof de gangster even, en de beweging bleek een onthulling. De zenuwslopende intimiteit van het geluid wees erop dat de man niet achter het stuur van de Chrysler zat. Hij zat op de achterbank.

Hij moest waakzaam naar voren hebben geleund sinds hij in de auto was gestapt. Toen hij eindelijk achteruitging, maakte de bekleding een geluid zoals leer of vinyl doet onder druk, en de veren protesteerden zachtjes.

De achterbank van de auto vormde de achterwand van de kofferbak. Hij en Mitch bevonden zich heel dicht bij elkaar.

Ze waren bijna zo dicht bij elkaar als bij de wandeling van de bibliotheek naar het autopaviljoen.

Daar in de kofferbak dacht Mitch na over die wandeling.

De gangster maakte een zacht geluid, een ingehouden gekuch of gekreun, nog verder gedempt door de tussenliggende muur van de bekleding.

Misschien was hij toch gewond geraakt. Zijn toestand was niet ernstig genoeg om hem over te halen de boel bij elkaar te pakken en te vertrekken, hoewel hij misschien genoeg pijn had om niet te lang rond te willen lopen.

Hij was duidelijk in de auto gaan zitten omdat hij hoopte dat zijn prooi er uiteindelijk in zijn wanhoop naar terug zou keren. Hij nam aan dat Mitch voorzichtig zou naderen en de directe omgeving grondig zou inspecteren, maar niet zou verwachten dat de dood hem opwachtte in de schaduw van de achterbank.

In deze provisorische leerkamer dacht Mitch na over de wandeling van de bibliotheek naar het autopaviljoen, over de maan die als een lelie in de vijver had rondgedreven, de loop van het pistool in zijn zij, het lied van de padden, de kanten takken van de zilveren schaduwen, *het pistool in zijn zij...*

Een auto van deze leeftijd zou geen brandwerend materiaal of een versterkt paneel hebben tussen de kofferbak en de passagiersruimte. De rugleuning van de achterbank was misschien afgewerkt met een paneel van vezelplaat of zelfs alleen met stof.

De rugleuning zou misschien vijftien centimeter vulling bevatten. Een kogel zou enige weerstand ondervinden.

De rugleuning was niet bestand tegen kogels. Iemand die gewapend was met een kussen van de bank kon niet verwachten dat hij ongedeerd een salvo van tien met hoge snelheid afgevuurde kogels zou doorstaan.

Op dat moment lag Mitch half op zijn linkerzij, met zijn gezicht naar de open klep van de kofferbak.

Hij zou op zijn rechterzij moeten rollen om het pistool tegen de achterwand van de kofferbak te kunnen drukken.

Hij woog bijna tachtig kilo. Er was geen doctor in de natuurkunde nodig om uit te rekenen dat de auto zou reageren op de verplaatsing van zo'n gewicht.

Snel draaien en het vuur openen – en dan misschien tot de ontdekking komen dat hij het mis had met betrekking tot de scheiding tussen de kofferbak en de rest van de auto. Als er wel een metalen paneel was, zou hij niet alleen geraakt kunnen worden door een terug ketsende kogel, maar ook zijn doelwit missen.

Dan zou hij gewond zijn en geen munitie meer hebben, en de gangster zou weten waar hij hem kon vinden.

Er glipte een druppel zweet langs de zijkant van zijn mond naar zijn mondhoek.

De nacht was mild, niet warm.

De aandrang om tot daden over te gaan trok zijn zenuwen zo strak als snaren.

33

Terwijl Mitch besluiteloos in de kofferbak lag, hoorde hij in zijn herinnering de gil van Holly en de scherpe klap toen ze werd geslagen.

Een echt geluid bracht hem weer tot het heden: zijn vijand voor in de auto onderdrukte een hoestbui.

Het geluid werd zo doeltreffend gesmoord dat het buiten de auto niet te horen zou zijn geweest. Net als de eerste keer duurde het maar een paar seconden.

Misschien was die hoest van de gangster te wijten aan een verwonding. Of misschien was hij allergisch voor woestijnpollen.

Als de man weer hoestte, zou Mitch de kans aangrijpen om zich om te draaien.

Buiten de open kofferbak leek de woestijn ritmisch donkerder en lichter te worden, maar in werkelijkheid werd zijn zicht kortstondig scherper bij iedere samentrekking van zijn bonzende hart.

Maar dat het plotseling leek te sneeuwen had wel een reële oorzaak. Het maanlicht bevroor de lichtgevende vleugels van een zwerm motten, die als winterse vlokken over de weg dreven.

Mitch' greep op het pistool was zo strak dat zijn knokkels pijn begonnen te doen. Zijn rechterwijsvinger was om de trekkerbeugel gehaakt en niet om de trekker zelf, omdat hij bang was dat een onwillekeurige spiertrekking het ding zou laten afgaan voordat het de bedoeling was.

Zijn tanden waren strak op elkaar geklemd. Hij hoorde zichzelf in- en uitademen. Dus deed hij zijn mond open om zijn ademhaling te vergemakkelijken.

Zijn hart bonsde, maar toch leek de tijd geen stromende rivier meer, maar een trage modderstroom.

Zijn instinct had Mitch de laatste paar uren goede diensten bewezen. Zo kon een zesde zintuig de gangster elk moment waarschuwen dat hij niet alleen was.

Een bezinksel van seconden vulde een lege minuut en toen nog een en nog een. En toen gaf de derde onderdrukte hoestbui van de man Mitch de kans om van zijn linker- op zijn rechterzij te gaan liggen. Toen hij dat had gedaan, lag hij heel stil met zijn rug naar de open kant van de kofferbak.

De stilte van de gangster leek nu iets van verhoogde waakzaamheid, van argwaan te hebben. De wereld bestond alleen nog maar uit Mitch' vijf zintuigen, door een vervormende lens van buitengewone bezorgdheid.

Onder welke hoek moest hij schieten? In welk patroon?

Denk na.

De man met het gladde gezicht zou niet rechtop zitten. Hij zou in elkaar zijn gedoken om de duisternis op de achterbank ten volle te benutten.

In andere omstandigheden zou de huurmoordenaar de voorkeur hebben gegeven aan een hoek, waar hij nog minder zichtbaar was. Maar omdat de open klep van de kofferbak voorkwam dat iemand door de achterruit kon kijken, kon hij in het midden gaan zitten en zo beide voorportieren beter in het oog houden.

Mitch legde het pistool stilletjes neer, waarbij hij ervoor zorgde dat hij de ketting tussen zijn handboeien strak hield. Hij kon niet het risico lopen dat het wapen ergens tegenaan botste bij het onderzoek dat hij moest uitvoeren.

Zonder iets te zien stak hij beide handen naar voren tot ze de achterwand van de kofferbak raakten. Hoewel het stevig aanvoelde onder zijn vingertoppen, was het oppervlak bekleed met stof.

Het kon zijn dat de Chrysler niet voor honderd procent in de oude staat was teruggebracht. Misschien had Campbell een paar verbeteringen laten aanbrengen, zoals betere materialen in de kofferbak.

Als een paar gesynchroniseerde spinnen kropen zijn handen tastend van links naar rechts over het oppervlak. Hij drukte zachtjes en toen iets harder.

Onder zijn zoekende vingertoppen gaf het oppervlak iets mee. Een met stof bedekte vezelplaat zou zo meegeven. Het voelde niet als metaal.

Van het passagierscompartiment kwam het protesterende geluid van bekleding die onder spanning stond, een korte draai en toen niets meer. Waarschijnlijk was de gangster iets verschoven om gemakkelijker te zitten, maar hij kon zich ook hebben omgedraaid om beter te kunnen luisteren.

Mitch betastte de vloer, op zoek naar het pistool, en legde zijn handen erop.

Hij lag op zijn zij met zijn knieën opgetrokken en had niet de ruimte om zijn armen te strekken. Geen goede positie om in te schieten.

Als hij probeerde naar het open eind van de kofferbak te schuiven voordat hij schoot, zou hij zich verraden. Een of twee seconden waren misschien genoeg voor de ervaren moordenaar om zich van de achterbank op de vloer te laten rollen.

Mitch ging alles in gedachten nog eens na om er zeker van te zijn dat hij niets over het hoofd had gezien. De kleinste misrekening kon zijn dood worden.

Hij hief het pistool. Hij zou van links naar rechts schieten en vervolgens van rechts naar links, een dubbele boog van vijf schoten elk.

Toen hij de trekker overhaalde, gebeurde er niets. Alleen een zachte, maar besliste metalige klik.

Zijn hart was zowel hamer als aambeeld en hij moest zijn gehoor inspannen om nog iets anders te kunnen horen, maar hij was er vrij zeker van dat de gangster zich niet bewogen had en het geluidje van het koppige pistool niet had gehoord.

Hij had het wapen eerder bekeken en geen veiligheidspal gevonden.

Hij liet de trekker los, aarzelde en haalde hem nog eens over. *Klik.*

Voordat hij in paniek kon raken, fladderde het toeval tegen zijn wang en in zijn open mond: een mot, niet zo koud als hij eruit had gezien toen hij als een sneeuwvlok langs was gedreven.

In een reflex sputterde hij, spuwde het insect kokhalzend uit en haalde de trekker nog eens over. Er was een stop ingebouwd in de trekker – misschien was dát de beveiliging – en je moest erdoorheen duwen om te schieten, en omdat hij harder trok dan eerder, knalde het pistool.

De terugslag, die werd verergerd door zijn positie, schoot door hem heen en de knal had niet harder kunnen zijn als het de deur van de hel was geweest die achter hem dichtsloeg. Bovendien schrok hij van de troep die in het rond schoot, stukjes verschroeide stof en vlokken van de vezelplaat die in zijn gezicht vlogen, maar hij kneep zijn ogen dicht en bleef schieten, van links naar rechts. Het wapen trok omhoog en schokte wild. Toen van rechts naar links. Nu hield hij het wapen in bedwang in plaats van alleen maar te schieten en hoewel hij had gedacht dat hij de kogels die hij afvuurde zou kunnen tellen, was hij na de eerste twee de tel al kwijt en toen was het magazijn leeg.

34

Als de gangster niet dood was of zelfs maar gewond, kon hij door de rugleuning terugschieten. De kofferbak kon nog steeds een dodelijke val blijken.

Mitch liet het nutteloze pistool liggen en kroop naar buiten, waarbij hij zijn knie stootte tegen de rand en zijn elleboog tegen de bumper. Hij viel op handen en knieën op de weg, maar kwam snel overeind. Hij rende gebukt tien, vijftien meter voordat hij stilstond en achteromkeek.

De gangster was niet uit de Chrysler gekomen. De vier portieren waren dicht.

Mitch wachtte af. Het zweet droop van de punt van zijn neus op zijn kin.

De sneeuwvlokmotten, de grote ransuil, het zingen van de krekels en het klikken en janken van het sinistere wezen waren allemaal verdwenen.

Onder de stomme maan en in de versteende woestijn leek de Chrysler niet op zijn plaats, als een tijdmachine in het vroege mesozoïcum, die tweehonderd miljoen jaar voordat ze gebouwd zou worden slank stond te glanzen.

Toen de lucht, zo droog als zout, in zijn keel begon te branden, hield hij op met door zijn mond te ademen en toen het zweet op zijn gezicht begon op te drogen, vroeg hij zich af hoe lang hij nog moest wachten voordat hij kon aannemen dat de man dood was. Hij keek op zijn horloge. Hij keek naar de maan. Hij wachtte.

Hij had de auto nodig.

Volgens zijn meting had hij twaalf minuten nodig om het spoor af te rijden. Ze hadden op het laatst misschien veertig kilometer per uur gereden. Dat rekensommetje betekende dat hij zich acht kilometer van de verharde weg bevond.

Zelfs als hij dat stukje van de bewoonde wereld wist te bereiken, zou hij zich misschien in een eenzaam gebied zonder veel verkeer bevinden. Bovendien zou niemand hem in zijn huidige toestand – hij was smerig, zijn kleren waren gekreukt en hij had ongetwijfeld een wilde blik in zijn ogen – een lift geven, behalve misschien een dolende psychopaat die op zoek was naar een slachtoffer.

Uiteindelijk liep hij naar de Chrysler.

Hij maakte een omtrekkende beweging om het voertuig en bleef er zo ver vandaan als de breedte van het pad toestond, en keek of er een glad, spookachtig gezicht vanuit de schaduwen in de auto naar hem keek. Toen hij zonder dat er iets gebeurd was weer bij de kofferbak kwam waaruit hij twee keer was ontsnapt, bleef hij staan om te luisteren.

Holly zat in de problemen en als de ontvoerders probeerden contact op te nemen met Mitch, zou dat niet lukken omdat zijn mobiele telefoon in die witte plastic zak in het huis van Campbell lag. Het telefoontje van twaalf uur naar het huis van Anson was zijn enige kans om weer contact met hen te krijgen voordat ze besloten hun gijzelaar om zeep te helpen en een ander spelletje te beginnen.

Zonder verdere aarzeling ging hij naar het linkerachterportier en trok het open.

De man met het gladde gezicht lag met open ogen op de bank, bebloed maar nog in leven. Zijn pistool was op het portier gericht. De loop zag eruit als een oogkas zonder oog en de gangster keek triomfantelijk toen hij zei: 'Sterf.'

Hij probeerde de trekker over te halen, maar het pistool trilde in zijn hand en hij verloor zijn greep erop. Het wapen viel op de vloer van de auto en de hand van de gangster zakte op zijn schoot, en nu zijn dreigement een voorspelling was gebleken van zijn eigen lot, lag hij daar alsof hij een obsceen voorstel had gedaan.

Mitch liet het portier open, liep naar de zijkant van de weg en ging op een rotsblok zitten tot hij er zeker van was dat hij toch niet hoefde te braken.

35

Daar op dat rotsblok had Mitch veel om over na te denken.

Als dit voorbij was, als het tenminste ooit voorbijging, kon hij misschien het best naar de politie gaan, zijn verhaal van wanhopige zelfverdediging vertellen en hun de twee dode gangsters in de kofferbak van de Chrysler geven.

Julian Campbell zou ontkennen dat ze voor hem werkten of in ieder geval dat hij opdracht had gegeven Mitch te vermoorden. Mannen zoals deze twee werden waarschijnlijk contant betaald; voor Campbell was het beter dat er zo min mogelijk op schrift stond. Bovendien waren de gangsters geen mannen die het erg zouden vinden dat ze uiteindelijk geen beroep zouden kunnen doen op de sociale verzekeringen omdat ze hun loon in contanten hadden ontvangen zonder er belasting over te betalen.

De mogelijkheid bestond dat de autoriteiten zich niet bewust waren van de duistere kant van Campbells zaken. Misschien werd hij beschouwd als een van de meest betrouwbare burgers van Californië.

Mitch was echter een eenvoudige tuinman die al zou worden verdacht van de moord op zijn vrouw in het geval hij haar niet vrij kon krijgen. En in Corona del Mar, voor het huis van Anson, stond zijn Honda met het lijk van John Knox.

Hoewel hij vertrouwen had in het rechtssysteem, geloofde Mitch geen moment dat het onderzoek op een plaats delict zo grondig werd uitgevoerd en ook niet dat de technische recherche zo onfeilbaar was als op de tv. Hoe meer bewijzen er waren voor zijn schuld, ook al was het opzettelijk gefabriceerd, hoe meer ze zouden vinden om hun argwaan te ondersteunen en hoe gemakkelijker ze het zouden hebben om de details die hem zouden kunnen vrijpleiten te negeren.

In ieder geval was het nu het belangrijkste om vrij en mobiel te blijven tot hij Holly had losgekocht. Hij zou haar vrij krijgen. Of sterven bij zijn poging.

Toen hij Holly had ontmoet en bijna meteen verliefd op haar was geworden, had hij beseft dat hij tot dan toe maar half geleefd had en dat hij in zijn jeugd levend begraven was geweest. Zij had de emotionele kluis waarin zijn ouders hem hadden achtergelaten opengemaakt en hij was eruit tevoorschijn gekomen en opgebloeid.

Hij had zich verbaasd over de verandering die hij had ondergaan. Toen ze trouwden, had hij het gevoel gehad dat hij eindelijk volop leefde.

Maar die nacht besefte hij dat een deel van hem was blijven slapen. Toen hij wakker was geworden, had hij de dingen zo helder gezien dat het zowel stimulerend als angstaanjagend was.

Hij had tegenover een kwaad gestaan dat zo zuiver was dat hij een dag eerder zou hebben gedacht dat het niet bestond, en waarvan hij het bestaan volgens zijn opvoeding ook zou moeten ontkennen. Maar nu hij het kwaad herkend had, bracht dat een groeiend bewustzijn mee van meer dimensies, waar dan ook, meer dan hij eerder had gezien, grotere schoonheid, vreemde beloften en geheimzinnigheid.

Hij wist niet precies wat hij daarmee bedoelde. Hij wist alleen dat het waar was, dat zijn ogen waren opengegaan voor een hogere realiteit. Achter de gelaagde en fantastische mysteries van de nieuwe wereld om hem heen voelde hij een waarheid die sluier voor sluier onthuld zou worden.

Het was vreemd dat het wegwerken van twee dode mannen de meest dringende taak was die hem in deze staat van verlichting wachtte.

Er kwam een lach omhoog, maar hij slikte hem weer in. Hij zat vlak voor middernacht in de woestijn, met geen ander gezelschap dan lijken, en lachen tegen de maan leek niet de eerste stap op het juiste pad om hieruit te geraken.

Hoog in het oosten gleed een meteoor naar het oosten als de trekker van een rits, die de zwarte hemel opende om een glimp van het wit daarachter te laten zien, maar de tanden van de rits sloten zich net zo snel als ze zich openden, zodat de hemel bedekt bleef en de meteoor een vonk en toen een waas werd.

Mitch beschouwde die vallende ster als een teken om verder te gaan met zijn gruwelijke werk, dus knielde hij naast de gangster met de littekens om zijn zakken te doorzoeken. Hij vond al snel de twee dingen die hij nodig had: de sleutel van de handboeien en de sleutels van de Chrysler Windsor.

Nadat hij zich had bevrijd van de handboeien gooide hij ze in de open kofferbak van de auto. Hij wreef over zijn kapotgeschaafde polsen.

Toen sleepte hij het lijk van de gangster naar de zuidkant van de weg en de verhullende bosjes in, waar hij hem achterliet.

Het werd een onaangename worsteling om de tweede man van de achterbank te krijgen, maar binnen twee minuten lag het dode paar naast elkaar de wonderen van de sterren te bekijken.

Toen hij weer bij de auto was, vond Mitch een zaklamp op de voorstoel. Hij had wel gedacht dat er een zou zijn, omdat ze van plan moesten zijn geweest hem in de buurt te begraven en ze daarvoor een lamp nodig hadden gehad.

Omdat de gangster niet meteen was doodgegaan, had hij de tijd gehad om te bloeden, en hij zag dat hij geen half werk had geleverd.

Mitch telde acht gaten in de rugleuning, gaten die doorliepen tot in de kofferbak. De andere twee kogels waren blijkbaar van koers veranderd of tegengehouden door het binnenwerk van de bank.

In de rugleuning van de voorstoel zaten vijf gaten. Slechts één kogel was er helemaal doorheen gegaan. Een deuk in de klep van het handschoenenkastje liet zien waar het eindpunt van zijn baan was geweest.

Hij vond de kogel op de vloer voor de passagiersstoel en gooide hem weg.

Als hij het pad eenmaal achter zich had gelaten en zich weer op verharde wegen bevond, zou hij zich ondanks zijn haast aan de snelheidslimiet moeten houden. Als een verkeersagent hem aanhield en één blik wierp op het bloed en op de gehavende achterbank, kon Mitch waarschijnlijk heel lang eten op kosten van de staat Californië.

De twee gangsters hadden geen schep meegenomen.

Gezien hun professionele opstelling dacht hij niet dat ze zijn lijk zomaar hadden laten rotten op een plek waar wandelaars of *mountainbikers* het hadden kunnen vinden. Ze waren bekend met het landschap en hadden een plek geweten die als natuurlijke tombe kon dienen en die niet snel per ongeluk gevonden zou worden.

Het idee om met een zaklamp in het donker naar die begraafplaats te gaan zoeken stond Mitch niet aan. Evenmin als het vooruitzicht op de verzameling beenderen die hij daar zou kunnen vinden.

Hij liep terug naar de lijken en haalde de portefeuilles weg om de identificatie te bemoeilijken. Hij had er steeds minder moeite mee om ze aan te raken en dat verontrustte hem.

Nadat hij de dode mannen wat verder van de weg had gesleept, verstopte hij ze in een dicht bosje *manzanita*, dat tot zijn middel kwam. De lijkwade van leerachtige bladeren zorgde ervoor dat ze niet gemakkelijk ontdekt zouden worden.

Hoewel de woestijn een vijandige omgeving lijkt, wordt ze bevolkt door vele diersoorten en een aantal daarvan zijn aaseters. Binnen een uur zouden de eerste de dubbele verrassing in de manzanita hebben ontdekt.

Sommige waren kevers, zoals die waar de gangsters zo zorgvuldig omheen waren gelopen toen ze hem over de loggia van het autopaviljoen hadden geleid.

Morgenochtend zou de warmte ook zijn werk doen en het rottingsproces aanzienlijk bespoedigen.

Misschien werd nooit meer achterhaald wie ze waren als ze eenmaal waren gevonden. En wie van hen afschuwelijke littekens had van de acne en wie het gladde gezicht had gehad zou niemand meer uitmaken en helemaal niet meer belangrijk zijn.

Toen ze hem in het autopaviljoen in de kofferbak van de Chrysler hadden laten stappen, had hij gezegd: *ik wilde dat we dit niet hoefden te doen.*

Nou, had die met de gladde huid gezegd, *het is niet anders.*

Een tweede vallende ster trok zijn aandacht naar de diepe, heldere lucht. Een kort, fel litteken en toen was de hemel weer geheeld.

Eigenlijk moest hij zich machtig, trots en fel voelen nu hij twee ervaren moordenaars te slim af was geweest. In plaats daarvan was hij nog meer vernederd.

Om de stank van het bloed niet te hoeven ruiken, rolde hij de raampjes in alle vier de portieren van de Chrysler Windsor open.

De motor startte meteen: een machtig gezang uit volle borst. Hij deed de koplampen aan.

Tot zijn opluchting zag hij dat het wijzertje aangaf dat de tank nog voor driekwart vol zat. Hij wilde nergens stoppen, zelfs niet bij een tankstation.

Hij draaide de wagen en volgde het pad tot hij na zes kilometer over een heuvel kwam en daar iets zag wat hem deed remmen.

In het zuiden, in een ondiepe laagte, lag een meer van kwik met concentrische ringen schitterende diamanten erop, die zich langzaam bewogen op de stroming van een luie draaikolk, zo majestueus als een spiraalvormige melkweg.

De aanblik was zo onwerkelijk dat hij even dacht dat het een hallucinatie of een visioen moest zijn. Toen begreep hij dat het een veld was, met een grassoort met bloempluimen en zijdezachte kafnaalden.

Het maanlicht verzilverde de pluimen en deed de glanzende kafnaalden schitteren. Een dwarrelwindje, een heel lui ronddraaiend briesje, bewoog zich zo sierlijk en gelijkmatig over deze laagte dat er een wals zou klinken als er muziek was voor deze dans van het gras.

In het gras lag een verborgen betekenis, maar de stank van bloed bracht hem terug van het mystieke naar het aardse.

Hij reed verder tot het eind van de onverharde weg en ging daar rechtsaf, omdat hij zich herinnerde dat ze op de heenweg linksaf waren gegaan. De verharde weg was goed gemarkeerd en hij keerde niet terug naar het landgoed van Campbell, dat hij nooit meer hoopte te zien, maar nam de snelweg.

Er was zo vlak na middernacht niet veel verkeer. Hij reed naar

het noorden, nooit harder dan acht kilometer boven de snelheidslimiet, een overtreding die zelden werd bestraft.

De Chrysler Windsor was een prachtige machine. Zelden keren dode mannen in zo veel stijl terug om te komen spoken bij de
levenden.

36

Mitch arriveerde om 2.20 uur in de stad Orange en parkeerde een blok van zijn eigen huis.

Hij rolde de vier raampjes omhoog en deed de Chrysler op slot.

Hij droeg het pistool onder zijn riem, met zijn shirt uit zijn broek getrokken om het te verbergen. Het was van de gangster met het gladde gezicht geweest, die *sterf* had gezegd maar vervolgens niet de kracht had gehad zijn vinger nog eens om de trekker te buigen. Het bevatte acht kogels; Mitch hoopte dat hij er niet een van nodig zou hebben.

De auto stond onder een oude *jacaranda* die volop in bloei was, en toen hij in het licht van de straatlantaarn kwam, zag hij dat hij over een tapijt van paarse bloemblaadjes liep.

Voorzichtig naderde hij zijn huis via het steegje dat er achterlangs liep.

Hij hoorde iets ratelen en knipte zijn zaklantaarn aan. Tussen twee afvalbakken, die waren buitengezet om de volgende morgen te worden opgehaald, keek een stadsopossum als een grote rat met een bleke snuit hem met trillende roze neus aan.

Mitch deed het licht uit en liep verder naar zijn garage. Het hek op de hoek van het gebouw was nooit op slot. Hij ging de achtertuin in.

Zijn huissleutels waren samen met zijn portefeuille en andere persoonlijke eigendommen in Campbells bibliotheek in beslag genomen.

Hij bewaarde een reservesleutel in een klein sleutelkastje dat met een ringbout laag aan de garagemuur was bevestigd, verborgen achter een rij azalea's.

Mitch deed de zaklamp aan, maar schermde de straal af met zijn vingers en duwde de azalea's uit elkaar. Hij tikte de code in, maakte het kastje open, haalde de sleutel eruit en deed de zaklamp weer uit.

Zonder enig geluid ging hij de garage in, die met dezelfde sleutel openging als het huis.

De maan was naar het westen getrokken en de bomen lieten een beetje licht door de ramen vallen. Hij bleef in het donker staan luisteren.

De stilte overtuigde hem ervan dat hij alleen was, of anders herinnerde de duisternis hem te veel aan de kofferbak waaruit hij tweemaal ontsnapt was, dus deed hij de lampen in de garage aan.

Zijn pick-up stond nog waar hij hem had neergezet. De plek van de Honda was leeg.

Hij ging de trap op naar de zolder. De dozen stonden nog steeds zo opgestapeld dat het gat in de reling erdoor verborgen werd. Toen hij aan de voorkant kwam, zag hij dat de recorder en de elektronische afluisterapparatuur waren verdwenen. Een van de ontvoerders moest al het spul zijn komen ophalen.

Hij vroeg zich af wat ze dachten dat er gebeurd was met John Knox. Hij was bang dat Knox' verdwijning al gevolgen had gehad voor Holly.

Toen hij heftig begon te trillen, dwong hij zichzelf niet aan zulke pijnlijke dingen te denken.

Hij was geen machine, en zij ook niet. Hun levens hadden betekenis, ze waren niet zomaar samengebracht door het lot en ze zouden hun bestemming vervullen.

Hij moest geloven dat dat waar was. Anders had hij niets meer.

Hij liet de garage in het donker achter en ging het huis binnen via de achterdeur, nu hij er zeker van was dat het niet meer in de gaten werd gehouden.

De in scène gezette plaats delict in de keuken was nog precies zoals hij hem het laatst had gezien. De bloedspetters waren inmiddels opgedroogd. De handafdrukken stonden nog op de kastjes.

In het washok ernaast trok hij zijn schoenen uit en bekeek ze onder het tl-licht. Tot zijn verrassing zat er geen bloed op.

Ook zijn sokken waren schoon. Hij deed ze toch maar uit en gooide ze in de wasmachine.

Hij trof wel veegjes aan op zijn shirt en spijkerbroek. In het zakje van zijn shirt vond hij het kaartje van inspecteur Taggart. Hij bewaarde het kaartje, gooide de kleren in de machine, deed er zeep bij en zette het apparaat aan.

Bij de wasbak in het washok schrobde hij zijn handen en onderarmen met zeep en een zachte borstel. Hij was niet bezig sporen weg te wassen. Misschien hoopte hij bepaalde herinneringen weg te spoelen.

Met een natte lap veegde hij zijn gezicht en zijn nek af.

Hij voelde een enorme vermoeidheid. Even rusten zou fijn zijn, maar hij had geen tijd om te gaan slapen. En als hij probeerde te slapen, zou hij toch maar geplaagd worden door bekende en onbekende angsten, die huilend door zijn hoofd zouden spoken tot hij klaarwakker en volkomen uitgeput was.

In zijn schoenen en ondergoed keerde hij terug naar de keuken. Het pistool nam hij mee. Hij pakte een blikje Red Bull met een heleboel cafeïne erin uit de koelkast en dronk het leeg.

Toen hij de Red Bull ophad, zag hij Holly's tas open op het aanrecht liggen. Hij had het ding daar eerder op de dag ook gezien.

Maar toen had hij niet de tijd genomen te letten op wat er allemaal naast de tas op het aanrecht lag. Een in elkaar geprop stukje cellofaan. Een doosje met opengescheurde bovenkant. Een gebruiksaanwijzing.

Holly had een zwangerschapstest gehaald. Ze had hem opengemaakt en klaarblijkelijk gebruikt tussen het tijdstip waarop hij was gaan werken en dat waarop de ontvoerders haar hadden overvallen.

Soms, als je als kind in de leerkamer zat en je al heel lang tegen niemand had gesproken en ook geen andere stem had gehoord dan die van jezelf, en dat nog gedempt, als je wel drie dagen niets te eten had gehad – hoewel je altijd drinken kreeg – en je een week of twee geen licht had gezien, behalve bij de korte, dagelijkse onderbreking wanneer je flessen met urine en emmer met uitwerpselen werden gewisseld voor schone, bereikte je een punt waarop de stilte en de duisternis geen omstandigheden meer leken, maar voorwerpen met echte massa, voorwerpen die de kamer met je deelden en elk uur meer ruimte vroegen, tot ze van alle kanten op je drukten, de stilte en de duisternis, tot ze als een gewicht op je lagen en je tot het kubieke minimum duwden dat je lichaam alleen kan bereiken als het als een sloopauto in elkaar wordt gedrukt door de pers op een autokerkhof. In de ontzetting van die extreme claustrofobie ben je ervan overtuigd dat je het geen minuut meer kunt uithouden, maar toch houd je het nog een minuut uit en nog een en nog een, een uur, een dag, je houdt vol en dan gaat de deur open, wordt de verbanning opgeheven en is er weer licht, er is altijd weer licht op het eind.

Holly had niet verteld dat ze over tijd was. Ze hadden al twee keer eerder valse hoop gekoesterd. Ze had er dit keer zeker van willen zijn voordat ze iets tegen hem zei.

Mitch had nooit geloofd in het lot, maar nu wel. En als een man in het lot gelooft, moet hij ook geloven dat het een gouden, glanzend lot is. Hij zal niet wachten om te kijken wat hem wordt opgediend, geen denken aan. Hij bebotert zijn boterham dik met het lot en eet het hele brood op.

Met het pistool in zijn hand haastte hij zich naar de slaapkamer. Via de schakelaar bij de deur ging een van de twee bedlampjes aan.

Met maar één doel voor ogen liep hij naar de kast. De deur stond open.

Zijn kleren waren door elkaar gegooid. Twee spijkerbroeken waren van de hangertjes geglipt en lagen op de vloer van de kast.

Hij kon zich niet herinneren dat hij de kast zo slordig had achtergelaten, maar hij pakte een spijkerbroek van de vloer en trok hem aan.

Toen hij ook nog een donkerblauw katoenen shirt met lange mouwen had aangetrokken, draaide hij zich om en zag voor het eerst de kleren die op het bed lagen. Een kakibroek, een geel shirt, witte sportsokken, een witte onderbroek en een t-shirt.

Het waren zijn kleren. Hij herkende ze.

Ze waren bespat met donker bloed.

Inmiddels herkende hij bewijzen die opzettelijk waren achtergelaten. Er moest hem nog iets afschuwelijks in de schoenen worden geschoven.

Hij haalde het pistool van de kastplank, waar hij het had neergelegd terwijl hij zich aankleedde.

De deur van de donkere badkamer stond open.

Als de roede van een wichelroedeloper leidde het pistool hem naar die duisternis. Hij stapte over de drempel, haalde de lichtschakelaar over en liep met ingehouden adem de felverlichte badkamer in.

Hij had iets afschuwelijks verwacht in de douche of een afgesneden iets in de wasbak. Maar alles zag er normaal uit.

Zijn gezicht in de spiegel was strak van angst, net zo strak als een gebalde vuist, maar zijn ogen waren groter dan ze ooit waren geweest en niet meer blind voor wat dan ook.

Hij keerde terug naar de badkamer en zag iets op het nachtkastje met de niet brandende lamp staan dat er niet thuishoorde. Hij deed de lamp aan.

Daar stonden twee kleurrijke, gepolijste bollen dinosauruspoep op bronzen standaardjes.

Hoewel ze ondoorzichtig waren, deden ze hem denken aan kristallen bollen en sinistere waarzeggers in oude films, die een vreselijk noodlot voorspelden.

'Anson,' fluisterde Mitch, en toen een woord dat hij niet vaak bezigde. 'Mijn god. O, mijn god.'

37

De harde wind uit de bergen in het oosten stak meestal op als de zon opging of onderging. Nu, vele uren na zonsondergang en ook nog uren voor zonsopgang kwam er plotseling een sterke lentewind over de laaglanden, alsof ze een grote deur open had geblazen.

Mitch haastte zich door de steeg, waar de wind floot, naar de Chrysler, maar zijn hart sloeg zo zwaar als dat van een ter dood veroordeelde.

Hij nam niet de tijd om de raampjes naar beneden te draaien. Alleen dat in het portier naast hem deed hij open tijdens de rit.

De ruwe wind pufte tegen hem en woelde met zijn warme en indringende adem door zijn haar.

Krankzinnigen hebben geen zelfbeheersing. Ze zien overal samenzweringen en geven blijk van hun gekte door irrationele woede en belachelijke angsten. Echte krankzinnigen weten niet dat ze gek zijn, en daarom zien ze niet de noodzaak om een masker op te zetten.

Mitch wilde geloven dat zijn broer gek was. Want als Anson handelde met koelbloedige berekening, was hij een monster. Als je een monster had bewonderd en ervan had gehouden, zou je je moeten schamen voor je goedgelovigheid. Erger nog, door je bereidheid om je te laten bedriegen leek je het monster macht te hebben gegeven. Je was in ieder geval een heel klein beetje medeverantwoordelijk voor zijn misdaden.

Anson had geen gebrek aan zelfbeheersing. Hij had het nooit

over samenzweringen. Hij was nergens bang voor. En wat maskers betrof, hij had de gave om mensen op het verkeerde been te zetten, het talent om dingen er anders uit te laten zien en was een genie in misleiding. Hij was niet gek.

De koninginnepalmen langs de straten gingen tekeer als wilde feeksen die in een dolle bui hun haar los schudden, en de lampenpoetsers lieten miljoenen vuurrode naalden vallen, de bladeren van hun exotische bloemen.

Het land verhief zich en lage heuvels gingen over in hogere heuvels. Met de wind vlogen stukjes papier, bladeren en vliegers van kranten mee, en een grote, doorzichtige plastic zak, als een kwal.

Het huis van zijn ouders was het enige in het blok waar de lampen nog aan waren.

Misschien had hij discreet moeten zijn, maar hij zette de auto op de oprit. Hij draaide het raampje omhoog, liet het pistool in de wagen liggen en nam de zaklamp mee.

Vervuld van de stemmen van de chaos en rijk van de geur van eucalyptus geselde de wind het pad met boomschaduwen.

Hij belde niet aan. Hij koesterde geen valse hoop en voelde alleen nog een angstaanjagende behoefte om te weten.

Zoals hij al verwacht had, was de voordeur niet op slot. Hij stapte de hal in en deed de deur achter zich dicht.

Aan zijn linkerkant en aan zijn rechterkant week een ontelbaar aantal Mitchen van hem weg in een spiegelwereld, allemaal met een afschuwelijke uitdrukking op hun gezicht, allemaal verloren.

Het was niet stil in huis, want de wind rukte aan de ramen, kreunde in de dakbalken en sloeg de eucalyptustakken tegen de muren.

In Daniels studeerkamer glinsterden de splinters van de glazen planken en overal lagen kleurrijke, gepolijste bollen, alsof een klopgeest ermee had gebiljart.

Kamer voor kamer zocht Mitch de begane grondverdieping af en draaide het licht aan waar het uit was. Eigenlijk verwachtte hij op deze verdieping van het huis niets meer te vinden, en dat was ook zo. Hij hield zichzelf voor dat hij gewoon grondig te werk wilde gaan. Maar hij wist dat hij het moment waarop hij naar boven moest voor zich uit schoof.

Bij de trap keek hij omhoog en hoorde zichzelf 'Daniel' zeggen, maar niet erg hard. Daarna kwam 'Kathy', niet veel luider.

Mitch zou naar boven moeten voor wat hem wachtte. Het leek verkeerd om ernaartoe te klimmen. Graftombes bevinden zich niet in een toren.

Terwijl hij de trap beklom, werd de lange uitademing van de natuur nog feller. De ramen ratelden. De dakbalken kraakten.

Op de overloop lag een zwart voorwerp op de gewreven houten vloer. Het had de vorm van een elektrisch scheerapparaat, maar was een beetje groter. Aan een kant zaten twee glanzende metalen uitsteeksels met een ruimte van tien centimeter ertussen.

Hij aarzelde en toen pakte hij het op. Aan de zijkant zat een schakelaar. Toen hij erop drukte, schoot er een getande, witte boog elektriciteit van het ene uitsteeksel naar het andere, van de ene pool naar de andere.

Het was een Taser, een wapen waarmee iemand zichzelf kon verdedigen. Maar het zag er niet naar uit dat Daniel en Kathy het hadden gebruikt als zelfverdediging.

Waarschijnlijk had Anson het meegebracht en had hij hen ermee aangevallen. Een schok van een Taser kan een man minutenlang uitschakelen, terwijl zijn zenuwen op hol slaan en zijn spieren samentrekken.

Hoewel Mitch wist waar hij heen moest, stelde hij het verschrikkelijke moment uit en ging in plaats daarvan naar de grote slaapkamer.

Alle lampen waren aan, behalve een bedlampje dat bij een worsteling op de vloer was gevallen en waarvan de gloeilamp gebroken was. De lakens waren in elkaar gedraaid. Kussens waren van het bed gegleden.

De slapers waren letterlijk met een schok wakker geworden.

Daniel had een grote verzameling stropdassen en een tiental ervan lag op het tapijt. Felgekleurde, zijden slangen.

Mitch keek door andere deuren, maar nam niet de tijd de ruimte daarachter goed te inspecteren en liep doelbewust naar de kamer aan het eind van de kortste van de twee bovengangen.

De deur zag eruit als alle andere, maar toen hij hem opendeed, stond hij tegenover een tweede deur. Deze was zwaar geïsoleerd en bekleed met zwarte stof.

Hij bleef hevig rillend staan. Hij had nooit verwacht hier ooit nog terug te komen, ooit nog over deze drempel te stappen.

De binnenste deur kon alleen vanuit de gang worden opengedaan, niet vanuit de kamer daarachter. Hij drukte de klink naar beneden. De goed passende plooien van de in elkaar grijpende, rubberen verzegeling weken met een zuigend geluid uit elkaar toen hij de deur naar binnen duwde.

Binnen waren geen lampen, geen plafonnière. Hij deed zijn zaklamp aan.

Nadat Daniel eigenhandig de vloer, de muren en het plafond had bekleed met vijfenveertig centimeter dik isolatiemateriaal was er van de kamer nog maar een raamloos vierkant van tweeënhalve meter bij tweeënhalve meter over. Het plafond zat op een hoogte van een meter tachtig.

Het zwarte materiaal waarmee elk oppervlak bedekt was, dicht geweven en zonder enige glans, absorbeerde de lichtstraal van de zaklamp.

Aangepaste uitschakeling van de zintuigen. Ze hadden gezegd dat het een manier was om discipline te krijgen, geen straf, een methode om de geest naar binnen te keren teneinde zichzelf te ontdekken – een techniek, geen marteling. Er waren talloze onderzoeken gepubliceerd over de wonderen van het tot op zekere hoogte uitschakelen van de zintuigen.

Daniel en Kathy lagen naast elkaar, zij in haar pyjama, hij in zijn ondergoed. Hun handen en enkels waren vastgebonden met stropdassen. De knopen waren wreed strak aangehaald en de stof sneed in het vlees.

De stropdassen waarmee de polsen en de enkels waren vastgemaakt, waren met elkaar verbonden door een derde stropdas, strak aangetrokken om de bewegingen van de slachtoffers nog verder te beperken.

Ze hadden geen prop in hun mond. Misschien had Anson een gesprek met hen willen voeren.

En geen gil kon uit de leerkamer ontsnappen.

Hoewel Mitch gebukt net over de drempel stond, trok de agressieve stilte aan hem zoals drijfzand trekt aan wat erin verzeild is geraakt, zoals de zwaartekracht trekt aan een vallend voorwerp.

Zijn snelle, ongelijkmatige ademhaling werd gedempt tot een fluisterend zuchtje.

Hij kon de storm buiten niet meer horen, maar hij was er zeker van dat het nog steeds hard waaide.

Het was moeilijker om naar Kathy te kijken dan naar Daniel, maar niet zo moeilijk als Mitch had verwacht. Als hij dit had kunnen voorkomen, zou hij tussen hen en zijn broer zijn gaan staan. Maar nu het gedaan was... was het gedaan. De moed zonk hem eerder in zijn schoenen dan dat hij zich in ontzetting afkeerde en hij verviel in een grote moedeloosheid, maar niet tot wanhoop.

Daniels ogen waren open en zijn gezicht was vertrokken van doodsangst, maar er lag ook verbijstering in. Op het allerlaatste moment moest hij zich hebben afgevraagd hoe dit kon, hoe Anson, zijn enige succes, zijn dood kon worden.

Er bestonden talloze systemen om kinderen groot te brengen en te onderwijzen, maar niemand was er ooit door gestorven, in ieder geval niet de mannen en vrouwen die zich erop toelegden de theorieën erachter te bedenken en te verfijnen.

Nadat ze schokken toegediend hadden gekregen, waren vastgebonden en misschien ook nog waren toegesproken, waren Daniel en Kathy doodgestoken. Mitch keek niet naar de verwondingen.

De wapens waren een snoeischaar en een handschepje.

Mitch herkende ze: ze kwamen van het rek in zijn garage.

38

Mitch sloot de lichamen op in de leerkamer en ging boven aan de trap zitten denken. Angst en shock en een Red Bull konden toch niet wedijveren met vier uur slaap om zijn hoofd helder te houden.

Het huis werd bestormd en de muren trilden, maar weerstonden de stormloop van de wind.

Mitch had kunnen huilen als hij zichzelf dat had toegestaan, maar hij zou niet hebben geweten voor wie hij huilde.

Hij had Daniel of Kathy nooit zien huilen. Ze geloofden in toegepaste rede en 'wederzijdse ondersteunende analyse' in plaats van gemakkelijke emoties.

Hoe kon je huilen voor mensen die nooit voor zichzelf hadden gehuild, die zichzelf door hun teleurstellingen, hun mislukkingen en zelfs hun verlies heen hadden gepraat?

Niemand die wist wat er in zijn familie had gespeeld zou het hem kwalijk nemen als hij voor zichzelf huilde, maar hij had niet meer voor zichzelf gehuild sinds hij vijf was, omdat hij ze die voldoening niet gunde.

Hij wilde niet huilen voor zijn broer.

Het ellendige medelijden dat hij eerder voor Anson had gevoeld, was nu helemaal vervlogen. Het was niet weg gekookt in de leerkamer, maar in de kofferbak van de Chrysler.

Tijdens zijn rit naar het noorden vanaf Rancho Santa Fe, met vier raampjes open om de auto te ventileren, had hij de wind elke illusie en alles wat hij zichzelf had wijsgemaakt laten wegblazen.

De broer die hij had gedacht te kennen, van wie hij had gedacht te houden had eigenlijk nooit bestaan. Mitch had niet gehouden van een echte persoon, maar van het optreden van een sociopaat, een spookverschijning.

Nu had Anson de gelegenheid aangegrepen om wraak te nemen op Daniel en Kathy en die misdaden in de schoenen van zijn broer te schuiven, die volgens hem nooit gevonden zou worden.

Als Holly niet werd vrijgekocht, zouden haar ontvoerders haar vermoorden en haar lichaam misschien in zee gooien. Mitch zou ook verantwoordelijk worden gehouden voor haar dood en op de een of andere manier voor het doodschieten van Jason Osteen.

Een dergelijk bloedbad was koren op de molen van de misdaadshows van de kabelzenders. Als hij vermist werd – omdat hij eigenlijk dood in een graf in de woestijn lag – zouden ze zich wekenlang, zo niet maandenlang concentreren op de zoektocht om hem te vinden.

Over een tijdje zou hij misschien een legende worden als D.B. Cooper, de vliegtuigkaper die tientallen jaren eerder met een fortuin aan contant geld en een parachute uit een vliegtuig was gesprongen en van wie nooit meer iets was vernomen.

Mitch dacht erover om terug te keren naar de leerkamer en de snoeischaar en het handschepje weg te halen. Het idee om ze uit de lichamen te trekken was walgelijk. Hij had de laatste uren ergere dingen gedaan, maar dit kon hij niet.

Trouwens, Anson was wel zo slim dat hij naast het tuingereedschap voor andere bewijsstukken zou hebben gezorgd. Het zou tijd kosten om die te vinden en Mitch had geen tijd.

Volgens zijn polshorloge was het zes over drie in de morgen. Over nog geen negen uur zouden de ontvoerders Anson bellen met verdere instructies.

Van de oorspronkelijke zestig uur tot de deadline van woensdag om middernacht waren er nog vijfenveertig over.

Dit zou lang daarvoor al voorbij zijn. Nieuwe ontwikkelingen vereisten nieuwe regels en die zou Mitch bepalen.

De wind riep hem de nacht in met een imitatie van wolvengehuil.

Nadat hij de lampen boven had uitgedaan, ging hij naar de keuken. In het verleden had Daniel altijd een doos Hershey-repen in de koelkast gehad. Daniel hield van koude chocola.

De doos stond op de onderste plank en er was maar één reep uit. Dit was altijd de traktatie van Daniel geweest, waar niemand anders aan mocht komen.

Mitch nam de hele doos mee. Hij was uitgeput en had een knoop in zijn maag van angst, dus honger had hij niet, maar hij hoopte dat de suiker een vervanging kon zijn voor slaap.

Hij deed de lampen op de begane grond uit en verliet het huis door de voordeur.

Bezems van gevallen palmbladeren veegden de straat en daarachter kwam een rollende afvalbak die zijn inhoud in het rond strooide. De *Impatiens* verlepte en waaide kapot, struiken schudden alsof ze zichzelf probeerden te ontwortelen, een gescheurd zonnescherm, dat in werkelijkheid groen was maar in dit licht zwart, klapperde fel als de vlag van een ongure staat, de eucalyptussen gaven de wind duizend sissende stemmen en het leek alsof de maan uit de hemel zou worden geblazen en de sterren zouden doven.

In de Chrysler, waarin hij al zoveel had meegemaakt, ging Mitch op zoek naar Anson.

39

Holly blijft bezig met de spijker, ook al boekt ze geen enkele voor-
uitgang, want als ze het niet blijft proberen, heeft ze niets te doen
en als ze niets te doen heeft, wordt ze gek.

Om een of andere reden moet ze denken aan Glenn Close, die
een krankzinnige vrouw speelde in *Fatal Attraction*. Zelfs al werd
ze gek, dan zou Holly nog niet in staat zijn iemands konijntje te
koken in een soeppan, tenzij haar gezin natuurlijk doodgaat van
de honger en ze niets te eten heeft of het konijn bezeten is van de
duivel. Dan is niet te zeggen wat ze zou kunnen doen.

Plotseling begint de spijker te wiebelen en dat is opwindend. Ze
is zo opgewonden dat ze bijna de steek nodig heeft die haar ontvoerders haar hebben gegeven.

Haar opwinding zakt weg als ze de spijker gedurende het volgende halfuur niet meer dan een halve centimeter uit de plank
krijgt. Dan zit hij vast en wil niet verder.

Maar goed, een halve centimeter is beter dan niets. De spijker
is misschien… wat? Zeven of acht centimeter lang. Ze heeft bij
elkaar misschien zeven uur aan de spijker gewerkt als ze de pau-
zes aftrekt voor de pizza die ze haar hebben gegeven en om haar
vingers te laten rusten. Als ze hem er iets sneller uit kan wrieme-
len, iets meer dan twee centimeter per dag bijvoorbeeld, heeft ze
woensdag om middernacht nog maar ruim twee centimeter te gaan.

Als Mitch tegen die tijd het losgeld bij elkaar heeft, moeten ze
allemaal nog maar een dag wachten tot ze die verdomde spijker
eruit heeft.

Ze is altijd een optimist geweest. Mensen hebben haar zonnig en opgewekt en vrolijk en sprankelend genoemd, en een zuurpruim die zich ergerde aan haar eeuwig positieve instelling heeft haar eens gevraagd of ze het liefdeskind was van Mickey Mouse en Tinkerbell.

Ze had gemeen kunnen zijn en hem de waarheid kunnen vertellen, dat haar vader is omgekomen bij een verkeersongeluk en haar moeder bij de geboorte is gestorven en dat ze met veel liefde en vrolijkheid is opgevoed door een grootmoeder.

In plaats daarvan zei ze tegen hem: *ja, maar omdat Tink te smalle heupen heeft voor de geboorte, ben ik voldragen door Daisy Duck.*

Maar op dit moment heeft ze moeite de moed erin te houden, wat niets voor haar is. Een ontvoering maakt je vrolijkheid kapot.

Ze heeft twee gebroken vingernagels en haar vingers doen zeer. Als ze ze niet in de zoom van haar blouse had gewikkeld, zouden ze waarschijnlijk bloeden.

Alles bij elkaar zijn deze verwondingen onbelangrijk. Als haar ontvoerders beginnen met het afsnijden van haar vingers, zoals ze Mitch hebben beloofd, heeft ze pas echt iets om over te klagen.

Ze houdt even op met de spijker om uit te rusten en gaat in het donker op haar rug op het luchtbed liggen.

Hoewel ze uitgeput is, verwacht ze niet dat ze zal slapen. Daarna droomt ze dat ze op een plek zonder licht is, maar niet in de kamer waarin de ontvoerders haar hebben opgesloten.

In de droom is ze niet vastgeketend aan een ring in de vloer. Ze loopt door de duisternis met een bundeltje in haar armen.

Ze bevindt zich niet in een kamer, maar in een gangenstelsel. Een doolhof van tunnels, een labyrint.

Het bundeltje wordt zwaar. Haar armen doen pijn. Ze weet niet wat erin zit, maar er zal iets verschrikkelijks gebeuren als ze het neerlegt.

Ze wordt aangetrokken door een vage gloed. Ze komt in een kamer die wordt verlicht door een enkele kaars.

Mitch is hier. Ze is zo blij om hem te zien. En haar vader en moeder, die ze alleen maar van foto's kent, zijn er ook.

Het bundeltje in haar armen is een slapende baby. Haar slapende baby.

Haar moeder komt glimlachend naar voren om de baby van haar

over te nemen. Holly's armen doen pijn, maar ze houdt het waardevolle bundeltje vast.

Mitch zegt: *geef ons de baby maar, liefje. Hij moet bij ons blijven. Jij hoort hier niet thuis.*

Haar ouders zijn dood en Mitch ook, en als ze het kindje loslaat, zal het niet meer gewoon slapen.

Ze weigert haar zoon af te geven, maar dan ligt hij plotseling in de armen van haar moeder. Haar vader blaast de kaars uit.

Holly wordt wakker van een jankend beest. Het is alleen maar de wind, maar toch een beest, die tegen de muren beukt en stof van de dakbalken blaast.

Een zachte gloed, niet van een kaars maar van een kleine zaklamp, verdrijft iets van de duisternis waarin ze gevangenzat. Die gloed onthult de gebreide zwarte bivakmuts, de kapotte lippen en de felblauwe ogen van een van haar ontvoerders, die voor haar knielt – de man die haar zoveel angst aanjaagt.

'Ik heb iets te snoepen voor je meegenomen,' zegt hij.

Hij steekt haar een reep toe.

Zijn vingers zijn lang en wit en zijn nagels afgebeten.

Holly raakt niet graag iets aan dat hij in zijn handen heeft gehad. Ze verbergt haar afkeer en pakt de reep aan.

'Ze slapen. Ik moet de wacht houden.' Hij zet een blikje cola voor haar op de vloer met ijskoude druppels eraan. 'Hou je van Pepsi?'

'Ja. Dank je.'

'Ben je wel eens in Chamisal in New Mexico geweest?' vraagt hij.

Hij heeft een zachte, muzikale stem. Het zou bijna een vrouwenstem kunnen zijn, maar niet helemaal.

'Chamisal?' zegt ze. 'Nee. Daar ben ik nooit geweest.'

'Ik heb daar dingen meegemaakt,' zegt hij. 'Mijn leven is veranderd.'

De wind buldert en er ratelt iets over het dak, en ze gebruikt het lawaai als een excuus om omhoog te kijken, in de hoop een detail van haar gevangenis te zien dat later van pas kan komen als ze moet getuigen.

Ze is hier met een blinddoek voor binnengebracht. Op het laatst zijn ze een smalle trap op gekomen. Ze denkt dat ze zich misschien op een zolder bevindt.

Er zit tape over de helft van de lens van de zaklamp. Het plafond blijft onzichtbaar in het donker. Het licht komt niet verder dan de dichtstbijzijnde kale houten muur en al het andere gaat verloren in de schaduwen.

Ze zijn voorzichtig.

'Ben je ooit in Rio Lucio in New Mexico geweest?' vraagt hij.

'Nee. Daar ook niet.'

'In Rio Lucio staat een klein, gestuukt huis, blauw met gele accenten. Waarom eet je je chocola niet op?'

'Die bewaar ik voor later.'

'Wie weet hoeveel tijd iemand van ons heeft?' vraagt hij. 'Geniet er nu maar van. Ik vind het leuk om je te zien eten.'

Ze haalt aarzelend de wikkel van de reep.

'In het blauw met geel gestuukte huis in Rio Lucio woont een heilige vrouw die Ermina Lavato heet. Ze is tweeënzeventig.'

Hij vindt dat dergelijke uitspraken samen een gesprek zijn. Zijn stiltes suggereren dat Holly voor de hand liggende opmerkingen kan maken.

Ze slikt een stuk chocola door en zegt: 'Is Ermina familie van je?'

'Nee. Ze is van Latijns-Amerikaanse afkomst. Ze maakt heerlijke kipfajita's in een keukentje dat eruitziet alsof het uit de jaren twintig stamt.'

'Ik kan niet zo goed koken,' zegt Holly suf.

Hij houdt zijn ogen niet van haar mond af en ze neemt een hapje van de reep met het gevoel dat ze verwikkeld is in een obscene daad.

'Ermina is heel arm. Het huis is klein, maar heel mooi. Elke kamer is in een andere, zachte kleur geschilderd.'

Terwijl hij naar haar mond staart, kijkt zij terug voor zover zijn masker dat toestaat. Zijn tanden zijn geel. De snijtanden zijn spits en de hoektanden ongewoon scherp.

'In haar slaapkamer hangen negenendertig afbeeldingen van het Heilige Hart van Jezus, doorboord met doorns.'

De kloven in zijn lippen glinsteren alsof ze gaan bloeden.

'Ik heb een schat begraven in de tuin van Ermina Lavato.'

'Als een geschenk voor haar?' vraagt Holly.

'Nee. Ze zou het nooit goedvinden wat ik daar begraven heb. Drink je Pepsi op.'

Ze wil niet drinken uit een blikje dat hij in zijn handen heeft gehad. Maar ze maakt het toch open en neemt een slokje.

'Ken je Penasco in New Mexico?'

'Ik ben niet vaak in New Mexico geweest.'

Hij zwijgt even en de wind huilt in zijn stilte, en zijn blik gaat naar haar keel als ze de Pepsi doorslikt. Dan: 'Mijn leven is veranderd in Penasco.'

'Ik dacht dat dat in Chamisal was.'

'Mijn leven is vaak veranderd in New Mexico. Het is een plek van verandering en grote mysteries.'

Holly heeft bedacht dat ze het blikje kan gebruiken, dus zet ze het opzij, in de hoop dat hij het haar zal laten houden als ze de cola tegen de tijd dat hij weggaat nog niet opheeft.

'Je zou het prachtig vinden in Chamisal, Penasco en Rodarte, zo veel mooie en geheimzinnige plaatsen.'

Ze denkt even na voordat ze iets zegt. 'Laten we hopen dat ik lang genoeg blijf leven om ze nog te zien.'

Hij kijkt haar recht aan. Zijn ogen hebben de tint van een sombere blauwe hemel, die duidt op een dreigende storm, zelfs zonder wolken.

Met een stem die nog zachter is dan gewoonlijk, niet fluisterend maar met een rustige tederheid, zegt hij: 'Mag ik je in vertrouwen iets vertellen?'

Als hij haar aanraakt, zet ze het op een gillen tot de anderen wakker worden.

Hij lijkt toestemming in haar gezicht te zien, want hij zegt: 'We waren met zijn vijven, en nu zijn er nog maar drie.'

Dit is niet wat ze verwacht had. Ze kijkt hem recht aan, hoewel zijn ogen haar verontrusten.

'We hebben Jason vermoord om de buit met zijn vieren te kunnen delen in plaats van met zijn vijven.'

Ze krimpt inwendig ineen bij het horen van een naam. Ze wil hun namen niet weten en hun gezichten niet zien.

'En nu is Johnny Knox verdwenen,' zegt hij. 'Johnny hield de boel in de gaten en heeft zich niet gemeld. Wij drieën hebben niet afgesproken de buit met nog minder te delen. Daar hebben we het nooit over gehad.'

Mitch, denkt ze meteen.

Buiten verandert de wind van toon. Hij huilt niet meer, maar jaagt met een enorm gesis voorbij, als een orakel dat Holly raad geeft over de wijsheid van de stilte.

'De andere twee waren gisteren allebei weg voor een boodschap,' gaat hij verder. 'Apart, op verschillende tijdstippen. Ze kunnen allebei Johnny vermoord hebben.'

Om hem te belonen voor deze onthullingen eet ze nog wat chocola.

Hij kijkt weer naar haar mond en zegt: 'Misschien hebben ze wel besloten de buit met zijn tweeën te delen. Of anders wil een van hen misschien alles hebben.'

Ze wil niet de schijn wekken dat ze onenigheid wil zaaien en zegt: 'Dat zouden ze toch niet doen.'

'Misschien wel,' zegt hij. 'Ken je Vallecito?'

Holly likt de chocola van haar lippen en zegt: 'Nee.'

'Streng,' zegt hij. 'Veel plaatsen in New Mexico zijn streng, maar zo mooi. Mijn leven is veranderd in Vallecito.'

'Hoe is het dan veranderd?'

Hij geeft geen antwoord, maar zegt: 'Je zou Las Trampas eens moeten zien in de sneeuw. Een verzameling simpele gebouwen, witte velden, lage heuvels die donker zijn van de chaparral en een hemel die net zo wit is als de velden.'

'Je lijkt wel een dichter,' zegt ze, en ze meent het nog half ook.

'Ze hebben geen casino's in Las Vegas in New Mexico. Ze hebben leven en ze hebben mysteries.'

Zijn witte handen komen bij elkaar, niet in overpeinzing en zeker niet in gebed, maar alsof ze een bewustzijn van zichzelf hebben en elkaar graag voelen.

'In Rio Lucio heeft Eloisa Sandoval een heiligdom voor Sint Antonius in haar kleine keuken met lemen muren. Twaalf keramiekbeeldjes, in rijen boven elkaar, een voor elk kind en kleinkind. Elke avond kaarsen bij de vespers.'

Ze hoopt dat hij nog iets zal zeggen over zijn partners, maar ze weet dat ze discrete belangstelling moet tonen voor alles wat hij zegt.

'Ernest Sandoval heeft een Chevy Impala uit '64 met enorme stalen kettingen als stuur, een speciaal beschilderd dashboard en rood fluweel op het plafond.'

De lange vingers met de brede toppen wrijven langs elkaar, steeds weer.

'Ernest heeft belangstelling voor heiligen van wie zijn vrome vrouw niets weet. En hij kent... verbijsterende plekken.'

De chocola is zoet in Holly's mond en blijft kleven in haar keel, maar ze neemt nog een hapje.

'Er dwalen oude geesten rond in New Mexico, al sinds voor het bestaan van de mensheid. Ben jij een zoeker?'

Als ze hem te veel aanmoedigt, zal hij haar onoprecht vinden. 'Ik geloof van niet. Soms hebben we allemaal wel eens het gevoel... dat we iets missen. Maar dat geldt voor iedereen. Dat is de menselijke natuur.'

'Ik zie een zoeker in jou, Holly Rafferty. Een geestelijk zaadje dat wacht tot het tot bloei kan komen.'

Zijn ogen zijn zo helder als doorschijnend water, maar op de bodem ligt slib dat vreemde vormen aanneemt die ze niet kan thuisbrengen.

Ze slaat haar ogen neer en zegt bescheiden: 'Ik ben bang dat je te veel in me ziet. Ik ben geen diepe denker.'

'Het geheim is juist om niet te denken. We denken met woorden. En achter de realiteit die we zien, ligt een waarheid die niet met woorden omschreven kan worden. Het geheim is om te voelen.'

'Zie je wel, voor jou is dat een simpel idee, maar zelfs dat is te moeilijk voor mij.' Ze lacht zachtjes om zichzelf. 'Mijn grootste droom is om makelaar te worden.'

'Je onderschat jezelf,' verzekert hij haar. 'Ik zie in jou... enorme mogelijkheden.'

Er groeit helemaal geen haar op de brede, benige polsen en lange, bleke handen, van nature of omdat hij ontharingscrème gebruikt.

40

De windgeesten bedreigden het open raam in het portier toen Mitch langs Ansons huis in Corona del Mar reed.

Van de enorme magnolia waren grote, roomkleurige bloemen geschud die in een hoopje tegen de voordeur waren gewaaid, beschenen door het lampje dat de hele nacht aan bleef. Verder was het huis donker.

Hij geloofde geen moment dat Anson thuis was gekomen, zich had gewassen en bijna meteen na de moord op hun ouders rustig in slaap was gevallen. Hij moest daar ergens zijn – en iets in zijn schild voeren.

Mitch' Honda stond niet meer langs de stoep, waar hij hem had achtergelaten toen hij door de ontvoerders hierheen was gestuurd.

Hij parkeerde bij het volgende blok, at een reep, draaide het raampje omhoog en sloot de Chrysler Windsor af. Helaas trok hij nogal de aandacht tussen de omringende moderne voertuigen, met de grandeur van een museumstuk in een gokhal.

Mitch liep naar het steegje dat uitkwam bij Ansons garage. Er brandde licht in alle ramen van de eerste verdieping van het appartement boven de twee dubbele garages.

Sommige mensen hadden misschien werk dat hen net na halfvier in de morgen nog druk bezighield. Andere mensen leden aan slapeloosheid.

Mitch zette zijn voeten wijd uit elkaar om de aanstormende wind te weerstaan en bestudeerde de hoge ramen vanuit het steegje.

Sinds de bibliotheek van Campbell was er een nieuwe wereld

voor hem opengegaan. Hij zag alles nu helderder dan vanuit zijn eerdere perspectief.

Als Anson acht miljoen dollar had en een volledig afbetaald jacht, was hij waarschijnlijk de eigenaar van beide appartementen in plaats van één, zoals hij had beweerd. Hij woonde in het voorste appartement en gebruikte het achterste voor het kantoor waarin hij zijn linguïstische theorieën toepaste om software te ontwerpen, of wat hij ook deed om rijk te worden.

De zwoeger in de nacht, achter die gordijnen, was geen buurman. Anson zat daar zelf achter een computer.

Misschien zette hij een koers uit voor het jacht, naar een haven die buiten het gezag van de wet lag.

Een hek gaf toegang tot een smal pad naast de garage. Mitch volgde het naar de geplaveide binnenhof die de twee appartementen van elkaar scheidde. Er brandden geen lampen.

Langs de randen van de patio lagen perken vol nandina en allerlei varens, aangevuld met bromelia's en anthuriums voor een accent van rode bloemen.

De huizen aan de voor- en de achterkant, de hoge hekken aan de zijkant en de buurhuizen die zich verdrongen op hun smalle percelen hielden de wind tegen. Hoewel er nog steeds heftige rukwinden waren, gleed een mindere versie daarvan langs de daken naar beneden en speelde met de bladeren van de planten op de binnenhof in plaats van ze heen en weer te slaan.

Mitch ging onder de doorbuigende bladeren van een Tasmaanse boomvaren staan, die wiegden en trilden. Daar bleef hij gebukt naar de patio staan kijken.

De rok van brede, kanten bladeren ging omhoog en omlaag, omhoog en omlaag, maar hij kon steeds een deel van de patio zien. Als hij waakzaam bleef, zou hij een man die van het achterste appartement naar het voorste liep niet missen.

In de beschutting van de hemel van varens rook hij de rijke tuingrond, kunstmest en de vage, muskusachtige geur van mos.

Aanvankelijk stelde dit hem gerust, omdat het hem herinnerde aan een leven waarin alles eenvoudiger was geweest, slechts zestien uur geleden. Maar na een paar minuten deed de mengeling van geuren hem denken aan de stank van bloed.

In het appartement boven de garages gingen de lampen uit.

Er sloeg een deur dicht, misschien geholpen door de wind. Het koor van windstemmen overstemde het gebons van zware, gehaaste voetstappen niet die langs de buitentrap naar de patio kwamen.

Van achter de varen ving Mitch een glimp op van een brede gestalte die de patio overstak.

Anson was zich er niet van bewust dat zijn broer achter hem liep en dichterbij kwam, en hij stootte pas een gesmoorde kreet uit toen de Taser kortsluiting veroorzaakte in zijn zenuwgestel.

Toen Anson naar voren struikelde en probeerde overeind te blijven, bleef Mitch dicht achter hem. De Taser gaf nog een kus van vijftigduizend volt.

Anson omhelsde de stenen. Hij rolde op zijn rug. Zijn stevige lichaam schokte. Zijn armen vielen slap naast hem neer. Zijn hoofd rolde van de ene naar de andere kant en hij maakte geluiden die erop wezen dat hij gevaar zou kunnen lopen zijn tong in te slikken.

Mitch wilde niet dat Anson zijn tong inslikte, maar hij ging ook niets doen om het te voorkomen.

41

Apocalyptische windzwermen slaan met hun vleugels tegen de muren en vegen over het dak, en de duisternis zelf lijkt te vibreren. De haarloze handen, zo wit als duiven, strelen elkaar in de vage gloed van de half afgeplakte zaklamp.

De zachte stem blijft haar oren strelen. 'In El Valle is een begraafplaats waar het gras zelden wordt gemaaid. Op sommige graven staan stenen, op andere niet.'

Holly heeft de chocola helemaal opgegeten. Ze voelt zich een beetje misselijk. De smaak in haar mond lijkt op bloed. Ze gebruikt wat Pepsi om die weg te spoelen.

'Een aantal graven zonder stenen zijn afgezet met lage hekjes, gemaakt van de plankjes van oude fruit- en groentekratjes.'

Dit alles gaat ergens naartoe, maar zijn gedachten gaan langs paden die alleen kunnen worden gevolgd door een geest die net zo verwrongen is als die van hem.

'De nabestaanden hebben de hekjes geschilderd in pasteltinten: het blauw van de eieren van roodborstjes, lichtgroen, het geel van verbleekte zonnebloemen.'

Ondanks de scherpe raadsels die onder hun zachte kleur liggen, boezemen zijn ogen haar op dit moment minder afkeer in dan zijn handen.

'Onder een kwart maan, uren nadat een nieuw graf was dichtgegooid, hebben wij wat graafwerk verricht en de houten kist van een kind geopend.'

'Het geel van verbleekte zonnebloemen,' herhaalt Holly, die haar gedachten probeert te bepalen bij die kleur om het beeld van een kind in een lijkkist op afstand te houden.

'Ze was acht, gestorven aan kanker. Ze hadden haar begraven met een medaille van Sint Christoffel in haar linkerhand en een porseleinen beeldje van Assepoester in haar rechterhand, omdat ze zo hield van dat verhaal.'

De zonnebloemen houden geen stand en Holly ziet de handjes voor zich die zich vasthouden aan de bescherming van de heilige en de beloften van het arme meisje dat een prinses werd.

'Door die paar uren in het graf van een onschuldig wezen hadden die voorwerpen grote macht gekregen. Ze waren gewassen door de dood en gepolijst door de geest.'

Hoe langer ze in zijn ogen kijkt, hoe minder bekend ze worden.

'We hebben de medaille en het beeldje uit haar handen genomen en ze vervangen door… andere dingen.'

Een van de witte handen verdwijnt in een zak van zijn zwarte jasje. Als hij weer tevoorschijn komt, houdt hij de medaille van Sint Christoffel vast aan een zilveren ketting.

Hij zegt: 'Hier. Pak aan.'

Dat het voorwerp uit een graf komt, boezemt haar geen afkeer in, maar wel dat het uit de handen van een dood kind is gepakt.

Hier gebeurt meer dan hij onder woorden brengt. Er is een onderstroom die Holly niet begrijpt.

Ze voelt dat het verschrikkelijke gevolgen zal hebben als ze de medaille weigert, om wat voor reden ook. Ze steekt haar rechterhand uit en hij laat de medaille erin vallen. De ketting valt in willekeurige kronkels in haar handpalm.

'Ken je Espanola?'

Ze vouwt haar hand om de medaille en zegt: 'Dat is nog een plek die ik gemist heb.'

'Daar zal mijn leven veranderen,' onthult hij, en hij pakt de zaklamp op en gaat staan.

Hij laat haar achter in het pikkedonker met het halfvolle blikje Pepsi, waarvan ze verwacht had dat hij het mee zou nemen. Ze is van plan – of was van plan – het blikje plat te drukken en er een stukje gereedschap van te maken waarmee ze de koppige spijker te lijf kon gaan.

Met de medaille van Sint Christoffel zal het beter lukken. Het koperen ding is afgewerkt met zilver of nikkel en is veel harder dan het zachte aluminium blikje.

Het bezoek van haar ontvoerder heeft iets veranderd in deze lichtloze ruimte. Eerder had er een eenzame duisternis geheerst. Nu stelt Holly zich voor dat hij wordt bewoond door ratten en insecten en legioenen kruipende wezens.

42

Anson viel hard neer voor de achterdeur en de wind leek te juichen om zijn val.

Hij schokte en trilde als een vis op het droge. Zijn handen bewogen ongecontroleerd en zijn knokkels schraapten over de stenen.

Hij gaapte Mitch aan en vertrok zijn mond alsof hij iets wilde zeggen, of misschien probeerde hij te schreeuwen van pijn. Er kwam niet meer uit dan een dun gepiep, een dun draadje geluid, alsof zijn slokdarm was samengetrokken tot de diameter van een speldenknop.

Mitch probeerde de deur. Die was niet op slot. Hij duwde hem open en stapte de keuken in.

De lampen waren uit. Hij deed ze niet aan.

Hij was er niet zeker van hoe lang het effect van de schokken zou duren, maar hoopte dat het minstens een minuut of twee zou zijn, dus legde hij de Taser op het aanrecht en keerde terug naar de open deur.

Op zijn hoede greep hij Anson bij de enkels, maar zijn broer was niet in staat hem te schoppen. Mitch sleepte hem het huis in en zijn gezicht vertrok toen Ansons achterhoofd tegen de drempel sloeg.

Hij deed de deur dicht en het licht aan. De jaloezieën waren dicht, net zoals toen hij en Anson gebeld waren door de ontvoerders.

De pan met *zuppa massaia* stond nog op het fornuis, koud maar nog steeds geurig.

Naast de keuken was een washok. Hij inspecteerde het en het bleek precies zoals hij zich herinnerde: klein en zonder ramen.

De vier stoelen aan de keukentafel waren van roestvrij staal en rood vinyl, heel erg retro en dus heel modieus. Hij zette er een in het washok.

Op de vloer had Anson zijn armen om zich heen geslagen alsof hij het ijskoud had, maar waarschijnlijk was het bedoeld om het schokken tegen te gaan en enige beheersing te krijgen over de inmiddels minder heftige, maar nog steeds voortdurende spiertrekkingen. Hij maakte het zielige geluid van een hond die pijn heeft.

Misschien was dat ook zo. Maar het kon ook toneelspel zijn. Mitch bleef op veilige afstand.

Hij pakte de Taser van het aanrecht. Daarna haalde hij het pistool dat hij op zijn rug onder zijn riem had gestoken tevoorschijn.

'Anson, ik wil dat je op je buik gaat liggen.'

Het hoofd van zijn broer rolde van de ene kant naar de andere, niet omdat hij weigerde, maar misschien omdat hij er geen macht over had.

Het vooruitzicht op wraak was op zijn eigen manier een opwekkend middel geweest, net als de suiker. Maar in werkelijkheid smaakte niets eraan zoet.

'Luister goed. Ik wil dat je je omdraait en zo goed en zo kwaad als het gaat naar het washok kruipt.'

Er ontsnapte wat speeksel uit Ansons mondhoek. Zijn kin glinsterde.

'Ik geef je een kans om dit op de gemakkelijke manier te doen.'

Anson bleef schijnbaar gedesoriënteerd en kreeg geen macht over zijn lichaam.

Mitch vroeg zich af of twee schokken met de Taser in snelle opeenvolging, waarvan de tweede misschien iets te lang was vastgehouden, permanente schade hadden kunnen aanrichten. Anson leek er slecht aan toe.

De val van de grote man had ernstige gevolgen kunnen hebben als hij van zekere hoogte was gevallen, maar hij was alleen van laag nog lager gegaan.

Mitch hield vol en herhaalde dezelfde bevelen. Toen zei hij:

'Verdomme, Anson, als ik moet, kan ik je een derde schok geven en je ernaartoe slepen terwijl je hulpeloos bent.'

De achterdeur ratelde en leidde Mitch af. Het was slechts de hand van de wind aan de deurklink door een sterkere windvlaag die stoutmoediger de beschermde patio op kwam.

Toen hij weer naar Anson keek, zag hij een scherp bewustzijn in de ogen van zijn broer, een sluwe berekening, die weer verdween in die glazige desoriëntatie. Ansons pupillen rolden naar boven.

Mitch wachtte een halve minuut. Toen ging hij snel naar zijn broer toe.

Anson voelde hem aankomen, dacht dat hij de Taser zou gebruiken en ging overeind zitten om hem te blokkeren en ernaar te grijpen.

In plaats daarvan schoot Mitch. Hij miste zijn broer met opzet, maar was er niet ver naast. Bij de knal van het pistool deinsde Anson verrast terug en Mitch sloeg het wapen tegen de zijkant van zijn hoofd, hard genoeg om flink pijn te doen en, naar bleek, ook hard genoeg om hem bewusteloos te slaan.

Hij had Ansons medewerking willen verkrijgen door hem ervan te overtuigen dat hij niet meer te maken had met de oude Mitch. Maar deze manier werkte ook.

43

He ain't heavy, he's my brother. Gelul. Hij was Mitch' broer, maar zwaar was hij wel degelijk.

Het bleek moeilijker dan Mitch verwacht had om hem over de gewreven houten vloer van de keuken naar het washok te slepen. Hem in de stoel zetten was zo goed als onmogelijk, maar Mitch kreeg het toch voor elkaar.

Het beklede rugpaneel van de stoel zat tussen twee stalen spijlen. Tussen het rugpaneel en de spijlen was aan weerszijden een open ruimte.

Hij trok Ansons handen door die gaten. Met de handboeien die hij eerder zelf had om gehad maakte hij de polsen van zijn broer vast achter de stoel.

In een laatje lagen drie verlengsnoeren. Er was een dik, oranje snoer bij van ongeveer twaalf meter lang.

Nadat hij het tussen de poten van de stoel en de dwarsbalkjes had gehaald, bond Mitch het snoer om de wasmachine. Omdat het rubber minder flexibel was dan een touw, kon hij alleen losse knopen leggen, dus maakte hij er drie.

Hoewel Anson half overeind zou kunnen komen, zou hij de stoel daarbij ook moeten optillen. Omdat die was vastgemaakt aan de wasmachine, kon hij nergens heen.

De klap met het pistool had zijn oor gescheurd. Het bloedde, maar niet al te erg.

Zijn polsslag was langzaam, maar sterk. Hij zou waarschijnlijk al snel bijkomen.

Mitch liet het licht aan en ging naar de grote slaapkamer op de eerste verdieping. Hij zag wat hij had verwacht: twee kleine nachtlampjes die je in een stopcontact kon doen. Geen van beide was op dat moment aan.

Als kind had Anson altijd geslapen met een lampje aan. Als tiener had hij gekozen voor nachtlampjes zoals deze. In elke kamer van dit huis bewaarde hij zaklampen die vier keer per jaar nieuwe batterijen kregen om voorbereid te zijn op het uitvallen van de stroom.

Toen hij weer beneden was, wierp Mitch een blik in het washok. Anson zat nog bewusteloos op de stoel.

Mitch doorzocht de keukenladen tot hij erachter was waar Anson de sleutels bewaarde. Hij haalde er een reservehuissleutel uit. Hij pakte ook de sleutels van drie verschillende auto's, inclusief zijn Honda, en verliet het huis door de achterdeur.

Hij betwijfelde of de buren het schot gehoord zouden hebben, en als ze het gehoord hadden, zouden ze het geluid waarschijnlijk niet hebben kunnen thuisbrengen, omdat het was vermengd met het gebulder en gehuil van de wind die oorlog met zichzelf voerde. Toch was het een opluchting om te zien dat er in de buurhuizen geen licht brandde.

Hij klom de trap op naar het appartement boven de garages en probeerde de deur open te doen, maar die was op slot. Zoals hij al had verwacht, paste de sleutel van Ansons huis ook op deze deur.

Ansons kantoor bleek de ruimte te beslaan die normaal gesproken het woongedeelte en het eetgedeelte zouden vormen. De schilderijen met zeegezichten waren van kunstenaars die ook in het voorste appartement vertegenwoordigd waren.

Vier computers werden bediend vanuit een enkele kantoorstoel met wieltjes eronder. De omvang van de computerkasten, die veel groter waren dan wat je normaal in een huis zag, suggereerde dat er voor zijn werk snelle gegevensverwerking nodig was en dat er veel en grote bestanden zouden zijn.

Mitch was niet zo thuis met computers. Hij maakte zich geen illusies dat hij deze apparaten kon opstarten en achter de aard van het werk kon komen waarvan zijn broer rijk was geworden.

Bovendien zou Anson wel een heleboel beveiliging, wachtwoorden en procedures hebben geïnstalleerd om zelfs serieuze hackers buiten te houden. In de verhalen die hem als jongen zo geboeid hadden, was hij altijd weg geweest van de uitgebreide codes en geheimzinnige symbolen op de kaarten die piraten tekenden om de plek aan te geven waar ze hun schatten hadden begraven.

Mitch ging weg, deed de deur op slot en daalde af naar de eerste van de garages. Hier stonden de Expedition waarmee hij naar Campbells landgoed in Rancho Santa Fe was gereden en de Buick Super Woody Wagon uit 1947.

In de andere dubbele garage trof hij een lege plek aan en zijn eigen Honda, die hij op straat had laten staan.

Misschien had Anson hem daar neergezet nadat hij naar Orange was gereden en twee stukken tuingereedschap van Mitch had meegenomen, alsmede een paar van zijn kleren, vervolgens naar het huis van Daniel en Kathy om hen te vermoorden en daarna weer naar Mitch' huis om de belastende bewijzen daar neer te leggen.

Mitch deed de kofferbak open. Het lijk van John Knox lag nog verpakt in het verweerde stuk canvas.

Het ongeluk op de zolder leek heel lang geleden te zijn gebeurd, in een ander leven.

Hij keerde terug naar de eerste garage, startte de Expedition en zette hem op de lege plek in de tweede garage.

Nadat hij zijn Honda naast de Buick had gezet, deed hij de grote roldeur van die garage dicht.

Grimmig sjorde hij het onwillige lijk uit de kofferbak van de Honda. Toen het op de vloer van de garage lag, rolde hij het lijk uit het stuk canvas.

Er was nog geen sprake van echte ontbinding. Er kwam echter wel een sinistere, zoetzure geur van de dode man en Mitch wilde zo snel mogelijk weg.

De wind huilde langs de smalle, hoge ramen van de garage, alsof ze een voorliefde had voor macabere dingen en uit alle windstreken was gekomen om te zien hoe Mitch zijn afgrijselijke werk deed.

Hij bedacht dat al dat gesleep met lijken iets uit een blijspel moest lijken, vooral omdat bij Knox volledige lijkstijfheid was ingetreden en hij verdraaid lastig te verplaatsen was. Maar hij had op het moment een ernstig tekort aan lachhormonen.

Nadat hij Knox in de Buick had gelegd en de vijfde deur van de stationcar dicht had geslagen, vouwde hij het stuk canvas op en legde het in de kofferbak van de Honda. Later zou hij het in een afvalcontainer gooien of in een willekeurige afvalbak.

Hij kon zich niet herinneren dat hij ooit zo uitgeput was geweest, lichamelijk, geestelijk en emotioneel. Zijn ogen brandden, zijn gewrichten leken half gesmolten en zijn spieren gaar genoeg om van de botten te vallen.

Misschien voorkwamen de suiker en de cafeïne in de Hershey-repen dat zijn motor afsloeg. Hij werd ook aangedreven door angst. Maar wat hem echt in beweging hield, was de gedachte aan Holly in handen van monsters.

Tot de dood ons scheidt had er in hun trouwbeloften gestaan. Maar voor Mitch hield zijn verplichting niet op als hij haar verloor. De verbintenis zou blijven. De rest van zijn leven zou een geduldig wachten worden.

Hij liep door het steegje naar de straat en de Chrysler Windsor en reed die terug naar de tweede garage. Hij parkeerde hem naast de Expedition en deed de roldeur dicht.

Toen keek hij op zijn horloge: 4:09.

Over negentig minuten, misschien iets langer, misschien iets korter, zou de razende wind de dageraad vanuit het oosten hiernaartoe blazen. Vanwege het stof dat hoog de atmosfeer in was geslingerd, zou het eerste licht roze zijn. Daarna zou het snel langs de hemel jagen en vervagen tot de kleur van een rijpere lucht terwijl het naar de zee werd geblazen.

Sinds hij Holly had ontmoet, was hij elke dag met hoge verwachtingen tegemoet getreden. Vandaag was dat anders.

Hij keerde terug naar het huis en merkte dat Anson in het washok inmiddels wakker was en in een afgrijselijke stemming verkeerde.

44

Er had zich een korst gevormd op de snee in zijn linkeroor en door zijn lichaamstemperatuur droogde het bloed dat langs zijn wang en nek was gedruppeld snel op.

Zijn goedmoedige uiterlijk had hardere randen gekregen, alsof door een genetische besmetting grote hoeveelheden wolven-DNA zijn gezicht hadden veranderd. Zijn kaken waren zo stevig op elkaar geklemd dat er knopen in zijn gezichtsspieren zaten en zijn ogen kookten van woede. Maar Anson bewaarde een ziedende stilte.

De wind was hier niet zo goed te horen. Door een ventilatie-pijpje kwamen gezucht en gefluister de droger in, zodat het leek alsof het apparaat werd bewoond door een gekwelde geest.

Mitch zei: 'Jij gaat me helpen Holly levend terug te krijgen.' Op die uitspraak kwam geen instemming en ook geen weigering, alleen een boze blik.

'Ze bellen over iets meer dan zeveneneenhalf uur met instructies om het geld over te maken.'

Vreemd genoeg leek Anson groter dan tevoren nu hij vastzat op die stoel. De handboeien benadrukten zijn lichamelijke kracht en het leek erop dat hij ze als een of andere mythische figuur zou kunnen verbreken alsof ze uit dunne draadjes bestonden als hij het hoogtepunt van zijn potentiële woede zou bereiken.

Anson had tijdens Mitch' afwezigheid vastbesloten geprobeerd de stoel los te krijgen van de wasmachine. De stalen poten van de stoel hadden over de tegelvloer geschraapt, zodat er sporen waren ontstaan die lieten zien hoe heftig de vergeefse poging was geweest. Bovendien stond de wasmachine niet meer netjes naast de wasdroger.

'Je zei dat je het per telefoon of per computer kon regelen,' merkte Mitch op. 'Je zei dat het hoogstens drie uur zou duren.'

Anson spuwde op de vloer.

'Als je acht miljoen hebt, kun je er wel twee missen voor Holly. Als het gedaan is, hoeven jij en ik elkaar nooit meer te zien. Je kunt teruggaan naar het riool dat je van je leven hebt gemaakt.'

Als Anson erachter kwam dat Mitch wist dat Daniel en Kathy dood in de leerkamer lagen, kon Mitch hem niet meer dwingen mee te werken. Hij zou denken dat Mitch de door hem neergelegde bewijzen al had weggehaald en het oog van de wet op de ware dader had gericht.

Zolang hij geloofde dat er nog niets over die moorden bekend was, kon hij hopen dat medewerking zou leiden tot een moment waarop Mitch een fout maakte en hij de rollen kon omdraaien.

'Campbell heeft je niet gewoon laten gaan,' zei Anson.

'Nee.'

'Hoe ben je dan...'

'Ik heb die twee kerels vermoord.'

'Jij?'

'En nu moet ik daarmee leven.'

'Heb jij Vosky en Creed om zeep geholpen?'

'Ik wist niet hoe ze heetten.'

'Dan weet je het nu.'

'Het is allemaal jouw schuld,' zei Mitch.

'Vosky en Creed? Dat bestaat niet.'

'Dan moet Campbell me hebben laten gaan.'

'Campbell zou je nooit laten gaan.'

'Je moet maar geloven wat je wilt.'

Anson keek hem van onder zijn samengetrokken wenkbrauwen zuur aan. 'Waar heb je die Taser vandaan?'

'Vosky en Creed,' loog Mitch.

'Je hebt hem gewoon van ze afgepakt, zeker?'

'Ik zei toch al, ik heb ze alles afgepakt. En nu geef ik jou een paar uur om na te denken.'

'Je kunt het geld krijgen.'

'Dat is niet waar ik wil dat je over nadenkt.'

'Je kunt het krijgen, maar onder bepaalde voorwaarden.'

'Jij bepaalt de regels niet meer,' zei Mitch.

'Het is mijn twee miljoen.'

'Nee, het is nu van mij. Ik heb het verdiend.'

'Rustig aan, ja?'

'Als jij in hun schoenen stond, zou je haar eerst verkrachten.'

'Hé, dat zei ik zomaar. Ik meende het niet.'

'Als jij in hun schoenen stond, zou je haar vermoorden, maar je zou haar eerst verkrachten.'

'Het was gewoon zo'n uitspraak die niets betekent. En in ieder geval sta ik niet in hun schoenen.'

'Nee, je staat niet in hun schoenen. Jij bent hier de oorzaak van.'

'Dat heb je mis. Sommige dingen gebeuren gewoon.'

'Als jij er niet was, zouden ze niet met mij gebeuren.'

'Als je het zo wilt zien, kan ik daar niets tegen doen.'

'Dit is waar ik wil dat je over nadenkt: wie ik nu ben.'

'Je wilt dat ik nadenk over wie jij bent?'

'Geen *fratello piccolo* meer. Begrijp je dat?'

'Maar je bent mijn broertje.'

'Als je zo over me blijft denken, ga je iets stoms doen waar ik vroeger in getrapt zou zijn, maar waar ik nu niet meer in trap.'

'Als we een afspraak kunnen maken, haal ik geen dingen uit.'

'We hebben al een afspraak gemaakt.'

'Je moet me een beetje ruimte geven, man.'

'Zodat jij me kunt belazeren?'

'We kunnen toch geen afspraken maken zonder een beetje vertrouwen in elkaar?'

'Ga jij daar nou maar eens zitten bedenken hoe snel je dood zou kunnen zijn.'

Mitch deed de lampen uit en stapte over de drempel.

In het donkere washok zonder ramen zei Anson: 'Wat doe je?'

'Ik zorg voor een goede leeromgeving,' zei Mitch, en hij deed de deur dicht.

'Mickey?' riep Anson.

Mickey. Na alles wat er gebeurd was. *Mickey.*

'Mickey, doe dit niet.'

Mitch schrobde met een heleboel zeep en heet water zijn handen en probeerde de tastbare herinnering aan het lijk van John Knox weg te wassen, want het voelde alsof die op zijn huid was gedrukt.

Uit de koelkast haalde hij een pakje met plakken kaas en een knijpfles mosterd. Hij vond een brood en maakte een boterham met kaas.

'Ik hoor je wel,' riep Anson vanuit het washok. 'Wat doe je, Mickey?'

Mitch legde de boterham op een bord. Hij voegde er een augurk aan toe en haalde een flesje bier uit de koelkast.

'Wat heeft dit voor zin, Mickey? We hebben al een afspraak. Dit is zinloos.'

Mitch zette een keukenstoel onder de knop van de deur naar het washok, zodat die vastzat.

'Wat is dat?' vroeg Anson. 'Wat gebeurt er?'

Mitch deed het licht in de keuken uit. Hij ging naar boven, naar Ansons slaapkamer.

Nadat hij het pistool en de Taser op het nachtkastje had gelegd, ging hij op het bed zitten met zijn rug tegen het beklede hoofdeinde.

Hij sloeg de zijden beddensprei niet open. Hij deed zijn schoenen niet uit.

Nadat hij de boterham en de augurk had opgegeten en het bier had opgedronken, zette hij de wekkerradio op 8:30.

Hij wilde Anson de tijd geven om na te denken, maar hij nam deze rustpauze van vier uur voornamelijk omdat zijn eigen denken traag was geworden door uitputting. Hij moest een helder hoofd hebben voor wat er nog ging komen.

De wind joeg over het dak, sloeg tegen de ramen, sprak met de wilde stem van een menigte en leek hem te bespotten en te beloven dat al zijn plannen op chaos zouden uitlopen.

Dit was een Santa Ana, een droge wind die vocht wegtrok uit de vegetatie in de canyons waar veel woongemeenschappen in zuidelijk Californië omheen waren gebouwd, zodat de dichte begroeiing veranderde in brandhout. Een pyromaan gooide een brandende lap weg, een andere gebruikte een sigarettenaansteker of een lucifer en de nieuwsberichten spraken dagenlang over niets anders dan brand.

De gordijnen waren dicht en toen hij de lamp uitdeed, viel er een deken van duisternis over hem heen. De nachtlampjes van Anson gebruikte hij niet.

Hij zag het lieve gezicht van Holly voor zich en zei hardop: 'God, geef me alstublieft de kracht en de wijsheid om haar te helpen.'

Dit was de eerste keer in zijn leven dat hij tot God had gesproken.

Hij beloofde geen vroomheid en liefdadigheid. Hij geloofde niet dat het zo werkte. Je kon geen deal sluiten met God.

Hij dacht niet dat hij zou kunnen slapen nu de belangrijkste dag van zijn leven op het punt stond aan te breken, maar hij viel toch in slaap.

45

De spijker wacht.

Holly zit in het donker naar de wind te luisteren en de medaille van Sint Christoffel te betasten.

Ze zet het blikje Pepsi opzij zonder het leeg te drinken. Ze wil de steek niet weer hoeven gebruiken, in ieder geval niet als de dienstdoende schoft de schoft is met de witte, haarloze handen.

Ze krijgt rillingen van de gedachte dat hij haar steek leegt. Alleen al om het hem te vragen zou een ondraaglijke intimiteit scheppen.

Terwijl ze met haar linkerhand de medaille betast, valt haar rechterhand op haar buik. Haar middel is smal en haar buik plat. Het kind groeit in haar, heimelijk en alleen voor haar, als een droom.

Ze zeggen dat je kind een hoger IQ krijgt als je tijdens je zwangerschap naar klassieke muziek luistert. Als baby zal hij of zij minder huilen en meer tevreden zijn.

Dat zou waar kunnen zijn. Het leven is ingewikkeld en mysterieus. Oorzaak en gevolg zijn niet altijd duidelijk. Volgens de kwantumfysica komt het gevolg soms voor de oorzaak. Ze heeft daar eens een programma van een uur over bekeken op Discovery Channel. Het had haar niet veel gezegd en de wetenschappers die de verschillende fenomenen beschreven, gaven toe dat ze er geen verklaring voor hadden en ze alleen hadden geobserveerd.

Ze beweegt haar hand in langzame cirkels over haar buik en bedenkt hoe fijn het zou zijn als de baby een beweging maakte die zij kon voelen. Maar het kind is in dit stadium natuurlijk niet meer dan een klompje cellen, nog niet in staat om zijn moeder met een schop gedag te zeggen.

Maar zelfs nu is het volle potentieel aanwezig, een piepkleine persoon in de schelp van haar lichaam, als een parel die gestaag groeit in een oester, en alles wat ze doet zal effect hebben op deze kleine passagier. Geen wijn meer bij het diner. Veel minder koffie. Regelmatige, maar verstandige lichaamsbeweging. Geen ontvoeringen meer.

Sint Christoffel, de beschermheilige van de kinderen, heeft haar heel anders tegen de spijker doen aankijken terwijl ze zijn beeltenis blindelings aftast met haar vingertoppen.

Het is waarschijnlijk overdreven om het idee dat baby's al in de baarmoeder dingen leren zo ver door te voeren. Toch lijkt het haar dat het zeker effect zal hebben op de baby als ze tijdens haar zwangerschap een spijker in iemands halsslagader of door zijn oog in zijn hersenen steekt.

Heel sterke emoties – alweer volgens Discovery Channel – zorgen ervoor dat de hersenen een ware vloed van hormonen of andere chemische stoffen de bloedbaan in sturen. Een vlaag van moorddadige razernij kun je – dat weet ze zeker – wel een sterke emotie noemen.

Als te veel cafeïne in het bloed het ongeboren kind in gevaar kan brengen, kunnen vloedgolven van moordlustige enzymen zeker niet wenselijk zijn. Ze wil de spijker natuurlijk inzetten tegen een slechterik, maar de baby kan niet weten of het slachtoffer echt een slechterik is.

De baby zal heus niet worden geboren met moorddadige neigingen vanwege een enkel voorval van gewelddadige zelfverdediging. Toch blijft Holly piekeren over de spijker.

Misschien is dat irrationele gepieker wel een symptoom van haar zwangerschap, net als misselijkheid, waar ze nog geen last van heeft gehad, of een verlangen naar chocolade-ijs met augurken.

Voorzichtigheid speelt ook een rol in deze heroverweging van haar plannen met de spijker. Als je te maken hebt met mensen zoals haar ontvoerders, kun je je beter niet tegen hen verzetten als je er niet zeker van bent dat je aanval succes zal hebben.

Als je probeert een spijker door iemands oog te steken, maar hem in plaats daarvan in de neus raakt, krijg je te maken met een boze psychopaat met een zere neus. Dat is geen goed idee.

Ze zit nog steeds de medaille te betasten en te overwegen welke voor- en nadelen het heeft om gewelddadige gangsters te lijf te gaan met een spijker van acht centimeter als de vertegenwoordiger van de vvv van New Mexico terugkomt.

Hij komt net als tevoren achter een half afgeplakte zaklamp en heeft nog steeds de handen van een pianist uit de hel. Hij knielt voor haar en legt de zaklamp op de vloer.

'Je vindt het medaillon mooi.' Het klinkt alsof het hem genoegen doet te zien dat ze het ding betast alsof het een rozenkrans is.

Haar instinct moedigt haar aan zijn vreemde spelletje mee te spelen. 'Het... voelt interessant.'

'Het meisje in de lijkkist droeg een eenvoudig wit jurkje met goedkope kant aan de kraag en de manchetten. Ze zag er zo vredig uit.'

Hij heeft alle losse velletjes van zijn kapotte lippen gebeten. Er zitten rode vlekken op en ze lijken gezwollen en pijnlijk.

'Ze droeg witte gardenia's in haar haar. Toen we het deksel van de kist haalden, was de opgesloten geur van de gardenia's intens.'

Holly doet haar ogen dicht om zijn blik te mijden.

'We hebben het medaillon en het beeldje van Assepoester meegenomen naar een plek bij Angel Fire. Daar is een maalstroom.'

Hij denkt blijkbaar dat ze weet wat hij bedoelt met *maalstroom*.

Zijn zachte stem wordt nog zachter, bijna bedroefd, als hij eraan toevoegt: 'Ik heb ze allebei in hun slaap vermoord.'

Even denkt ze dat deze verklaring iets te maken heeft met de maalstroom in Angel Fire, en ze probeert hem in die context te plaatsen. Maar als ze beseft wat hij werkelijk bedoelt, doet ze haar ogen open.

'Ze deden alsof ze niet wisten wat er met John Knox is gebeurd, maar een van hen moest het weten, en waarschijnlijk allebei.'

In een kamer in de buurt liggen twee dode mannen. Ze heeft geen schoten gehoord. Misschien heeft hij hen de keel afgesneden.

Ze ziet voor zich hoe zijn bleke, haarloze handen een scheermes hanteren met de behendigheid van een goochelaar die munten over zijn knokkels laat rollen.

Holly is gewend geraakt aan de boei om haar enkel, aan de ketting die haar vastzet aan een ring in de vloer. Plotseling is ze zich er weer scherp van bewust dat ze niet alleen gevangenzit in een kamer zonder ramen, maar dat ze in die kamer ook niet verder kan komen dan haar ketting reikt.

Hij zegt: 'Ik zou de volgende zijn geweest, en dan hadden ze met zijn tweeën kunnen delen.'

Vijf mensen hadden haar ontvoering op touw gezet. Er was er maar één over.

Als hij haar aanraakt, is er niemand die kan reageren op haar gegil. Ze zijn alleen.

'Wat gebeurt er nu?' vraagt ze, maar ze wenst meteen dat ze het niet had gedaan.

'Ik spreek je man om twaalf uur, zoals afgesproken. Anson zal hem het geld hebben voorgeschoten. Daarna is het aan jou.'

Ze ontleedt zijn derde zin, maar het is een droge citroen waar ze geen druppel sap uit krijgt. 'Wat bedoel je daarmee?'

Hij geeft geen antwoord op haar vraag, maar zegt: 'In augustus is er bij het kerkelijke festival altijd een kleine kermis in Penasco.'

Ze heeft het krankzinnige gevoel dat zijn gezicht geen andere trekken zal blijken te hebben dan de blauwe ogen en de mond met de gele tanden en kapotte lippen als ze zijn gebreide bivakmuts zou afrukken. Geen wenkbrauwen, geen neus, geen oren, de huid zo glad en karakterloos als wit vinyl.

'Alleen een reuzenrad, een paar andere attracties en een paar spelletjes, en vorig jaar een waarzegster.'

Zijn handen gaan omhoog om de vorm van het reuzenrad aan te geven en komen weer tot rust op zijn bovenbenen.

'De waarzegster noemt zichzelf Madame Tiresias, maar dat is natuurlijk niet haar echte naam.'

Holly klemt het medaillon zo stevig in haar hand dat haar knokkels pijn doen en het beeld van de heilige ongetwijfeld in haar palm staat gedrukt.

'Madame Tiresias is een bedriegster, maar het gekke is dat ze gaven heeft waarvan ze zich niet bewust is.'

Hij zwijgt na elke zin alsof wat hij heeft gezegd zo'n diepgaande betekenis heeft dat hij haar de tijd wil geven om die in zich op te nemen.

'Ze zou de mensen niet hoeven bedriegen als ze zou weten wat ze in werkelijkheid is, en dat wil ik haar dit jaar laten zien.'

Het kost moeite om iets te zeggen zonder trilling in haar stem, maar Holly brengt hem terug naar de vraag waarop hij geen antwoord wilde geven. 'Wat bedoelde je, dat het daarna aan mij is?'

Als hij glimlacht, verdwijnt een deel van zijn mond uit de horizontale spleet in zijn masker. Daardoor lijkt zijn glimlach sluw en veelzeggend, alsof geen geheim veilig is voor hem.

'Je weet wat ik bedoel,' zegt hij. 'Je bent Madame Tiresias niet. Je kent jezelf ten volle.'

Ze voelt dat hij zijn geduld zal verliezen en misschien boos zal worden als ze dit ontkent. Zijn zachte stem en zijn vriendelijkheid zijn schaapskleren en Holly wil de wolf daaronder niet provoceren.

'Je hebt me zoveel gegeven om over na te denken,' zegt ze.

'Dat weet ik. Je hebt achter een gordijn geleefd en nu weet je dat daar niet alleen een raam achter zit, maar een hele nieuwe wereld.'

Bang dat één verkeerd woord de betovering zal verbreken die de moordenaar heeft geschapen, zegt Holly alleen: 'Ja.'

Hij komt overeind. 'Je hebt nog een paar uur om je beslissing te nemen. Heb je iets nodig?'

Een geweer, denkt ze, maar ze zegt: 'Nee.'

'Ik weet wat je beslissing zal zijn, maar je moet hem zelf nemen. Ben je ooit in Guadalupita geweest?'

'Nee.'

Zijn glimlach krult achter de spleet in het zwarte masker. 'Je zult erheen gaan en verbaasd staan.'

Hij volgt zijn zaklamp en laat haar in het donker achter.

Holly komt geleidelijk tot het besef dat het nog steeds hard waait. Vanaf het moment dat hij haar heeft verteld dat hij de andere ontvoerders heeft vermoord, was de wind uit haar bewustzijn verdwenen.

Een tijd lang heeft ze alleen zijn stem gehoord. Zijn buigzame, doordringende stem.

Ze heeft zelfs haar hart niet gehoord, maar nu hoort ze het wel en ze voelt het ook: het bonst zo dat haar ribbenkast ervan trilt.

De baby, een piepklein klompje cellen, wordt nu gebaad in de vecht-of-vluchtchemicaliën die op een teken van haar hersenen in haar bloed zijn losgelaten. Misschien is dat niet zo slecht. Misschien is het zelfs goed. Misschien wordt baby Rafferty, hij of zij, harder dan anders het geval zou zijn geweest nu hij in die vloedgolf wordt ondergedompeld.

Dit is een wereld die van goede mensen eist dat ze steeds harder worden.

Holly gaat ijverig met de medaille van Sint Christoffel aan het werk om de koppige spijker los te krijgen.

DEEL DRIE

TOT DE DOOD
ONS SCHEIDT

46

Mitch werd om halfnegen wakker van de wekker en de wind die zijn dromen had geplaagd, woedde nog steeds in de echte wereld.

Hij bleef een minuutje op de rand van het bed zitten geeuwen en keek naar de ruggen en toen naar de palmen van zijn handen. Na wat die handen de vorige nacht hadden gedaan, zouden ze er anders uit moeten zien dan daarvoor, maar hij zag niets.

Toen hij langs de spiegeldeuren van de kast liep, zag hij dat zijn kleren niet overdreven gekreukt waren. Hij was wakker geworden in dezelfde houding waarin hij in slaap was gevallen en hij moest in die vier uur helemaal niet bewogen hebben.

Hij doorzocht de laatjes in de badkamer en vond daar verschillende verpakte tandenborstels. Hij pakte er een uit en gebruikte hem, en daarna schoor hij zich met Ansons elektrische apparaat.

Hij pakte het pistool en de Taser en ging naar de keuken.

De stoel stond nog steeds onder de deurknop van het washok. Er kwam geen geluid uit die ruimte.

Hij brak drie eieren, bracht ze op smaak met tabascosaus, bakte ze, strooide er Parmezaanse kaas over en at ze met twee sneetjes beboterd brood en een glas sinaasappelsap.

Uit gewoonte stapelde hij de vaat op om af te wassen, maar toen besefte hij hoe absurd het was om onder deze omstandigheden de attente gast uit te hangen. Hij liet de vuile vaat op tafel staan.

Toen hij het washok opendeed en het licht aan knipte, bleek Anson nog goed vast te zitten, maar hij was wel doornat van het zweet. Het was niet abnormaal warm in het kamertje.

'Heb je erover nagedacht wie ik ben?' vroeg Mitch.

Anson leek niet meer boos te zijn. Hij zat onderuitgezakt op de stoel en liet zijn grote hoofd hangen. Daardoor leek hij op een of andere manier kleiner geworden.

Toen zijn broer geen antwoord gaf, herhaalde Mitch de vraag: 'Heb je erover nagedacht wie ik ben?'

Anson hief zijn hoofd. Zijn ogen waren bloeddoorlopen, maar zijn lippen waren bleek. In de stoppels op zijn onderkaak hingen glinsterende zweetdruppels.

'Ik ben er slecht aan toe,' klaagde hij met een stemmetje dat hij nog nooit eerder had opgezet, een stemmetje met een jankende, klagende ondertoon, die aangaf dat hij zich slecht behandeld voelde.

'Nog één keer. Heb je nagedacht over wie ik ben?'

'Jij bent Mitch, maar je bent niet de Mitch die ik ken.'

'Dat is een begin.'

'Je hebt nu iets… Ik weet niet wat je bent.'

'Ik ben een echtgenoot. Ik kweek dingen. Houd ze in stand.'

'Wat heeft dat nou weer te betekenen?'

'Ik verwacht niet dat je dat begrijpt.'

'Ik moet naar de wc.'

'Ga je gang.'

'Ik knap bijna. Ik moet echt piesen.'

'Ik heb er geen last van.'

'Bedoel je dat ik het hier moet doen?'

'Smerig, maar wel gemakkelijk.'

'Doe me dit niet aan, broertje.'

'Noem me geen broertje.'

Anson zei: 'Je bent nog steeds mijn broer.'

'In biologisch opzicht.'

'Man, dit is niet goed.'

'Nee, dat is het ook niet.'

De poten van de stoel hadden nog veel meer glazuur van de vloertegels geschraapt. Twee tegels waren gebarsten.

'Waar bewaar je je contanten?' vroeg Mitch.

'Ik zou jou nooit zo vernederen.'

'Je hebt me overgeleverd aan twee moordenaars.'

'Ik heb je niet eerst vernederd.'

'Je zei dat je mijn vrouw zou verkrachten en vermoorden.'

'Heb je het daar nou nog steeds over? Dat heb ik uitgelegd.'

Hij had zo heftig geworsteld om de stoel los te krijgen van de wasmachine dat het dikke, oranje verlengsnoer een deuk had gemaakt in de metalen hoek van het apparaat.

'Waar bewaar je de contanten, Anson?'

'Ik zal misschien een paar honderd dollar in mijn portefeuille hebben.'

'Ik ben niet gek. Probeer me niet voor de gek te houden.'

Ansons stem brak. 'Dit doet verdomde zeer.'

'Wat?'

'Mijn armen. Mijn schouders staan in brand. Laat me van houding veranderen. Bind mijn handen voor mijn lichaam. Dit is een marteling.'

Anson pruilde bijna en zag eruit als een groot kind. Een kind met het kille, berekenende brein van een reptiel.

'We praten eerst over het contante geld,' zei Mitch.

'Denk je soms dat hier contant geld is, een heleboel contant geld? Dat is er niet.'

'Als ik het geld overmaak, zie ik Holly nooit meer.'

'Misschien toch wel. Ze willen niet dat jij bij de politie gaat uithuilen.'

'Ze zullen niet het risico nemen dat ze hen voor de rechter kan identificeren.'

'Campbell zou ze kunnen overhalen het op te geven.'

'Door hun moeders in elkaar te slaan en hun zussen te verkrachten?'

'Wil je Holly terug of niet?'

'Ik heb twee van zijn mannen vermoord. Zou hij me nu nog helpen?'

'Misschien wel. Hij zou respect voor je hebben.'

'Dat zou niet wederzijds zijn.'

'Man, je moet een beetje flexibel blijven.'

'Ik ga de ontvoerders vertellen dat ik het persoonlijk en in contanten kom overhandigen.'

'Dat gaat niet gebeuren.'

'Jij hebt ergens contanten,' hield Mitch vol.

'Geld brengt rente op, dividenden. Ik stop het niet in een matras.'

'Je las altijd piratenverhalen.'

'En wat dan nog?'

'Jij identificeerde je met die piraten, je dacht dat ze ontzettend gaaf waren.'

Anson trok een gezicht alsof hij pijn had en zei: 'Alsjeblieft, man, laat me naar de wc gaan. Dit is echt heel erg.'

'Nu ben je een piraat. Je hebt zelfs je eigen boot en gaat je zaken regelen vanaf zee. Piraten zetten hun geld niet op de bank. Ze willen het aanraken, ernaar kijken. Ze begraven het op verschillende plekken zodat ze er gemakkelijk bij kunnen als hun geluk opraakt.'

'Mitch, alsjeblieft man, ik heb kramp in mijn blaas.'

'Het geld dat je verdient met het advieswerk, ja, dat gaat naar de bank. Maar het geld van de karweitjes die – hoe zei je het ook weer? – die meer crimineel van aard waren, zoals het karwei dat je met die mannen hebt gedaan en waarna je ze hebt bedrogen bij de verdeling, dát gaat niet naar de bank. Je betaalt er geen belasting over.'

Anson zei niets.

'Ik ben niet van plan je naar je kantoor te brengen en toe te kijken terwijl jij met de computer geld heen en weer schuift en een overboeking regelt. Je bent groter dan ik. Je bent wanhopig. Ik ga je geen kans geven om me te grazen te nemen. Jij blijft op die stoel zitten tot het voorbij is.'

Anson zei beschuldigend: 'Ik ben er altijd voor je geweest.'

'Niet altijd.'

'Als kinderen, bedoel ik. Ik was er altijd voor je toen we klein waren.'

'Eigenlijk,' zei Mitch, 'waren we er voor elkaar.'

'Precies. Dat klopt. Echte broers. Zo kan het weer worden,' verzekerde Anson hem.

'O ja? En hoe moeten we dat voor elkaar krijgen?'

'Ik zeg niet dat het gemakkelijk zal zijn. Misschien moeten we beginnen met een beetje eerlijkheid. Ik ben in de fout gegaan,

Mitch. Ik heb je iets verschrikkelijks aangedaan. Maar ik had drugs gebruikt, man, en daardoor kon ik niet meer normaal denken.'

'Jij had helemaal geen drugs gebruikt. Probeer niet het daarop te gooien. Waar is het geld?'

'Broer, ik zweer je dat het zwarte geld allemaal witgewassen wordt. Het komt uiteindelijk ook op de bank te staan.'

'Ik geloof er niets van.'

'Je kunt me vermorzelen, maar dat verandert niets aan de waarheid.'

'Waarom denk je er niet nog wat langer over na?' raadde Mitch hem aan.

'Er is niets om over na te denken. Het is zoals het is.'

Mitch deed het licht uit.

'Hé, niet doen,' zei Anson klagend.

Mitch stapte over de drempel, trok de deur dicht en sloot zijn broer op in het donker.

47

Mitch begon op zolder. Een luik in de inloopkast in de grote slaapkamer gaf toegang tot de bovenste verdieping.

Twee kale gloeilampen konden de hoge ruimte niet voldoende
verlichten, maar onthulden wel de spinnenwebben in de hoeken
van de dakbalken.

Bij elke kier in het dak klonk een gretige ademhaling, een gesis en een hongerig gehijg, alsof de zolder een kanariekooi was en
de wind een uitgehongerde kat.

De Santa Anawind was zo verontrustend dat zelfs de spinnen
erdoor van slag raakten. Ze bewogen rusteloos in hun webben.

Er was niets opgeslagen op de zolder. Hij wilde zich al terugtrekken toen hij door een ingeving werd tegengehouden.

De lege ruimte had een vloer van vezelplaten. Anson zou waarschijnlijk geen grote hoeveelheid contant geld verstoppen onder
een vezelplaat met zestien spijkers erin. Hij zou er in een nood-
geval niet snel genoeg bij kunnen komen.

Toch liep Mitch heen en weer, bukkend om de lage balken te
ontwijken en luisterend naar zijn holle voetstappen. Hij werd overvallen door een vreemd, profetisch gevoel, alsof hij op de rand
stond van een ontdekking.

Zijn blik viel op een spijker. De andere spijkers in de vloer waren helemaal in het hout geslagen, maar deze stak er ongeveer een
centimeter uit.

Hij knielde voor de spijker om hem te bekijken. De kop was
breed en plat. Te oordelen naar de omvang van de kop en de dik-

te van het korte stukje daaronder was de spijker minstens acht centimeter lang.

Toen hij de spijker tussen duim en wijsvinger nam en hem heen en weer probeerde te bewegen, bleek hij stevig vast te zitten.

Hij kreeg een heel vreemd gevoel, dat leek op wat hij had ervaren toen hij voor het eerst het veld met gras had gezien, dat door de bries en het maanlicht in een zilveren draaikolk was veranderd. Hetzelfde gevoel, maar toch anders.

Plotseling voelde hij zich zo dicht bij Holly dat hij over zijn schouder keek, half verwachtend dat ze daar zou staan. Het gevoel verdween niet, maar werd sterker tot hij kippenvel had in zijn nek.

Hij verliet de zolder en ging naar de keuken. In de la waarin hij de autosleutels had gevonden, lagen ook een paar van de meest gebruikte stukken gereedschap. Hij haalde er een schroevendraaier en een klauwhamer uit.

Anson riep vanuit het washok: 'Wat ben je aan het doen?'

Mitch antwoordde niet.

Toen hij weer op de zolder was, trok hij met de klauwhamer de spijker uit het hout. Daarna zette hij de schroevendraaier tegen de kop van de volgende spijker, tikte met de hamer tegen het handvat en werkte het ding een centimeter uit het hout, zodat hij hem er met de klauwhamer uit kon trekken.

De verontruste spinnen plukten stille arpeggio's uit hun zijden harpen en de wind zweeg geen moment.

Het kippenvel in zijn nek breidde zich bij iedere nieuwe spijker uit. Toen de laatste eruit was, tilde hij gretig de vezelplaat op.

Hij zag alleen maar vloerbalken. In de ruimtes tussen de balken lagen isolatiedekens van fiberglas.

Hij tilde het fiberglas eruit. Er was geen kluis onder de isolatie verborgen en ook geen in plastic verpakt contant geld.

Het profetische gevoel was weggeëbd, net als het gevoel dat hij zich op de een of andere manier heel dicht bij Holly had bevonden. Hij bleef verbaasd zitten.

Maar wat had dat dan te betekenen?

Hij bekeek de zolder, maar voelde geen aandrang om nog meer vezelplaten los te halen.

Zijn eerste ingeving was juist geweest. Al was het maar voor als er brand uitbrak. Anson zou nooit een heleboel geld verstoppen op een plek waar hij er niet snel bij kon komen.

Mitch liet de spinnen achter in het duister en bij de zoekende wind.

Hij duwde de vlizotrap omhoog, sloot het luik en zette zijn zoektocht voort in de inloopkast. Hij keek achter de hangende kleren, controleerde laden op valse bodems, voelde onder elke plank naar een uitsteeksel dat een paneel zou kunnen laten openspringen.

In de slaapkamer keek hij achter de schilderijen in de hoop een wandkluis aan te treffen, hoewel hij betwijfelde of Anson een zo voor de hand liggende plek gekozen zou hebben. Hij rolde zelfs het enorme bed van zijn plek, maar vond geen los stuk tapijt waaronder een vloerkluis kon schuilgaan.

Mitch inspecteerde twee badkamers, een gangkast en twee extra slaapkamers die niet waren ingericht. Niets.

Beneden begon hij in de studeerkamer vol boeken en met mahoniehouten betimmering. Daar waren zo veel potentiële verstopplekken dat hij nog maar half klaar was met die kamer toen hij op zijn horloge keek en zag dat het 11.33 uur was.

Over zevenentwintig minuten zouden de ontvoerders bellen.

Hij liep naar de keuken, pakte het pistool en ging naar het washok. Toen hij de deur opendeed, kwam de stank van urine hem tegemoet.

Hij deed het licht aan en zag Anson in al zijn ellende.

Het grootste deel van de stroom was opgenomen door zijn broek, zijn sokken en zijn schoenen, maar er had zich ook een kleine, gele plas gevormd op de tegels onder zijn stoel.

De gevoelens van een sociopaat die het dichtst normale menselijke emoties benaderen, zijn – behalve woede – eigenliefde en zelfmedelijden, de enige liefde en het enige medelijden waartoe hij in staat is. Hun extreme eigenliefde gaat verder dan puur egocentrisme.

Een psychotische eigenliefde omvat niets waardevols, zoals zelfrespect, maar wel een soort buitensporige trots. Anson kon geen schaamte voelen, maar zijn trots was van een heel hoog voetstuk in een moeras van zelfmedelijden gevallen.

Zijn bruine huid kon de asgrauwe tint die daaronder zat niet

240

verdoezelen. Zijn gezicht leek sponzig als een paddenstoel. De bloeddoorlopen ogen waren doffe, gekwelde poelen.

'Kijk nou wat je me hebt aangedaan,' zei hij.

'Dat heb je aan jezelf te danken.'

Als het zelfmedelijden ruimte overliet voor woede, verborg hij dat goed.

'Dit is ziek, man.'

'Erg ziek,' beaamde Mitch.

'Jij lacht je zeker rot.'

'Nee. Hier is niets grappigs aan.'

'Je lacht vanbinnen.'

'Ik vind dit afschuwelijk.'

'Als je het zo afschuwelijk vindt, waar is je schaamte dan?'

Mitch zei niets.

'Waar is je rode gezicht? Waar is mijn blozende broertje?'

'De tijd raakt op, Anson. Ze bellen zo. Ik wil het geld.'

'En wat krijg ik? Wat schiet ik ermee op? Waarom moet ik altijd maar geven?'

Mitch stak zijn arm recht vooruit, nam de houding aan die Campbell tegenover hem had aangenomen en richtte het pistool op het gezicht van zijn broer.

'Als jij me het geld geeft, laat ik jou leven.'

'Wat zou dat voor leven zijn?'

'Je houdt al het andere dat je hebt. Ik betaal het losgeld en handel dit af zonder dat de politie ooit te weten komt dat er iemand ontvoerd is, dus hoeven ze ook geen verklaring van jou.'

Anson dacht ongetwijfeld aan Daniel en Kathy.

'Je kunt verder gaan waar je gebleven was,' loog Mitch, 'en je leven inrichten zoals je dat zelf wilt.'

Anson zou de dood van hun ouders met gemak in de schoenen van Mitch hebben kunnen schuiven als Mitch dood en begraven was in een onvindbaar woestijngraf. Maar dat was nu niet zo gemakkelijk.

'Ik geef je het geld,' zei Anson, 'en jij maakt me los.'

'Zo is het.'

Hij zei argwanend: 'Hoe dan?'

'Voordat ik vertrek om Holly te ruilen tegen het geld, geef ik je nog een schok met de Taser en daarna maak ik je handboeien los. Ik ga weg terwijl jij nog ligt te schokken.'

Anson dacht erover na.

'Kom op, piratenjongen. Geef mij de schat. Als je me niet vertelt waar hij is voordat de telefoon overgaat, is het voorbij.'

Anson keek hem recht aan.

Mitch wendde zijn blik niet af. 'Ik doe het echt.'

'Je bent precies zoals ik,' zei Anson.

'Als je dat graag wilt denken.'

Anson bleef hem strak aankijken. Zijn ogen stonden stoutmoedig. Zijn blik was direct en doordringend.

Hij was vastgeketend aan een stoel. Zijn schouders en zijn armen deden pijn. Hij had in zijn broek geplast. Hij keek in de loop van een pistool.

Toch was zijn blik vast en berekenend. In zijn hoofd leek nu een kerkhofrat te zitten die nesten had gemaakt in een serie schedels en met ratachtige sluwheid naar buiten tuurde.

'Er is een vloerkluis in de keuken,' zei Anson.

48

Het kastje aan de linkerkant van de gootsteenbak had twee uitschuifbare planken. Er stonden potten en pannen op.

In een minuutje had Mitch de planken naar voren getrokken en ze losgemaakt van de rails waarover ze rolden, zodat de bodem van het kastje zichtbaar werd.

In de vier hoeken leken kleine, houten wiggen te zitten. In feite hielden ze alleen het losse vloerpaneel op zijn plek.

Hij haalde ze weg, tilde de vloer uit het kastje en zag de plaat beton waarop het huis was gebouwd. In het beton was een vloerkluis verzonken.

De combinatie die Anson hem had gegeven, werkte meteen. De zware klep ging open.

De brandvrije doos was ongeveer zestig centimeter lang, vijfenveertig centimeter breed en dertig centimeter diep. Er lagen dikke pakjes biljetten van honderd dollar in, gewikkeld in plasticfolie en vastgemaakt met doorzichtig plakband. In de kluis lag ook een grote envelop. Volgens Anson zaten er cheques aan toonder in, uitgegeven door een Zwitserse bank. Dat was bijna net zo goed contant geld als de biljetten van honderd dollar, maar compacter en gemakkelijker de grens over te krijgen.

Mitch bracht de schat over naar de keukentafel en controleerde de inhoud van de envelop. Hij telde zes cheques van elk honderdduizend Amerikaanse dollars, uit te betalen aan toonder, of die nu de koper was geweest of niet.

Nog maar een dag eerder had hij nooit verwacht zoveel geld bij elkaar te krijgen en hij dacht niet dat hij in zijn leven ooit nog zoveel contant geld bij elkaar had gezien. Toch voelde hij niet de minste verbazing of verrukking bij de aanblik van deze rijkdom.

Dit was het losgeld voor Holly en hij was dankbaar dat hij het had. Dit geld was ook de reden waarom ze was ontvoerd en daarom bezag hij het met zo veel afkeer dat hij het bijna niet kon aanraken.

De keukenklok stond op 11.54 uur.

Over zes minuten zouden ze bellen.

Hij keerde terug naar het washok, waar hij de deur open had gelaten en het licht aan.

Anson zat op de natte stoel, helemaal in zichzelf gekeerd en helemaal doordrenkt. Hij kwam pas terug naar het heden toen Mitch iets tegen hem zei.

'Zeshonderdduizend in cheques. Hoeveel in contanten?'

'De rest van het bedrag,' zei Anson.

'De rest van de twee miljoen? Dus er is een miljoen vierhonderdduizend aan contant geld?'

'Dat zei ik. Zei ik dat niet?'

'Ik ga het tellen.'

'Ga je gang.'

'Als het hele bedrag er niet is, gaat de afspraak niet door. Dan maak ik je niet los als ik wegga.'

Anson ratelde gefrustreerd met de handboeien tegen de stoel. 'Wat wil je met me doen?'

'Ik zeg gewoon waar het op staat. Als ik me aan de afspraak moet houden, moet jij dat ook doen. Ik begin nu te tellen.'

Mitch wendde zich af van de deur en keek naar de keukentafel, en Anson zei: 'Er is achthonderdduizend dollar aan contant geld.'

'Niet een miljoen vierhonderdduizend?'

'De hele buit, contanten en cheques, is een miljoen vierhonderdduizend. Ik was even in de war.'

'Ja. In de war. Ik moet nog zeshonderdduizend hebben.'

'Meer is er niet. Meer heb ik niet.'

'Je zei ook dat je dit niet had.'

'Ik lieg niet altijd,' zei Anson.

'Piraten begraven nooit alles wat ze hebben op één plek.'

'Hou je nou eens op met dat piratengedoe?'

'Waarom? Omdat het je het gevoel geeft dat je nooit volwassen bent geworden?'

De klok stond op 11.55 uur.

Plotseling kreeg Mitch een idee en hij zei: 'Ik moet stoppen met dat piratengedoe omdat ik anders wel eens aan je boot kan gaan denken. Je hebt een zeiljacht gekocht. Hoeveel heb je aan boord weggestopt?'

'Niets. Er is niets op de boot. Ik heb nog geen tijd gehad een kluis in te laten bouwen.'

'Als ze Holly vermoorden, ga ik hier je papieren zitten bekijken,' zei Mitch. 'Zo kom ik achter de naam van de boot en de ligplaats. Daarna ga ik naar de haven met een bijl en een elektrische boor.'

'Je doet maar wat je moet doen.'

'Ik breek hem van boeg tot achtersteven open en als ik het geld vind en weet dat je tegen me gelogen hebt, kom ik terug en plak ik je mond dicht, zodat je niet meer tegen me kunt liegen.'

'Ik zeg je de waarheid.'

'Ik sluit je hier op in het donker, zonder water en zonder voedsel, tot je in je eigen vuil gestorven bent van uitdroging. Ik ga hier in de keuken aan jouw tafel zitten en jouw eten opeten en luisteren hoe jij in het donker doodgaat.'

Mitch geloofde niet dat hij iemand op zo'n wrede manier zou kunnen doden, maar zijn woorden klonken zelfs in zijn eigen oren hard en koud en overtuigend.

Als hij Holly kwijtraakte, was er misschien inderdaad van alles mogelijk. Door haar was hij volledig tot leven gekomen. Zonder haar zou een deel van hem doodgaan en zou hij niet meer de man zijn die hij was.

Anson leek hetzelfde te denken, want hij zei: 'Goed dan. Oké. Vierhonderdduizend.'

'Wat?'

'In de boot. Ik zal je vertellen waar je het kunt vinden.'

'Dan komen we nog steeds tweehonderdduizend te kort.'

'Meer is er niet. Niet in contanten. Ik zou eerst wat aandelen moeten verkopen.'

Mitch draaide zich om naar de keukenklok – 11:56.

'Nog vier minuten. Geen tijd meer voor leugens, Anson.'

'Zou je me voor een keer willen geloven? Voor één keer? Er is niet meer in contanten.'

'Ik moet de voorwaarden van de ruil al veranderen,' zei Mitch bezorgd. 'Geen overboeking. En nu moet ik ze ook nog tweehonderdduizend van de prijs laten afdoen.'

'Ze gaan er wel op in,' verzekerde Anson hem. 'Ik ken die klootzakken. Gaan die één komma acht miljoen weigeren? Absoluut niet. Niet deze klootzakken.'

'Je kunt maar beter gelijk hebben.'

'Hoor eens, tussen ons is het nu goed, ja toch? Is het niet goed tussen ons? Laat me dus niet in het donker achter.'

Mitch had zich al van hem afgewend. Hij deed het licht in het washok niet uit en deed ook de deur niet dicht.

Hij ging aan tafel naar het geld en de cheques zitten kijken. Toen pakte hij de pen en het aantekenboekje en ging hij naar de telefoon.

Hij kon bijna niet naar die telefoon kijken. De laatste tijd hadden telefoons hem niet bepaald goed nieuws gebracht.

Hij deed zijn ogen dicht.

Ze waren drie jaar geleden getrouwd zonder familie erbij. Dorothy, de grootmoeder die Holly had grootgebracht, was vijf maanden eerder plotseling overleden. Van vaderskant had ze nog een tante met twee kinderen. Ze kende hen niet. Zij bekommerden zich niet om haar.

Mitch kon zijn broer en drie zussen niet uitnodigen zonder ook zijn ouders een uitnodiging te sturen. Hij had Daniel en Kathy er niet bij willen hebben.

Niet omdat hij bitter was. Hij sloot ze niet buiten uit woede of voor straf. Hij was bang geweest voor hun aanwezigheid.

Dit huwelijk was zijn tweede kans op een gezin, en als het mislukte, zou hij niet de moed hebben het een derde keer te proberen. Daniel en Kathy waren een ziekte die een heel gezin kon ondermijnen, een ziekte die beslist de plant zou misvormen en de vruchten zou doen verschrompelen als ze toegang kreeg via de wortels.

Naderhand zeiden ze tegen zijn familie dat ze in het geheim waren getrouwd, maar in werkelijkheid hadden ze een korte ceremonie gehad en een receptie aan huis voor een beperkt aantal vrienden. Iggy had gelijk gehad: de band was waardeloos geweest. Te veel nummers met tamboerijnen. En een zanger die erg hield van lange passages in falsetstem.

Toen iedereen weg en de band een komische herinnering was, hadden hij en Holly samen gedanst bij de radio, op de verplaatsbare dansvloer die voor de gelegenheid in de achtertuin was neergelegd. Ze was zo mooi geweest in het maanlicht, bijna onwerelds, en hij had haar onbewust te stevig vastgehouden, alsof ze als een geest zou kunnen vervagen, tot ze had gezegd: 'Ik ben breekbaar, weet je.' Toen had hij zich ontspannen en had zij haar hoofd op zijn schouder gelegd. Hoewel hij normaal gesproken een onhandige danser was, had hij geen voet verkeerd gezet en om hen heen draaide de weelderige tuin die het resultaat was van zijn geduldige arbeid. Boven hen schenen de sterren die hij haar nooit had aangeboden omdat hij geen man was voor romantische uitspraken, maar ze bezat ze al en de maan boog ook voor haar, evenals alle hemelen en de nacht.

De telefoon ging.

49

Hij nam op toen het toestel voor de tweede keer rinkelde en zei: 'Met Mitch.'

'Hallo, Mitch. Voel je je een beetje hoopvol?'

Deze zachte stem was niet van de man die hij eerder aan de telefoon had gehad, en de verandering verontrustte Mitch.

'Ja. Ik ben hoopvol,' zei hij.

'Mooi. Zonder hoop wordt er niets bereikt. Hoop heeft mij van Angel Fire hiernaartoe gebracht, en hoop zal me weer terugbrengen.'

Bij nader inzien was het niet zozeer de verandering die Mitch zo verontrustte als de klank van die stem. De man sprak met een zachtmoedigheid die gewoon angstaanjagend was.

'Ik wil Holly spreken.'

'Natuurlijk. Zij is de vrouw van het uur, en ze houdt zich heel goed. Deze dame is een solide geest.'

Mitch wist niet wat hij daarvan moest denken. Wat de man over Holly had gezegd was waar, maar uit zijn mond klonk het eng.

Holly kwam aan de lijn. 'Is alles goed met jou, Mitch?'

'Best. Ik word gek, maar het gaat best. Ik hou van je.'

'Met mij is ook alles oké. Ze hebben me geen pijn gedaan. Niet echt.'

'We komen hier wel doorheen,' verzekerde hij haar. 'Ik laat je niet in de steek.'

'Dat heb ik ook nooit gedacht. Nooit.'

'Ik hou van je, Holly.'

'Hij wil de telefoon terug,' zei ze en ze gaf het ding terug aan haar ontvoerder.

Ze had gespannen geklonken. Hij had twee keer gezegd dat hij van haar hield, maar ze had er niet op gereageerd. Er was iets mis.

De zachte stem kwam terug: 'Er is een verandering van plan, Mitch, een belangrijke verandering. In plaats van een overboeking hebben we nu graag contanten.'

Mitch was bang geweest dat hij niet in staat zou zijn hen van de overboeking van het losgeld af te krijgen. Hij had opgelucht moeten zijn over deze ontwikkeling. In plaats daarvan maakte hij zich nog bezorgder. Het was nog een aanwijzing dat er iets was gebeurd waardoor de ontvoerders hun plannen hadden moeten wijzigen. Een nieuwe stem aan de telefoon, Holly die zo gespannen klonk, en nu die plotselinge voorkeur voor contant geld.

'Ben je er nog, Mitch?'

'Ja. Het is alleen… Dit is wel een grote verandering. Je moet weten… Anson is niet zo vol van broederlijke bezorgdheid als jullie misschien dachten.'

Dat amuseerde de beller. 'De anderen dachten dat hij dat wel zou zijn. Ik ben er nooit zeker van geweest. Ik verwacht geen echte tranen van een krokodil.'

'Ik heb de situatie onder controle,' verzekerde Mitch hem.

'Heeft je broer je verrast?'

'Meer dan eens. Luister, op dit moment kan ik achthonderdduizend in contanten leveren en zeshonderdduizend in cheques aan toonder.'

Voordat Mitch de aanvullende vierhonderdduizend dollar kon noemen die in Ansons boot zouden liggen, zei de ontvoerder: 'Dat is natuurlijk wel een teleurstelling. Met die zeshonderdduizend dollar had ik veel tijd kunnen kopen om te zoeken.'

Mitch miste het laatste woord. 'Om wat?'

'Zoek jij ook, Mitch?'

'Wat moet ik zoeken?'

'Als ik dat wist, zou ik niet hoeven zoeken. Een komma vier miljoen is goed. Ik zal het beschouwen als korting omdat je contant betaalt.'

Verrast door het gemak waarmee het lagere bedrag was geaccepteerd zei Mitch: 'Kun je voor iedereen spreken, ook voor je partners?'

'Ja. Als ik niet voor ze spreek, wie moet het dan doen?'

'Nou… Wat doen we nu?'

'Je komt alleen.'

'Oké.'

'Ongewapend.'

'Goed.'

'Pak het geld en de cheques in een plastic vuilniszak. Bind hem niet dicht. Ken je het Turnbridge-huis?'

'Iedereen in de buurt kent het Turnbridge-huis.'

'Kom daar om drie uur naartoe. En wees niet zo eigenwijs om te denken dat je vroeg kunt komen om ons op te wachten. Dat zal je alleen een dode vrouw opleveren.'

'Ik ben er om drie uur. Geen minuut eerder. Hoe kom ik binnen?'

'Het zal lijken of er een ketting op het hek zit, maar de ketting zit los. Als je het terrein op bent gereden, hang je de ketting terug. In wat voor auto kom je?'

'Mijn Honda.'

'Stop recht voor het huis. Je zult daar een suv zien staan. Blijf daarbij uit de buurt. Parkeer de Honda met de achterkant naar het huis en doe de kofferbak open. Ik wil zien of er niemand in de kofferbak ligt.'

'Oké.'

'Op dat punt zal ik je op je mobiel bellen met instructies.'

'Wacht. Mijn mobiel. De batterij is leeg.' In feite lag hij ergens in Rancho Santa Fe. 'Kan ik die van Anson gebruiken?'

'Wat is het nummer?'

Ansons mobiele telefoon lag op de keukentafel, naast het geld en de cheques. Mitch pakte hem. 'Ik weet het nummer niet. Ik moet hem aanzetten en kijken. Geef me een moment.'

Terwijl Mitch wachtte tot het logo van de telefoonmaatschappij van het scherm verdween, zei de man met de zachte stem: 'Vertel eens, leeft Anson nog?'

Mitch werd verrast door de vraag en antwoordde alleen maar: 'Ja.'

De beller zei geamuseerd: 'Dat eenvoudige antwoord vertelt me zo veel.'

'Wat vertelt het je?'

'Hij heeft je onderschat.'

'Je leidt te veel af uit een enkel woord. Hier is het nummer.'

Nadat Mitch het nummer had opgelezen en had herhaald, zei de man aan de telefoon: 'We willen een soepele, eenvoudige ruil, Mitch. De beste zaken zijn die waarbij iedereen iets wint.'

Mitch bedacht dat dit de eerste keer was dat de man met de zachte stem *we* had gezegd in plaats van *ik*.

'Drie uur,' zei de beller nog eens, en toen hing hij op.

50

Alles in het washok was wit, behalve de rode stoel, Anson en de kleine, gele plas.

Anson stonk en wiegde rusteloos heen en weer op de stoel, maar had zich erbij neergelegd om mee te werken. 'Ja, een van hen praat zo. Hij heet Jimmy Null. Hij is een vakman, maar hij is niet de leider. Als hij jou heeft gebeld, zijn de anderen dood.'

'Hoezo, dood?'

'Er is iets misgegaan, onenigheid of zo, en toen heeft hij besloten het geld helemaal zelf te houden.'

'Dus jij denkt dat er nog maar een over is?'

'Dat maakt het moeilijker voor jou, niet gemakkelijker.'

'Hoezo?'

'Nu hij de anderen heeft omgelegd, zal hij geneigd zijn alle sporen uit te wissen.'

'Holly en mij.'

'Pas als hij het geld heeft.' Ondanks zijn ellende trok Anson een afschuwelijke glimlach. 'Wil je weten waar het geld vandaan komt, broertje? Wil je weten wat ik voor de kost doe?'

Anson zou deze informatie alleen willen geven als hij geloofde dat de wetenschap zijn broer zou schaden.

Mitch wist dat de boosaardige vrolijkheid die in Ansons ogen schitterde een goede reden was om het niet te willen weten, maar zijn nieuwsgierigheid kreeg de overhand.

Voordat iemand van hen iets kon zeggen, ging de telefoon.

Mitch ging terug naar de keuken. Hij dacht er even over niet

op te nemen, maar was bang dat het Jimmy Null zou zijn met aanvullende instructies.

'Hallo?'

'Anson?'

'Die is er niet.'

De stem was niet die van Jimmy Null.

'Ik ben een vriend van Anson,' zei Mitch.

Nu hij had opgenomen, kon hij het beste doen alsof alles hier
normaal was.

'Wanneer komt hij terug?' vroeg de beller.

'Morgen.'

'Kan ik hem op zijn mobiel bereiken?'

De stem kwam Mitch bekend voor.

Hij pakte Ansons mobiel van het aanrecht en zei: 'Die is hij vergeten mee te nemen.'

'Kun je een boodschap doorgeven?'

'Ja, hoor. Zeg het maar.'

'Vertel hem maar dat Julian Campbell heeft gebeld.'

De glinstering van grijze ogen, het glitteren van de gouden Rolex.

'Nog iets anders?' vroeg Mitch.

'Dat is alles. Hoewel me nog wel iets van het hart moet, vriend
van Anson.'

Mitch zei niets.

'Vriend van Anson, ben je er nog?'

'Ja.'

'Ik hoop dat je goed voor mijn Chrysler Windsor zorgt. Ik hou
van die auto. Ik zie je nog wel.'

51

Mitch vond de keukenla waarin Anson twee dozen plastic vuilniszakken bewaarde. Hij koos de kleinste, een witte zak met een inhoud van vijftig liter.

Hij deed de bundels geld en de envelop in de zak, draaide de bovenkant een paar keer om, maar legde er geen knoop in.

Op dit uur was het bij normaal verkeer wel twee uur rijden van Corona del Mar naar Rancho Santa Fe. Zelfs als Campbell mensen had die hier in Orange County aan het werk waren, zouden ze niet heel snel komen.

Toen Mitch terugkeerde naar het washok, vroeg Anson: 'Wie belde er?'

'Iemand die iets wilde verkopen.'

Ansons ogen waren zeegroen en bloeddoorlopen, als een zee, troebel na het werk van de haaien. 'Zo klonk het niet.'

'Je wilde me vertellen wat je voor de kost doet.'

Er kwam weer een kwaadaardige glinstering in Ansons ogen. Hij wilde zijn triomf niet zozeer delen omdat hij er trots op was, maar omdat het iets was wat Mitch zou kwetsen.

'Stel je voor dat je via het internet gegevens naar een klant stuurt en dat die bij ontvangst heel onschuldig lijken te zijn, foto's en een geschreven geschiedenis van Ierland, bijvoorbeeld.'

'Dat lijkt het te zijn.'

'Het zijn geen gecodeerde gegevens, die niets betekenen als je de code niet hebt. In plaats daarvan lijken ze helder en onopmerkelijk. Maar als je ze bewerkt met een speciale software, komt er een combinatie van de foto's en de tekst tevoorschijn en wordt het heel ander materiaal, de *verborgen waarheid*.'

'Wat is de waarheid?'

'Wacht. Eerst downloadt je klant de software, waarvan hij nooit een harde kopie heeft. Als de politie zijn computer onderzoekt en probeert de software te kopiëren of te analyseren, vernietigt het programma zichzelf en is het niet meer te reconstrueren. Hetzelfde gebeurt met de documenten die op de computer zijn opgeslagen, zowel in hun oorspronkelijke als hun bewerkte vorm.'

Mitch, die ernaar gestreefd had zijn kennis van computers te beperken tot het minimum dat de moderne wereld vereiste, was er niet zeker van of hij de nuttige toepassingen hiervan zag, maar één ervan kwam wel bij hem op.

'Dus terroristen kunnen communiceren via het internet en iedereen die hun berichten bekijkt, merkt dat ze alleen een geschiedenis van Ierland met elkaar uitwisselen.'

'Of van Frankrijk of Tahiti, of lange analyses van de films van John Wayne. Geen onheilspellend materiaal, geen duidelijke codering die argwaan kan doen rijzen. Maar terroristen vormen geen stabiele en winstgevende markt.'

'Wie wel?'

'Er zijn er een heleboel. Maar ik wil dat je vooral weet wat voor werk ik voor Julian Campbell heb gedaan.'

'De ondernemer in de amusementsindustrie,' zei Mitch.

'Eigenlijk bezit hij casino's in verschillende landen. Die gebruikt hij voor een deel om het geld van zijn andere activiteiten wit te wassen.'

Mitch dacht dat hij de ware Anson inmiddels kende, een man die heel anders was dan de broer die met hem naar Rancho Santa Fe was gereden. Geen illusies meer. Geen zelfgekozen blindheid.

Maar op dit cruciale moment kwam er een angstaanjagende derde versie van de man tevoorschijn, die bijna net zo'n vreemde was voor Mitch als de tweede Anson, die zich voor het eerst in de bibliotheek van Campbell had vertoond.

Zijn gezicht leek een nieuwe huurder te hebben gekregen, die door de kamers in zijn schedel sloop en een donkerder licht door die twee vertrouwde groene ramen liet schijnen.

Ook veranderde er iets aan zijn lichaam. Op de stoel leek een primitiever gedaante te zitten dan een minuut eerder, nog steeds een mens, maar een mens in wie het beest duidelijker zichtbaar was.

Mitch werd zich hiervan bewust voordat zijn broer had onthuld wat hij voor zaken deed met Campbell. Hij kon dus niet aannemen dat het effect psychologisch van aard was, dat Ansons onthulling hem had veranderd in Mitch' ogen, want de verandering ging vooraf aan de onthulling.

'Een half procent van alle mannen zijn pedofiel,' zei Anson. 'In de Verenigde Staten zijn het er anderhalf miljoen. En over de hele wereld miljoenen.'

In deze helderwitte kamer voelde Mitch zich op de drempel van de duisternis staan, alsof er een afgrijselijk hek voor hem openging en hij niet meer terug kon.

'Pedofielen zijn gretige afnemers van kinderporno,' ging Anson verder. 'Ze zetten alles op het spel om het te krijgen en nemen zelfs het risico om het te kopen via een politieoperatie, wat hen te gronde zal richten.'

Wie had het werk voor Hitler, Stalin en Mao Zedong gedaan? Buren, vrienden, moeders, vaders en broers.

'Als de handel arriveert in de vorm van een saaie tekst over de geschiedenis van het Britse theater en vervolgens verandert in opwindende foto's en zelfs video's, als ze veilig in hun behoefte kunnen voorzien, kunnen ze er niet genoeg van krijgen.'

Mitch had het pistool op de keukentafel laten liggen. Misschien had hij onbewust zoiets verschrikkelijks verwacht en had hij zichzelf niet met het wapen vertrouwd.

'Campbell heeft tweehonderdduizend klanten. Over twee jaar denkt hij er over de hele wereld een miljoen te hebben en een omzet van vijf miljard dollar.'

Mitch dacht aan het roerei en de toast die hij in de keuken van dit wezen had gemaakt en zijn maag draaide om bij de gedachte dat hij van borden en met bestek had gegeten die deze handen hadden aangeraakt.

'De winst op de verkoop is zestig procent. De volwassen figuranten doen het voor de lol. De jonge sterretjes worden niet betaald. Wat moeten ze op die leeftijd met geld? En ik heb een klein aandeel in Julians zaken. Ik heb je verteld dat ik acht miljoen dollar heb, maar in werkelijkheid is het drie keer zo veel.'

Het washok was ondraaglijk vol. Mitch had het gevoel dat er behalve hem en zijn broer onzichtbare legioenen aanwezig waren.

'Broertje, ik wil alleen dat je begrijpt hoe smerig het geld is waar je Holly mee gaat vrijkopen. Je zult de rest van je leven denken aan de bron van al dat smerige geld als je haar kust of als je haar aanraakt.'

Anson was hulpeloos vastgeketend aan zijn stoel, zat in zijn eigen urine en was doordrenkt van het angstzweet dat de duisternis eerder aan hem had onttrokken, maar hij hief zijn hoofd uitdagend en stak zijn borst vooruit, en zijn ogen glansden zegevierend, alsof hij genoeg beloond was omdat hij gedaan had wat hij gedaan had en Campbells smerige werk bevorderd had, alsof het feit dat hij de kans had gehad de lusten van perverse mensen te bevredigen ten koste van onschuldige kinderen beloning genoeg was om hem door deze huidige vernedering en de ophanden zijnde persoonlijke ondergang te halen.

Sommigen zouden het krankzinnigheid noemen, maar Mitch wist hoe het echt heette.

'Ik ga,' verkondigde hij, want er was niets anders te zeggen dat er iets toe deed.

'Geef me een schok met de Taser,' eiste Anson, alsof hij wilde vaststellen dat Mitch niet bij machte was hem blijvende schade toe te brengen.

'De afspraak die we hebben gemaakt?' zei Mitch. 'Die kun je op je buik schrijven.'

Hij deed het licht uit en trok de deur dicht. Omdat er krachten zijn waartegen je extra en zelfs onredelijke voorzorgsmaatregelen moet nemen als je verstandig bent, zette hij ook nog een stoel tegen de deur. Als hij tijd had gehad, had hij hem misschien wel dichtgespijkerd.

Hij vroeg zich af of hij zich ooit nog schoon zou voelen.

Toen begon hij heftig te trillen. Hij voelde zich alsof hij zou moeten overgeven.

Bij het aanrecht gooide hij koud water in zijn gezicht.

De deurbel ging.

52

De bel speelde een paar maten van 'Ode an die Freude'.

Er waren maar een paar minuten voorbijgegaan sinds Julian Campbell een eind had gemaakt aan hun telefoongesprek. Vijf miljard omzet per jaar was een schat die hij uit alle macht zou verdedigen, maar het bestond niet dat hij zo snel een paar gangsters naar Ansons huis had kunnen sturen.

Mitch deed de kraan dicht en probeerde met druipend gezicht te bedenken of er een reden was waarom hij het risico zou nemen door het raam van de woonkamer te gluren om te zien wie de bezoeker was. Zijn verbeelding was niet toereikend.

Tijd om hier weg te wezen.

Hij greep de vuilniszak met het losgeld en griste het pistool van de tafel. Toen ging hij op weg naar de achterdeur.

De Taser. Die had hij op het aanrecht bij de oven laten liggen. Hij ging ervoor terug.

De onbekende bezoeker belde nog eens.

'Wie is daar?' vroeg Anson vanuit het washok.

'De postbode. Hou je bek.'

Toen hij weer bijna bij de deur was, dacht Mitch aan de mobiele telefoon van zijn broer. Die had op tafel gelegen, naast het losgeld, maar hij had de zak meegenomen en de telefoon laten liggen.

Het telefoontje van Julian Campbell, Ansons afschuwelijke onthullingen en de deurbel, zo snel na elkaar, hadden hem uit zijn evenwicht gebracht.

Nadat hij de telefoon had gepakt, draaide Mitch een rondje om de keuken te bekijken. Voor zover hij kon zien, was hij verder niets vergeten.

Hij deed het licht uit, verliet het huis en deed de deur achter zich op slot.

De onvermoeibare wind speelde tikkertje met zichzelf tussen de varens en de bamboe. Leerachtige, door de wind gehavende banyanbladeren, hiernaartoe gewaaid vanuit een andere tuin, krasten heen en weer over de stenen van de patio.

Mitch ging via de deur op de binnenplaats de eerste van de twee garages binnen. Daar wachtte zijn Honda, terwijl John Knox lag te rijpen in de kofferbak van de Buick Super Woody Wagon.

Hij had het vage plan gehad om de dood van Knox in Ansons schoenen te schuiven en zich tegelijkertijd los te maken uit de valstrik van de moord op Daniel en Kathy. Maar het feit dat Campbell zich weer met de gang van zaken kwam bemoeien, gaf hem het gevoel dat hij met rolschaatsen op het ijs stond, en het vage plan was alweer uit zijn hoofd verdwenen.

Niets daarvan deed er op dat moment iets toe. Als Holly veilig was, werden John Knox en de lijken in de leerkamer en Anson die aan een stoel was vastgeketend weer belangrijk, heel belangrijk, maar nu waren ze slechts bijzaken.

Hij had nog meer dan tweeënhalf uur voordat hij het geld in kon ruilen voor Holly. Hij deed de kofferbak van de Honda open en duwde de zak in de ruimte voor het reservewiel.

Op de voorbank van de Woody trof hij de afstandsbediening van de garagedeur aan. Hij maakte hem vast aan de zonneklep van de Honda, zodat hij de roldeur vanuit het steegje dicht kon doen.

Hij deed het pistool en de Taser in de bak in het portier. Als hij achter het stuur zat, kon hij de wapens zien als hij naar beneden keek en ze gemakkelijker pakken dan dat ze onder de stoel lagen.

Hij drukte op de afstandsbediening en zag via de achteruitkijkspiegel de garagedeur omhooggaan.

Hij reed achteruit de garage uit, keek naar rechts om te controleren of er iemand in de steeg stond en stampte verrast op de rem toen er tegen het raampje aan de chauffeurskant werd getikt. Hij draaide zijn hoofd met een ruk naar links en keek in het gezicht van inspecteur Taggart.

53

Gedempt door het glas: 'Hallo, meneer Rafferty.'

Mitch bleef te lang naar de inspecteur zitten staren voordat hij het raam omlaag deed. Dat hij verrast was, kon verwacht worden, maar hij moest er geschokt en angstig hebben uitgezien.

De warme wind speelde met Taggarts sportjasje en wapperde met de kraag van zijn geel met lichtbruine hawaïhemd toen hij zich dicht naar het raampje boog. 'Heb je even voor me?'

'Nou, ik heb een afspraak bij de dokter,' zei Mitch.

'Oké. Ik houd je niet lang op. Kunnen we even in de garage praten, uit de wind?'

Het lijk van John Knox lag open en bloot achter in de stationcar. De inspecteur Moordzaken zou ernaartoe kunnen worden getrokken door een scherpe neus voor de eerste geuren van verrotting of door bewondering voor de prachtige oude Buick.

'Kom maar bij me in de auto zitten,' zei Mitch, en hij liet het raampje omhoogschuiven terwijl hij verder de garage uit reed.

Hij deed de grote deur met de afstandsbediening dicht en parkeerde ernaast, aan de rand van het steegje, terwijl de deur naar beneden ging.

Taggart kwam naast hem zitten en zei: 'Heb je de verdelgingsdienst nog gebeld over die termieten?'

'Nog niet.'

'Stel het niet te lang uit.'

'Dat doe ik niet.'

Mitch zat voor zich uit naar de steeg te kijken, vastbesloten om

slechts af en toe een blik op Taggart te werpen, want hij herinnerde zich hoe doordringend de ogen van de politieman konden zijn.

'Als je je soms zorgen maakt om de pesticiden, die hoeven ze
niet meer te gebruiken.'

'Dat weet ik. Ze kunnen die ellendige beesten in de muur bevriezen.'

'Beter nog, ze hebben een heel geconcentreerd sinaasappelex-
tract dat ze doodt als ze ermee in aanraking komen. Helemaal natuurlijk en het huis ruikt fantastisch.'

'Sinaasappels. Dat moet ik eens navragen.'

'Je hebt het zeker te druk gehad om over de termieten na te denken.'

Een onschuldig man had zich kunnen afvragen waar dit over
ging en zou misschien enig ongeduld tonen om verder te kunnen
met zijn dag, dus nam Mitch het risico om te vragen: 'Wat komt
u hier doen, inspecteur?'

'Ik wilde je broer spreken, maar hij doet de deur niet open.'

'Hij is tot morgen weg.'

'Waar is hij heen?'

'Naar Vegas.'

'Weet je in welk hotel hij logeert?'

'Dat heeft hij niet gezegd.'

'Hoorde jij de deurbel niet?' vroeg Taggart.

'Ik moet weg zijn gegaan voordat u belde. Ik had nog wat te
doen in de garage.'

'Dus je houdt het huis in het oog voor je broer terwijl hij weg
is?'

'Precies. Waarom wilde u hem spreken?'

De inspecteur trok een been op en draaide zich opzij in zijn stoel
om Mitch recht aan te kunnen kijken, alsof hij hem daarmee wilde dwingen oogcontact te maken. 'Het telefoonnummer van je
broer stond in het adresboek van Jason Osteen.'

Mitch, die blij was dat hij eens de waarheid kon zeggen, antwoordde: 'Ze hebben elkaar ontmoet toen Jason en ik samen-
woonden.'

'Dus jij hebt geen contact gehouden met Jason, maar je broer
wel?'

'Dat weet ik niet. Het zou kunnen. Ze konden best met elkaar opschieten.'

Gedurende de nacht en de morgen waren alle losse bladeren en rotzooi en stof naar zee geblazen. Nu verraadde de wind zich niet meer door rondvliegend afval. Massieve vlagen kristalheldere lucht sloegen zo onzichtbaar als schokgolven door de steeg en lieten de Honda schudden.

Taggart zei: 'Jason had iets met een meisje dat Leelee Morheim heet. Ken je haar?'

'Nee.'

'Leelee zegt dat Jason je broer haatte. Ze zegt dat je broer Jason bij een of andere deal bedrogen heeft.'

'Wat voor deal?'

'Dat weet Leelee niet. Maar één ding is vrij duidelijk: Jason deed geen eerlijk werk.'

Die verklaring dwong Mitch de inspecteur aan te kijken en met een enigszins overtuigende frons te vragen: 'Wilt u zeggen dat Anson betrokken was bij iets illegaals?'

'Denk je dat dat mogelijk is?'

'Hij heeft een doctorsgraad in de linguïstiek en hij is een computernerd.'

'Ik ken een natuurkundeprofessor die zijn vrouw heeft vermoord en een minister die een kind heeft vermoord.'

Gezien de laatste ontwikkelingen geloofde Mitch niet langer dat de inspecteur een van de ontvoerders zou kunnen zijn.

Als jij je hart bij hem had uitgestort, Mitch, was Holly nu dood.

Hij maakte zich er ook niet langer zorgen over dat de ontvoerders hem in de gaten hielden of zijn gesprekken afluisterden. Het was mogelijk dat ze een transponder in de Honda hadden geplaatst zodat ze gemakkelijk konden weten waar hij zich bevond, maar ook dat was niet meer belangrijk.

Als Anson gelijk had, had Jimmy Null – de man met de zachte stem, die vond dat Mitch hoopvol moest blijven – zijn partners gedood. Hij was nu nog de enige tegenstander. In de laatste uren van de operatie zou Null zich niet zozeer bezighouden met Mitch, maar met de voorbereidingen om zijn gijzelaar te ruilen voor het losgeld.

Dit betekende niet dat Mitch zich tot Taggart kon wenden om hulp. Het zou enige moeite kosten om John Knox te verklaren, die in de Woody Wagon lag als in een lijkwagen, drievoudig dood door een gebroken nek en een geplette slokdarm en een schotwond. Geen enkele inspecteur zou zich snel laten overtuigen dat Knox per ongeluk gevallen was.

Daniel en Kathy waren niet gemakkelijker te verklaren dan Knox.

Als Anson werd ontdekt in zijn ellendige toestand in het washok, zou hij eerder een slachtoffer lijken dan een dader. Gezien zijn talent om andere mensen een rad voor ogen te draaien, zou hij met overtuiging de onschuldige broer kunnen uithangen en de autoriteiten in verwarring kunnen brengen.

Nog tweeënhalf uur tot de ruil. Mitch had er weinig vertrouwen in dat de politie, die net zo bureaucratisch was als elke andere overheidsinstelling, in staat zou zijn de gebeurtenissen tot nu toe goed te verwerken en Holly te helpen.

Trouwens, John Knox was in de ene plaatselijke jurisdictie gestorven, Daniel en Kathy in een andere en Jason Osteen in een derde. Dat waren drie verschillende bureaucratische instellingen.

Omdat dit een ontvoering was, zou de FBI er waarschijnlijk ook nog bij gehaald moeten worden.

Op het moment dat Mitch zou vertellen wat er was gebeurd en om hulp vroeg, zou zijn bewegingsvrijheid aan banden worden gelegd. De verantwoordelijkheid voor Holly's leven zou van hem op vreemden overgaan.

Hij werd vervuld van angst bij de gedachte om hulpeloos te moeten toekijken terwijl de minuten voorbij tikten en de autoriteiten, ook al bedoelden ze het goed, probeerden de huidige situatie en de gebeurtenissen die ertoe hadden geleid te begrijpen.

Taggart zei: 'Hoe is het met mevrouw Rafferty?'

Mitch voelde zich tot op het bot ontleed, alsof de inspecteur al vele knopen in deze zaak had losgemaakt en het vrijgekomen touw gebruikte om hem te vangen.

In reactie op Mitch' verbaasde gezicht zei Taggart: 'Is de migraine al over?'

'O. Ja.' Mitch kon zijn opluchting dat Taggarts belangstelling voor Holly te danken was aan de denkbeeldige migraine bijna niet verbergen. 'Ze voelt zich al veel beter.'

'Maar nog niet helemaal goed? Een aspirientje is niet echt het ideale middel tegen migraine.'

Mitch voelde dat er een valstrik voor hem was uitgelegd, maar hij wist niet waar die precies uit bestond – een berenklem, een strop of een kuil – en ook niet hoe hij hem moest vermijden. 'Ach, zij voelt zich nu eenmaal beter met een aspirientje.'

'Maar nu heeft ze al twee dagen niet kunnen werken,' zei Taggart.

De inspecteur kon van Iggy Barnes hebben gehoord waar Holly werkte. Het verbaasde Mitch niet dat hij het wist, maar het was wel verontrustend dat hij het verhaal over de migraine was nagegaan.

'Nancy Farasand zegt dat het niet gebruikelijk is dat mevrouw Rafferty zich ziek meldt.'

Nancy Farasand was de andere secretaresse in de makelaardij waar Holly werkte. Mitch had haar zelf de vorige middag gesproken.

'Ken je mevrouw Farasand, Mitch?'

'Ja.'

'Ze lijkt me een heel efficiënte vrouw. Ze is zeer op je vrouw gesteld en heeft haar hoog zitten.'

'Holly mag Nancy ook erg graag.'

'En mevrouw Farasand zegt dat het niets voor je vrouw is om het niet te melden als ze niet kan komen.'

Mitch had Holly die ochtend ziek moeten melden. Hij was het vergeten.

Hij was ook vergeten Iggy te bellen om het programma voor die dag af te gelasten.

Hij had twee professionele moordenaars overwonnen, maar was gestruikeld over een gebrek aan aandacht voor een paar heel gewone details.

'Gisteren,' zei inspecteur Taggart, 'zei je dat je je vrouw aan de telefoon had toen je zag dat Jason Osteen werd doodgeschoten.'

Het was benauwd geworden in de auto. Mitch had zin het raam open te zetten en de wind binnen te laten.

Inspecteur Taggart was ongeveer even groot als Mitch, maar nu leek hij nog groter dan Anson. Mitch voelde zich in een hoek gedreven.

'Is dat nog steeds hoe je het je herinnert, Mitch, dat je je vrouw aan de telefoon had?'

In werkelijkheid had hij de ontvoerder aan de telefoon gehad. Wat op dat moment een veilige en gemakkelijke leugen had geleken, zou nu een strop kunnen zijn waarin hij uitgenodigd werd zijn nek te steken, maar hij zag geen manier om zijn verklaring te herzien zonder dat hij een beter verhaal had.

'Ja, ik was aan het telefoneren met Holly.'

'Je zei dat ze je belde om te vertellen dat ze vroeg naar huis ging vanwege die migraine.'

'Dat klopt.'

'Dus je was met haar in gesprek toen Osteen werd doodgeschoten.'

'Ja.'

'Dat was om elf uur drieënveertig. Je zei dat het om elf uur drieënveertig was.'

'Ik keek vlak na het schot op mijn horloge.'

'Maar Nancy Farasand zegt dat mevrouw Rafferty zich gisteren al vroeg ziek heeft gemeld en dat ze helemaal niet op kantoor is geweest.'

Mitch gaf geen antwoord. Hij voelde de hamer naar beneden komen.

'En mevrouw Farasand zegt ook dat jij haar gisteren tussen kwart over twaalf en half één gebeld hebt.'

Het interieur van de Honda leek nog kleiner dan de kofferbak van de Chrysler Windsor.

Taggart zei: 'Je was op dat moment nog op de plaats delict en zat te wachten tot ik je een reeks nadere vragen kon stellen. Je hulp, meneer Barnes, ging verder met het planten van bloemen. Weet je nog?'

Toen de inspecteur zweeg, zei Mitch: 'Wat moet ik nog weten?'

'Dat je op de plaats delict was,' zei Taggart droog.

'Zeker. Natuurlijk.'

'Mevrouw Farasand zegt dat je je vrouw te spreken vroeg toen je haar tussen kwart over twaalf en half één belde.'

'Ze is heel efficiënt.'

'Wat ik niet begrijp,' zei Taggart, 'is waarom je de makelaardij belt en je vrouw te spreken vraagt terwijl je volgens je eigen getuigenis vijfenveertig minuten eerder bent gebeld door je vrouw die je wilde vertellen dat ze daar wegging met een vreselijke migraine.'

De steeg verdronk in grote, heldere, turbulente vloedgolven van lucht.

Mitch keek naar het klokje op het dashboard en de moed zonk hem in de schoenen.

'Mitch?'

'Ja.'

'Kijk me aan.'

Hij keek onwillig op naar de inspecteur.

Die haviksogen doorboorden Mitch niet, boorden geen gaten in hem zoals ze eerder hadden gedaan. Erger nog, ze stonden meelevend en vroegen om vertrouwen.

Taggart zei: 'Mitch… Waar is je vrouw?'

54

Mitch herinnerde zich hoe de steeg er de vorige avond had uitgezien, overgoten door het rode licht van de zonsondergang, hoe de rode kat van schaduw naar schaduw was geslopen achter radiumgroene ogen en hoe de kat schijnbaar in een vogel was veranderd.

Op dat moment had hij nog hoop gehad. Die hoop was gevestigd geweest op Anson, en die hoop was een leugen gebleken.

Nu was de hemel hard en gepolijst door de wind en ijsblauw, alsof het een koepel van ijs was die zijn kleur ontleende aan de weerspiegeling van de oceaan, niet ver ten westen van die plek.

De rode kat was weg en de vogel ook, en er was geen levend wezen te zien. Het scherpe licht was een vilmes dat de schaduwen tot op het bot afsneed.

'Waar is je vrouw?' vroeg Taggart nog eens.

Het geld lag in de achterbak van de auto. De tijd en de plaats voor de ruil stonden vast. De klok tikte naar het moment toe. Hij was zo ver gekomen, had zo veel doorstaan, was zo dichtbij gekomen.

Hij had het Kwaad ontdekt met een hoofdletter K, maar hij had ook iets beters in de wereld leren zien dan hij vroeger had kunnen onderscheiden, iets dat puur en zuiver was. Hij zag een geheimzinnige betekenis waar hij eerder de wereld slechts als een groene machine had gezien.

Als alles een doel had, had dit treffen met de vasthoudende inspecteur misschien ook een doel dat hij niet mocht negeren.

In goede en in slechte dagen. Bij ziekte en gezondheid. Om lief te hebben, te eren en te koesteren. Tot de dood ons scheidt.

Dat was zijn eed. Hij had hem afgelegd. Niemand anders had dit aan Holly beloofd. Alleen hij. Hij was haar man.

Niemand anders zou zo snel voor haar doden of voor haar sterven. Koesteren betekent iets waardevols vasthouden en als zodanig waarderen. Liefhebben betekent dat je alles doet voor het welzijn en het geluk van degene die je liefhebt, dat je haar steunt en troost en beschermt.

Misschien was het doel van zijn ontmoeting met Taggart een waarschuwing dat hij Holly niet langer kon beschermen zonder hulp, om hem tot het besef te laten komen dat hij het niet meer alleen kon.

'Mitch, waar is je vrouw?'

'Wat denk je van mij?'

'In welk opzicht?' vroeg Taggart.

'In elk opzicht. Hoe beoordeel je mij?'

'De mensen schijnen te denken dat je een goede vent bent.'

'Ik vroeg wat jij denkt.'

'Ik ken je pas. Maar vanbinnen ben je een en al stalen veren en tikkende klokken.'

'Zo ben ik niet altijd geweest.'

'Dat kan ook niet. Je zou in een week zijn opgeblazen. En je bent veranderd.'

'Je kent me pas een dag.'

'En je bent veranderd.'

'Ik ben geen slecht mens. Maar dat zullen alle slechte mensen wel zeggen.'

'Niet zo direct.'

Aan de hemel, misschien hoog genoeg om boven de wind te vliegen en kilometers te hoog om een schaduw over de steeg te werpen, vloog een door de zon verzilverd straalvliegtuig op zijn reis naar het noorden. De wereld leek gekrompen tot deze auto, tot dit moment van gevaar, maar de wereld was niet gekrompen en er bestond een bijna oneindig aantal routes tussen deze plek en elke andere plek.

'Voor ik je vertel waar Holly is, moet je me iets beloven.'

'Ik ben maar een agent. Ik kan geen deals sluiten.'

'Dus je denkt dat ik haar iets heb aangedaan.'

'Nee. Ik ben alleen maar eerlijk tegen je.'

'Het probleem is... We hebben niet veel tijd. Ik wil dat je belooft dat je snel zult handelen als je hoort hoe de vork in de steel zit, en dat je geen tijd zult verspillen aan details.'

'In de details zit de duivel, Mitch.'

'Als je dit hoort, zul je weten waar de duivel zit. Maar er is zo weinig tijd dat ik niet wil worden opgehouden door de politiebureaucratie.'

'Ik ben maar één agent. Ik kan je alleen beloven dat ik mijn best voor je zal doen.'

Mitch haalde diep adem. Hij blies de lucht weer uit. Toen zei hij: 'Holly is ontvoerd. Ze wordt vastgehouden tot ik losgeld betaald heb.'

Taggart staarde hem aan. 'Heb ik iets gemist?'

'Ze willen twee miljoen dollar, anders vermoorden ze haar.'

'Je bent hovenier.'

'Alsof ik dat niet weet.'

'Waar haal jij twee miljoen dollar vandaan?'

'Ze zeiden dat ik wel een manier zou vinden. Toen schoten ze Jason Osteen dood om me te laten zien dat ze het menen. Ik dacht dat hij gewoon een man was die zijn hond uitliet, ik dacht dat ze een toevallige voorbijganger hadden neergeschoten om hun punt duidelijk te maken.'

De ogen van de inspecteur waren te scherp om ze te kunnen lezen. Zijn blik fileerde Mitch.

'Jason dacht dat ze de hond zouden neerschieten. Dus maakten ze mij zo bang dat ik zou gehoorzamen en zorgden er tegelijkertijd voor dat ze de eventuele buit maar met zijn vieren hoefden te delen in plaats van met zijn vijven.'

'Ga door,' zei Taggart.

'Toen ik thuis was geweest en zag wat ze daar in scène hadden gezet, toen ze me eenmaal bij de lurven hadden, stuurden ze me naar mijn broer voor het geld.'

'Echt? Heeft hij zo veel?'

'Anson heeft een keer een crimineel karweitje uitgevoerd met

Jason Osteen, John Knox, Jimmy Null en twee anderen van wie ik de namen nooit heb gehoord.'

'Wat was dat voor karweitje?'

'Dat weet ik niet. Ik was daar niet bij betrokken. Ik wist niet dat Anson zich met dat soort zaken bezighield. En zelfs als ik wist wat het karwei was, is het nog een van de details die je nu niet hoeft te weten.'

'Goed dan.'

'Het komt erop neer dat Anson ze bij de verdeling van de buit bedrogen heeft. Ze kwamen er pas veel later achter wat het karwei echt had opgebracht.'

'Maar waarom zouden ze jouw vrouw ontvoeren?' vroeg Taggart. 'Waarom gingen ze niet achter hem aan?'

'Hij is onaantastbaar. Hij is veel te waardevol voor een paar heel belangrijke en heel harde mensen. Dus pakten ze hem via zijn broertje. Ik dus. Ze dachten dat hij niet zou willen dat ik mijn vrouw kwijtraakte.'

Mitch dacht dat hij het neutraal had gezegd, maar Taggart zag de addertjes onder het gras. 'Hij wilde je het geld niet geven.'

'Erger nog. Hij leverde me uit aan een paar mensen.'

'Een paar mensen?'

'Om vermoord te worden.'

'Je eigen broer?'

'Mijn eigen broer.'

'Waarom hebben ze je niet vermoord?'

Mitch bleef hem aankijken. Alles stond nu op het spel en hij kon niet te veel achterhouden en toch medewerking verwachten. Hij zei: 'Er ging het een en ander mis aan hun kant.'

'Jezus Christus, Mitch.'

'Dus ben ik teruggekomen om mijn broer op te zoeken.'

'Dat moet een heel weerzien geweest zijn.'

'Geen champagne, maar bij nader inzien wilde hij me toch helpen.'

'Hij heeft je het geld gegeven?'

'Inderdaad.'

'Waar is je broer nu?'

'Hij leeft, maar hij zit vast. De ruil is om drie uur en ik heb reden om te geloven dat een van de ontvoerders de anderen om zeep heeft geholpen. Jimmy Null. Hij is nu de enige die Holly vasthoudt.'

'Hoeveel heb je verzwegen?'

'Het grootste deel,' zei Mitch naar waarheid.

De inspecteur keek door de voorruit naar de steeg.

Uit zijn jaszak haalde hij een rol harde karamelsnoepjes. Hij maakte de rol open, haalde er een snoepje uit en hield het zoete rondje tussen zijn tanden terwijl hij de verpakking weer dichtvouwde. Toen hij het rolletje weer in zijn zak deed, haalde zijn tong het snoepje tussen zijn tanden uit. De hele procedure had iets van een ritueel.

'En?' zei Mitch. 'Geloof je me?'

'Ik heb een zintuig voor leugens dat nog groter is dan mijn prostaat,' zei Taggart. 'En ik hoor geen alarmbellen.'

Mitch wist niet of hij opgelucht moest zijn of niet.

Als hij in zijn eentje het losgeld voor Holly ging betalen en ze allebei vermoord werden, hoefde hij tenminste niet te leven met de wetenschap dat hij gefaald had.

Maar als de autoriteiten hem de zaak uit handen namen en Holly vervolgens omkwam, maar hij bleef leven, zou de verantwoordelijkheid een ondraaglijke last zijn.

Hij moest erkennen dat er geen mogelijkheid was om alles onder controle te houden, dat het lot hier onvermijdelijk een rol in had. Hij moest doen wat goed leek voor Holly en hopen dat wat goed leek ook goed bleek.

'En nu?' vroeg hij.

'Mitch, ontvoering is een federale misdaad. We moeten de FBI op de hoogte stellen.'

'Ik ben bang voor complicaties.'

'Ze zijn goed. Niemand heeft meer ervaring met dit soort misdaden. Maar omdat we niet meer dan twee uur hebben, hebben ze geen tijd om een gespecialiseerd team in te zetten. Ze zullen waarschijnlijk willen dat wij de leiding nemen.'

'Hoe moet ik dat vinden?'

'Wij zijn ook goed. We hebben een eersteklas arrestatieteam. En een ervaren gijzelingsbemiddelaar.'

'Zo veel mensen,' piekerde Mitch.

'Ik zal de leiding hebben. Vind je mij een schietgrage cowboy?'

'Nee.'

'Vind je mij iemand die spijkers op laag water zoekt?' vroeg Taggart.

'Ik denk dat je misschien het beste bent wat jullie hebben.'

De inspecteur grijnsde. 'Goed. Dan gaan we je vrouw terughalen.'

Toen stak hij zijn hand uit en griste de autosleutel uit het contact.

Mitch vroeg verrast: 'Waarom doe je dat?'

'Ik wil niet dat je je bedenkt en er toch in je eentje op afgaat. Dat is niet het beste voor haar, Mitch.'

'Ik heb mijn besluit genomen. Ik heb hulp nodig. Je kunt die sleutel heus wel teruggeven.'

'Zo meteen. Ik heb het beste met je voor, met jou en met Holly. Ik heb ook een vrouw van wie ik hou, en twee dochters. Ik heb je al verteld over die dochters. Dus ik weet waar je staat, wat je denkt. Ik weet waar je staat. Daar kun je op vertrouwen.'

De sleutels verdwenen in een jaszak. Uit een andere zak haalde de inspecteur een mobiele telefoon.

Toen hij de telefoon aanzette, beet Taggart het restant van het snoepje door. De geur van karamel zoette de lucht.

Mitch keek toe terwijl de inspecteur een nummer koos. Ergens had hij het gevoel dat die vinger op de knop niet alleen betekende dat er iemand werd gebeld, maar ook dat Holly's lot werd bezegeld.

Terwijl Taggart een politiecode en het adres van Anson doorgaf aan de meldkamer, keek Mitch naar een ander door de zon verzilverd straalvliegtuig. De hemel was leeg.

Toen hij klaar was met telefoneren en het toestel weer in zijn zak deed, zei Taggart: 'Dus je broer is in het huis?'

Mitch kon niet langer doen alsof Anson naar Vegas was. 'Ja.'

'Waar?'

'In het washok.'

'We gaan met hem praten.'

'Waarom?'

'Hij heeft een karweitje gedaan met Jimmy Null, nietwaar?'

'Ja.'

'Dus moet hij hem goed kennen. Als we Holly soepel en gemakkelijk, veilig en wel uit Nulls handen willen krijgen, moeten we alles over hem weten wat we te weten kunnen komen.'

Toen Taggart het portier opendeed om uit te stappen, blies er een heldere windvlaag de Honda in, die geen stof of afval met zich meebracht, maar de belofte van chaos.

Hoe het ook ging aflopen, Mitch raakte zijn greep op de situatie kwijt. Hij dacht niet dat de afloop goed zou zijn.

Taggart sloeg het portier dicht, maar Mitch bleef even achter het stuur zitten. Zijn gedachten tolden over elkaar heen, zijn hersenen werkten volop en niet alleen zijn hersenen, en toen stapte hij de jagende wind in.

55

De gepolijste hemel, het scherpe licht en de striemende wind, en uit de elektriciteitskabels boven hun hoofd een gehuil als van een dier dat rouwt.

Mitch ging de inspecteur voor naar het poortje van geschilderd hout. De wind rukte het uit zijn hand toen hij de grendel omhoog deed en knalde het tegen de garagemuur.

Julian Campbell stuurde beslist mannen hierheen, maar die waren nu geen bedreiging meer, omdat ze niet voor de politie zouden aankomen. De politie kon er over een paar minuten zijn.

Mitch volgde het smalle stenen pad, dat beschut lag voor de ergste wind, en stuitte op een verzameling dode kevers. Twee ervan waren zo groot als kwartjes en een als een dubbeltje. Aan de onderkant waren ze geel, met stijve, zwarte poten. Ze lagen op hun gebogen harnas en een zacht draaiwindje liet ze langzaam rondjes draaien.

Anson zou er zielig uitzien, vastgeketend aan de stoel in zijn eigen urine, en hij zou overtuigend het slachtoffer spelen, met de behendigheid van een sluwe sociopaat.

Hoewel Taggart had aangegeven dat hij geloof hechtte aan Mitch' verhaal, zou hij zich kunnen verbazen over de harde behandeling die Anson had gekregen. De inspecteur, die geen ervaring met Anson had en alleen een beknopte versie van de gebeurtenissen had gehoord, zou kunnen denken dat die behandeling niet alleen hard was, maar ook wreed.

Toen ze de binnenplaats overstaken, waar de wind weer tegen

hen aansloeg, was Mitch zich ervan bewust dat de inspecteur vlak achter hem liep. Hoewel ze buiten waren, voelde hij zich beklemd en claustrofobisch.

Hij kon Ansons stem al horen: *hij zei dat hij onze vader en moeder heeft vermoord. Hij heeft ze doodgestoken met zijn tuingereedschap. Hij zei dat hij terug zou komen om mij ook te vermoorden.*

Bij de achterdeur trilden Mitch' handen zo erg dat hij moeite had de sleutel in het slot te krijgen.

Hij heeft Holly vermoord, inspecteur Taggart. Hij heeft het verhaal verzonnen dat ze ontvoerd is en kwam naar mij toe voor geld, maar toen gaf hij toe dat hij haar vermoord had.

Taggart wist dat Jason Osteen niet op een eerlijke manier zijn geld had verdiend. Hij wist van Leelee Morheim dat Jason een karwei had gedaan met Anson en was bedrogen. Dus wist hij ook dat Anson een crimineel was.

Maar als Anson een verhaal vertelde dat niet overeenkwam met dat van Mitch, zou Taggart er toch over nadenken. De politie kreeg altijd tegenstrijdige verhalen te horen. De waarheid lag natuurlijk bijna altijd ergens in het midden.

Het zou tijd kosten om de waarheid te achterhalen, en tijd is een rat die aan Mitch' zenuwen knaagt. Tijd is een valluik onder Holly, en tijd is een strop die steeds strakker om haar nek komt te zitten.

De sleutel gleed in het slot. Het springslot klikte open.

Mitch bleef op de drempel staan en deed het licht aan. Meteen zag hij een lange veeg bloed op de vloer waar hij zich eerder niet druk om had gemaakt, maar die hem nu schrik aanjoeg.

Toen hij Anson een klap op zijn hoofd had gegeven, was zijn oor gescheurd. En toen hij daarna naar het washok was gesleept, had hij een spoor achtergelaten.

Het was maar een kleine wond geweest. De vegen op de vloer duidden op iets veel ergers dan een bloedend oor.

Zulke misleidende sporen deden twijfels en argwaan rijzen.

Als een valluik, een strop, een knagende rat liet de tijd een opgewonden veer in Mitch losspringen en toen hij de keuken binnenging, deed hij een knoopje van zijn shirt open, stak zijn hand naar binnen en haalde de Taser tevoorschijn, die onder zijn riem tegen zijn buik zat. Toen hij had geaarzeld om uit de Honda te stappen, had hij het wapen uit het compartiment in het portier gepakt.

'Het washok is aan deze kant,' zei Mitch, die Taggart nog een paar stappen voorging voordat hij zich plotseling naar hem omdraaide met de Taser in zijn hand.

De inspecteur liep niet zo dicht achter Mitch als de laatste had gedacht. Hij had voorzichtig twee stappen afstand bewaard.

Sommige Tasers vuren pijltjes af met draden eraan, die van enige afstand een flinke schok kunnen toedienen. Bij andere moet het wapen tegen het doelwit worden gedrukt, zodat de aanval van net zo dichtbij moet worden uitgevoerd als met een mes.

Dit was het tweede model Taser en Mitch moest snel dichterbij zien te komen.

Mitch' rechterarm schoot naar voren, maar Taggart blokkeerde hem met zijn linkerarm. De Taser werd bijna uit Mitch' hand gestoten.

De inspecteur trok zich terug en reikte met zijn rechterhand langs zijn lichaam onder zijn sportjasje, op zoek naar het wapen in zijn schouderholster.

Taggart botste tegen het aanrecht, Mitch maakte een schijnbeweging naar links en viel uit naar rechts en daar kwam de hand met het pistool onder het jasje vandaan. Mitch moest contact maken met blote huid, hij wilde niet het risico lopen dat kleding een gedeeltelijke isolatie zou vormen tegen de schok en hij raakte de inspecteur tegen zijn keel.

Taggarts ogen rolden omhoog in zijn hoofd, zijn mond zakte open en hij vuurde een schot af, waarna zijn knieën knikten en hij op de grond viel.

Het schot leek ongewoon hard. Het weerklonk in de ruimte.

56

Mitch was niet gewond, maar hij dacht eraan hoe John Knox zichzelf had doodgeschoten tijdens zijn val van de garagezolder en hij liet zich bezorgd naast de inspecteur op zijn knieën vallen.

Op de vloer naast Taggart lag zijn pistool. Mitch schoof het buiten bereik.

Taggart trilde alsof hij koud was tot op het bot. Zijn handen schraapten over de vloertegels en er verschenen belletjes speeksel op zijn lippen.

Een vaag, dun, maar sterk geurend sliertje rook maakte zich los uit Taggarts sportjasje. De kogel had er een gat in gebrand.

Mitch trok het jasje opzij, op zoek naar de wond. Die vond hij niet.

De opluchting die hij voelde, pepte hem niet erg op. Hij had nog steeds een politieman aangevallen.

Dit was de eerste keer dat hij een onschuldig iemand kwaad had gedaan. Hij merkte dat wroeging een smaak had, een bittere smaak achter in zijn keel.

De inspecteur tastte naar Mitch' arm, maar kon zijn hand er niet om sluiten. Hij probeerde iets te zeggen, maar zijn keel moest dichtzitten, zijn tong dik zijn en zijn lippen verdoofd.

Mitch wilde hem niet nog een schok geven. Hij zei: 'Het spijt me,' en ging aan het werk.

De autosleutel was in Taggarts jasje verdwenen. Mitch vond hem in de tweede zak die hij doorzocht.

Anson, die het schot gehoord moest hebben en tot een conclusie moest zijn gekomen over de mogelijke betekenis ervan, begon te schreeuwen in het washok. Mitch reageerde er niet op.

Hij pakte Taggart bij zijn voeten en sleepte hem het huis uit naar de patio. Het pistool van de inspecteur liet hij in de keuken liggen.

Toen hij de achterdeur dichttrok, hoorde hij de deurbel rinkelen. De politie stond aan de voordeur.

Terwijl Mitch de tijd nam om de deur op slot te doen om iedereen zo lang mogelijk weg te houden van Anson en zijn leugens, zei hij tegen Taggart: 'Ik hou te veel van haar om dit aan iemand anders toe te vertrouwen. Het spijt me.'

Hij rende over de binnenplaats, langs de zijkant van de garage en door het open hek het steegje in.

Als niemand de voordeur opendeed, zou de politie via de zijkant van het huis naar de binnenplaats komen, waar ze Taggart op de stenen zouden aantreffen. Een paar seconden later zouden ze in de steeg zijn.

Hij gooide de Taser op de passagiersstoel toen hij achter het stuur ging zitten. Sleutel, draaien, het gebrul van de motor.

In het vak in het portier bevond zich nog steeds het pistool dat aan een van Campbells huurmoordenaars had toebehoord. Er zaten nog zeven kogels in het magazijn.

Hij was niet van plan een wapen te trekken en de politie daarmee te bedreigen. Zijn enige optie was om hier zo snel mogelijk weg te wezen.

Hij reed naar het oosten en verwachtte ieder moment dat er een patrouillewagen aan het eind van de steeg zou verschijnen om hem tegen te houden.

Paniek is een optelsom van angst bij een aantal mensen tegelijk, een publiek of een menigte. Maar Mitch voelde genoeg angst voor een hele menigte en werd overvallen door paniek.

Aan het eind van de steeg draaide hij rechtsaf de straat op. Bij de volgende kruising ging hij weer naar links en naar het oosten.

Dit stuk van Corona del Mar, dat zelf deel uitmaakte van Newport Beach, heette de Village. Een raster van straten dat met misschien drie afzettingen verzegeld kon worden.

Hij moest voorbij die uitvalwegen zien te komen. En snel.

In de bibliotheek van Julian Campbell, in de kofferbak van de Chrysler en de tweede keer in die kofferbak had hij angst gevoeld, maar niet zo hevig als dit keer. Toen was hij bang geweest voor zichzelf; nu was hij bang voor Holly.

Het ergste dat hem kon gebeuren, was dat hij werd gearresteerd of werd neergeschoten door de politie. Hij had de risico's van zijn opties gewogen en had de beste handelwijze gekozen. Nu kon het hem alleen nog schelen wat er met hem gebeurde voor zover het kon betekenen dat Holly alleen kwam te staan.

Sommige straten in de Village waren heel smal. Mitch reed in een van die straten. Aan beide kanten stonden auto's geparkeerd. Als hij te hard reed, nam hij het risico een portier af te rukken als iemand dat opendeed.

Taggart kon een signalement geven van de Honda. Over een paar minuten zouden ze het kenteken hebben opgevraagd. Hij kon het zich niet veroorloven blikschade op te lopen die de auto nog herkenbaarder zou maken.

Hij kwam bij een verkeerslicht op de Pacific Coast Highway. Rood.

Er was zwaar verkeer op de weg met gescheiden rijbanen, zowel in noordelijke als in zuidelijke richting. Hij kon niet door rood rijden en zich in de stroom mengen zonder een kettingbotsing te veroorzaken, waarbij hij zelf midden in de opstopping verzeild zou raken.

Hij keek in de achteruitkijkspiegel. Er kwam een bestelbusje aan, nog een blok van hem verwijderd. Op het dak leek een rij alarmlichten te staan, net als op een politievoertuig.

Het was een straat met volwassen bomen erlangs. De bewegende schaduwen en het licht dat daartussendoor op het bewegende voertuig viel, maakte het moeilijk om het te identificeren.

Op de Pacific Coast Highway reed een politiewagen naar het noorden, die het verkeer uiteen joeg met zwaailichten, maar zonder sirene.

Achter de Honda was het busje waar Mitch zich zorgen over maakte tot op een half blok genaderd en nu kon Mitch het woord AMBULANCE boven de voorruit zien staan. Ze hadden geen haast. Ze hadden zeker geen dienst, of anders vervoerden ze een dode.

Hij blies de ingehouden adem uit. De ambulance kwam achter hem tot stilstand en zijn opluchting was van korte duur toen hij zich afvroeg of ambulancepersoneel wel eens naar de politieradio luisterde.

Het verkeerslicht sprong op groen. Hij stak de eerste banen naar het zuiden over en ging linksaf naar het noorden.

De ene zweetdruppel na de andere liep over zijn nek onder zijn kraag en langs zijn ruggengraat.

Hij had nog maar een blok gereden toen er achter hem een sirene klonk. Dit keer zag hij een politiewagen in zijn achteruitkijkspiegel.

Alleen een gek probeert aan de politie te ontkomen. Ze hadden een heleboel wagens op de weg en ook nog helikopters in de lucht.

Mitch stuurde verslagen naar de kant van de weg. Toen hij de rijbaan had vrij gemaakt, schoot de patrouillewagen langs en reed verder.

Mitch bleef kijken tot de politiewagen twee blokken verderop de snelweg verliet. Hij ging linksaf, naar de noordkant van de Village.

Blijkbaar was Taggart nog niet in staat geweest hun een beschrijving te geven van de Honda.

Mitch haalde heel diep adem. En toen nog eens. Hij ging met een hand over zijn nek en veegde die hand af aan zijn broek.

Hij had een politieman aangevallen.

Hij stuurde de Honda weer de verkeersstroom in en vroeg zich af of hij gek was geworden. Hij voelde zich vastbesloten en misschien op een avontuurlijke manier roekeloos, maar niet kortzichtig. Maar een gek kon natuurlijk vanuit de binnenkant van zijn zeepbel geen gekte herkennen.

57

Als Holly de spijker uit de plank heeft getrokken, draait ze hem om en om in haar stijve, zere vingers om te beoordelen of hij zo dodelijk is als ze dacht toen hij nog in het hout zat.

Hij is recht, meer dan zeven maar minder dan tien centimeter lang en heeft een dikke schacht, en is dus inderdaad te gebruiken als spies. De punt is niet zo scherp als de akelige punt van een kipspies, maar scherp genoeg.

Terwijl de wind zingt van geweld stelt zij zich voor hoe ze de spijker kan inzetten tegen de engerd. Haar verbeelding is vruchtbaar genoeg om haar te verontrusten.

Gechoqueerd zet ze de gedachten aan het gebruik van de spijker van zich af en denkt na over de plekken waar ze hem zou kunnen verbergen. Het ding heeft alleen waarde als ze de engerd ermee kan verrassen.

Hoewel de spijker waarschijnlijk niet te zien zou zijn als ze hem in een zak van haar spijkerbroek zou doen, is ze bang dat ze hem in een noodsituatie niet snel genoeg tevoorschijn zal kunnen halen. Toen ze haar van haar huis naar deze plek overbrachten, hadden ze haar polsen met een sjaal vastgebonden. Als hij dat ook doet wanneer hij haar hier weer weghaalt, zal ze haar handen niet uit elkaar kunnen doen en dus niet gemakkelijk met haar vingers in een bepaalde zak kunnen komen.

Haar riem biedt geen mogelijkheden, maar ze tast wel in het donker haar sportschoenen af. Ze kan de spijker niet in haar schoen doen, want dan krijgt ze op zijn minst blaren. Misschien kan ze hem aan de buitenkant verbergen.

Ze maakt de veters van haar linkerschoen los, stopt de spijker voorzichtig tussen de tong en een van de zijkanten en maakt de schoen weer vast.

Als ze overeind komt en een kringetje loopt rond de ring waaraan ze is vastgemaakt, is ze er al snel achter dat de rechte spijker elke soepele stap onmogelijk maakt. Ze kan niet vermijden dat ze een beetje mank loopt.

Uiteindelijk trekt ze haar trui omhoog en verstopt ze de spijker in haar beha. Ze is niet zo ruim bedeeld als de gemiddelde vrouwelijke modderworstelaar, maar de natuur is ook niet al te karig geweest. Om te voorkomen dat de spijker tussen de cups uit glipt, duwt ze de punt door de elastische stof ertussen, zodat hij op zijn plek blijft.

Ze heeft zichzelf bewapend.

Als ze klaar is, lijken haar voorbereidingen nogal zielig.

Ze keert rusteloos terug naar de ring en vraagt zich af of ze zichzelf niet los kan maken of in ieder geval haar beperkte wapenarsenaal kan aanvullen.

Ze heeft al eerder op de tast vastgesteld dat de ring is vastgelast aan een stalen plaat van meer dan een centimeter dik en ongeveer twintig centimeter in het vierkant. De plaat is blijkbaar aan de vloer vastgemaakt met vier verzonken schroeven.

Ze kan niet met zekerheid zeggen dat het schroeven zijn, want er is iets vloeibaars op elke schroef gegoten, wat daarna hard is geworden. Zo kan ze niet bij de kop van de schroeven komen, als het tenminste schroeven zijn.

Ontmoedigd gaat ze op haar luchtbed liggen, met haar hoofd op het dikkere kussen.

Eerder heeft ze onrustig geslapen. Haar emotionele uitputting brengt ook lichamelijke uitputting met zich mee en ze weet dat ze weer zou kunnen slapen. Maar dat wil ze niet.

Ze is bang dat ze pas wakker zal worden als hij zich op haar laat vallen.

Ze ligt met haar ogen open, hoewel de duisternis dieper is dan die achter haar oogleden, en ze luistert naar de wind, hoewel die geen vertroosting brengt.

Als ze een tijdloze tijd later wakker wordt, ligt ze nog steeds in een absolute duisternis, maar ze weet dat ze niet meer alleen is. Een subtiele geur waarschuwt haar, of misschien is het het intuïtieve gevoel dat ze wordt beslopen.

Ze gaat met een ruk overeind zitten. Het luchtbed piept onder haar en de ketting tussen de boei en de ring ratelt over de vloer.

'Ik ben het maar,' stelt hij haar gerust.

Holly spant haar ogen in, omdat het lijkt alsof zijn krankzinnigheid nog donkerder zou moeten zijn dan de duisternis zelf, maar hij blijft onzichtbaar.

'Ik heb gekeken hoe je sliep,' zegt hij. 'Maar na een tijdje was ik bang dat mijn zaklamp je wakker zou maken.'

Het is niet zo gemakkelijk als ze misschien verwacht had om aan zijn stem te horen waar hij zich precies bevindt.

'Dit is fijn,' zegt hij, 'om met jou in het sacrale donker te zitten.'

Aan haar rechterkant. Niet meer dan een meter bij haar vandaan. Misschien op zijn knieën, maar hij kan ook staan.

'Ben je bang?' vraagt hij.

'Nee,' liegt ze zonder enige aarzeling.

'Je zou me teleurstellen als je bang was. Ik geloof dat je tot volle wasdom komt en iemand die opstijgt, moet alle angst achter zich hebben gelaten.'

Terwijl hij praat, lijkt hij achter haar te gaan staan. Ze draait haar hoofd en luistert goed.

'In El Valle viel eens een dichtere sneeuwbui dan ooit ergens gevallen is.'

Als ze het juist heeft, is hij naar haar rechterkant gelopen en staat hij nu naast haar, hoewel hij geen geluid heeft gemaakt dat de wind niet heeft overstemd.

'Na vier uur lag er vijftien centimeter sneeuw in de vallei en het land zag er onaards uit in het sneeuwlicht...'

Haar haren staan overeind en ze heeft kippenvel in haar nek bij de gedachte dat hij zo vol zelfvertrouwen rondloopt in het pikkedonker. Zelfs zijn ogen glanzen niet, zoals bij een kat.

'... onaards zoals nergens anders op de wereld. De vlakten weken en de lage heuvels rezen op alsof ze slechts velden en muren van mist waren, illusies van vormen en dimensies, weerspiegelingen van weerspiegelingen, en die weerspiegelingen alleen weerspiegelingen van een droom.'

De zachte stem klinkt nu voor haar, en Holly besluit te geloven dat hij zich niet heeft bewogen, dat hij al die tijd voor haar heeft gestaan.

Ze is uit haar slaap opgeschrikt en het kan niet anders dan dat haar zintuigen in het begin even onbetrouwbaar zijn. Zo'n volkomen duisternis werkt desoriënterend, zodat geluiden ergens anders vandaan lijken te komen.

Hij zegt: 'Aan de grond stond geen wind, maar hoger blies er een harde wind, want toen het ophield met sneeuwen, werden de meeste wolken snel uiteen gescheurd en weggeblazen. Tussen de overblijvende wolken was de hemel zwart, versierd met prachtige sterrenkettingen.'

Ze voelt de spijker tussen haar borsten, verwarmd door haar lichaamswarmte, en probeert daar geruststelling in te vinden.

'De glasblazer had nog vuurwerk over van juli en de vrouw die van dode paarden droomde, bood aan te helpen bij het opzetten en afsteken.'

Zijn verhalen gaan altijd ergens heen, hoewel Holly heeft geleerd de bestemming te vrezen.

'Er waren sterrenregens, vuurraderen, voetzoekers, fonteinen, tweemaal veranderende chrysanten en gouden palmbomen...'

Zijn stem wordt zachter en hij is nu heel dichtbij. Misschien buigt hij zich naar haar toe en bevindt zijn gezicht zich nog maar een klein stukje van haar gezicht.

'Rode en groene en saffierblauwe en gouden regens verhelderden de zwarte lucht, maar hun kleuren werden ook diffuus weerkaatst door de velden van sneeuw, zachte lagen pulserende kleuren op de sneeuwvelden.'

Terwijl de moordenaar praat, krijgt Holly het gevoel dat hij haar daar in het donker zal kussen. Wat zal zijn reactie zijn als ze onvermijdelijk terugdeinst?

'Er viel nog wat laatste sneeuw, een paar late vlokken zo groot als zilveren dollars, die in wijde, luie bochten naar beneden kwamen. Zij vingen ook de kleuren op.'

Ze leunt achterover en draait haar hoofd opzij, in angstige afwachting van de kus. Dan bedenkt ze dat hij misschien niet op haar lippen zal komen, maar in haar nek.

'Glanzend van het rode en blauwe en gouden vuur dwarrelden de vlokken langzaam naar de grond, alsof er hoog aan de hemel iets magisch in brand stond, een glorieus paleis aan de andere kant van de hemel dat in brand stond en vonken als juwelen uitstootte.'

Hij zwijgt even en verwacht duidelijk een antwoord.

Zolang hij blijft praten, zal hij haar niet kussen.

Holly zegt: 'Dat klinkt zo prachtig, zo magnifiek. Ik wou dat ik erbij was geweest.'

'Ik wou ook dat je erbij was geweest,' zegt hij.

In het besef dat hij haar woorden als uitnodiging zou kunnen opvatten, haast ze zich verder te vragen. 'Er moet meer zijn. Wat is er die nacht nog meer gebeurd in El Valle? Vertel.'

'De vrouw die van dode paarden droomde, had een vriendin die beweerde dat ze een gravin was uit een of ander land in Oost-Europa. Heb jij ooit een gravin gekend?'

'Nee.'

'Die gravin had aanvallen van depressiviteit. Die bestreed ze door ecstasy te slikken. Ze nam te veel ecstasy en liep het sneeuwveld in dat was betoverd door het vuurwerk. Ze was gelukkiger dan ze ooit in haar leven was geweest toen ze zelfmoord pleegde.'

Weer een stilte die om een antwoord vraagt, en Holly kan niets anders bedenken dat ze durft te zeggen dan: 'Hoe triest.'

'Ik wist wel dat je het zou zien. Ja, triest. Triest en dom. El Valle is een portaal dat een reis naar grote verandering mogelijk maakt. Op die nacht en op dat bijzondere moment werd aan alle aanwezigen transcendentie aangeboden. Maar er zijn er altijd een paar die het niet zien.'

'De gravin'

'Ja. De gravin.'

De samengedrukte duisternis lijkt te verdikken tot een steeds zwarter concentraat.

Ze voelt zijn warme adem op haar voorhoofd, op haar ogen. Die adem heeft geen geur. En dan is ze weg.

Misschien heeft ze zijn adem helemaal niet gevoeld en was het slechts een tochtvlaagje.

Ze wil graag geloven dat het een tochtvlaag was en ze denkt aan pure dingen zoals haar man en de baby en de felle zon.

Hij zegt: 'Geloof jij in tekenen, Holly Rafferty?'

'Ja.'

'Voortekenen. Omens. Aankondigingen, voorspellende uilen, stormvogels, zwarte katten en kapotte spiegels, geheimzinnige lichten aan de hemel. Heb jij ooit een teken gezien, Holly Rafferty?'

'Ik geloof van niet.'

'Wil je graag een teken zien?'

Ze weet wat hij wil dat ze zegt en doet het snel. 'Ja. Ik wil er graag een zien.'

Op haar linkerwang voelt ze warme adem en dan op haar lippen.

Als hij dit is – en in haar hart weet ze dat er geen *als* is – onderscheidt hij zich door niets van de duisternis, hoewel ze maar een paar centimeter van elkaar af zitten.

De duisternis in de kamer roept een duisternis in haar hoofd op. Ze stelt zich voor dat hij naakt voor haar knielt, zijn bleke lichaam versierd met esoterische symbolen, erop geschilderd met het bloed van de mensen die hij vermoord heeft.

Ze moet moeite doen om de groeiende angst uit haar stem te weren als ze zegt: 'Jij hebt veel tekens gezien, nietwaar?'

De adem, de adem, de adem op haar lippen, maar niet de kus en dan de adem ook niet meer als hij zich terugtrekt en zegt: 'Tientallen. Ik heb er oog voor.'

'Vertel eens iets over zo'n teken.'

Hij zwijgt. Zijn zwijgen is een scherp gewicht dat boven haar hangt, een zwaard boven haar hoofd.

Misschien begint hij zich af te vragen of ze praat om te voorkomen dat hij haar kust.

Als het ook maar enigszins mogelijk is, moet ze zorgen dat ze hem niet beledigt. Hoe belangrijk het ook is om hier weg te komen zonder verkracht te zijn, het is ook belangrijk om hier weg te komen zonder hem de vreemde, duistere, romantische fantasie te ontnemen die hem bezig lijkt te houden.

Hij schijnt te denken dat ze uiteindelijk zal besluiten om met hem naar Guadalupita te gaan en 'verbaasd te staan'. Zo lang hij die overtuiging koestert, die ze zo subtiel heeft geprobeerd te versterken zonder argwaan te wekken, is ze misschien in het voordeel op het moment dat het erop aankomt, het moment van leven of dood.

Als zijn zwijgen onheilspellend lang begint te lijken, zegt hij: 'Dit is gebeurd toen de zomer overging in de herfst. Iedereen zei dat de vogels vroeg naar het zuiden waren getrokken en er waren wolven gezien op plekken waar ze in geen tien jaar opgemerkt waren.'

Holly zit heel recht en waakzaam in het donker, met haar armen over haar borsten.

'De hemel zag er hol uit. Je had het gevoel dat je haar met een steen zou kunnen verbrijzelen. Ben je ooit in Eagle Nest geweest?'

'Nee.'

'Ik reed van Eagle Nest naar het zuiden op een tweebaans asfaltweg, minstens dertig kilometer ten oosten van Taos. Er liepen twee meisjes langs de snelweg, die probeerden een lift te krijgen naar het noorden.'

De wind vindt een nieuw hoekje of uitsteeksel op het dak waarmee hij een andere stem aan zichzelf kan ontlokken, en nu imiteert hij het weeklagende gehuil van jagende coyotes.

'Ze hadden de leeftijd van studentes, maar ze studeerden niet. Je kon zien dat ze serieuze zoekers waren, vol zelfvertrouwen in hun stevige wandelschoenen en met hun rugzakken en wandelstokken en al hun ervaring.'

Hij zwijgt even, misschien voor het effect, of misschien omdat hij geniet van de herinnering.

'Ik zag het teken en wist meteen dat het een teken was. Boven hun hoofden hing een merel met wijd gespreide vleugels. Zonder daarmee te klapperen zweefde de vogel moeiteloos op een thermiekstroom, niet sneller en ook niet langzamer dan de meisjes liepen.'

Ze heeft er spijt van dat ze dit verhaal heeft uitgelokt. Ze doet haar ogen dicht, bang voor de beelden die hij zou kunnen oproepen.

'De vogel zweefde niet meer dan twee meter boven hun hoofd en een halve meter of zo achter hen, maar de meisjes waren zich er niet van bewust. Ze waren er zich niet van bewust en ik wist wat dat betekende.'

Holly is te bang voor de duisternis om haar heen om haar ogen ervoor te sluiten. Ze doet ze open, ook al kan ze niets zien.

'Weet je wat die vogel betekende, Holly Rafferty?'

'De dood,' zegt ze.

'Ja, precies goed. Je geest komt echt tot volle wasdom. Ik zag de vogel en geloofde dat de dood boven de meisjes hing, dat ze niet lang meer op deze wereld zouden vertoeven.'

'En… was dat ook zo?'

'De winter viel dat jaar vroeg in. De ene sneeuwbui volgde op de andere en er heerste een strenge vorst. De lentedooi duurde voort tot in de zomer en toen de sneeuw was gesmolten, werden hun lichamen eind juni gevonden in een veld bij Arroyo Hondo, helemaal aan de andere kant van Wheeler Peak dan waar ik ze op de weg had gezien. Ik herkende hun foto's in de krant.'

Holly zegt een stil gebed voor de families van de onbekende meisjes.

'Wie weet wat er met hen is gebeurd?' gaat hij verder. 'Ze zijn naakt gevonden, dus je kunt je iets voorstellen van wat ze doorstaan moeten hebben. Maar hoewel het in onze ogen een afschuwelijke dood is, en tragisch omdat ze nog zo jong waren, is er zelfs in de ergste situaties de mogelijkheid van verlichting. Als we zoekers zijn, leren we overal van en groeien we. Misschien zijn er bij elke dood momenten van verlichtende schoonheid en de mogelijkheid tot transcendentie.'

Hij doet de zaklamp aan en nu blijkt dat hij vlak voor haar in kleermakerszit op de vloer zit.

Eerder in het gesprek zou het licht haar overvallen hebben en zou ze misschien zijn geschrokken. Nu laat ze zich niet zo snel meer verrassen en schrikt ze ook niet meer van licht, zo welkom is het.

Hij draagt de bivakmuts, zodat alleen zijn zere, kapotgebeten lippen en zijn blauwe ogen te zien zijn. Hij is niet naakt en ook niet beschilderd met het bloed van degenen die hij vermoord heeft.

'Het wordt tijd om te gaan,' zegt hij. 'Je zult worden losgekocht voor één miljoen vierhonderdduizend dollar, en als ik het geld heb, is het moment aangebroken om je besluit te nemen.'

Het genoemde bedrag is verbijsterend. Misschien liegt hij.

Holly heeft elk besef van tijd verloren, maar ze wordt verrast en in verwarring gebracht door wat zijn woorden impliceren. 'Is het al... woensdag middernacht?'

Hij glimlacht achter zijn gebreide masker. 'Het is dinsdagmiddag, maar een paar minuten voor enen,' zegt hij. 'Je man heeft zijn broer overgehaald het geld sneller dan mogelijk leek voor de dag te toveren. Het gaat allemaal zo soepel dat we duidelijk meerijden op de wielen van het lot.'

Hij komt overeind en gebaart dat zij ook op moet staan, en zij gehoorzaamt.

Hij bindt haar polsen met een blauwzijden sjaal achter haar rug vast, net als de vorige keer.

Daarna komt hij weer voor haar staan en strijkt teder het haar van haar voorhoofd, want een paar lokken zijn in haar gezicht gevallen. Terwijl hij haar streelt, met handen die even koud als bleek zijn, staart hij haar voortdurend aan met een soort romantische uitdaging.

Ze durft niet weg te kijken en sluit haar ogen pas als hij er dikke verbandgazen tegen drukt die hij vochtig heeft gemaakt om ze te laten plakken. Hij bindt de verbandgazen op hun plek met een langer stuk zijde, dat hij drie keer rond haar hoofd wikkelt en dan stevig op haar achterhoofd vastbindt.

Zijn handen strijken langs haar rechterenkel als hij de boei losmaakt en haar bevrijdt van de ketting en de ring.

Hij laat het licht van zijn zaklamp over haar blinddoek gaan en ze ziet een vaag licht door het verbandgaas en de zijde dringen. Dan laat hij de lamp zakken, duidelijk tevreden met zijn werk.

'Als we de plek van de ruil hebben bereikt, haal ik die sjaals weg,' belooft hij. 'Ze zijn alleen bedoeld om je bij het transport in bedwang te houden.'

Omdat hij niet degene is die haar heeft geslagen en aan haar haren heeft getrokken om haar te laten gillen, kan ze geloofwaardig klinken als ze zegt: 'Je bent nooit wreed tegen me geweest.'

Hij bekijkt haar zwijgend. Ze neemt aan dat hij haar bekijkt, want ze voelt zich naakt, uitgekleed door zijn blik.

De wind, het donker en de afschuwelijke verwachting laten haar hart bonzen als een konijn dat zich tegen het gaas van een hok werpt.

Holly voelt zijn adem licht langs haar lippen strijken en verdraagt het.

Nadat hij vier keer op haar heeft uitgeademd, fluistert hij: 'In Guadalupita is de hemel 's nachts zo uitgestrekt dat de maan gekrompen en klein lijkt. Er zijn van horizon tot horizon meer sterren dan alle dode mensen in de geschiedenis. Nu moeten we gaan.'

Hij neemt Holly bij de arm, en ze deinst niet terug voor zijn weerzinwekkende aanraking, maar loopt met hem mee door de kamer en door een open deur.

Hier is de trap weer, waar ze haar de vorige dag tegenop hebben laten lopen. Hij leidt haar geduldig naar beneden, maar ze kan de reling niet vasthouden en zet iedere voet heel voorzichtig neer.

Van de zolder naar de eerste verdieping, naar de benedenverdieping en dan naar de garage. Hij moedigt haar aan. 'Nu komt er een overloop. Heel goed. Bukken. Nu naar links. Voorzichtig hier. Hier is een drempel.'

In de garage hoort ze hem het portier van een voertuig openmaken.

'Dit is het busje waarin je hierheen bent gebracht,' zegt hij, en hij helpt haar door de achterdeur in de laadruimte. De met tapijt beklede vloer ruikt nog net zo smerig als ze zich herinnert. 'Ga op je zij liggen.'

Hij stapt uit en doet de deur achter zich dicht. Het kenmerkende geluid van een sleutel in een slot maakt een eind aan elke hoop dat ze ergens onderweg zou kunnen uitstappen.

Er gaat weer een portier open en hij gaat achter het stuur zitten. 'Dit is een busje met twee stoelen. De laadruimte en de cabine staan met elkaar in verbinding, daarom kun je me zo duidelijk horen. Hoor je me duidelijk?'

'Ja.'

Hij doet zijn portier dicht. 'Als ik me op mijn stoel omdraai, kan ik je zien. Op de heenweg zaten er mannen bij je om ervoor te zorgen dat je je gedroeg. Nu ben ik alleen. Dus als we ergens onderweg stoppen voor een rood stoplicht en je denkt dat iemand je zal kunnen horen gillen, zal ik harder tegen je moeten optreden dan ik zou willen.'

'Ik zal niet gillen.'

'Mooi. Maar ik moet even iets uitleggen. Op de stoel naast me ligt een pistool met een geluiddemper erop. Zodra je begint te gillen, pak ik het pistool, draai me om en schiet je dood. Of je nu dood bent of leeft, het losgeld krijg ik toch wel. Zie je hoe het is?'

'Ja.'

'Dat klinkt kil, nietwaar?' vraagt hij.

'Ik begrijp... in welke positie je verkeert.'

'Zeg het maar eerlijk. Het klonk wel kil.'

'Ja.'

'Denk hier maar aan. Ik had je de mond kunnen snoeren, maar dat heb ik niet gedaan. Ik had een rubberbal in je mooie mondje kunnen duwen en je lippen kunnen vastplakken met plakband. Had ik dat niet gemakkelijk kunnen doen?'

'Ja.'

'Waarom deed ik het dan niet?'

'Omdat je weet dat je me kunt vertrouwen,' zegt ze.

'Ik hoop dat ik je kan vertrouwen. En omdat ik een man van hoop ben, die elk uur van zijn leven vol hoop is, heb ik geen prop in je mond gedaan, Holly. Als ik je de mond had gesnoerd op de manier waarop ik heb beschreven, zou dat doeltreffend zijn geweest, maar buitengewoon onaangenaam. Ik wil niet zulke onaangename dingen tussen ons voor het geval... in hoop op Guadalupita.'

Ze kan haar hersenen soepeler laten werken om hem te misleiden dan ze een dag eerder voor mogelijk had gehouden.

Met een stem die helemaal niet verleidelijk klinkt, maar plechtig van respect, herhaalt ze de details voor hem die suggereren dat hij inderdaad een betovering over haar heeft uitgesproken: 'Guadalupita, Rodarte, Rio Lucio, Penasco, waar je leven veranderde, en Chamisal, waar het ook veranderde, Vallecito, Las Trampas en Espanola, waar je leven weer zal veranderen.'

Hij zwijgt even. Dan zegt hij: 'Het spijt me van het ongemak, Holly. Het is nu snel voorbij en dan komt de transcendentie… als je wilt.'

58

De wapenwinkel zag eruit als de kruidenierswinkels in talloze westernfilms. Een plat dak, muren van verticale planken, een overdekte stoep langs het hele gebouw en palen om een paard aan vast te maken wekten de verwachting dat John Wayne elk moment naar buiten kon komen lopen, in de kleren die hij had gedragen in *The Searchers*.

Mitch, die zich nog minder John Wayne voelde dan een figurant die in het tweede bedrijf wordt neergeschoten, zat in de Honda op de parkeerplaats het pistool te bekijken dat hij uit Rancho Santa Fe had meegebracht.

Er waren verscheidene dingen in het staal gegraveerd, als het tenminste staal was. Er stonden nummers en letters in die hem niets zeiden. Andere inscripties boden iemand die helemaal niets van handwapens wist enige informatie.

Bij de loop stonden de woorden *Super Tuned*. Verder naar achteren zag het woord CHAMPION eruit alsof de blokletters met een laser waren ingesneden, en recht daaronder stond CAL.45.

Mitch wilde het losgeld liever niet gaan betalen met slechts zeven kogels in het magazijn. Nu wist hij dat hij .45-kaliber kogels moest hebben.

Zeven kogels waren er waarschijnlijk meer dan genoeg. Een vuurgevecht duurde alleen in de film erg lang. In het echte leven loste iemand het eerste schot, schoot er iemand anders terug en was een van die iemanden binnen een totaal van vier kogels gewond of dood.

Het kopen van munitie voorzag niet in een echte, maar in een psychologische behoefte. Het kon hem niet schelen. Meer kogels zouden hem het gevoel geven dat hij beter voorbereid was.

Aan de andere kant van het pistool trof hij het woord SPRING-FIELD aan. Hij nam aan dat dat de fabrikant was.

Het woord CHAMPION verwees waarschijnlijk naar het model van het pistool. Hij had een Springfield Champion .45-pistool. Dat klonk waarschijnlijker dan een Champion Springfield .45-pistool.

Hij wilde niet de aandacht op zichzelf vestigen als hij de winkel inging. Hij hoopte maar dat hij klonk alsof hij wist waar hij het over had.

Nadat hij het magazijn uit het pistool had gehaald, haalde hij daar een kogel uit. Er stond op dat het een .45 ACP was, maar hij wist niet wat die letters betekenden.

Hij deed de kogel weer in het magazijn en stopte het magazijn in de zak van zijn spijkerbroek. Het pistool schoof hij onder zijn stoel.

Hij haalde de portefeuille van John Knox uit het handschoe-nenkastje. Het ging tegen zijn geweten in om het geld van de dode man te gebruiken, maar hij had geen keus. Zijn eigen portefeuille was hem in de bibliotheek van Julian Campbell afgenomen. Hij haalde het hele bedrag van 585 dollar eruit en deed de portefeuille weer in het kastje.

Hij stapte uit, sloot de wagen af en ging de winkel in. Het woord *winkel* leek ontoereikend voor zo'n grote zaak. Hij zag het ene gangpad na het andere vol wapens en toebehoren.

Bij de lange toonbank werd hij geholpen door een grote man met een walrussnor. Volgens zijn naamplaatje heette hij Roland.

'Een Springfield Champion,' zei Roland. 'Dat is de roestvrijstalen versie van de Colt Commander, nietwaar?'

Mitch had geen idee of dat waar was of niet, maar hij vermoedde dat Roland wist waar hij het over had. 'Dat klopt.'

'Afgeschuinde magazijnholte, gegroefde loop en een verlaagde en wijkende ejectiepoort, allemaal standaard.'

'Het is een mooi wapen,' zei Mitch, die maar hoopte dat mensen er echt zo over praatten. 'Ik wil drie extra magazijnen. Voor op de schietbaan.'

Hij voegde de laatste drie woorden toe omdat hij dacht dat de meeste mensen geen reservemagazijnen nodig hadden, tenzij ze van plan waren een bank te beroven of mensen te beschieten vanuit een klokkentoren.

Roland leek in het geheel niet argwanend. 'Hebt u het hele Super Tuned-pakket van Springfield genomen?'

Mitch dacht aan de woorden op de loop en zei: 'Ja. Het hele pakket.'

'Nog verdere aanpassingen?'

'Nee,' raadde Mitch.

'Hebt u het pistool bij u? Ik vind het prettiger als ik het even kan zien.'

Mitch had ten onrechte gedacht dat hij een windeldief of een overvaller zou lijken als hij het wapen mee de winkel in nam.

'Ik heb wel dit bij me.' Hij legde het magazijn op de toonbank.

'Ik heb liever het pistool zelf, maar we zullen zien of we hier iets mee kunnen.'

Vijf minuten later had Mitch betaald voor drie magazijnen en een doos met honderd .45 ACP-kogels.

Tijdens de hele transactie had hij ieder moment verwacht dat het alarm af zou gaan. Hij voelde zich met argwaan bekeken, alsof de man wist wat hij was. Het was duidelijk dat zijn zenuwen niet de soepele kracht hadden die iemand die op de vlucht is voor de politie nodig heeft.

Toen hij op het punt stond de winkel te verlaten, keek hij door de glazen deur en zag een politiewagen op de parkeerplaats staan die zijn auto de weg versperde. Bij het portier van de Honda stond een agent naar binnen te turen.

59

Bij nader inzien besefte Mitch dat op de portieren van de patrouillewagen niet het wapen van een stad stond, maar een naam – First Enforcement – en het sierlijke logo van een beveiligingsfirma. De geüniformeerde man bij de Honda moest een bewaker zijn, geen agent.

Toch kon hij alleen belangstelling voor de Honda hebben als hij wist dat de wagen gezocht werd. Deze man luisterde duidelijk wel naar de politieradio.

De bewaker liet zijn auto voor de Honda staan en liep op de wapenwinkel af. Hij leek heel doelbewust.

Hij was waarschijnlijk gestopt om wat persoonlijke zaken af te handelen en had toevallig de Honda zien staan. Nu maakte hij zich op voor een burgerarrestatie en zijn moment van glorie.

Een echte agent zou om versterking hebben gebeld voordat hij de winkel binnenging. Mitch veronderstelde dat hij dankbaar moest zijn omdat hij nog een klein kansje kreeg.

De parkeerplaats omvatte twee kanten van het vrijstaande gebouw en er waren twee ingangen. Mitch liep weg van deze deur en ging snel naar de andere.

Hij vertrok via de zij-ingang en haastte zich naar de voorkant van de winkel. De bewaker was naar binnen gegaan.

Mitch stond alleen in de wind. Dat zou niet lang duren. Hij sprintte naar de Honda.

De bewaker had hem vastgezet met zijn auto. Aan de achterkant van de parkeerplaats was een veiligheidshek van stalen pijpen boven op een betonnen rand van vijftien centimeter hoog, omdat het land achter de parkeerplaats twee meter steil naar beneden liep, waar een trottoir was.

Dit was niet goed. Hij kon niet weg. Hij zou de Honda moeten laten staan.

Hij deed het portier open en haalde de Springfield Champion .45 onder de stoel vandaan.

Toen hij het portier weer dichtdeed, werd zijn aandacht getrokken door iemand die de wapenwinkel uit kwam. Het was niet de bewaker.

Hij maakte de kofferbak open en griste de witte plastic vuilniszak uit de ruimte voor het reservewiel. Hij legde het pistool en zijn aankopen uit de wapenwinkel bij het geld, draaide de bovenkant van de zak dicht, sloot de kofferbak en liep weg.

Nadat hij achter vijf geparkeerde voertuigen langs was gelopen, ging hij tussen twee suv's staan. Hij tuurde naar binnen in de hoop dat een van de chauffeurs de sleutels in het slot had laten zitten, maar hij had geen geluk.

Toen liep hij snel, maar zonder te rennen, diagonaal over het asfalt naar de zijkant van het gebouw, waar hij net vandaan was gekomen.

Bij de hoek zag hij iets bewegen bij de voordeur van de wapenwinkel. Toen hij over de overdekte stoep keek, zag hij de bewaker uit de winkel komen.

Hij geloofde niet dat de bewaker hem had gezien en hij was al snel om de hoek verdwenen en uit het zicht.

De parkeerplaats aan de zijkant eindigde bij een lage, stenen muur. Hij sprong eroverheen en kwam terecht op het perceel van een fastfoodzaak.

Hij waarschuwde zichzelf niet te gaan rennen alsof hij op de vlucht was, stak de parkeerplaats over langs een rij auto's bij de drive-in, waar het stonk naar uitlaatgassen en vette patat, liep achter het restaurant langs en sprong daar weer over een lage muur.

Voor hem was een rij van zes of acht winkels. Hij ging langzamer lopen en keek in de etalages waar hij voorbijkwam, gewoon een man die een boodschap ging doen, met één komma vier miljoen te besteden.

Toen hij aan het eind van het blok kwam, reed er een patrouillewagen voorbij op de hoofdweg met rood-blauw, rood-blauw flitsende zwaailichten. Hij reed in de richting van de wapenwinkel. Meteen daarachter kwam er nog een.

Mitch ging linksaf een kleine zijstraat in en liep weg van de boulevard. Daar ging hij weer sneller lopen.

Er waren alleen winkels langs de boulevard. Daarachter lag een woonwijk.

In het eerste blok stonden flatgebouwen en appartementen. Daarna kwamen de gezinswoningen, de meeste met twee verdiepingen en af en toe een bungalow.

Langs de straat stonden enorme oude *Podocarpaceae*, die veel schaduw gaven. De meeste grasvelden waren groen en kort gemaaid en de struiken waren goed onderhouden. Maar overal vind je sloddervossen die gretig hun recht uitoefenen om slechte buren te zijn.

Als de politie hem niet in de wapenwinkel aantrof, zou ze de omringende wijken uitkammen. Over een paar minuten zouden er minstens zes patrouillewagens door de straten rijden.

Hij had een politieman aangevallen. Dat soort lui zetten ze altijd boven aan hun prioriteitenlijstje.

De meeste auto's in deze woonstraat waren suv's. Hij ging langzamer lopen en keek door de ruiten naar de ontstekingen, in de hoop een sleutel te zien.

Toen hij op zijn horloge keek, zag hij dat het 13.14 uur was. De ruil moest om 15.00 uur plaatsvinden en nu had hij geen auto.

60

Het ritje duurt ongeveer een kwartier en de vastgebonden en geblinddoekte Holly is te druk met haar plannen om aan gillen te denken.

Als de krankzinnige chauffeur stopt, hoort ze hoe hij het busje in zijn vrij zet en de handrem aantrekt. Hij stapt uit en laat het portier open.

In Rio Lucio woont een vrome vrouw die Ermina en nog wat heet in een blauw met groen of misschien blauw met geel gestuukt huis. Ze is tweeënzeventig.

De moordenaar stapt weer in het busje, rijdt het een meter of zes naar voren en stapt weer uit.

In de woonkamer van die Ermina bevinden zich misschien tweeënveertig of negenendertig afbeeldingen van het Heilige Hart van Jezus, doorboord met dorens.

Dit heeft Holly op een idee gebracht. Het idee is gedurfd. En eng. Maar het voelt goed.

Als de moordenaar weer instapt, raadt Holly dat hij een hek heeft opengezet om erdoor te kunnen rijden en het toen weer achter hen heeft gesloten.

In de achtertuin van die Ermina heeft de moordenaar een 'schat' begraven die de oude vrouw zou afkeuren. Holly vraagt zich af wat die schat kan zijn, maar hoopt dat ze er nooit achter zal komen.

Het busje rolt misschien twintig meter naar voren over een onverhard oppervlak. Kleine stenen kraken en ratelen onder de banden.

Hij stopt weer en dit keer zet hij de motor af. 'We zijn er.'

'Goed,' zegt ze, want ze probeert zich niet te gedragen als een angstige gijzelaar, maar als een vrouw wier geest tot volle wasdom komt.

Hij maakt de achterdeur open en helpt haar uit het busje.

De warme wind ruikt vaag naar houtrook. Misschien staan ver naar het oosten de canyons in brand.

Voor het eerst in meer dan vierentwintig uur voelt ze de zon op haar gezicht. Het voelt zo goed dat ze wel kan huilen.

Hij pakt haar bij haar rechterarm en leidt haar bijna hoffelijk over de kale aarde en door het onkruid. Dan volgen ze een hard oppervlak dat vaag naar kalk ruikt.

Als ze stilstaan, wordt een vreemd, gedempt geluid drie keer herhaald – *tap tap tap* – wat vergezeld gaat van het geluid van splinterend hout en het krijsen van metaal.

'Wat is dat?' vraagt ze.

'Ik heb de deur opengeschoten.'

Nu weet ze hoe een pistool met een geluiddemper klinkt. *Tap tap tap*. Drie schoten.

Hij leidt haar over de drempel van het huis waar hij zich naar binnen geschoten heeft. 'Nog maar een klein eindje.'

De echo van hun langzame voetstappen geeft haar een idee van een grote ruimte. 'Het voelt als een kerk.'

'Dat is het in zekere zin ook,' zegt hij. 'We staan in een kathedraal van buitengewone uitbundigheid.'

Ze ruikt pleisterwerk en zaagsel. Ze kan nog steeds de wind horen, maar de muren moeten goed geïsoleerd zijn en de ramen moeten driedubbel glas hebben, want het bulderende geluid klinkt gedempt.

Uiteindelijk komen ze in een ruimte die kleiner klinkt dan die daarvoor, met een lager plafond.

De moordenaar laat haar stoppen en zegt: 'Wacht hier.' Hij laat haar arm los.

Ze hoort een bekend geluid dat haar de moed in haar schoenen doet zinken: het geratel van een ketting.

Hier is de geur van zaagsel niet zo sterk als in de andere ruimtes, maar als ze zich hun dreigement herinnert om haar vingers af te snijden, vraagt ze zich af of hier een zaagtafel staat.

'Een komma vier miljoen dollar,' zegt ze welbewust. 'Daar kun je lang van zoeken.'

'Daar kun je van alles een hoop van doen,' antwoordt hij.

Hij raakt haar arm weer aan en ze trekt hem niet terug. Hij slaat een ketting om haar linkerpols en maakt iets vast.

'Als je altijd moet werken,' zegt ze, 'is er nooit echt tijd om te zoeken.' En hoewel ze weet dat het dom klinkt, hoopt ze dat het een soort domheid is waar hij iets mee heeft.

'Werk is een pad die op ons leven zit,' zegt hij, en ze weet dat ze een snaar bij hem heeft geraakt.

Hij maakt de sjaal los waarmee haar polsen zijn vastgebonden, en ze bedankt hem.

Als hij haar blinddoek verwijdert, knippert ze met haar ogen tegen het licht en ze merkt dat ze zich in een huis in aanbouw bevindt.

Nadat ze hier zijn binnengegaan, heeft hij zijn bivakmuts weer opgezet. Hij doet in ieder geval voorkomen alsof ze voor haar man kan kiezen en alsof hij hen zal laten leven.

'Dit zou de keuken zijn geworden,' zegt hij.

De ruimte is enorm voor een keuken, misschien vijftien bij negen meter, ruim voldoende om voor grote gezelschappen te koken. De kalkstenen vloer is enorm stoffig. De muren zijn klaar, maar er zijn geen kastjes of apparaten geïnstalleerd.

Laag uit een muur steekt een metalen pijp met een diameter van ongeveer vijf centimeter, misschien een gasleiding. De andere kant van haar ketting is met een hangslot aan deze pijp vastgemaakt, net als aan haar pols. De metalen afdichter op de buis, die ruim twee centimeter breder is dan de buis zelf, voorkomt dat de ketting eraf getrokken kan worden.

Hij heeft haar tweeënhalve meter schakels gegeven. Ze kan zitten, staan en zelfs een beetje rondlopen.

'Waar zijn we?' vraagt ze zich af.

'In het Turnbridge-huis.'

'Aha. Maar waarom? Heb je daar een band mee?'

'Ik ben hier een paar keer geweest,' zegt hij, 'maar ik ben altijd wat discreter binnengekomen dan door het slot weg te schieten. Het trekt me aan. Hij is hier nog.'

'Wie?'

'Turnbridge. Hij is niet overgegaan. Zijn geest waart hier nog rond, helemaal in elkaar gedoken als een van de tienduizend dode larven die hier liggen.'

Holly zegt: 'Ik heb nagedacht over Ermina in Rio Lucio.'

'Ermina Lavato.'

'Ja,' zegt ze, alsof ze de achternaam niet vergeten was. 'Ik kan de kamers van haar huis bijna zien, elk in een andere, zachte kleur. Ik weet niet waarom ik steeds aan haar moet denken.'

De blauwe ogen in zijn gebreide masker bekijken haar met koortsachtige intensiteit.

Ze doet haar ogen dicht, blijft staan met haar armen slap langs haar lichaam en haar gezicht opgeheven naar het plafond, en zegt fluisterend: 'Ik kan haar slaapkamermuren zien, bedekt met de afbeeldingen van de Heilige Moeder.'

'Tweeënveertig,' zegt hij.

'En er zijn kaarsen, nietwaar?'

'Ja. Votiefkaarsen.'

'Het is een prachtige kamer. Ze is er gelukkig.'

'Ze is heel arm,' zegt hij, 'maar gelukkiger dan menig rijk man.'

'En die ouderwetse keuken uit de jaren twintig van de vorige eeuw, de geur van kip-*fajita's*.' Ze haalt diep adem en blaast de lucht weer uit.

Hij zegt niets.

Holly doet haar ogen weer open en zegt: 'Ik ben daar nooit geweest, ik heb haar nooit ontmoet. Waarom kan ik haar en haar huis niet uit mijn hoofd krijgen?'

Zijn aanhoudende zwijgen begint haar te verontrusten. Ze is bang dat ze overdreven heeft, een valse snaar heeft aangeslagen.

Eindelijk zegt hij: 'Soms is er weerklank tussen mensen die elkaar nooit ontmoet hebben.'

Ze tast het woord af: 'Weerklank.'

'Aan de ene kant woon je ver bij haar vandaan, maar aan de andere kant hadden jullie buren kunnen zijn.'

Als Holly het goed begrijpt, heeft ze meer belangstelling gewekt dan argwaan. Maar het zou natuurlijk een fatale fout kunnen zijn te denken dat ze hem ooit kan begrijpen.

'Vreemd,' zegt ze en ze gaat er niet verder op door.

Hij maakt zijn gesprongen lippen nat met zijn tong, likt er nog eens langs en nog eens. Dan: 'Ik moet wat voorbereidingen treffen. Het spijt me van die ketting. Het zal niet lang meer nodig zijn.'

Als hij de keuken heeft verlaten, luistert ze naar zijn voetstappen, die vervagen door grote, holle ruimtes.

Dan lopen de rillingen plotseling over haar rug. Ze kan ze niet onder controle krijgen en de schakels van haar ketting kletteren tegen elkaar.

61

In de zwaaiende schaduw van de podocarpussen tuurde Mitch door de autoraampjes en na een tijdje begon hij de portieren te proberen van de wagens die langs de stoep geparkeerd stonden. Als ze niet op slot waren, deed hij ze open en stak zijn hoofd naar binnen.

Als de sleutels niet in de ontsteking zaten, lagen ze misschien in de bekerhouder of zaten ze achter de zonneklep. Elke keer dat hij ook daar de sleutels niet aantrof, sloot hij het portier weer en ging verder.

Hoewel zijn stoutmoedigheid ontstaan was uit wanhoop, stond hij er toch verbaasd van, want er kon elk moment een politiewagen de hoek omkomen. Maar voorzichtigheid zou nu eerder zijn ondergang worden dan zelfverzekerdheid.

Hij hoopte dat de bewoners geen mensen waren met veel gemeenschapszin en zich niet hadden aangesloten bij een of andere burgerwacht. Dan zou hun politiementor hen hebben geleerd verdachte exemplaren zoals hijzelf op te merken en te melden.

Voor het relaxte Zuid-Californië en het veilige Newport Beach sloot een deprimerend percentage mensen hun geparkeerde auto af. Hij werd langzamerhand nijdig over zo veel voorzichtigheid.

Toen hij twee blokken had afgewerkt, zag hij een eindje verderop een Lexus met draaiende motor en open portier op een oprit staan. Er zat niemand achter het stuur.

De garagedeur stond ook open. Hij liep voorzichtig naar de auto toe, maar er was ook niemand in de garage. De chauffeur was het huis weer ingegaan om iets te pakken.

Binnen een paar minuten zou worden gemeld dat de Lexus gestolen was, maar de politie zou er niet meteen naar op zoek gaan. Er was een procedure voor het aangeven van diefstal van een auto. Die procedure maakte deel uit van het systeem, het systeem was het werk van de bureaucratie en bureaucratie veroorzaakte vertraging.

Hij had misschien een paar uur voordat het kenteken aan iedereen was doorgegeven. Hij had niet meer dan twee uur nodig.

De auto stond met de neus naar de straat, dus ging hij achter het stuur zitten, zette de vuilniszak op de stoel naast hem, trok het portier dicht, rolde meteen de oprit af en ging rechtsaf, weg van de boulevard en de wapenwinkel.

Bij de kruising negeerde hij het stopteken en ging nog eens rechtsaf, maar iets verderop hoorde hij een dunne, beverige stem op de achterbank zeggen: 'Hoe heet jij, liefje?'

Een oude man zat ineengedoken in een hoekje. Hij droeg een bril met jampotglazen en een gehoorapparaatje en zijn broek zat zo'n beetje onder zijn oksels. Hij leek wel honderd jaar. De tijd had hem laten krimpen, maar niet overal gelijk verdeeld.

'O, jij bent Debbie,' zei de oude man. 'Waar gaan we heen, Debbie?'

Misdaad leidde tot nog meer misdaad en dit was het loon van de misdaad: er bleef niets van je over. Mitch was nu zelf een ontvoerder geworden.

'Gaan we naar de taartenwinkel?' vroeg de oude man met een hoopvolle toon in zijn beverige stem.

Waarschijnlijk leed hij aan Alzheimer.

'Ja,' zei Mitch. 'We gaan naar de taartenwinkel.' En hij ging bij de volgende kruising weer rechtsaf.

'Ik hou van taart.'

'Iedereen houdt van taart,' beaamde Mitch.

Als zijn hart niet zo hard gebonsd had dat het pijn deed, als het leven van zijn vrouw er niet van had afgehangen dat hij op vrije voeten bleef, als hij niet elk moment een patrouillerende politieman had kunnen tegenkomen en als hij er niet van uit was gegaan dat die eerst zou schieten en pas daarna zou praten over details als burgerrechten, had hij dit amusant kunnen vinden. Maar het was niet amusant, het was onwerkelijk.

'Jij bent Debbie niet,' zei de oude man. 'Ik ben Norman, maar jij bent Debbie niet.'

'Nee. Je hebt gelijk. Ik ben Debbie niet.'

'Wie ben je dan?'

'Gewoon iemand die zich vergist heeft.'

Daar dacht Norman over na terwijl Mitch bij de derde hoek rechts afsloeg en toen zei hij: 'Je gaat me pijn doen. Dat ga je doen.'

De angst in de stem van de oude man bewoog hem tot medelijden. 'Nee, nee. Niemand gaat je pijn doen.'

'Je gaat me pijn doen, je bent een slechte man.'

'Nee. Ik heb me gewoon vergist. Ik breng u meteen weer naar huis,' stelde Mitch hem gerust.

'Waar zijn we? Dit is mijn huis niet. We zijn helemaal niet in de buurt van mijn huis.' De stem, die tot op dat moment zacht en onzeker was geweest, kreeg plotseling volume en scherpte.

'Maakt u zich nou maar niet druk. Alstublieft.' Mitch had medelijden met de oude man en voelde zich verantwoordelijk voor hem. 'We zijn er bijna. U bent met een minuutje thuis.'

'Jij bent een smeerlap! Jij bent een smeerlap!'

Bij de vierde hoek sloeg Mitch weer rechts af en reed hij de straat in waar hij de auto had gestolen.

'JIJ BENT EEN SMEERLAP!'

In de verdorde diepten van dat door de tijd verwoeste lichaam vond Norman de stem van een brullende jongeman.

'JIJ BENT EEN SMEERLAP!'

'Alsjeblieft, Norman, straks krijg je nog een hartaanval.'

Hij had gehoopt de auto weer op de oprit te kunnen achterlaten zonder dat iemand iets gemerkt had. Maar er was een vrouw uit het huis gekomen, die nu op straat stond. Ze zag hem de hoek omkomen.

Ze zag er geschrokken uit. Ze moest hebben gedacht dat Norman achter het stuur was gekropen.

'JIJ BENT EEN SMEERLAP, EEN GORE, GORE SMEERLAP!'

Mitch stopte vlak bij de vrouw, zette de auto in zijn vrij, trok de handrem aan, greep de vuilniszak en stapte uit. Hij liet het portier openstaan.

Ze was een aantrekkelijke, iets te mollige vrouw van een jaar of veertig met Rod Stewart-haar dat door een kapper geduldig was versierd met blonde strepen. Ze droeg een zakelijk pakje en haar hakken waren te hoog voor een ritje naar de taartenwinkel.

'Ben jij Debbie?' vroeg Mitch.

Ze zei verbaasd: 'Of ik Debbie ben?'

Misschien was er geen Debbie.

Norman zat nog steeds te schreeuwen in de auto en Mitch zei: 'Het spijt me zeer. Enorme vergissing.'

Hij liep weg, naar de eerste van de vier kruisingen waar hij met Norman was geweest, en hoorde haar zeggen: 'Opa? Is alles goed met je, opa?'

Toen hij bij het stopbord was, keek hij even om en zag de vrouw met haar bovenlichaam in de wagen hangen om de oude man tot bedaren te brengen.

Mitch ging de hoek om en haastte zich verder. Hij rende niet, maar liep stevig door.

Toen hij een blok later bij de volgende kruising kwam, werd er achter hem getoeterd. De vrouw achtervolgde hem in de Lexus.

Hij kon haar zien door de voorruit: een hand aan het stuur, een mobiele telefoon in de andere. Ze belde niet naar haar zus in Omaha. Ze belde niet om de tijd te weten te komen. Ze belde het alarmnummer.

62

Mitch liep haastig tegen de weerspannige wind in over het trottoir en werd als door een wonder niet gestoken toen een heftige windvlaag een wolk bijen uit een boomnest schudde.

De vastberaden vrouw in de Lexus bleef ver genoeg achter hem om te kunnen draaien en hem te kunnen ontwijken als hij van richting veranderde en naar haar toe holde, maar ze hield hem in het oog. Hij begon te rennen en zij drukte het gaspedaal in om hem bij te houden.

Ze wilde hem duidelijk in het vizier houden tot de politie arriveerde. Mitch had bewondering voor haar lef, al zou hij nu het liefst haar banden lekschieten.

Het zou niet lang duren voordat de politie er was. Ze hadden zijn Honda gevonden en wisten dat hij in de buurt was. De poging tot diefstal van een Lexus op een paar blokken afstand van de wapenwinkel zou alle alarmbellen doen rinkelen.

De claxon schalde weer, toen nog eens en vervolgens onophoudelijk. Ze hoopte haar buren duidelijk te maken dat ze een misdadiger in hun midden hadden. Het geluid klonk zo overdreven dringend dat je zou denken dat Osama bin Laden hier rondliep.

Mitch liep door een tuin, opende een hek en haastte zich langs de zijkant van een huis, hopend dat hij geen pitbull zou aantreffen in de achtertuin. De meeste pitbulls waren ongetwijfeld zo lief als nonnen, maar gezien de wending die het fortuin had genomen, zou hij niet tegen zuster Pit aan lopen maar tegen een hellehond.

De achtertuin bleek niet erg diep te zijn en werd omgeven door een cederhouten hek met scherpe punten erop. Hij zag geen doorgang. Nadat hij de in elkaar gedraaide bovenkant van de vuilniszak aan zijn riem had gebonden, klom hij in een koraalboom, schoof langs een tak tot hij voorbij het hek was en liet zich toen in een steegje vallen.

De politie zou ervan uitgaan dat hij liever via de steegjes verderging dan via de straten, dus kon hij er geen gebruik van maken.

Hij stak een leeg perceel over dat werd beschut door de treurende takken van lang ongesnoeide peperbomen, die ronddansten en schudden als de vele wijde rokken van achttiende-eeuwse dansers bij een wals.

Toen hij halverwege het blok de volgende straat overstak, reed er een politiewagen over de kruising aan de oostkant. Het gegil van remmen vertelde hem dat hij gezien was.

Door een tuin, over een hek, over een steeg, door een hek, door een tuin, over een andere straat, heel snel nu. De plastic zak sloeg tegen zijn been en hij was bang dat hij open zou barsten en bundels bankbiljetten rond zou strooien.

De laatste rij huizen stond met de achterkant naar een kleine canyon van ongeveer zestig meter diep en negentig meter breed. Hij klom over een smeedijzeren hek en stond meteen op een steile helling van losse, geërodeerde aarde. De zwaartekracht en de schuivende aarde namen hem mee naar beneden.

Als een surfer op jacht naar het opperste geluk op de verraderlijke binnenkant van een reuzengolf probeerde hij rechtop te blijven, maar de zanderige aarde bleek niet zo mee te werken. Zijn voeten werden onder hem vandaan getrokken en hij gleed de laatste tien meter op zijn rug, zodat hij een witte stofwolk achterliet, en schoot toen met zijn voeten vooruit door een plotseling opdoemende muur van hoog gras en nog hoger onkruid.

Hij kwam tot stilstand onder een baldakijn van takken. Vanboven had de vloer van de canyon verstikt geleken met planten, maar Mitch had geen grote bomen verwacht. Maar naast de struiken en bosjes die hij wel had verwacht, trof hij een veelsoortig bos aan.

Paardenkastanjes waren behangen met geurige witte bloemen. Stekelige waaierpalmen wedijverden met Californische myrte en zwarte myrobalaanpruimen. Veel van de bomen waren knoestig en verwrongen en ruw, alsof de bodem van deze stadse canyon mutagene stoffen afgaf aan de wortels, maar hij zag ook Japanse esdoorn en *Eucalyptus coccifera* die hij met liefde had gebruikt bij de aanleg van een dure tuin.

Een paar ratten schoten onder zijn voeten weg en een slang verdween kronkelend in de schaduwen. Misschien een ratelslang. Hij wist het niet zeker.

Als hij onder de bomen bleef, kon niemand hem zien vanaf de rand van de canyon. Hij liep niet meer het onmiddellijke risico gearresteerd te worden.

Er waren zo veel takken van verschillende bomen ineengevlochten dat zelfs de harde wind het baldakijn niet uiteen kon blazen en de zon toegang kon geven. Het licht was groen en waterig. De schaduwen trilden en zwaaiden als zeeanemonen.

Er liep een ondiep stroompje door de canyon, wat geen wonder was, zo vlak na het regenseizoen. Het waterpeil zou hier best zo dicht onder het oppervlak kunnen liggen dat een kleine bron het stroompje het hele jaar kon voeden.

Hij maakte de vuilniszak los van zijn riem en inspecteerde hem. Er zaten drie gaten in de zak en er was een scheur van twee tot drie centimeter, maar er leek niets uit gevallen te zijn.

Mitch maakte een losse, tijdelijke knoop in de bovenkant van de zak en hield hem tegen zijn lichaam, in de bocht van zijn linkerarm.

Als hij het zich goed herinnerde, werd de canyon naar het westen steeds smaller en kwam de vloer steil omhoog. Het kabbelende water stroomde lui uit die richting en hij liep er wat sneller langs.

Een vochtig tapijt van dode bladeren dempte zijn stappen. De aangename geuren van vochtige aarde, natte bladeren en sporenvormende paddenstoelen gaven de lucht gewicht.

Hoewel er meer dan drie miljoen mensen in Orange County woonden, leek de bodem van deze canyon zo afgelegen dat hij kilometers van de beschaafde wereld zou kunnen liggen. Tot hij de helikopter hoorde.

Het verbaasde hem dat ze vlogen met deze wind.

Te oordelen naar het geluid stak de helikopter recht boven Mitch' hoofd de canyon over. Hij ging naar het noorden en draaide kringetjes boven de buurt waardoor hij was gevlucht, zodat het geluid luider werd, vervaagde en dan weer aanzwol.

Ze zochten hem vanuit de lucht, maar op de verkeerde plek. Ze wisten niet dat hij de canyon in was gegaan.

Hij bleef lopen, maar stond stil en slaakte een verraste kreet toen Ansons telefoon ging. Hij haalde hem uit zijn zak, opgelucht dat hij hem niet was verloren of had beschadigd.

'Met Mitch.'

Jimmy Null zei: 'Voel je je hoopvol?'

'Ja. Laat me met Holly praten.'

'Deze keer niet. Je ziet haar snel genoeg. Ik verplaats de ruil van drie naar twee uur.'

'Dat kun je niet doen.'

'Ik heb het net gedaan.'

'Hoe laat is het nu?'

'Halftwee,' zei Jimmy Null.

'Hé, nee, dat red ik nooit, twee uur.'

'Waarom niet? Het huis van Anson is maar een paar minuten van het Turnbridge-huis.'

'Ik ben niet bij Anson.'

'Waar zit je dan, wat voer je uit?' vroeg Null.

Met zijn voeten ver uit elkaar in de natte bladeren zei Mitch: 'Ik rijd een beetje rond om de tijd te verdrijven.'

'Dat is stom. Je had bij hem moeten blijven en klaar moeten zijn.'

'Maak er halfdrie van. Ik heb het geld hier bij me. Een komma vier miljoen. Ik heb het bij me.'

'Ik zal je eens iets vertellen.'

Mitch wachtte af en toen Null niet verderging, zei hij: 'Wat? Wat wil je me vertellen?'

'Over het geld. Ik wil je iets vertellen over het geld.'

'Oké.'

'Ik leef niet voor geld. Ik heb geld. Er zijn dingen die meer voor me betekenen dan geld.'

Er was iets mis. Mitch had het al eerder gevoeld toen hij met

Holly had gesproken, toen ze zo gespannen had geklonken en niet had gezegd dat ze van hem hield.

'Hoor eens, ik ben al zo ver gekomen. Wij zijn al zo ver gekomen, het is niet meer dan juist dat we dit afmaken.'

'Twee uur,' zei Null. 'Dat is de nieuwe tijd. Als je er niet precies om twee uur bent, is het voorbij. Geen tweede kans.'

'Oké.'

'Twee uur.'

'Oké.'

Jimmy Null maakte een eind aan het gesprek.

Mitch zette het op een rennen.

63

Holly, vastgeketend aan de gasbuis, weet wat ze moet doen, wat ze zal doen, en daarom kan ze de tijd alleen verdrijven door te piekeren over alle dingen die verkeerd zouden kunnen gaan of door zich te verbazen over wat ze kan zien van het onafgebouwde landhuis.

Thomas Turnbridge had een fantastische keuken gekregen als hij was blijven leven. Als alle apparaten waren geïnstalleerd, zou een dure cateraar met een peloton personeel daar een diner voor zeshonderd man hebben kunnen klaarmaken en op de terrassen hebben kunnen uitserveren.

Turnbridge was een dot.com-miljonair. Het bedrijf dat hij had opgericht – en dat hem rijk had gemaakt – produceerde niets, maar had zich beziggehouden met advertentiemogelijkheden op het internet.

Tegen de tijd dat *Forbes* Turnbridges netto vermogen schatte op drie miljard, kocht hij huizen op in een bestaande wijk, gelegen op een klip en met een overweldigend uitzicht op de Stille Oceaan. Hij kocht er negen naast elkaar door meer dan tweemaal de normale prijs te betalen. Hij gaf zestig miljoen dollar uit aan de huizen en brak ze toen af om een enkel perceel van iets meer dan een hectare te krijgen, dat waarschijnlijk zijn gelijke niet had aan de kust van Zuid-Californië.

Een grote architectenfirma had een team van dertig man gezet op het ontwerpen van een huis van drie verdiepingen en een vloeroppervlak van achtduizend vierkante meter, waarbij de enorme, onderaardse garages en de technische ruimten niet inbegrepen waren. Het moest de stijl krijgen van een door Alberto Pinto ontworpen huis in Brazilië.

Elementen als watervallen die zich half binnen en half buiten bevonden, een ondergrondse schietbaan en een indoor schaatsbaan vergden het uiterste van de kennis van de constructeurs, de installateurs en de bodemingenieurs. Ze deden er twee jaar over om de plannen op te stellen. Tijdens de eerste twee jaar van de bouw was de aannemer alleen maar bezig met de fundering en de ondergrondse ruimte.

Geen budget. Turnbridge betaalde alles wat nodig was.

Er werden bij elkaar passende partijen exquise marmer en graniet gekocht. De buitenkant van het huis moest worden bekleed met Franse kalksteen en er werden zestig naadloze kalkstenen zuilen gefabriceerd van zeventigduizend dollar per stuk.

Turnbridge was net zo hartstochtelijk bezig met zijn bedrijf als met het huis dat hij liet bouwen. Hij geloofde dat het bedrijf een van de tien grootste corporaties ter wereld zou worden.

Dat bleef hij geloven, zelfs nadat het snel ontwikkelende internet fouten in zijn bedrijfsstructuur aantoonde. Hij had vanaf het begin zijn aandelen verkocht om zijn stijl van leven te bekostigen, niet om zijn investeringen uit te breiden. Toen de aandelen van zijn bedrijf in waarde daalden, leende hij geld om meer aandelen te kopen. De koers zakte nog verder en hij kocht nog meer.

Toen de koers zich niet herstelde en het bedrijf instortte, was Turnbridge geruïneerd. De bouw van het huis kwam stil te liggen.

Achtervolgd door schuldeisers, investeerders en een boze ex-vrouw kwam Thomas Turnbridge thuis in zijn onafgebouwde huis, ging in een vouwstoel op het balkon van de grootste slaapkamer zitten met een panorama van 240 graden vol oceaan- en stadslichtjes om hem te betoveren, en spoelde een overdosis barbituraten weg met een ijskoude fles Dom Perignon.

De aasvogels vonden hem een dag voordat zijn ex-vrouw dat deed. Hoewel het perceel een juweeltje is, is het na Turnbridges dood niet verkocht. Er worden nu allerlei rechtszaken over gevoerd. De waarde van het land wordt nu geschat op de zestig miljoen dollar waar Turnbridge het te duur voor gekocht heeft, zodat er maar een kleine groep potentiële kopers is.

Om het project af te maken volgens de specificaties in de plannen zal een koper nog vijftig miljoen moeten uitgeven, dus moet hij wel van de stijl houden. Als hij de bestaande bebouwing laat afbreken en opnieuw begint, moet hij erop voorbereid zijn nog vijf miljoen uit te geven boven op de zestig miljoen van de grond, want hij heeft te maken met constructies van staal en beton die zonder schade een aardbeving van 8.2 op de schaal van Richter moeten kunnen doorstaan.

Holly heeft er als toekomstige makelaar nooit van gedroomd de commissie voor het Turnbridge-huis te kunnen opeisen. Zij is tevreden met de verkoop van huizen in middenklasse wijken, aan mensen die het fantastisch vinden om hun eigen huis te hebben.

Ze zou haar bescheiden makelaarsdroom zelfs willen ruilen voor de garantie dat zij en Mitch de ruil overleven en zou er tevreden mee zijn om secretaresse te blijven. Ze is een goede secretaresse en een goede echtgenote, en ze zal haar best doen om ook een goede moeder te zijn. Daar zal ze gelukkig mee zijn, met het leven, met liefde.

Maar zo'n deal kan ze niet sluiten; haar leven ligt zowel letterlijk als figuurlijk in haar eigen handen. Ze zal moeten handelen als het moment daarvoor is aangebroken. Ze heeft een plan. Ze is voorbereid op het risico, op de pijn, op het bloed.

De engerd komt terug. Hij heeft een grijs windjack aangetrokken en een paar dunne, soepele handschoenen.

Ze zit op de grond als hij binnenkomt, maar gaat staan als hij nadert.

Zonder rekening te houden met ieders behoefte aan persoonlijke ruimte gaat hij zo dicht bij Holly staan als een man zou doen voordat hij haar in zijn armen zou nemen om te dansen.

'In het huis van Duvijio en Eloisa Pacheco in Rio Lucio staan twee rode houten stoelen in de woonkamer, met spijlen in de rugleuning en besneden bovenkanten.' Hij legt zijn rechterhand op haar linkerschouder en ze is blij dat hij handschoenen aanheeft.

'Op een van die rode stoelen,' gaat hij verder, 'staat een goedkoop keramiekbeeldje van Sint Antonius. Op de andere stoel staat een beeldje van een jongen, aangekleed om naar de kerk te gaan.'

'Wie is die jongen?'

'Het beeldje staat voor hun zoon, die Anthony heet, maar die op zesjarige leeftijd is overreden en gedood door een dronken autobestuurder. Dat is vijftig jaar geleden gebeurd, toen Duvijio en Eloisa in de twintig waren.'

Ze is nog geen moeder, maar hoopt het wel te worden en ze kan zich de pijn van een dergelijk verlies, de ontzetting over het plotselinge ervan niet voorstellen. Ze zegt: 'Een altaar.'

'Ja, een altaar van rode stoelen. Er heeft vijftig jaar niemand op die stoelen gezeten. De stoelen zijn er voor de twee beeldjes.'

'Antonius en Anthony,' corrigeert ze.

Misschien ziet hij het niet als een correctie.

'Stel je voor,' zegt hij, 'hoeveel verdriet en hoop en liefde en wanhoop in die beeldjes besloten ligt. Een halve eeuw van intens verlangen heeft die voorwerpen een enorme macht gegeven.'

Ze denkt aan het meisje in haar met kant afgezette jurk, dat was begraven met de medaille van Sint Christoffel en het beeldje van Assepoester.

'Als Duvijio en Eloisa op een dag niet thuis zijn, zal ik ze een bezoek brengen en het beeldje van de jongen meenemen.'

Deze man is vele dingen, onder andere een wrede rover van het geloof en de hoop en de gekoesterde herinneringen van andere mensen.

'Ik heb geen belangstelling voor de andere Antonius, de heilige, maar de jongen is een totem van magische mogelijkheden. Ik zal de jongen meenemen naar Espanola...'

'Waar je leven weer zal veranderen.'

'Grondig,' zegt hij. 'En misschien niet alleen mijn leven.'

Ze doet haar ogen dicht en fluistert 'rode stoelen' alsof ze probeert ze voor zich te zien.

Dit lijkt voorlopig aanmoediging genoeg, want na een korte stilte zegt hij: 'Mitch komt over iets meer dan twintig minuten.'

Haar hart bonst bij dit nieuws, maar haar hoop wordt getemperd door haar angst en ze doet haar ogen niet open.

'Ik ga nu naar hem uitkijken. Hij zal het geld deze kamer in brengen en dan zal het tijd zijn om je besluit te nemen.'

'Woont er in Espanola een vrouw met twee witte honden?'

'Is dat wat je ziet?'

'Honden die verdwijnen in de sneeuw.'

'Ik weet het niet. Maar als jij ze ziet, moeten ze in Espanola zijn.'

'Ik zie mezelf met haar lachen, en de honden zijn zo wit.' Ze doet haar ogen open en kijkt hem aan. 'Je kunt hem beter gaan opwachten.'

'Twintig minuten,' belooft hij en dan loopt hij de keuken uit.

Holly staat even heel stil en verbaast zich over zichzelf.

Witte honden, nou ja. Waar haalt ze dat vandaan? Witte honden en een lachende vrouw.

Ze lacht bijna om zijn lichtgelovigheid, maar het is niet om te lachen dat ze zo diep in zijn gedachten is doorgedrongen dat ze weet welke beelden hem zullen raken. Het lijkt niet helemaal bewonderenswaardig dat ze zich in zijn krankzinnige wereld kan redden.

Ze begint te rillen en gaat zitten. Haar handen zijn koud en er gaat een huivering langs elke kronkel van haar darmen.

Ze steekt haar handen onder haar trui, tussen haar borsten, en trekt de spijker uit haar beha.

Hoewel de spijker scherp is, wou ze dat hij nog scherper was. Ze heeft niet de mogelijkheid om hem bij te vijlen.

Met de kop van de spijker krast ze ijverig in de muur tot ze een hoopje poeder heeft geproduceerd.

Het moment is gekomen.

Toen Holly een klein meisje was, is ze een tijdje bang geweest voor verschillende nachtmonsters die het product waren van een vruchtbare verbeelding: in de kast, onder het bed, voor de ramen.

Haar grootmoeder, die goede Dorothy, heeft haar toen een versje geleerd dat volgens haar elk monster op de vlucht zou jagen. Die in de kast zouden in het niets opgaan, die onder het bed zouden stof worden en die bij de ramen zouden teruggestuurd worden naar de moerassen en grotten waar ze thuishoorden.

Jaren later kwam Holly erachter dat dit gedicht, dat haar had bevrijd van haar angst voor monsters, 'Het gebed van een soldaat' heette. Het was geschreven door een onbekende Britse soldaat en was aangetroffen op een stukje papier in een loopgraaf in Tunesië, tijdens de slag om El Agheila.

Zachtjes maar hoorbaar reciteert ze:

'Blijf mij nabij, God. De nacht is donker,
de nacht is koud, mijn kleine vonk
van moed dooft. De nacht is lang;
blijf mij nabij, God, en maak me sterk.'

Ze aarzelt, maar slechts even.
  Het moment is aangebroken.

64

Met schoenen vol modder en dode bladeren, gekreukte en vuile kleren, een witte vuilniszak in zijn armen en tegen zijn borst gedrukt alsof het een gekoesterd kind was en ogen die zo fel waren van wanhoop dat het lampen hadden kunnen zijn om zijn weg te verlichten als het nacht was geweest, rende Mitch door de berm van de snelweg.

Geen enkele agent die toevallig voorbijreed zou hem zomaar laten lopen. Hij zag eruit als een vluchteling of een gek, of allebei.

Vijftig meter verderop was een tankstation met een supermarktje. Er werd een uitverkoop van banden aangekondigd en tientallen felgekleurde vlaggetjes klapperden in de wind.

Hij vroeg zich af of hij met tienduizend dollar in contanten een lift naar het Turnbridge-huis zou kunnen krijgen. Waarschijnlijk niet. Zoals hij eruitzag, zouden de meeste mensen bang zijn onderweg door hem vermoord te worden.

Een kerel die eruitzag als een zwerver en liep te zwaaien met tienduizend dollar om een lift te krijgen zou de tankbediende nerveus maken. Hij zou de politie kunnen bellen.

Toch leek liften zijn enige optie, behalve iemand het pistool onder zijn neus houden en van zijn auto beroven, en dat wilde hij niet. De eigenaar van de auto zou zo dom kunnen zijn om naar het pistool te grijpen en dan zou hij hem per ongeluk kunnen doodschieten.

Toen hij vlak bij het tankstation was, kwam er een Cadillac Escalade van de snelweg, die bij een van de buitenste pompen stopte. Er kwam een lange blondine uit met haar tasje in de hand, die de supermarkt in liep en het portier open liet staan.

Het was zelfbediening bij de twee rijen pompen. Er waren geen bedienden in zicht.

Een andere klant stond een Ford Explorer vol te tanken. Hij was bezig met een spons zijn ramen schoon te maken.

Mitch liep naar de Escalade en keek door het open portier. De sleutel zat in het contact.

Hij stak zijn hoofd naar binnen en keek op de achterbank. Geen opa, geen kind in een kinderzitje, geen pitbull.

Hij ging achter het stuur zitten, trok het portier dicht, startte de motor en reed de snelweg op.

Hoewel hij half verwachtte dat er mensen schreeuwend en met zwaaiende armen achter hem aan zouden rennen, zag hij niets in zijn achteruitkijkspiegel.

Er zat een groenstrook tussen de banen van de snelweg. Hij dacht erover om er gewoon overheen te rijden. Dat kon de Escalade wel aan. Maar je zou zien dat er dan net een patrouillewagen voorbij zou komen.

Hij reed een paar honderd meter naar het noorden tot hij bij een knooppunt kwam en ging toen terug naar het zuiden.

Toen hij langs het tankstation kwam, was daar nog geen lange, boze blondine te zien. Hij racete er voorbij, maar hield zich wel aan de maximumsnelheid.

Normaal gesproken was hij niet zo'n opgewonden standje achter het stuur die tekeerging tegen trage of onhandige bestuurders. Maar tijdens dit ritje wenste hij hun allerlei ziekten en afschuwelijke ongelukken toe.

Om 13.56 uur was hij in de buurt waar het huis van Turnbridge, onafgebouwd en wel, stond. Hij parkeerde de auto buiten het zicht van het huis.

Vloekend om de onhandige knoopjes trok hij zijn shirt uit. Jimmy Null zou het hem waarschijnlijk toch laten uittrekken om te laten zien dat hij geen wapen verborg.

Er was hem gezegd dat hij ongewapend moest zijn, en hij wilde dat het eruitzag alsof hij zich aan die eis had gehouden.

Hij haalde de doos met kogels uit de afvalzak en uit de zak van zijn spijkerbroek kwam het oorspronkelijke magazijn van de Springfield Champion. Hij voegde drie kogels toe aan de zeven die er nog in zaten.

De herinnering aan een film kwam hem nu goed van pas. Hij trok de slede achteruit en deed een elfde kogel in de kamer.

De kogels glipten weg tussen zijn zweterige, trillende vingers, dus kon hij in de korte tijd die hij had maar twee van de drie reservemagazijnen vullen. Hij duwde de doos met kogels en het extra magazijn onder zijn stoel.

Nog een minuut voor tweeën.

Hij schoof de twee geladen magazijnen in de zakken van zijn spijkerbroek, legde het geladen pistool in de zak bij het geld, draaide de bovenkant van de zak dicht maar zonder er een knoop in te leggen en reed naar het Turnbridge-huis.

Een lang bouwhek met stukken groen plastic scheidde de straat van het grote perceel van Turnbridge. De omwonenden, die jaren tegen dat lelijke ding hadden aangekeken, zouden wel wensen dat de ondernemer zichzelf niet vermoord had, al was het alleen maar om hem te kunnen achtervolgen met juristen en burenruzies.

Het hek was dicht en er hing een ketting aan. Zoals Jimmy Null had beloofd, zat er geen slot op de ketting.

Mitch reed het terrein op en parkeerde met de achterkant van de suv naar het huis. Hij stapte uit en zette alle vijf de portieren open, in de hoop dat dit gebaar duidelijk zou maken dat hij zich zo goed mogelijk wilde houden aan de voorwaarden van de ruil.

Hij deed het hek weer dicht en hing de ketting op zijn plaats.

Met de vuilniszak in zijn hand liep hij naar een plek tussen de Escalade en het huis, waar hij stilstond en wachtte.

Het was een warme, maar geen hete dag, maar de zon was fel. Het licht en de wind lieten zijn ogen tranen.

Ansons mobiel ging.

Hij nam op. 'Met Mitch.'

Jimmy Null zei: 'Het is een minuut over tweeën. O, nu is het twee minuten over. Je bent te laat.'

65

Het onafgebouwde huis was zo groot als een hotel. Jimmy Null kon Mitch vanuit tientallen ramen in de gaten houden.

'Je zou in de Honda komen,' zei hij.

'Ik kreeg pech.'

'Waar heb je die Escalade vandaan?'

'Die heb ik gestolen.'

'Je meent het.'

'Zeker.'

'Zet hem evenwijdig aan het huis, zodat ik de voor- en achterbank kan zien.'

Mitch deed wat hem gezegd werd en liet de portieren open terwijl hij de auto verzette. Hij stapte weg bij de SUV en wachtte bij de vuilniszak, met de telefoon tegen zijn oor.

Hij vroeg zich af of Null hem van een afstandje dood zou schieten en dan het geld zou komen halen. Hij vroeg zich af waarom hij dat niet zou doen.

'Het zit me niet lekker dat je niet met de Honda bent.'

'Ik zei toch dat ik pech kreeg.'

'Wat is er gebeurd?'

'Een lekke band. Jij hebt de ruil een uur vervroegd, dus had ik geen tijd om hem te verwisselen.'

'Een gestolen auto. Je had best de politie achter je aan kunnen krijgen.'

'Niemand zag dat ik hem meenam.'

'Waar heb jij geleerd een auto te starten zonder sleutel?'

'De sleutels zaten in het contact.'

Null dacht zwijgend na. Toen zei hij: 'Ga door de voordeur het huis in. Blijf aan de telefoon.'

Mitch zag dat de deur was opengeschoten. Hij ging naar binnen.

De hal was enorm. Hoewel het nog een casco ruimte was, zou zelfs Julian Campbell onder de indruk zijn geweest.

Nadat hij Mitch een paar minuten in zijn sop had laten gaarkoken, zei Jimmy Null: 'Ga door de colonnade naar de woonkamer recht voor je.'

Mitch ging de woonkamer binnen, waar de ramen op het westen van vloer tot plafond reikten. Zelfs door het stoffige glas was het uitzicht zo verbijsterend mooi dat hij kon begrijpen waarom Turnbridge hier had willen sterven.

'Goed. Ik ben er.'

'Ga linksaf en loop de kamer door,' wees Null hem de weg. 'Een brede deur leidt naar een salon.'

Nergens waren nog deuren opgehangen. De deuren tussen deze twee kamers zouden bijna drie meter hoog moeten zijn om de opening te vullen.

Toen Mitch in de tweede kamer was, die net zo'n spectaculair uitzicht had, zei Null: 'Tegenover de deuropening waar je nu staat, zie je nog een brede deur en een enkele deur aan je linkerkant.'

'Ja.'

'Die enkele deur leidt naar een gang. De gang loopt langs andere kamers naar de keuken. Ze is in de keuken. Maar blijf uit haar buurt.'

Mitch liep door de kamer naar de aangeduide deur en vroeg: 'Waarom?'

'Omdat ik nog steeds de regels bepaal. Ze is vastgeketend aan een buis. Ik heb de sleutel. Je blijft net over de drempel staan.'

De hal leek langer te worden naarmate hij hem verder volgde, maar hij wist dat dit telescoopeffect psychologisch was. Hij verlangde er wanhopig naar om Holly te zien.

Hij keek niet de kamers in die hij passeerde. Null zou zich daar kunnen bevinden. Het maakte niet uit.

Toen Mitch de keuken binnenliep, zag hij haar meteen, en zijn

hart zwol op en zijn mond werd droog. Alles wat hij had door-
gemaakt, elke pijn die hij had verdragen, elke verschrikkelijke
daad die hij had verricht, alles was op dat moment de moeite
waard.

66

Omdat de engerd tijdens het laatste deel van het telefoongesprek naast haar in de keuken komt staan, hoort Holly hem zijn laatste aanwijzingen geven.

Ze houdt haar adem in en luistert naar voetstappen. Als ze Mitch hoort naderen, springen de hete tranen in haar ogen, maar ze knippert ze weg.

Een tel later komt Mitch de kamer binnen. Hij zegt haar naam zo teder. Haar man.

Ze stond met haar armen over haar borsten gevouwen, haar handen tot vuisten gebald in haar oksels. Nu laat ze haar armen zakken en laat haar gebalde vuisten naast haar lichaam hangen.

De engerd, die een akelig uitziend pistool heeft getrokken, is helemaal geconcentreerd op Mitch. 'Armen opzij als een vogel.'

Mitch gehoorzaamt, met de witte vuilniszak in zijn rechterhand.

Zijn kleren zijn smerig. Zijn haar zit in de war. Zijn gezicht heeft elke kleur verloren. Hij is zo mooi.

De moordenaar zegt: 'Kom langzaam naar voren.'

Mitch komt gehoorzaam naar voren en de engerd zegt dat hij op een afstand van vijf meter moet blijven staan.

Als Mitch stilstaat, zegt de moordenaar: 'Zet de zak op de vloer.'

Mitch laat de zak op het stoffige kalksteen zakken. Hij zakt een beetje in elkaar, maar valt niet open.

De moordenaar houdt Mitch onder schot en zegt: 'Ik wil het geld zien. Kniel voor de zak.'

Holly ziet Mitch niet graag knielen. Dat is de houding die beulen hun slachtoffers laten innemen voordat ze de genadeslag toedienen.

Ze moet iets doen, maar het moment voelt nog niet helemaal goed. Als ze te snel in actie komt, gaat het misschien verkeerd. Haar instinct zegt haar te wachten, hoewel het enorm moeilijk is om te wachten nu Mitch op zijn knieën zit.

'Laat me het geld zien,' zegt de moordenaar, en hij houdt het pistool nu met twee handen vast, met zijn vinger strak tegen de trekker.

Mitch vouwt de zak open en haalt er een in plastic verpakte bundel geld uit. Hij scheurt één kant van het plastic stuk en gaat met zijn duim langs de biljetten van honderd dollar.

'De cheques aan toonder?' vraagt de moordenaar.

Mitch laat het geld in de zak vallen.

De engerd verstrakt en duwt het pistool naar voren als Mitch nogmaals zijn hand in de zak steekt, en hij ontspant zelfs niet als Mitch slechts een grote envelop voor de dag haalt.

Uit de envelop haalt Mitch zes officieel uitziende certificaten. Hij houdt er een omhoog voor de moordenaar, zodat die het kan lezen.

'Oké. Doe ze terug in de envelop.'

Mitch gehoorzaamt, nog steeds op zijn knieën.

De engerd zegt: 'Mitch, als je vrouw een kans kreeg waar ze eerder niet van had durven dromen, een kans op persoonlijke vervulling, op verlichting, op transcendentie, dan zou je toch zeker willen dat ze dat betere lot volgde?'

Deze ontwikkeling verrast Mitch en hij weet niet wat hij moet zeggen, maar Holly wel. Het moment is gekomen.

Ze zegt: 'Ik heb een teken gekregen, mijn toekomst ligt in New Mexico.'

Ze brengt haar handen omhoog, opent ze en laat haar bloederige wonden zien.

Mitch slaakt een kreet, de moordenaar werpt een blik op Holly en haar stigmata druipen voor zijn verbaasde ogen.

De spijkergaten zijn niet oppervlakkig, al gaan ze niet helemaal door haar handen heen. Ze heeft zichzelf gestoken en de wonden met brute vastberadenheid groter gemaakt.

Het ergste was dat ze elke kreet van pijn moest verbijten. Als hij haar had horen schreeuwen, was de moordenaar zeker komen kijken wat ze aan het doen was.

De wonden hadden meteen te hard gebloed. Ze had er het poeder van het pleisterwerk op gedaan om het bloeden te stoppen. Voordat dat lukte, was er al bloed op de vloer gedruppeld, maar dat had ze weggemoffeld door snel de dikke stoflaag eroverheen te vegen.

Toen Mitch binnenkwam, had Holly met haar handen in haar oksels de laagjes pleisterstof uit de wonden gekrabd en ze weer opengetrokken.

Het bloed vloeit nu ten behoeve van de moordenaar en Holly zegt: 'In Espanola, waar ons leven zal veranderen, woont een vrouw die Rosa Gonzales heet en die twee witte honden heeft.'

Met haar linkerhand trekt ze de hals van haar trui omlaag, zodat haar decolleté te zien is.

Zijn blik gaat van haar borsten naar haar ogen.

Ze laat haar rechterhand tussen haar borsten glijden en pakt de spijker, maar ze is bang dat ze hem niet vast kan houden met haar glibberige vingers.

De moordenaar werpt een blik op Mitch.

Ze grijpt de spijker stevig vast, haalt hem tevoorschijn en ramt hem in het gezicht van de moordenaar. Ze richt op zijn oog, maar prikt in plaats daarvan zijn masker tegen zijn gezicht, doorboort de holte van zijn wang en scheurt die open.

Gillend, zijn tong prikkend aan de spijker deinst hij achteruit en vuurt blindelings zijn pistool af. De kogels slaan in de muren.

Ze ziet Mitch opstaan en snel bewegen met een eigen pistool in zijn hand.

67

Mitch riep: 'Holly, weg daar,' en ze kwam bij de eerste lettergreep al in beweging en ging zo ver bij Jimmy Null vandaan als haar ketting toeliet.

Mitch schoot van dichtbij, richtte op de buik, raakte de borst, trok het pistool na de terugslag weer naar beneden, schoot nogmaals, trok naar beneden, schoot, schoot. Hij dacht dat hij een paar keer miste, maar hij zag drie of vier kogels in het windjack slaan, en hoorde elke knal weergalmen in het grote huis.

Null wankelde naar achteren, uit zijn evenwicht gebracht. Zijn pistool had een vergroot magazijn. Het leek volledig automatisch te schieten. De kogels sloegen in de muur en een deel van het plafond.

Omdat hij het wapen nu nog maar met één hand vasthad, vloog het uit zijn hand, misschien door de terugslag, of misschien doordat hij alle kracht verloor, maar wat de reden ook was, het vloog weg. Het pistool raakte de muur en kletterde op de kalksteen.

Null werd achteruitgedreven door de inslag van de .45-kogels, kwam op zijn hakken te staan, wankelde, viel opzij en rolde op zijn buik.

Toen de echo's van de echo's van het vuurgevecht waren weggestorven, hoorde Mitch de fluitende, ongelijkmatige ademhaling van Jimmy Null. Misschien ademde je zo als je een fatale borstwond had opgelopen.

Mitch was niet trots op wat hij vervolgens deed en schiep er zelfs geen bruut genoegen in. In feite had hij het bijna niet gedaan, maar hij wist dat *bijna* hem geen dispensatie zou opleveren als de tijd kwam om rekenschap af te leggen voor de manier waarop hij geleefd had.

Hij stapte over de hijgende man heen en schoot hem tweemaal in de rug. Hij zou nog een derde keer hebben geschoten als alle elf kogels in het pistool niet op waren geweest.

Holly, die in elkaar was gedoken tijdens het vuurgevecht, kwam overeind toen hij zich naar haar omdraaide.

'Nog iemand anders?' vroeg hij.

'Alleen hij, alleen hij.'

Toen wierp ze zich tegen hem aan en sloeg haar armen om hem heen. Hij was nog nooit zo strak vastgehouden, met zo'n zoete felheid.

'Je handen.'

'Dat is niets.'

'Je handen,' hield hij vol.

'Het is niets. Je leeft nog. Het is niets.'

Hij kuste elk deel van haar gezicht. Haar mond, haar ogen, haar voorhoofd, weer haar ogen die nu zout waren van de tranen, haar mond.

Het stonk naar kruit, er lag een dode man op de vloer, Holly bloedde en Mitch' knieën knikten. Hij wilde frisse lucht, het pittige windje, zonneschijn om haar in te kussen.

'Laten we hier weggaan,' zei hij.

'De ketting.'

Een klein, roestvrijstalen hangslot bond de schakels om haar pols aan elkaar.

'Hij heeft de sleutel,' zei ze.

Mitch keek naar het lichaam en haalde een reservemagazijn uit de zak van zijn spijkerbroek. Hij haalde het lege magazijn uit het pistool en verving het door het volle.

Toen drukte hij de loop tegen het achterhoofd van de ontvoerder en zei: 'Eén beweging en ik schiet je hersens eruit.' Maar hij kreeg natuurlijk geen antwoord.

Toch drukte hij het pistool hard tegen het hoofd en doorzocht met zijn vrije hand de zakken van het windjack. Hij vond de sleutel in de tweede zak.

De ketting viel van haar pols toen het slot tegen de kalkstenen vloer kletterde.

'Je handen,' zei hij. 'Je mooie handen.'

De aanblik van haar bloed was een steek in zijn hart, en hij dacht aan het schouwspel in hun keuken en de bloederige handafdrukken, maar het was erger, veel erger om haar te zien bloeden.

'Wat is er met je handen gebeurd?'

'New Mexico. Het is niet zo erg als het eruitziet. Ik leg het nog wel uit. Laten we gaan. Laten we maken dat we hier wegkomen.'

Hij griste de zak met geld van de vloer. Ze liep naar een deur, maar hij leidde haar naar de gang, de enige route die hij kende.

Ze liepen met haar rechterarm om zijn schouders en zijn linkerarm om haar middel langs lege kamers, spookachtig of niet, en zijn hart klopte nog niets langzamer of zachter dan midden in het vuurgevecht. Misschien bleef het de rest van zijn leven zo tekeergaan.

De gang was lang en in de salon moesten ze wel even stilstaan bij het enorme, stoffige uitzicht.

Toen ze de woonkamer instapten, kwam elders in het huis brullend een motor tot leven. De herrie ratelde van kamer naar gang naar kamer en kletterde van de hoge plafonds, zodat ze onmogelijk konden uitmaken waar het vandaan kwam.

'Een motor,' zei ze.

'Een kogelvrij vest,' zei Mitch. 'Onder zijn windjack.'

De klap van de kogels, vooral de twee in de rug, moest Jimmy Null even knock-out hebben geslagen.

Hij was niet van plan geweest te vertrekken in het busje waarmee hij hierheen was gereden. Hij had ergens vlak bij de keuken een motor neergezet, misschien in de ontbijtkamer, en had door elke vleugel van het huis en elke deur kunnen vertrekken als de zaken fout liepen. Eenmaal buiten het huis kon hij niet alleen door het hek naar de straat ontsnappen, maar ook door langs de klip naar beneden te rijden of via een derde route.

Maar toen het geronk van de motor aanzwol, wist Mitch dat Jimmy niet van plan was te vluchten. En hij was ook niet uit op het losgeld.

Wat er ook gebeurd was tussen hem en Holly – New Mexico en Rosa Gonzales en twee witte honden en bebloede stigmata – dát was wat hem aantrok, en hij werd ook gedreven door de vernedering van die spijker in zijn gezicht. Vanwege die spijker ging hij eerder achter Holly aan dan achter het losgeld. Hij wilde haar dood hebben.

De logica eiste dat hij achter hen was en uit de salon zou komen.

Mitch rende met Holly door de enorme woonkamer naar de even grote ontvangsthal en de voordeur.

De logica had het mis. Ze waren nog maar halverwege de woonkamer toen Jimmy Null op een Kawasaki ergens vandaan schoot en door de colonnade stormde die hen scheidde van de ontvangsthal.

Mitch trok Holly achteruit terwijl Null tussen de zuilen door de ontvangsthal in stuurde. Daar maakte hij een wijde bocht en toen kwam hij recht op hen af, door die kamer en dwars door de colonnade, steeds sneller.

Null had zijn pistool niet. Geen kogels meer. Of hij was het pistool in zijn wilde razernij vergeten.

Mitch duwde Holly achter hem, hief de Champion in beide handen, dacht aan het richtvizier, een witte stip, en opende het vuur toen Null door de colonnade kwam.

Hij richtte dit keer op zijn borst en hoopte zijn hoofd te raken. Vijftien meter en het gebrul klaterde van de muren. Het eerste schot, te hoog, trek naar beneden, tweede schot, *trek naar beneden*, tien meter, derde schot.TREK NAAR BENEDEN! Het vierde schot schakelde Jimmy Nulls hersenen zo abrupt uit dat zijn handen van de handvatten sprongen.

De dode man stopte, maar de motor niet. Het ding steigerde op zijn achterwiel, rokend en met gillende banden verder tot hij omsloeg, naar hen toe en langs hen schoof, een van de grote ramen raakte, erdoorheen schoot en verdween.

Zorg dat je zeker bent. Het kwaad is zo taai als een kakkerlak. Zorg dat je zeker bent. De Champion in beide handen, voorzichtig naderen, geen haast nu, loop om hem heen. Stap over de spetters op de vloer heen. Grijsroze spetters, stukjes bot en plukken haar. Hij kan niet meer leven. Zorg dat je er zeker van bent.

Mitch trok het masker omhoog om het gezicht te zien, maar het was geen gezicht meer en ze waren hier klaar. Het was voorbij.

68

In de zomer dat Anthony drie is, vieren ze Mitch' tweeëndertigste verjaardag met een tuinfeest.

Big Green heeft nu drie pick-ups en vijf werknemers, naast Iggy Barnes. Ze komen allemaal met hun vrouwen en kinderen en Iggy brengt een surfster mee die Madelaine heet.

Holly heeft zoals altijd goede vrienden gemaakt bij de makelaardij, waar ze tot dusver de tweede verkoopster van het jaar is.

Hoewel Dorothy maar twaalf maanden na Anthony is gekomen, zijn ze niet naar een groter huis verhuisd. Holly is hier opgegroeid, dit huis is haar geschiedenis. Bovendien hebben ze er al een hele gezamenlijke geschiedenis.

Ze zullen een extra verdieping bijbouwen voor er een derde kind komt. En er komt een derde.

Het kwaad is over de drempel gekomen, maar de herinnering eraan zal hen niet wegjagen. Liefde schrobt de ergste vlekken weg. Bovendien kun je je niet terugtrekken als je tegenover het kwaad staat, je kunt het alleen weerstaan. En je plicht doen.

Sandy Taggart komt ook met zijn vrouw Jennifer en hun twee dochters. Hij heeft de krant van die dag bij zich, want hij vraagt zich af of Mitch het artikel heeft gezien, wat niet zo is: Julian Campbell, die na zijn veroordeling in de gevangenis zat in afwachting van het hoger beroep, is gevonden met afgesneden keel. Men vermoedt dat iemand opdracht heeft gegeven hem te vermoorden, maar er is nog geen andere gevangene aangewezen als de moordenaar.

Hoewel Anson in een andere gevangenis zit dan Campbell, zal hij uiteindelijk wel van de moord horen. Het zal hem iets geven om over na te denken terwijl zijn advocaten hun best doen om te voorkomen dat hij een dodelijke injectie krijgt.

Mitch' jongste zus, Portia, komt helemaal uit Birmingham in Alabama met haar man, de restaurateur Frank, en hun vijf kinderen. Megan en Connie blijven in meer dan één opzicht op afstand, maar Mitch en Portia hebben een hechte band gekregen en hij hoopt een manier te vinden om zijn andere twee zussen na verloop van tijd ook bij zijn leven te betrekken.

Daniel en Kathy hadden vijf kinderen gekregen omdat hij zei dat ze de voortzetting van het ras niet konden overlaten aan de irrationele mensen. Materialisten moesten zich net zo krachtdadig voortplanten als gelovigen, anders zou de wereld door God naar de hel gaan.

Portia heeft haar vaders vijftal geëvenaard en heeft haar kinderen opgevoed volgens traditionele normen en waarden, waar geen leerkamer aan te pas is gekomen.

Op de avond van deze verjaardag eten ze een feestmaal aan tafels op de patio en het grasveld en Anthony zit trots op zijn speciale stoel. Mitch heeft hem gemaakt naar een ontwerp van Holly en zij heeft hem een vrolijk rood verfje gegeven.

'Deze stoel,' heeft ze tegen Anthony gezegd, 'is een herinnering aan een jongen die vijftig jaar lang zes jaar oud bleef en van wie men zesenvijftig jaar heel veel heeft gehouden. Als je ooit denkt dat niemand van je houdt, ga je in deze stoel zitten en dan weet je dat er net zoveel van jou gehouden wordt als van die andere Anthony, net zoveel als van welke jongen dan ook.'

Anthony, die nu eenmaal pas drie is, zei: 'Mag ik een ijsje?'

Na het diner is er een tijdelijke dansvloer op het grasveld en de band is niet zo slecht als die op hun bruiloft. Geen tamboerijnen en geen accordeon.

Later, veel later, als de band is vertrokken en alle gasten weg zijn, als Anthony en Dorothy diep in slaap op de schommelbank op de veranda liggen, vraagt Mitch Holly ten dans op de muziek van de radio nu ze de hele vloer voor zichzelf hebben. Hij houdt haar stevig vast, maar niet te strak, want ze is breekbaar. Terwijl ze dansen, man en vrouw, legt ze een hand tegen zijn gezicht, alsof ze na al die tijd nog steeds verbaasd is dat hij haar weer thuis heeft gebracht. Hij kust het litteken in de palm van haar hand en dan het litteken in de andere. Onder een weidse sterrenhemel en in het maanlicht is ze zo mooi dat hij er geen woorden voor heeft, zoals hij zo vaak niets weet te zeggen. Hoewel hij haar net zo goed kent als zichzelf, is ze net zo geheimzinnig als liefelijk. Er is een eeuwige diepte te zien in haar ogen, maar ze is niet geheimzinniger dan de sterren en de maan en alle dingen op aarde.

OVER DE SCHRIJVER

Dean Koontz is de schrijver van vele *New York Times*-bestsellers. Hij woont met zijn vrouw Gerda en hun hond Trixie in het zuiden van Californië.

Correspondentie aan de schrijver moet als volgt worden geadresseerd:

Dean Koontz
P.O. Box 9529
Newport Beach, California 92658